赤い袖先
カン・ミガン 著
中

赤い袖先

中巻

赤い袖先 中 目次

「赤い袖先 中巻」登場人物紹介

王／イ・サン
朝鮮王朝第22代王。幼い頃から君主教育を受けて育ち、祖父・英祖が亡きあと、民のための政治をめざし、さまざまな政策に取り組む。いっぽうで、常に命の危険にさらされており、容易に人に心を許さない面も。頭脳明晰で本を読むことが日課。自身の父（荘献世子）が悲惨な最期を遂げた心の傷がある。

ソン・ドギム
王付きの宮女。好奇心旺盛で自立心が強く、しっかりした自分の意思をもつ。聡明で筆跡が美しく、本の筆写で才能を発揮。サンが世孫だった頃に出会い、仕えるなかで承恩を拒むが……。

ホン・ドンノ
サンの寵愛を受ける側近。サンが即位後、都承旨（トスンジ）の座にまで上り詰めた。柔らかい物腰と秀麗な容姿を誇るが、野心家で妹を王の側室に送り込み、外戚として力を得ようとする。

大妃（テビ）**キム氏**
先王・英祖の継妃。政治的な駆け引きに長け、英祖の死によりサンが即位したあとも、宮廷の女性たちの長として君臨。サンにとっては、7歳年上の義祖母にあたる。

恵慶宮（ヘギョングン）
サンの実母。息子サンを思うあまり世継ぎ誕生を切望し、嫁たちに負担を与える。

王妃
サンの正室・孝懿王后（ヒョウィワンフ）キム氏。世継ぎが授からず苦悩する。

元嬪（ウォンビン）**ホン氏**
ホン・ドンノの妹で、揀択によりサンの側室に。体が弱く、病に伏せりがち。

和嬪（ファビン）**ユン氏**
揀択で新たに選ばれたサンの側室。懐妊するも問題が……。慶寿宮（キョンスグン）とも。

チョンヨン郡主（クンジュ）
サンの一番上の妹。ドギムと親しく、小説の筆写をたびたび依頼する。

チョンソン郡主（クンジュ）
サンの二番目の妹。姉とは違って礼儀を重んじるタイプ。

光恩副尉（クァンウンプウィ）
チョンヨン郡主の夫。清廉潔白で生真面目。四角四面で退屈な面も。

興恩副尉（フンウンプウィ）
チョンソン郡主の夫。女遊びがすぎて問題を起こしては、妻を悩ませる。

恩彦君（ウノングン）　サンの腹違いの庶弟。王の親族のなかでは最も位が高いが、慎ましく暮らす。

完豊君（ワンプングン）　恩彦君の息子。ホン・ドンノの欲により亡き元嬪の養子に。のちに常渓君（サンゲグン）に。

先王／英祖（ヨンジョ）　朝鮮王朝第21代王。サンの亡祖父。偉大な王とされるが、息子・荘献世子との確執が傷に。

義烈宮（ウィヨルグン）　英祖の側室・暎嬪（ヨンビン）イ氏。サンの祖母。英祖が最も愛したとされる宮女出の後宮。

景慕宮（キョンモグン）　サンの父、荘献世子（チャンホンセジャ）の別名。父・英祖の怒りを買い、死に至る。

ペ・ギョンヒ　ドギムの親友。訳官の娘。美人だが、思ったことをはっきり言うため嫌われがち。

キム・ボギョン　ドギムの親友で洗踏房の宮女。熊のように体が大きく力もち。勘が鈍く楽天的。

ソン・ヨンヒ　ドギムと同室の親友で洗手間の宮女。仲間内では一番おとなしいが、芯は強い。

ソ尚宮　幼い頃からドギムを見守る師匠尚宮。サンに仕える。

ク尚宮　和嬪に新しく仕えることになった老尚宮。もとは先王・英祖に仕えていた。

ヨンエ　恩彦君宅の召使い。かつて義烈宮に仕えた宮女出身で、先王時代のことをよく知る。

ミユク　和嬪が実家から連れてきた本房内人。官婢出身で学がなく、ドギムを目の敵にする。

ヤンスン　和嬪が実家から連れてきた本房内人。

モクダン　宮中の小間使いをする侍婢。おもに宮人と外部の手紙の受け渡しを受け持つ。

ナムギ　内医院（ネイウォン）の医女。ドギムが見習い宮女だった頃からの付き合い。

イ・ユンムク　世孫時代からサンの身の回りの世話に従事する内官。位は従三品の尚薬（サンヤク）。

ソン・シク　ドギムの兄。人がよく、妹思いだが、才覚に欠ける。別試により御営庁の軍校に。

イ・サン年表

〜歴史上の出来事〜

◆**1752年** イ・サン、英祖の次男・荘献世子（思悼世子）と恵嬪ホン氏（恵慶宮ホン氏）の間に生まれる。

◆**1759年** サン、兄のイ・ジョン（懿昭世子）が夭折後、8年間空席だった王世孫に封じられる（8歳）。

◆**1762年** サン、1歳年下のキム氏（のちの孝懿王后）と婚姻（11歳）。

◆**1762年** 朝廷の最大政治派閥・老論派による荘献世子の非行の上訴に英祖が憤慨。荘献世子は米びつに閉じ込められて餓死する。この際、「罪人の息子は王になれない」という老論派の主張により、サンはすでに亡くなっていた英祖の長男・孝章世子の養子となる。

◆**1766年** サン、宮女であったソン・ドギム（のちに側室となる宜嬪ソン氏）に承恩を求めるも、「まだ正室に子がいないのに共寝はできない」という理由で拒まれる。※15年後に再度、ドギムを求めたがこのときも拒絶されたという。

◆**1775年** サン、英祖の命で代理聴政を始める（24歳）。

◆**1776年** 英祖が83歳で死去。サンが第22代王となる（25歳）。即位後は、父の死を招いた仇であり、最大派閥・老論派の勢力を抑え込む政策を遂行。

◆**1777年** 王の住処・慶熙宮に刺客団が侵入、サンがすぐに異変に気づいたことで未遂に終わる（正祖暗殺未遂事件）。

◆**1778年** 側近・洪国栄（ホン・グギョン／本書ではホン・ドンノ）の妹が、側室・元嬪ホン氏に（翌年、病死）。国栄は外戚として勢力を振るう。

◆**1778年** 反対勢力がサンの異母弟・恩全君を王として推戴しようとしていたことが判明。サンは恩全君を守りきれず、賜薬を下賜。

◆**1779年** 洪国栄、行き過ぎた野心を案じたサンにより、すべての官職から辞職させられる（のちに流刑され、失意のまま1781年病死）。

◆**1782年** ドギムがサンとの間に男児イ・スンを産み、側室・昭容に。翌1783年、嬪に昇格。サンから宜嬪の名を授かる。

◆**1784年** 3月、宜嬪ソン氏が娘を出産するも5月に夭折。同年、スンが世継ぎに封じられる（文孝世子）。

◆**1786年** 文孝世子が病死。心を患っていた宜嬪ソン氏は病状が悪化。3人目の子を妊娠していたが出産も叶わず、9月に死去（享年34歳）。

◆**1800年** サン、病の悪化により死去。死因は老論派による毒殺説もあるが定かでない（享年49歳）。

※年齢は数え年

第二部　王と宮女

——承前——

八章　木から落ちた小さな青柿

しっとりとした春雨がやむと、白鳥も長い冬眠から目覚めた。蛙《かえる》が鳴いて黄色いマクワウリの花が咲くこの季節、宮殿にも面白いことが起きた。

「世継ぎがおらず、臣下は昼夜を問わず心配しています。にもかかわらず、王様はこの切なる願いを理解はしているが、特に関心を置いていないと言うのです」

大妃《テビ》キム氏（先王・英祖《ヨンジョ》の継妃）が教書を下した。それは冒頭から王イ・サンの無関心さを責めるものであった。

「不幸にも王妃（孝懿王后《ヒョウィワンフ》）は病を患っており見込みがなく、多くの宮人《クンイン》がいるとはいえ、王様はもともと卑しい者には心を許そうとはしない。このままでは先王様に合わせる顔がないゆえ、揀択《カンテク》してでも血統を継ぐべきではありませんか」

ひと言でいえば、王はすでに齢《よわい》二十七にもなるのにまだ世継ぎがいない。背に腹は代えられないゆえ良家の娘から側室を揀択するようにという意味だった。

実際、世孫のサンが新王に即位した日から世継ぎをつくらなければならないと大妃は叱咤したが、彼の反応は冷ややかだった。同年代の臣下たちは次々子ができていくのに、どうしてこんなにのんびりしているのかと戒めると、先王の三年喪中だから慎むべきだとか、時が満ちれば自然にできるのではないかとかさまざまな言い訳をするのがお決まりだった。

そのような曖昧な態度を続ければ、大妃がうんざりするのも当然だ。王妃は子を授かれず、王の女人の好みは偏狭極まりないと言いたい放題で、大妃は引き下がるつもりはなさそうだった。もちろんサンは、今回も避けて通ろうと必死になった。

「大妃様の命がやむを得ないところから出たものであることを余は知っている。しかし、意志を示すものであって、期日が差し迫っているという意味ではない」

そう釘を刺したが、臣僚たちは口をそろえて大妃の肩を持った。さらに輪をかけて、すぐに禁婚礼を出すという大騒ぎにまで発展した。世継ぎがいないことを心配するのは臣僚として当然の道理なのだ。サンは歴代の朝廷の前例から見てみると粘ったが、これ以上頑なな態度をとるのも親不孝だと、結局白旗を上げた。

とはいえ、サンは半月以上もぶつぶつと文句を言い続けた。体面上、大妃と臣僚にはそのような様子は見せなかったが、宮女《クンニョ》のソン・ドギムには容赦なかった。

あまりにも不機嫌が続くので、こらえきれずドギムは遠回しに言った。

「もうすぐ王室に慶事があるというのに、表情がずっとお暗いです」

「女人が多くても面倒くさいだけだ」とサンは顔をしかめた。「私はこんなに丈夫だというのに、何を今から大騒ぎしているのか！」

非の打ちどころのない精力を疑われるのが不快な様子だった。

「お前はどう思うか？」

「王様のお体のことですか？」

「いや、女人を従えることだ」

ふくれっ面で訊ねてくる。

「多いからといって、べつに悪いことではないのでは？」

ドギムは真剣に考え、「私なら……」と続ける。「美しい側室、優しい側室、笑わせてくれる側室の三人は従えたいです。好きなように選べるというのなら。まぁ、食べさせるのは大変でしょうが」

サンはあきれたようにドギムを見た。

「ごく普通の宮女のなりをして、心の中ではそんな腹黒いことを考えているのか」

「女が女のことを考えて、何が悪いというのです？」とドギムは含み笑いを浮かべながら言い返す。

「しかし側室が多くても、糟糠《そうこう》の妻と仲睦じく暮らす人生に比べられるでしょうか。王様は誠に聖人であられます」

サンの気分を和らげるため、ドギムは適切な褒め言葉を選んだ。

「それもそうだ」

当然のこととしてその言葉を受け入れるサンに、ドギムは少しむっとなる。

十数年間、側室がいないのは事実だが、いつも王妃を無視し、若い頃は妓生《キーセン》と密通もしたなんて、本当にふてぶてしい。

「王様は女人のことを考えることは全くないのですか？」

問い詰める思いで訊ねた。

「ない！　そんな時間があれば官僚たちのことを考えたほうがましだ」

融通がきかないのはサンらしいが、これでは女たちも彼を好きにはならないだろう。

「ふむ、ふと思い出す者がひとりいるのだが……」

サンは机に広げてあった本をぱらぱらとめくりながら、話を続ける。「心のうちがわかりにくくて、けしからん。側室を迎えたらいいとかなんとか、顔色一つ変えずに戯言《たわごと》を言うのだ」

ドギムは戸惑った。官僚のなかにけしからん者がいるのか？　官僚の誰かに拗ねているということなのか？　しかし、王が側室を迎えることと官僚が平然としていることに、なんの関係があるのだろうか？

口出ししても面倒くさくなるばかりなので適当に答えた。

「まぁ……それなりに事情があるのでしょう」

「誰の話だと思って言っておるのか？」

サンがいきなり目を見開いた。ドギムは曖昧な笑みを浮かべ、ごまかそうとした。

「やはり鈍感な女だ」とサンは舌打ちし、ふたたび小言を言い始めた。


やがて揀択の準備に拍車がかかった。サンは国家のためにはやむを得ないなどと文句を言いつつも、率先して朝廷を率いた。費用を節減しろと戒め、都の外の貧しい娘たちまで妃候補の名簿に入れるような弊害はないように釘を刺した。

さらに内命婦《ネミョンブ》の法度も刷新した。要点は士大夫《サデブ》の家の出の側室と宮人出身の側室は、待遇から異ならなければならないということだった。宮人出身の側室が、自分の子が王世子だからといって己やその一族まで権力を望む姿はあさましいとサンは腹を立てていた。宮女の実子として王位に上がった先代の王がいるのに、それほど厳格である必要があるのかと指摘する臣僚をサンは一喝した。

「宮女の身で士大夫の娘と対等になろうとするのは、臣下の道理と節度が乱れることになるではないか」

さらに、王が宮女を寵愛しても、子孫を産んだときのみ官爵を命ぜよという教書まで下し、ようやくサンは満足した。

ただ、揀択逃れの騒ぎはひどかった。

もともと王室との婚姻は甚《はなは》だ人気がなく、皆どうにかして処女のひとり娘を王室に入れないようにと小細工をする。もっとも、一度送り出してしまえば娘とは生き別れになってしまうのだから、親の気持ちもわかる。また、娘を揀択に送るとなると家が傾く。数多の絹の服を用意しないといけないし、乗っていく駕籠《かご》も必要だ。召使いまで見た目よくして送らなければならないのだ。さらに、王が婿になれば余計な火の粉が飛んでくることもあり得る。今回のように正室ではない側室ならなおさらだ。

最悪なのは、そもそも揀択は見せかけだということだ。昔から揀択ではいつも内定している娘がいて、今回も例外ではないだろう。他家の娘の晴れ姿のために自分の娘に屏風の役割をさせるなど、親の心は乱れるばかりだ。

さらに信頼できる筋によれば、今回の揀択の主役はほかでもない都承旨《トスンジ》ホン・ドンノの妹だというではないか。ドンノの母親が大妃殿に出入りする姿が目撃されているのだ。

以前からサンは外戚の臣下を追い出すと言っていた。彼は先王の時代、外戚による弊害を自ら経験していた。婚姻によって結ばれた親戚たちは信頼できる忠僕だったが、先王が老いて判断力が落ちるや権勢を握り、我が物顔で振る舞った。それなのに、今になってまた新たに外戚をつくるなど、実に奇怪な行動だ。それだけドンノを信じているということなのだろうか。自分と同じ側に立つ外戚を増やそうという魂胆なのか、それともほかに巧妙な計画があるのだろうか?

さまざまな疑いと多くの期待のなかで、ついに初揀択の日が明けた。

「お前は離宮へ行け」

妃候補たちが入宮したという伝言が届くと、サンがドギムを呼んだ。

「内官《ネグァン》は送れないから、お前が行って揀択を見てこい」

「何をですか？」

「すべてだ。大妃様が約束し、承旨も重々わかって準備をさせたとは思うが、それでも念のために」

火のないところに煙は立たぬというが、ただの噂ではなかったようだ。

ドギムのためらいを察し、「どうした？」とサンが訊ねた。「行きたくないのか？」

「そんなわけはございません」

「……もちろんそんなわけはないだろう」

サンは唇をとがらせ、背を向けた。

押っ取り刀で駆けつけると離宮は大騒ぎだった。年頃の美しい娘たちが集い、花の香りが漂っていた。変わらぬ日常に退屈した宮女ばかりを見ていたので、久しぶりにさわやかな若い娘たちを見るとドギムも胸がいっぱいになった。

「まあ、ドギムじゃない！」

声に振り向くと、王の妹のチョンヨン郡主《クンジュ》が親しげに歩み寄ってきた。

「王様に見てこいと言われたの？」と皮肉めいた笑みを浮かべる。「感情のない方でも花嫁は楽しみなご様子ね」

まもなく、王のもうひとりの妹のチョンソン郡主も姿を現した。最後に会ったときより、さらに具合が悪そうに見えた。すっかり痩せこけ、強い風が吹けば飛んでしまいそうだ。

「お変わりございませんでしたか？」

そんなごく普通の挨拶が心苦しく感じられるほどだった。

「しつこくせがんだら、お母様が私たちも揀択を見に行ってもいいと許してくださったのよ。気になって我慢できないわ！」

チョンヨン郡主は子供のように浮かれて、チョンソン郡主とドギムを引っ張っていく。

広々とした部屋の中央に娘たちが座っていた。左右に尚宮《サングン》が厳粛に並び、上座にはふたりの女性が座っていた。玉で縫った御簾《みす》を垂らした向こうから、その姿がちらっと見えた。

ひとりは大妃で、もうひとりは久しぶりにお会いする恵慶宮《ヘギョングン》だった。

「お母様がいらっしゃるわ」

チョンヨン郡主がささやいた。

長い歳月が流れ、王の実母、恵嬪《ヘビン》ホン氏もいろいろな変化を迎えた。サンが即位すると、恵慶宮と尊崇され、王室の上長である慈宮（王の生母）として礼遇された。また、彼女の孝行により大妃が健康を回復したことから、「孝康」という尊号も与えられた。ドギムは自分の幼い頃を思い出すその「孝康」という称号が気に入っていた。

大妃の実家である慶州《キョンジュ》キム氏と、恵慶宮の実家である豊山《プンサン》ホン氏は、先王の頃から同じ空の下では暮らすことができないほどの政治的宿敵であるにもかかわらず、ふたりの間の雰囲気は悪くなかった。先王が生前、継妃を遅く迎えたため、恵慶宮は自分よりはるかに若い姑のそばにただおとなしく座っていた。

「せっかくですので一緒にご挨拶申し上げましょう」

浮かれたチョンヨン郡主が提案したが、チョンソン郡主が唇に人差し指を当て、しっ！　と注意した。

提調尚宮《チェジョサングン》が前に出て、揀択が始まった。

「佐郎《チャラン》キム・ジェジンの娘で癸未《みずのとひつじ》生まれの十五歳です」

右から順に娘たちが呼ばれ、それぞれお辞儀をした。父親の官職の品階が違うように、娘たちの個性もまちまちだった。

五番目に立ち上がった娘がドンノの妹だった。

「前教官ホン・ナクチュンの娘で丙戌《ひのえいぬ》生まれの十三歳です」

その場にいたすべての者の視線が彼女に集中する。

「あら、まだ子供じゃないの」

チョンヨン郡主は驚き、思わずつぶやいた。

十三なら、少し早いが結婚できる年齢だ。しかし、ホン氏の娘は同年代の娘たちに比べて小柄で、顔色も青白く、より幼く見えた。婚期に満ちたほかの娘たちの間にいるから余計に子供っぽく見える。ただ、まだ熟れていない姿はとても美しかった。白い肌に桃の花のように染まった頬。月のように美しい曲線を描く目——確かに、ドンノの妹に違いない。

周囲のざわめきに娘は顔を赤らめた。

「御簾を上げなさい」

大妃が言った。場が一瞬にして静まり返る。

「近くに寄れ」

威厳に満ちた声に呼ばれ、震えながら近づく娘は気の毒にすら見えた。

「そなたが都承旨《トスンジ》の妹か？」

「さようでございます」

娘は、その声からしていかにも子供だった。

「兄に似ているとしたら、そなたにも優れた才があるのだろう」

どう答えていいかわからなかったのか、娘はただ頭を下げた。

大妃はさまざまな質問を投げかけた。両班の娘として学んだなら、絶対に知っているような簡単なことばかりだ。娘は震えながらではあったが、きちんと答えていった。

「言動には非の打ち所がございません」

大妃より目下の者らしくおとなしく見守っていた恵慶宮もそう後押しした。実際、彼女はホン氏の娘が初めて候補に挙がったときから期待している様子だった。

「では最後に訊ねる。世界で一番美しい花はなんだと思うか」

頭をちょっとひねらないと解けないなぞなぞだ。大妃らしくない茶目っけたっぷりな問いだった。

娘の顔はぱっと花が咲いたように明るくなった。

「綿の花です。かわいそうな民を温かくしてくれるありがたい花だからです」

「私が王妃の揀択に出たとき、先王が自ら出された問題だ。私もそなたと同じように綿の花だと答えたものだ」

大妃の口もとに笑みが浮かんだ。

「承旨がそなたをよく教えたようだ」

単なる褒め言葉というにはいささか棘《とげ》があった。しかし、娘はうれしそうに顔をほころばせた。

「正五品シム・プンジの娘で甲申生《きのえさる》まれの十六歳です」

ほかの娘たちの番が続いた。しかし、誰もホン氏の娘のように前に呼び出されることはなかった。

こうして初揀択は特に問題もなく、静かに終わった。

せっかくだからお茶でも飲もうとチョンヨン郡主に誘われ、ドギムはチョンソン郡主と一緒に後苑《フウォン》に行った。人けのない場所を探し、数年前に一緒に『郭張両門録《クァクチャンヤンムンロク》』を筆写した東屋を見つけた。

「都承旨様が必死に推す妹だと言っていたのに……」

さわやかな風に当たりながら、チョンヨン郡主は肩をすくめた。

「期待には及ばなかったわ」

「そうね。シム・プンジの娘のほうがいいわね。子供をたくさん産みそうなふくよかな体だったし、年も上でしょ」とチョンソン郡主も不満そうに口をすぼめた。

「そう、幼い部分が一番引っかかるわ」

「おふたりもその頃に嫁いだのではないですか?」とドギムが言った。美しいうえに受け答えもしっかりしていたのに、けちをつけられるのはかわいそうだ。本来、王室では十歳になると婚家を探しているというのに……。

「すぐにでも王子様を生まなきゃいけない側室なんだから立場が違うでしょう。私たちは嫁いだあと、十五歳になってようやく初夜を迎えたのよ」

「見た目もひょろひょろで、月のものもまともにあるかどうか」

王のふたりの妹は辛辣だ。結局、才能や品性は副次的な問題にすぎず、最も重要なのは子を産めるかどうかなのだ。

幼い娘のけなげさに感心して味方になろうとしたが、実はドギムもホン氏の娘は入宮するには早すぎると思っていた。まだ母親のもとにいてもいい年なのに。

「それだけ都承旨様の威勢がすごいということね」

チョンヨン郡主が舌打ちして続ける。「王妃様もおかわいそうに」

「え？　また何かあったんですか？」

正室の揀択に次ぐ華麗な側室の揀択の最中に、内命婦の長《おさ》であるにもかかわらず隠れている王妃を気の毒に思っていたため、チョンソン郡主は強い関心を示した。

「長い間懐妊できない理由についていろいろ憶測があったじゃない」とチョンヨン郡主は声を低くした。「なかには王妃様が幼くして病に伏せっていたとき、熱病が子宮にまで及んだせいだという話まであったのよ。それで数日前に名医を入れて治そうという上訴があったけど、都承旨が薬で治す病ではないと激怒したというのよ」

余計なお節介で、身勝手な行動だった。

最近、都承旨がますます増長しているという噂が出るのも当然だった。宮殿のあちこちを我が家のように出入りするのは日常茶飯事で、屋敷一つを借りて泊まったり、宮人たちを私的に使うことも一度や二度ではなかった。本来、宮殿に滞在できる男は王だけで、宿直をするときも身だしなみに気をつけなければならないことを考えると、実に不敬な振る舞いだった。また、王の寵愛を盾に品階を勝手に超えて、年老いた大臣と向き合うときは足袋も履かずに素足を伸ばして座るという。

天も地も恐れないほど豪放だという評価は聞いてはいたが、今は度が過ぎる。いくら強大な権勢を手に入れたとしても、鼻を高くしすぎだ。恐ろしいほど厳格なサンがドンノにだけは甘いのはまだ周囲との軋轢《あつれき》を知らないからだ。

「王様はその様子を何もせずに見ていたんですか？」とドギムが訊ねる。

「見ていただけだと思う。王様は都承旨が正しいとし、上訴した者をお咎《とが》めになったそうよ」

チョンヨン郡主は気の毒だと言わんばかりにため息をついた。

「王妃様も内心とても苛立っていると思うわ。これだけやられたら、ひと言言ってもいいようなものだけど……」

もどかしいのと用心深いのは紙一重ではあるが、明らかに違うのだ。サンは王妃の慎重さを高く評価しているが、もどかしいのには全く耐えられない。

「一介の側室を揀択までして入れるとはどういうことかしら」

チョンヨン郡主はふたたび不平を言った。

「ある程度の宮女ひとりを娶《めと》れば、面倒なことにはならないし、王妃様の対面を傷つけることもないのに。宮女に承恩《スンウン》を与えるのがなんの傷になるといって嫌がるのかしらね！」

「そういうところはいつも厳しいのよ」

チョンソン郡主の声からは、路上の妓生の店に出入りする自分の夫が兄に半分だけでも似ていてくれればという切実さがにじみ出ていた。気の利かないチョンヨン郡主は騒ぎ続けた。

「お祖母様の義烈宮《ウィヨルグン》様も宮人出身なのに、どうしてなんだろう」

ドギムが目を輝かせるのを見て、チョンヨン郡主は言った。

「さすが宮女ね！　あなたもこんな話が好きなの？」

「まぁ、恋愛話を嫌う人がどこにいるでしょうか」とドギムは受け流す。

「恋愛話とは……まぁ、そうね。とても美しい話ではあるわね」

チョンヨン郡主はもったいぶって話し始めた。

時は先王が即位したばかりの甲辰年《きのえたつ》（一七二四年）。当時、大妃だった仁元王后《イヌォンワンフ》（英祖《ヨンジョ》の継母）に挨拶に立ち寄った先王の目を引いた宮女がいた。のちの義烈宮である。

言葉にならぬほど美しいその姿に先王はひと目惚れした。しかし、母后の宮女なのでむやみに娶ることはできなかった。さらに彼女は遠慮して引き下がった。庶民の娘だけに現実的な女性だったのだ。非常に幼いときに入宮し、あらゆる苦労を経験したしっかりした人でもあった。先王の恋煩いが日増しに激しくなると、見ていられずに仁元王后が乗り出した。折しも世子《セジャ》の席も空いていて側室として世継ぎを産むようにうながすと、さすがの彼女も承恩《スンウン》を受けた。

二年後、先々王（粛宗《スクチョン》）の三年喪が終わり喪服を脱ぐや、先王は彼女を従二品の爵位、淑儀《スギ》に命じた。喪が明けて正式に王として政《まつりごと》を始めるというとき、善良な士族より先に側室から爵を命ずるとはいかがなものかと臣僚たちは抗議したが、先王は無視した。それだけでなく、数年も経たないうちに同じ行動を繰り返した。もうひとりの大妃である宣義王后《ソニワンフ》オ氏（景宗《キョンジョン》の正室）の国葬中に、彼女を正一品側室の嬪《ビン》に命じて宴を開いたのである。

先王は彼女を溺愛した。彼女が世子を産んだ日には、解産房《ヘサンバン》を守ることまでしたというのだ。

「御年四十歳でやっと得た世子様だから、そこまでしたんでしょうね」

恥ずかしかったのか、チョンヨン郡主が言い訳するように付け加えた。

「とにかく、そうやって四十年連れ添った義烈宮様が亡くなったとき、先王様は本当に悲しんでいたというわ。そのため、王妃様に次ぐ礼遇で義烈という諡号《しごう》まで下賜されたのだとか」

チョンヨン郡主は自分の話に感動し、涙ぐんでいる。

いっぽう、ドギムはすっきりしなかった。先王の強い愛情はよくわかる。しかし、義烈宮の立場から見れば、その愛情がもたらしたものはよいものだけだったとは思えない。何度も遠慮した承恩も自分の意思と関係なく受けなければならなかったし、王の分別のない行動によって得た境遇も困難だっただろう。ただでさえ出世を妬んでいる人が多く、側室としての立場も針の筵《むしろ》のはず。

ペ・ギョンヒの言葉がふと思い浮かぶ。先王と世子が険悪だった頃、生母の義烈宮も遠ざけたと言っていたっけ。結局、先王が反省し、ふたたび彼女のもとに戻ったというが、本当に身勝手だ。腹が立つと背を向け、若い側室が与える浅薄な快楽に溺れておきながら、義烈宮は自分だけをひたすら愛して当然だと信じて疑わなかったなんて……。

義烈宮はそんな義務的な愛を心から望んでいたのだろうか。愛されることを当然と思う男のそばにいることは、果たして彼女にとって幸せだったのだろうか。

「面白くなかった？」

チョンヨン郡主はぼんやりと物思いにふけるドギムをのぞき込んだ。

「とてもうらやましくて、ぼーっとしています」とドギムは息を吐くように嘘をついた。

先王が義烈宮に借りを作られた。ギョンヒはそう言った。その借りとはなんなのだろうか？　早世した世子と義烈宮の死に対する宮中の妙な空気をドギムは知っている。当時を記憶する宮人たちは明らかにその話を避けたがる。強烈だった先王と不幸な世子、そして深く愛された側室をめぐる秘められた事情があるのだろう。

ドギムは自分がなぜなんの関係もない他人、とうに亡くなった側室のひとりが気になるのか理解できなかった。しかし、のどに引っかかった小骨のように、義烈宮の存在はドギムの心を不安にさせた。

「うらやましいの？」とチョンヨン郡主が愉しそうに笑った。「私が王様に取り持ってあげようか？」

「言いたい放題ですね！」

チョンソン郡主に叱られてもチョンヨン郡主はけらけらと笑い続ける。

取り持ってもらうまでもない。夜中に酒を飲ませればいいのだ。酒の勢いで通りすがりの幼い宮女に承恩を受けるかと色目を使ったり、正しい道だけを歩くと誓っておいて宮殿の塀を越えて妓生に会いに行く人なのだから。つい口から出そうになるそんな思いを、ドギムはかろうじてのみ込んだ。

「そうだ！」とチョンヨン郡主が膝を打った。「お礼を言うのを忘れてたわ。憂鬱なとき、あなたに助けてもらったじゃない」

チョンヨン郡主の夫である光恩副尉《クァンウンプウィ》に、彼女を叱らずになぐさめてほしいと手紙を送ったことを言っているようだ。

「王様が教えてくれたのよ。あなたの話をよくなさるからね」

ドギムは目を丸くした。

「あなたのこと、どこか足りなくも、なかなか使えそうだと言ってたけど」

足りないという言葉は抜けることがないようだ。

「あなたのことは大目に見てくださるのね。幼い頃から宮女には厳しい方なのに」

「ほかにもなにかおっしゃっていましたか？」

「うん、あなたとよく会うのかとか、大妃様もよくあなたを呼んでいるのかとか……まあ、そんなところかしら？」

まだ疑いが収まらないのだろうか？　去年の秋以降は以前より心を開いてくれるようになったと勝手に思っていた。彼が一線を越えないのなら、近づいてもすぐに退いて一定の距離を保つのなら、信頼しようと思ったのだ。しかし、サンが裏でこそこそ調べ回っていたとは……なんだか寂しかった。

ちょっと待って。寂しいってどういうこと？

ドギムは自問自答する。そんなもの王と宮女の間の感情ではない。不快感だ。そう、私は不快感を抱いたのだ。ドギムは自分に強く言い聞かせた。

「うちの夫、だいぶ私のことを見てくれるようになったのよ」

チョンヨン郡主は自分の話に戻った。

「優しくしてくれて、ときどき贈り物なんかもしてくれる。この間はお義母様の前で私の味方までしてくれたわ。嫁にもう少し優しくしてほしいって」

「まあ、本当ですか？」

「もちろん。でも、すぐに我に返って親不孝を犯したといって、庭にひざまずいて、わあわあ泣いたりして大騒ぎになったんだけど！」

苦笑する姉にチョンソン郡主が言った。

「光恩副尉殿は真っすぐな方じゃないの」

その言葉にはうらやましさが込められていた。チョンヨン郡主は浮気癖が抜けない夫のせいで、日々やつれていく妹を切なげに見つめる。

「興恩副尉《フンウンプウィ》殿がもっとちゃんとしてくれれば、あなたも明るくなるのにね……」

チョンソン郡主が哀しげな笑みを返したとき、下のほうから冷たい声がした。

「いつまで経っても戻ってこないと思ったら！」

ドギムの心臓が跳ね上がった。恐る恐る見下ろすと、サンが東屋の下で後ろ手を組んでにらんでいた。適当に付き合ってから戻ろうと思っていたが、遅すぎたようだ。

「まあ、王様！」

チョンヨン郡主とチョンソン郡主も驚き、立ち上がった。

「嫁に出た妹たちと会っていたのか？」

「叱らないでください」と慌ててチョンヨン郡主がドギムをかばう。「戻らなければならないというのを私が引き止めました」

「お前たちは早く帰れ。今日は母上が許されたというから大目に見るが、宮殿への出入りが頻繁になれば罰を下すぞ」

しゅんとなったチョンヨン郡主とチョンソン郡主は、そそくさとその場を去った。

サンは大股で東屋に上がってきた。広々とした東屋が、突然狭く感じられた。

「大妃様だけなく、宮殿の外に住む妹たちにまで譲らなければならないのか！」

勢いに驚きドギムが一歩退くと、すぐに一歩近づいてくる。

「自分のものを奪われるのは最悪だと前から言ってたはずなのに！」

「自分のもの」という言葉をどう解釈すればいいのかわからない。

戸惑っているドギムを見て、サンもここまで怒るようなことではないことに気がついた。思わずつかんだドギムの肩を離し、その温もりを確かめるように手のひらをこすった。

「すぐかっとなる性格は直さなければいけないのだが……」

サンが彼なりの謝意を示したので、ドギムは言った。

「とんでもございません。ご命令を忘れてほかのことをした私が過ちを犯しておりました」

「もういい。妹たちなどかまわず、私に仕えることに専心しなさい」

従順に振る舞うとすぐに機嫌がよくなるのは相変わらずだ。サンは先ほどの怒りなど忘れたようにおおらかな口調で訊ねた。

「ところで、揀択はどうなったのだ？」

大妃がホン氏の娘を特別に扱ったと伝えると、サンは満足した。

「まぁ、心配する必要もあるまい」

物思いにふけりながら、サンは手すりに寄りかかってじっと空を見た。風が運んできた草木の香りを吟味するように沈黙し、しばらくしてふたたび口を開いた。

「チョンソンは最近どうだ？」

「チョンソン郡主様のご様子なら、先ほどお訊きになったらよかったのではありませんか？」

自分で追い払っておきながら、あとになって私に訊くなんて。

「兄が妹夫婦の仲について直接訊くのは品がよくない」

やはり表向きとは違って優しい男だ。厳しく振る舞いながらも、心の中ではいつも妹たちのことを心配している。チョンヨン郡主のときもそうだった。慎めと厳しく叱ったが、忙しいなか、妹の夫に手紙を送ろうとするなど、気にかけておられた。やり方に問題はあっても、思う心は一途だ。

「あの子の顔色がどんどん悪くなるのが気になる」とサンは眉間にしわを寄せた。「興恩副尉は全く分別のない奴だ」

サンはドギムをちらりと見た。信じられるのか見定めるかのように慎重な目つきだった。

「……幼い頃は四方がふさがっていた。一挙手一投足を監視されていた。それで朝廷内外の事情を知らせてくれる味方を作ろうとして見つけたのが、興恩副尉だ。顔も広く明朗だったから、ぴったりだと思ったのだ。王室の婿だから近くに置きやすかったしな」

彼が少年時代の一端を垣間見せている。こんなことは初めてだ。ドギムも少しはその時代を知ってはいるが、彼は後ろ姿しか見せなかった。

「しかし、実際の奴は期待外れもいいところだった。口を開けば妓生の話ばかり。側近だと紹介してくれる別監《ピョルガム》までたちの悪い遊び人だったのだ。お忍びで苦労して宮殿の外に出たのに得るものが一つもなかった。私を卑賤な妓生の家に連れていき、自分がよく遊ぶ女に会わせたりもした」

サンの目つきが険しくなった。

「もともと女人とは笑みと涙で男を惑わす有害な存在だが、妓生はそのなかでも最も悪質だ。初めから節義のないあくどい群れだからな」

思い出したのだろうか、彼の首筋がこわばり、ぶるっと震えた。妖艶な妓女たちの饗宴を彼の生真面目さで耐え忍ぶのは相当な苦行だったようだ。

「まあ、それでもお目にかなう女人もひとりくらいはいませんでしたか？　最近の妓生たちは美貌はもちろん、学識と才能にも優れているそうですよ」

初めてチョンヨン郡主がサンの不義を口にしたときから、あんなに融通の利かない王がどうして女遊びをしたのか不思議に思わない日はなかったから、ついでに探ってみることにした。

「両班《ヤンバン》の娘を妻にしているのに、わざわざ卑賤な女人に目を向けるだと？」

ドギムの問いにサンは腹を立てた。

「操《みさお》は君子と妻のいずれにも必要な美徳である。民を導く責任のある君王が情欲に流されては体面を汚すことになる。男が側室を従えるのは汚点ではないが、少なくとも私自身には許されない堕落だ」

やはり、人に厳しい以上に自らを節する男だ。ずっと誤解していたことをドギムは申し訳なく思った。どうやらチョンヨン郡主が何か勘違いしたようだ。

不義をはたらいたのではない。女人嫌いはもちろんのこと、妓生は特に忌み嫌っているのだ。彼は岐路での誓いを破らなかった――ドギムは不思議なほど心が軽くなった。

「……絶対にあってはならぬことだ」

サンがつぶやいた。ドギムをじっと見つめる瞳もひどく揺れ動いていた。

「私が話しているときに口をはさむでない」

「申し訳ございません」

「おかげで悪い噂も立ち、どうにかうまく収めようと思ったのだが、母上がなぜか知ってしまって事が大きくなったのだ。私の行いを正すために母方の祖父を動かし、興恩副尉には罰を与え、交友があった別監たちは流刑に処された。そのせいで私の評判に傷がついた。数少ない使用人まで一緒に辞めさせられて……いろいろともどかしい時代であった」

度が過ぎるほど模範的な彼の生活習慣が自然と作りあげられたものではないと思ってはいたが、これも一つのきっかけだったのだろう。昔から監視の目も多かったのだ。

「ただ、この淫らな事件が先王様の耳に入らず幸いだった。ひょっとしたら私も父上のように……」

口が滑り、サンは慌てた。その過ちを収拾すべくドギムは口を開いた。

「都承旨様を入れる前は、ずっとお寂しかったのでしょうね」

「……ん？　ああ、そうだとも」

「寵愛の理由がわかるようでございます」

何も聞いていないふりをしてドギムはにっこりと笑った。

「お前は領分をわきまえることができるようだ。深く知ろうとせず、恩着せがましくもない。足りないわりにその振る舞いは大したものだ」

サンは感心した様子だった。

余計な好奇心でささやかな平和を壊したくなかった。サンには本音を言ってもらいたい。少しずつ彼のことを知っていくのもいい。すでに知っていたところをもう一度確認するのもいい。めまぐるしく変わるこの浮世では、竹を割ったような真っすぐな性格は苦労も多いが、それもまた人間味だ。自分が優れている分、他人の足りなさに腹が立つという傲慢さも意外と可愛い。

「どうして言い返してこないのだ？」

「お褒めていただき、ありがたき幸せでございます」

この感情をうまく説明できず、言い繕った。

「ほ、褒めたのではない！　ただ意外だと思っただけだ！」

みるみるうちにサンの顔が赤くなっていく。

「とにかく気にかかる。お前は私を動揺させるのだ」

サンは背を向け、一歩後退した。見えない距離を維持する法則があるかのように、近づいてきた分、また遠くなる。しかし残念には思わない。彼が後ろへ退くかぎり、安全だ。

「王様、ここにいらっしゃったのですか！」

茂みの向こうからドンノが現れた。人より頭一つほど背の高い王は遠くからでも見えたが、ドギムの姿は見えなかったのか、びっくりした様子だった。目つきが剣呑《けんのん》なものに変わる。妹が側室になるからには曖昧な境遇の宮女を気に入るわけがない。不快に思われなければ幸いだ。

「あぁ！　急に姿を消してすまなかった。確認することがあったのだ」

サンは、いいところに来たと大げさにドンノを迎えた。

「揀択について聞いたか？　大妃様がそなたの妹と知って御簾を上げ、よくご覧になったとは、徳に秀でていると見当がつくぞ」

「まだ幼く、きちんと学んだことのない妹を気に入ってくださるとは、恐悦至極に存じます」とドンノは謙遜してみせた。

「すでに大妃様と恵慶宮様がそなたの妹を念頭に置いているので、あとの揀択は形だけであろう。そなたの立場は楽ではないだろうが、宗廟と国のためだ。たとえ国婚を挙げたとしても、誰がそなたのような者を戚里《チョンリ》だと問い詰めるだろうか」

「これからは警戒心を倍にいたします」

「よし、早く誠正閣《ソンジョンガク》に行こう」

やがてふたりは去っていった。サンは一度も振り返らなかった。いつも見ている後ろ姿なのになぜか妙な気持ちだった。

＊

最初の揀択に続いて行われた、再揀択と最終の三揀択は何事もなく過ぎた。

ホン氏の娘の王室入りは型破りの待遇の連続だった。王妃に次ぐ内命婦無品の嬪《ビン》とし、宮号は淑《スク》昌《チャン》、嬪号は最高の意の元《ウォン》の字を書く元嬪《ウォンビン》と命じられた。嘉礼《カレ》（婚礼儀式）も当然のように盛大に行われた。費用を減らせと王は何度も強調したが、当初から過去の貴妃（王の側室の最高位）の例を参考にしていただけに無駄な抵抗だった。幼い元嬪ホン氏が、礼装の髪型に押しつぶされてよろよろしたことを除けば、嘉礼は祝福のなか無事に終わった。

しかし、その翌日に問題が生じた。

王妃は誰も予想できなかったときに反撃に出た。彼女は元嬪の朝見礼《チョギョンレ》を断ったのだ。暑さで体調がよくないというのがその理由だった。王妃が挨拶を受けなければ、大妃にも恵慶宮にも挨拶をすることができない。屋敷の庭でただひたすら待つしかない元嬪は、今にも倒れそうだった。雨はしとしと降るし、蒸し暑いし、着ている服は窮屈だし……まだ幼い彼女には実に過酷な状態だった。すべての官吏たちも左右に立って切実に要請したが、王妃は扉を開けなかった。結局、そのまま日が暮れた。

三日が過ぎた。ひとまず別宮に退いた元嬪をはじめ、皆が焦っていた。待てど暮らせど王妃は微動だにしない。王妃の実家の母親まで飛んできてなだめたが、びくともしない。糟糠の妻らしく側室を受け入れるよう説くのが心苦しいのか、あるいはあの王妃がこのように出てくるとは思わず慌てたのか、王室として対処することもなかった。

緊張のなか、時間だけがむなしく流れた。


「うわぁ、雨も降っているのにどうしてこんなに蒸し暑いの！」

チョゴリの袖をばたつかせながら、キム・ボギョンがドギムの部屋に飛び込んできた。

「ねぇ、王妃様がいつまで耐えるか賭けをするんだけど、あなたも入る？」

「入らない。そんなことしたら天罰を受けるわよ」

「何よ、いい子ぶって」

「私はもともといい子なのよ」

雨に濡れた髪をばさばさと振って雫を払いながら、ボギョンは大げさに鼻を鳴らした。

「今日も忙しそうね。何をしてるの？」

「王様に命じられたことよ」

ボギョンはドギムが書いている文を覗き、「うぇっ！」と舌を出して目を剥いた。

「大妃様の尚宮以下は白いチマチョゴリに白皮靴《ペクピファ》……これ何？　見てるだけで吐き気がするわ」

「そうよね」

またサンが薄情になった。まずは数百冊に達する内命婦の蔵書をひとりで五日以内に整理し、まとめろという無茶な任務を与えられた。当然期限内に終わらせられなかったので厳しい罰を受けた。しかも、ふたたび五日以内に終わらせろという督促まで続いた。ギョンヒが中宮殿《チュングンジョン》の至密《チミル》に一昨年整理して作った目録があるといって助けてくれなかったら、また罰を受けるところだった。

「なんの手を使ったのかわからぬ」

ドギムがやっとのことで完成させた目録を一瞥《いちべつ》して、王は憎たらしく言った。

理不尽な任務はあとを絶たなかった。せっかく片づけた書庫を最初からまたきれいにしろだとか、各宮房《クンボウ》の宮女たちが使う財物を調べてこいとか、人使いの荒さにも程がある。

そして今回は、この百年間で宮女たちが行事の時に着た服飾を調べてこいという。そんなことは礼曹《イエジョ》のすることではないかと抗弁したが、文句が多いと叱られた。

つまらない雑用もたくさん命じられた。じっとしている姿を見ていられないかのように、目に入るくだらない使いをさせるのだ。けちをつけるのもいつものことだ。この前は水をくれと言うから差し出したら、浮かんだ氷の形が悪いと大騒ぎした。サンの気に入るまで石氷庫《ソクピンゴ》を行ったり来たりしなければならなかった。

数日前、疲れてくたくたになったドギムを見て、ギョンヒが目を剥いた。「よく意地悪をされるって言ってたけど、ここまでひどくはなかったじゃない！　都承旨様が裏で操ってるのかしら？　妹が側室になったから後難《こうなん》をなくそうとして」

「違うわ、きっと王様がわざとそうしているのよ。そういう目つきだもん。いつまで耐えられるか見てみようと嫌がらせをしてるのよ」

思い返すとむかむかしてきた。

「本当に大変なら、しばらく隠れて過ごしたらどう」

「もうしてみたわ！　外の物置掃除を志願して三、四日出ていたわ。でも侍婢《じひ》が探しにきたの。王様がなんで勝手に出ていくんだと怒って、すぐ連れてこいと言われたんだって」

「まぁ！　焦っておられたのね」

興味津々という感じの笑みがギョンヒの顔に満面に広がった。

「あなたを否定したいんだわ。王様のように融通が利かない方が宮女に、それもあなたのような間抜けに心が惹かれるということを認めたいと思う？」

「さあ。この前も女人は面倒くさいだけだと言ってたけど」

「だから頭と心が別々に動いてるのよ。頭ではあなたのことなんて軽んじているのに、心はどんどん惹かれてしまう。そりゃあ王様もいらいらするわよ」

ギョンヒの話にそそのかされてはいけないが、妙に説得力があった。

「わけもなく腹いせをなさってるってこと？」

「もともと男って、関心を引くために好きな女をいじめるものだからね」

「明後日には三十になるっていうのに？」

「男はいつまでたっても子供なんだって」

他人事だと思って、ギョンヒは軽く言った。

「王様が飽きるまで耐えるしかないわ」

「不公平だわ。つまり、私のせいではないってことじゃない」

「もうすぐよ。この時期さえ過ぎれば王様は線を越えてこられるわ」

「そうしたら、どうなるの？」

「行動に移されるでしょうね。あなたを娶るか、それとも追い出すか」

ふいにギョンヒの目つきが真剣になった。

「あなたはどうするつもり?」

「何も」とドギムは肩をすくめた。「私にできることなんて最初からないじゃない。押せば押されて、引けば引かれて」

王の要求を断ることのできる女人はいない。ましてや、自分は一途に王のために貞節を捧げると笄《ケ》礼《レ》まで行った名実ともに王の女だ。自分の運命を他者《ひと》の手に握らせたまま従う従僕だ。決してそれ以上にはなれない。


「ちょっと! 人を座らせたまま何をぼーっと考えてるの?」

虚ろな目で黙り込むドギムを見かね、ボギョンが声をかけた。

「あっ、ごめん。とにかく今は忙しいの」

「見たらわかるわ。いつも歩き回ってるじゃない、あなたは」

ボギョンは舌打ちしながら、懐に手を入れた。

「ところで、なんでこれを用意してって言ったの? 読む暇もないじゃない」

ボギョンが懐から取り出したのは小説本だった。宮女同士でよく回し読みをする純愛物だ。

「筆写の依頼よ。おかげで楽に手に入れられたわ。ありがとう」

「そんなことしてると本当に倒れちゃうわよ。ヨンヒがあなたは寝てもいないって心配してたわ」

「牛みたいに丈夫だから大丈夫よ」

風邪も三年に一度かかるか、かからないかの頑丈さはソン家の血だろう。

「やらなきゃいけないの」

「なんで？」

「負けたくないからよ」

「ええ!?　誰に？」

「私、絶対にやられてばかりじゃいないわ」

自分の運命を他者の手に握らせても抵抗はできる。少なくとも彼が見ていないところでは、自分の思うように暮らしたい。自分で選びたい。自ら何かをなし遂げたい。

サンが嫌がる小説を熱心に読んでやろう。手が棒になるまで必死に書き写して、この国の隅々にまき散らすつもりだ。いくら王だとしても、私の心までは治めることができないのだ。些細な抵抗でも、彼が嫌がることを密かにするという点で妙な優越感を抱いた。

「あなた、ちょっとおかしくなってるんじゃない」

ボギョンは戸惑うばかりだった。

「おかしくなんかないわ」

ドギムは澄ましたように答えた。


内命婦の不都合な対立状態は六日目に入った。

サンは早くに政務を終わらせて帰ってきた。彼は激しく地面を叩く雨を窓から虚ろに眺めた。一年の農作業を台無しにするほどの豪雨も同じく六日目に入っていた。

「私の不徳さが民にまで及ぶようだ」

複雑なため息とともに、サンは嘆いた。頁をめくらずただ本を触っていたが、ふとドギムを手招いた。ドギムは傍らで蘭と格闘していた。サンが寝殿で育てている小さな鉢植えだ。葉はしおれて黄ばんでいたが、なんとか生かしてみろと命じられたのだ。

「肩を揉んでくれ。凝っておる」

「医女《イニョ》をお呼びします」

「お前に言っているのだ」

手についた土を払い、ドギムはサンの背に回った。一晩中、同じ姿勢で本を読む習慣があり、その肩はひどく硬かった。

「もっと気持ちよく揉んでくれ。どうしてそんなに力が弱いんだ」

恨みを込めて揉んだにもかかわらず、彼は痛みを感じていなかった。片手には収まりきらないほど肩が大きくて広いからだ。

「力のある内官をお呼びいたします」

ドギムがつんと答えた。

「一度引き受けた仕事を放り投げるでない」

やはり意地悪だ。こうなったら痛いから優しくしろと言わせてやる。全体重をのせて強く押さえつけた。しかし、なんの効果もなかった。サンは相変わらず手応えがないかのように舌打ちをし、自分が疲れただけだった。

「王妃はどうしてああも頑固なのか、わからぬ」

腕がしびれて額に汗がにじむ頃、サンがふいに言った。

「やきもちの根本は愛情なんですが……」

そう返し、続きを待つ。どうやら、まだ打ち明けたいことがあるようだ。

「王妃と私はとても幼くして結婚した。長い年月の間、愛情など必要ではなかった。物柔らかであるべき夫婦の情は、度が過ぎると体面が傷つくからな」

妻との時間を振り返っているにしては、あまりにも冷静だった。

「王妃は徳を備えた人だ。身の程をよく知り、妻として道理に丹念に従う。ただ……私が王妃に対してなんの思いもないように、王妃も私に対して心がない」

妻が夫を過度に愛するのは士大夫の美徳に反する毒だ。夫が妻を至極大切にすることも同じである。夫婦のように近ければ礼儀正しく一線を引くことこそ、君子が当然守らなければならない道理だ。行き場のない愛情は卑賤な側室に注げばよい。

「なのに、どうしてやきもちを焼くのだ?」

ドギムは王の肩から手を引いた。

「王妃様はやきもちを焼いているのではございません」

無礼だと知りつつ顔を寄せ、耳もとで言った。

「腹を立てておられるのでしょう」

「それがやきもちではないか」

「全く別のものでございます。女人も腹を立てることがございます」

とかく男たちは女の怒りを真剣に受け止めることを知らない。

「当然の礼遇を受けることができなかったことが、悔しかったのでしょう」

王妃は徹底的に無視されている。転がり込んだ石が、王妃だけが享受できる特権を欲しているのだ。国母と国の世継ぎにのみ許された最高の元の字を与えられ、側室にもかかわらず内医院《ネイウォン》と臣僚の問候《ムンフ》（ご気嫌うかがい）を受けると言い出す……。いくら子を授かる見込みのない王妃であっても、それでは腹に据えかねるだろう。

「王様が少しだけなぐさめて差し上げればいいのです。味方になってあげてください。側室を低くして王妃様の地位を保ってください。そうすれば、心を開いて元嬪様を温かく迎えてくれることでしょう」

サンは相変わらず機嫌が悪かった。

「温和な王妃様がどれほどの事情があって、あのような振る舞いをなさるとお思いですか？」

この前見たところ王妃はサンを怖がっているようだったが、これだけ意地を張るということは死ぬ覚悟をしたのだろう。しかし、王妃も意外と暗鬱なところがある。女人として無視されるのは我慢できても、后妃《こうひ》として自尊心が傷つくのは我慢できなかったわけだから。夫に仕えるときも道理と節操で完全武装しなければならない士大夫の妻だからだろうか。

「お前に何がわかるというのだ」

「私は怒ったこともあればやきもちを焼いたこともあり、よくわかります」

ドギムはこれ見よがしに言い返した。

「いつやきもちを焼いたのだ？」

王は重要ではない部分に興味を示した。

「まあ、いろいろと……。同じ食事でも人の餅には小豆粉が厚いとか……？」

偉そうに言ってみたが、いざとなるとあまり思いつかなかった。

「お前は本当につまらないな」とサンはにやりと微笑んだ。「あまりにもつまらなくて、ちょっと可愛い気もする」

不意打ちにどきっとした。慌てて、庭で飼っている牛や鶏のように可愛いという意味にすぎないと自分に言い聞かせる。

「とにかく！　やきもちを焼いたことのない王様より、私のほうがよく知っております」

「そんなのはやきもちではない」

「どうしてですか？」

「怒りとやきもちは違うと言っておきながら、どうしてやきもちと嫉妬の区別もできないのだ」

「ですが……」

「やきもちは男女間をはじめとする愛情に起因するものであるが、嫉妬はやきもちを含めた感情であり、私利私欲まですべて網羅する言葉だ。だから、お前のつまらない感情は嫉妬ではあっても、やきもちではない」

「同じ言葉だと思っておりました」とドギムは目を丸くした。

「すると王様は嫉妬したことはありますか？」

「当然あるわけ……」

いったん口を閉じたあと、ためらいがちに言った。

「最近少し、不愉快なときはある」

サンがドギムに強い視線を向ける。額から首を通り、胸まで届くその視線が、なんだか怖かった。

「ほかの者といるのを見るとなぜだか腹が立つ。それは嫉妬でもやきもちでもないはずなのに。ただ……」

サンはつぶやき続けた。

「お前のせいで私まで混乱しておるではないか」

すぐにサンは顔をしかめた。

「そんなはずはない。私はそのようなちっぽけな人間ではない……」

サンの目つきが突然意地悪そうに変わった。

「あれはどうしてまだ生かせておらぬのか？」

黄色くしおれた蘭を指さし、難癖をつけ始める。枯れた葉をたった半日でよみがえらせたなら、それは人ではなく仙人だ。

「行動が鈍い罪に対して明日までに反省文を書いてこい」

「そんな……明日の朝までに大殿《テジョン》の退膳間《テソンガン》にある道具を調べてお知らせするように言われましたが……」

「両方すればいいのだ」

ドギムは心に「忍」の文字を刻んだ。

「ユンムク、そこにおるか！」

サンが座布団を蹴り飛ばして立ち上がった。

「中宮殿へ行くぞ」

わけもわからず不機嫌になったサンは、寡黙な内官の手に身だしなみを任せながら、横目でドギムをちらりと見てつぶやいた。

「まさかそんなはずが……」

七日目、ついに王妃が元嬪の挨拶を受けた。

断固として拒否していたとは思えぬほど穏やかに、若い側室と会話を交わした。元嬪は幼いが、とても美しく愛らしいと褒め、手も握った。その年で王室の人間となる困難を慰め、涙まで流した。厚い情も見せた。紅酢五樽と白蘋酒《ペクピン》十樽を元嬪に下賜し、彼女の実家にも贈り物をした。

ただ、ひととおりの儀式が終わるまで外に立たせたまま部屋に入れようとしなかった。天気がぐずつき、蒸し暑いので、幼い側室の体調を考慮して恵慶宮が入れようとしたが、王がそれを妨げた。王は、王妃が側室に外で待てと言ったら当然そうしなければならないのだと厳粛に釘を刺した。

降り続いた雨は、翌日からは嘘のようにやんだ。

初の合宮《ハプクン》（床入り）が決まった。観象監《クァンサンガム》が心血を注いで選んだ、初夜を過ごすのに最適な吉日だという。王は宵越しに沐浴をし、新しい服を着た。

「面倒だな」

時間になるまで本に触れながら彼はつぶやいた。見るからに乗り気でない顔をしていた。年老いた宮女たちが正しい合宮について懇々と説いたときからずっとそうだった。知っていることを細々と教えるなと怒りさえあらわにした。

気が立つのも当然だった。王室の正式な合宮は非常に気恥ずかしい。王ご夫妻が寝殿に入ると、その四方を老練な尚宮たちが取り囲む。何をどうしろと助言したり、王が事を終えるやすぐに収拾したりするためだ。部屋をふさぐのは薄い屏風だけだ。尚宮たちが見聞きする前で愛を結ぶのだ。まだぎこちない妻と合宮をするのも苦役なのに、誰かがそばで余計な口出しをするので、いくらおおらかな男でも腹が立つだろう。

しかし、女人の立場からすれば、サンは不平を言うに値しない。こちらは守らなければならない規則がはるかに多いのだ。王を直接見てはならず、声を大きく出してもならず、体にむやみに触れてもならず、勝手に動いてもいけない。快楽を得る場合もあることにはあろうが、普通はじっと横になって、ただひたすら事が終わるのを待つだけだ。

自分には到底できないことだとドギムはぶるぶると体を震わせた。

「お前は今夜、見張りに立つのか？」

ふいにサンが声をかけてきた。

「はい、寝殿の外の廊下に立ちます」

大殿は空になるだろう。常に自分に目を光らせているイ・ユンムクも、何かとけちをつけてくる大部屋の尚宮も皆いなくなる。平和な夜だ。居眠りしたり、おやつを食べても怒られることはない。

「ご機嫌だな」とサンがぶっきらぼうに言った。「私がいないのがそんなにうれしいか？」

「とんでもございません。早くも王様が恋しくございます」

「ものは言いようだ」

サンはドギムの軽口を叱ることもなく、顔を少し赤らめさえした。


亥《い》の刻（午後十時）を過ぎると王は部屋を出た。乳母と提調尚宮、六十歳を超えた老尚宮たち、そして内官ふたりがあとに続いた。

「幼い元嬪様がうまくやり遂げられるかわからないわね」

去っていく一行をぼんやりと見送りながらソ尚宮が言った。

「行儀よく育てられた良家のご息女が初夜を迎えるのは簡単ではないのよ」

「もともと側室も王妃のように正式に合宮をするんですか？」

「普通はそうではないけど、世継ぎを産むために揀択された無品嬪でおられるから」

本人は恥ずかしいだろうが、非常に礼遇されているという意味でもある。

災難が起きれば当然だが、天候が悪い程度の理由でも日延べされがちな王室の合宮は、手間がかかる。月経の日を計算しないといけないし、王妃や側室の四柱推命も考慮しないといけない。丈夫な世子を望む祭祀を行う必要もあり、本当に面倒だ。ある意味、至極の世話ともいえる。

「とにかく尚宮様、少し寝ますので、本当に必要なときだけ呼んでくださいね」

「まったく、この子ったら。堂々と怠けるんだから」

ソ尚宮はあきれた。

「見逃してくださいよ。本当に疲れてるんです」

「王様がお前を毛嫌いするわけだ」とソ尚宮は舌打ちする。「どうしてそんなに疎まれるんだい?」

「私、何もしてません」

「いつも何もしてないと言ってるわね」

ソ尚宮は口をとがらせた。

夜の廊下は静かだった。壁に背をもたれ座っていると、この世をひとり占めしている気分だった。虫の鳴き声に合わせて扇子をあおぎ、猛暑を追い払った。いざ仮眠をしようとすると、かえって目がさえた。全身が溜まった疲れで悲鳴をあげているのに、目だけはぱっちりと開いていた。とりとめのないことが自然と頭に浮かんでは消える。部屋に何か食べるものがあったかなという雑念はいつの間にかサンのことへと変わっていた。

今、彼は何をしているだろうか。

幼い側室を捕まえて、融通も利かずに訓戒してはいないだろうか。いや、それでも寵愛するドンノの妹だから優しくしてあげているかもしれない。

女人に優しい王様?……まるで想像できない。もしかしたら、本を読むときのような奥ゆかしい声で名前を呼んでくれるかもしれない。恥ずかしがると優しくなぐさめてくれるかもしれない。

そんなことを考えていたら、胸が疼き始めた。右耳からぶんぶんと変な音さえ聞こえてきた。やはり相当疲れているのだろうか？

ドギムは自分の額と首筋、手首、胸もとを順に触ってみた。熱い。鼓動もどんどん速くなる。どうでもいいことだとドギムはぎゅっと目を閉じた。寝られるときに寝ることが重要だ。ソ尚宮が小言を言うのを想像すると効果があった。両まぶたが重く閉じ、全身から力が抜けた。

しかし、甘美な眠りからすぐにドギムは引きずり出された。

何か騒々しいなと思ったら、ソ尚宮に肩を強く叩かれた。

「王様のおなりよ！」

水を含んだ綿のように体が重かった。覚めない目を無理やりこじ開けたとき、サンが邪魔そうに襟を撫でながら入ってきた。あり得ないほど早いお帰りだった。合宮が陰気が陽気に変わる子《ね》の刻（午前零時）に行われることを考えれば、あまりにも早い。

「疲れた。布団を敷いてくれ」

そう言って、サンは寝殿へと戻っていく。

「あちらで休まれてから朝の御膳も召し上がってこられるかと思っておりましたが……」

サンの姿が消えると、ソ尚宮が提調尚宮にささやいた。

「たかが一日や二日のことではないではないか」と提調尚宮はため息をついた。「誰かと一緒に寝るのは不便だと夜中に帰ってこられるとは。王妃様との合宮もそうだった。元嬪様でも同じことよ」

「新婚なので少し変わってもいいと思うんですが……」

「私たちは、そう楽な運命ではないようですね」

ソ尚宮は顔色をうかがいながら、声をさらに低くした。

「ところで、合宮はちゃんと済まされたのですか？」

提調尚宮はいっそう深いため息をついた。

「ただ座ってばかりでいらっしゃったのだ。宮女たちがちらちらと視線を送っても脱衣するという話すら出なかったそうだ」

「ああ……血気盛んなお年なのに、本当にひどいものですね」

尚宮の間で文句が短く交わされたあと、大殿はふたたび沈黙に陥った。以後は慈悲のない徹夜勤務の連続だった。

＊

王室に小さな亀裂が生じた。

事の始まりは、王妃が側室の元嬪に接するときだけは人格が変わるという噂からだった。目撃談が次々とこぼれ出た。王妃が元嬪の見舞いを毎日断るとか、たまに一緒に座ると黙ったままにらみつけるとか、元嬪が中宮殿から帰るたびに涙の跡を隠すとか、都承旨が妹を蔑視する王妃を恨んで暴れたとか……。見て見ぬふりをしなければならない出来事がどんどん募り、王室の雰囲気は荒《すさ》んでいった。

実体のない争いに王の実母である恵慶宮も割り込み、ひと役買った。彼女はもともと王妃と仲がよかったが、元嬪が入宮すると態度を変えた。ドンノが王のために先陣を切って自分の一族を追い出したというわだかまりは胸に収めた。恵慶宮は家門に対する自負心が強い女性であり、今はただホン・ドンノだけが権勢を失った豊山ホン氏再起のための唯一の希望だからだ。

彼女は早く元子《ウォンジャ》（国王の長男）を産めと元嬪の背中を叩き、蝶よ花よと愛でた。当然、王妃のことは遠ざけるようになった。元嬪によくしてくれないと王妃を叱りつけることもしばしばだった。それに怒った王妃はさらに元嬪を責めるようになり、その悪循環は絶えることがなかった。

いっぽう、大妃の態度は曖昧だった。王室の上長として三人を厳しく戒めるどころか、一歩下がってただなりゆきを見守っていた。時が満ちるのを待つ人のように。

ドンノの功績で不倶戴天《ふぐたいてん》の敵である豊山ホン氏を追い落とすことに成功し、自ら元嬪を揀択までしたのだから、側室の肩を持ってもいいし、同じく豊山ホン氏と敵対する王妃の肩を持ってもいい。両方を天秤にかけているので曖昧にならざるを得ない。大妃が誰の味方になるかによって均衡した天秤は大きく傾くため、緊張感だけが日に日に増していった。もしかしたら、そのような影響力を内心楽しんでいるのではないかとさえ思えた。

もちろん、王にはなおさら何かを期待する状況ではなかった。

彼は厄介な女たちの争いには関わりたくないという意思を明確にした。内命婦の長としての王妃の力量にかかっている問題であり、自分は余計なことは一切しないと言い切った。ただ、混乱は望まないのか、王妃と元嬪を必要以上に公平に接した。王妃との合宮をしなければ、元嬪との合宮もしなかった。さまざまな儀礼の際、妃嬪を礼遇するやり方において争いの余地があれば、無条件に過去の前例に従うようにした。

これでは亀裂を慎重に維持しながら気まずく時を過ごしているだけだ。近いうちに大きな騒ぎになるだろうとギョンヒは陰惨な予言をした。

「今日から毎日未《み》の刻（午後二時）に元嬪のところへ問候に行け」

果たして予言が実現するのか、ある日の早朝、サンが意外な命令をドギムに下した。

「すでに朝廷と内医院の問候を受けていらっしゃいますが、王様までが元嬪様によくすれば王妃様が寂しがられるのではないでしょうか？」

ドギムが懸念を示すと、「それではあわせて王妃のところにも行ってこい」とサンはため息をついた。「家の中が騒々しいから、女たちの機嫌に合わせないといけないようだ」

むやみに口を出して火の粉でも飛んでこないかとドギムは気が進まなかった。

「本当に毎日ご挨拶にうかがわなければならないのでしょうか？」

「動きを調べるためだ」とサンは真意を打ち明けた。「都承旨はどのくらいの頻度で出入りするのか、妹に何を言っているのか」

問候に行けというのは、歓心を買って口を開かせろということだ。

あれほど寵愛するドンノを要注意人物扱いとは一体どういうことだろう。サンは昨夜も退出する彼をつかまえ、もっといてくれとせがんだほどだ。いくら非情だといっても、まさか自分のために必死に働く重臣を疑うはずはない。

ドンノは自らの才覚でここまで大きくなったが、本質は王によって作られた権臣、王の傘の下にある権臣だ。そもそも度が過ぎると知っていながらも、その多くの権力をドンノひとりの手に握らせた張本人はサンではないか。サンは決して何も考えずに事を起こす性格ではないし、あとになって手のひらを返すように態度を変えるような自由気ままな男でもない。

ひょっとしたら計略ではないだろうか？　謀反を口実に朝廷を一気に刷新したように、これも何かのきっかけを作る過程なのかもしれない。

黙り込むドギムにサンが言った。

「何も考えずに言われたとおりやればいいのだ」

「でも、体面があまりよろしくないかと……」

王の意中にどんな謀略があろうと、宮女が妹をそそのかしているという噂を聞けばドンノは不愉快になるだろう。勢いに乗る権臣の不興など買いたくはない。

「都承旨がお前を疑うことはない。やむを得ず宮女が必要なことがあったら、必ずお前を使ってほしいと私に頼んだことすらあったからな」

それは元嬪が入宮する前の話だ。最近のドンノの視線は以前に比べて非常に冷たくなった。

「とにかく、うまく振る舞うのだ。それくらいの才はあるだろう」

曖昧な注文を最後に、サンは口を閉じた。


昼食を終え、ドギムはまず中宮殿に行った。大殿からご挨拶にうかがったと告げると宮人たちは仰天した。衝撃的な訪問を伝えに急いで部屋の中に飛び込んだ尚宮は、しばらくしてまた出てきた。

「聖恩《ソンウン》に恐れ入って身の置き場がございませんとのことです」

儀礼的な答えだった。尚宮を通じて挨拶だけを伝えるとは、どう対応すればいいのか戸惑っているのだろう。とにかく答えを受けとったのでドギムは躊躇なく引き下がった。

いっぽう、元嬪にはまるで違うもてなしを受けた。側室が直接出てきたのだ。華やかな簪《かんざし》で髪を束ね、髪飾りをのせた姿がまるで似合わない幼い顔が、ドギムを見てぱっと輝く。彼女の背後から新しく模様替えした部屋特有の木の香りが漂ってきた。

「ようこそ。ちょうど寂しくしていたところです」

周りには厳格な宮女たちや実家から連れてきた召使いたちしかいないので、外の若い宮女の訪問がうれしいのだろう。

「敬語は使わないでください」

「いいえ。どうして私が王様の宮人に対して気安く接することができるでしょうか」

そう微笑み、元嬪はドギムを案内していく。

豪華な品が多かった。華やかな絹で編んだ敷物に質のいい木で丁寧に作られた見事な箪笥。多産を祈願して描かれた屏風は十二帖もあり目を奪われた。粉の器や油瓶など、些細な化粧道具までも繊細で美しかった。

「お兄様が飾ってくれたものよ。度が過ぎるのは嫌だと言ったのに聞いてくれなくて」

装飾品の一つひとつに感嘆の息を漏らすドギムを見て、元嬪は恥ずかしがった。

「優しいお兄様をお持ちですね」

「私は末っ子だし、体も弱いから甘やかしてくれるのよ」

まだ熟していない桃色の唇がほころんだ。

元嬪はドギムにあれこれと熱心に訊ねた。宮女たちは何をして遊ぶのかとか、後苑のどこに行けばリスを見られるのかとか、いかにも子供らしい質問の連続だった。宮女同士で三か月に一回、尚宮の目を盗んで服の裾をたくし上げ、羽根蹴り遊びで賭けをすると教えたら、目を輝かせたりもした。本当に初々しい少女だ。それなのに、その髪型、その衣装……体に合わない大きすぎる服を着せられてよろめく幼子のようで、気の毒で仕方なかった。

それからドギムは十五日間にわたって元嬪を訪ね続けた。読みごたえのある本二冊とギョンヒが布の切れ端で作った小さな人形を持っていってあげた。大した贈り物でもないのに元嬪はあまりにも簡単に心を開いた。他人の優しさを渇望するほど宮殿の暮らしが怖ろしかったのだろう。

「お兄様があなたを知っておられるとか」

ある日、元嬪がドンノの話を切り出した。

「面白い人だと言っていました」

裏に多くの意味が込められた評価だった。

「あなたは大丈夫だ。脅威になるはずがない。ほかの宮女とは付き合わず、あなただけを相手にするようにとまで言うんですよ」

元嬪はにっこりと笑ったが、ドギムは気まずかった。

脅威になるはずがないという言葉は取るに足らない存在だということであり、今後も脅威になるようなことは考えてはいけないという脅しでもある。

一体、事態はどのように進んでいるのだろうか。王の密かな注視をドンノは知っているのだろうか？　それゆえドギムが淑昌宮殿に出入りしても、黙って見守っているのか。

「承旨様は最近もよくお立ち寄りになりますか？」

自分を焚きつけるサンを思い浮かべながら、ドギムは必要な話題を持ち出した。

「ええ。まるで水辺で遊ぶ子供を見るようにやきもきしておられるわ。過保護すぎるといくら申し上げてもお耳に入らないようで」

「手厚い心づかいですね」

「お兄様は私にいつも、申し訳ないとおっしゃるの」

暗い影が元嬪の顔に落ちた。

「無理やり恐ろしい宮に入れたと言い、自分は罪人だとおっしゃるのよ」

彼女は小さな拳を握り締めた。

「でも、本当はそうじゃないんです。お兄様は嫌なら入宮しなくてもいいとおっしゃってくれたんです。もちろん、私をなだめようとする方便だったかもしれませんけど……」

意外と現実的なところがあるのか、その声は淡々としていた。

「とにかく、私が入宮すると言い張ったんです。お兄様がどれだけ苦労したかよく知っているので、私も役に立ちたかったんです」

「そのお心、誠に感心いたします」

「でも、思ったよりずっと怖ろしいところでした。もうやり直しはきかないのに……」

元嬪の瞳にみるみる涙があふれた。

「大妃様も怖いし、王様も怖いし、王妃様は特に怖いわ」

このままでは本音がだだ漏れになってしまうと気づいたのか、彼女は口を閉じた。もちろん、宮殿では口の用心が何よりも優先だ。

「恵慶宮様はお優しくないですか？」とドギムが訊ねる。

「それはそうなんだけど……子供をたくさん産めと言われているのに、私は今まで失望ばかりを抱かせているわ。このまま私のことを憎まれたらどうしましょう……」

「慶事はそんなに簡単に起こるものではございません。焦らないでください」

ドギムは内心気にくわなかった。入宮して半年も経っていないのに懐妊を急かす必要はない。まだ宮殿に慣れてもいない幼い側室にすぎないのだ。

「そ、そうじゃなくて……」と元嬪は困った顔になる。「王様は一度も私が学んだようなことをしてこないんです」

「えっ？」

「ですから、合宮日にいらっしゃるんですが……合宮をしたことはないんです」

まばたきを繰り返していたドギムは、羞恥に頬を染めた元嬪の顔を見てようやく気づいた。

「まさか……まだ初夜を過ごしていないということですか？」

初の合宮が不発に終わったときはそうだろうと思った。処女のぎこちなさもあり、あの日は特に王の機嫌が悪かったので、心が動かなかったのかもしれない。しかしその後、かなりの時間が経った。よそよそしくはあるが顔を合わせる機会も多く、一緒に参加する行事もかなりあった。さらに、観象監と提調尚宮はドンノの顔色をうかがって、王になんとか言い訳をしながら月に二、三回は合宮を計画している状況だ。なのに、当事者である王が動いていないとは……。

「じっと座って夜を過ごし、そのまま帰られるんです。私、知らずに何か悪いことをしていたらどうしましょう」

「それは元嬪様のせいではございません。王様はあまりにも……」

ドギムは適当な言葉を探すのに苦労した。

「……思慮深い方ですからね」

「この前は私、時間も遅いので休まれたらいかがですかと頼んだのよ。なのに、気にしないでゆっくり休めと言って、ふらりと出ていかれたんです」

見守っている宮女たちも私のことを情けないと思うだろうと元嬪は悲しげに訴えた。合宮をまともに行っていないという事実が大妃や恵慶宮の耳に入れば、ものすごく叱られるだろうとぶるぶる震えたりもした。

「お母様に会いたくてたまらないわ」

その小さな体をぎゅっと抱きしめてあげたかった。しかし、いくらつらくてもひとりで生き抜く方法を身につけなければならない。宮殿ではそうでなければ生き残れない。

ドギムが途方に暮れていると、扉の外で召使いが告げた。

「承旨様のお越しだそうです」

「あっ！　お兄様にこんな姿は見せられないわ」

元嬪は慌てて袖で涙を拭くと、赤くなったまぶたにおしろいを叩いた。まったく子供らしくない行動だった。

ただ残念ながら、それだけでは十分ではなかった。


王はまた、丑《うし》の刻（午前二時）になるまで本を読んだ。最近、特に睡眠不足のドギムにとってはとてつもない苦行だった。頭が重りのように前に傾いた。膝も折れそうになった。人は立っていても眠れるという不思議な悟りを得た。それまでは暇な時間にこっそり昼寝をして体力を補充していたのだが、中宮殿と淑昌宮殿に通い始めるとそれさえもできなくなり、この状況に至ったのだ。

「何もすることがないくせに病気の鶏のように居眠りをしておるのか」

いつから見ていたのかサンの叱咤の声が飛んだ。ドギムははっと傾いた頭を正した。

「今日も元嬪に会ってきたか？」

「はい。特別な話はございませんでした」

「毎度同じことばかり言うな」

サンが本を閉じた。

「身の程も知らずに元嬪と親しくなりすぎなのではないか？」

「とんでもございません」

「お前の主人は私だぞ」

怒った口調にドギムの目が覚めた。

「もう一度訊く。元嬪は何を言っておったか？」

ドンノについての悪い話が多かった。野心のために王室に妹を送り込んだにしてはたいそう妹を気にかけているとか、妹の屋敷を我が家の奥の間のように出入りしているとか、妹が冷たく接する王妃について訴えると天を衝くほど激しく腹を立てたとか。しかし、そのまま伝えれば、嫁いだ者の道理も知らないと可憐な元嬪を見損なわせることになるし、どうしたものか……。

結局、ドギムは意地を張り、サンに抵抗した。

「本当に何もございませんでした」

しかし、サンの表情が尋常ではなく、言葉を重ねなければ耐えることができなかった。

「生活に慣れずに大変そうでした。頻繁に訪ねて優しくして差し上げれば助けに……」

「余計なお節介ばかりしておるな。やはり、お前はあまりにも足りない」

恐縮し、ドギムは頭を下げた。

「私はすでに十分優しく接しておる」

「淑昌宮殿で休まれたら、もっと優しく見えると思いますが」

「誰かが横にいると落ち着かないのだ。寝床が変わるといつも眠れなくなってしまう。この国の未来がこの身一つにかかっているのだから、私の安らぎが最優先だ」

自ら言っておきながら、それでは薄情だと感じたのか、言い訳のように付け加えた。

「そうでなくても承旨の妹だから、かなり気をつかっておる。合宮の日もきちんと守って、ともに夜を過ごしているのに、どうして小言を言うんだ」

「しかしながら、初夜もまだだとか……」

正気じゃないにも程があった。秘すべき王の寝殿事情を口にするとは！

可憐な側室につい同情してしまい、馬鹿なことを口走ってしまった。

「そんな突っ込んだ話までするほど、元嬪を気に入ったのか」

サンが鋭く言い放った。

「大変出すぎた真似をいたしました」

ドギムはすぐにひざまずき、ひれ伏した。

「その至極の真心で私に仕えることだ。非常にゆるんでおる」

すばやい反省が気に入ったのか、幸いにもサンの怒りはすぐに収まった。

「もうよい。どのみちお前は言いふらすような性分でもない」

そのあとの様子が妙だった。打ち明けたい秘密がある子供のように口をもごもごし、近くに来いと手招いた。戸惑ったまま、ドギムはサンのそばへと寄った。

「訊きたいことがある」

サンは慎重に切り出した。

「お前も見てわかっているだろう。元嬪はただの子供だ。揀択のときに年齢の割に早熟だと聞いたので何も心配しなかったのだが……いくら世継ぎを急がれても道理があるだろう。どうやって子供と合宮できるというのだ」

ため息まじりに苦情を打ち明ける王は、本当に困った様子だった。

「本音を言えばもっと大人になるまで先送りしたいが、揀択の名分とドンノの面子を考えて合宮の日だけでも作っているのだ。月経があるという話すらも疑わしい」

王はためらうことなくドギムに訊ねた。

「それで訊くのだが……お前はいつから月経が始まったのだ？」

今、彼は女人に絶対に訊いてはいけないことを訊いた。

「いくら王様に仕える宮女でも、そのような下卑た問いに答えたりなどしません！」

沸騰した湯のごとく、ドギムは突然怒った。

そこには羞恥心以外の感情も入り交じっていた。いくらとうに婚期の過ぎた女とはいえ、女人として尊重されていないという寂しさ。いっぽうで、いざ女人として扱われたとしても不快な感情。自分の手には負えないことに巻き込まれた重荷……すべてが気まずかった。

「……え？」

思わぬ激しい反応に、サンは困惑した。

「女人の月経は健康を診断する尺度であり、四柱推命と産み月を予想することができる縁起のよいものなのに、その過剰な反応はあきれるな」

「で、ですが、目の前でそのように質問されては……！」

「王に仕える宮女が、どうしてそんなに度量が狭いんだ」

信じられないほど落ち着いているサンを見て、どうしてこんなに厚かましいのだろうと舌を巻いたが、ふとドギムは、サンが常に人目にさらされ続ける人生を送っていることに気づいた。

明け方咳をするときから夜中に眠りにつくまで、一日中彼には誰かの目がついている。世話をするという名目で。後代のために王の一挙手一投足を記録するという名分で。

彼は人で構成された格子の中に閉じ込められて生きているのだ。隠密な夫婦間の合宮さえも宮人たちが見る前で行うのはもちろん、王妃の血のついた月経帯を内医院で見ることも日常だ。彼はそのような生活に慣れ、誇りを感じている。彼の立場では大したことではないことに、ムキになっていると見えるのかもしれない。

「私が浅はかなので、そう考えたのです」

何が正常で異常なのかよくわからなくなり、ドギムは不愛想に答えた。

「そうだな。王室の外にいる者なら恥ずかしいのだろう」

赤くなる彼女の頬を見て、サンはつぶやいた。

「男として見ていないと言っていたのに……」

突然、サンの口角が上がった。

「そうだ、私の考えが甘かった。お前ならいつものように目を丸くして遠慮なく話してくると思っていた。なるほど……女人の真似もできるようだ」

どうにも理解しがたいことに、サンは機嫌がよさそうだった。

「それから……私がお前に下卑た振る舞いを仕掛けるなら、このくらいでは済まないはずだ」

鳥肌が立った。ドギムの首筋がぶるっと震え、サンの視線はそれを逃さなかった。

「とにかく知る必要があるから、答えろ」

あとに引く気はなさそうだった。王を相手にこれ以上抵抗するのも無礼だ。

「……十八のときでした」

恥を忍んで答えた。穴があったら今すぐ飛び込みたい。

「それは……遅すぎるんじゃないか？」

「はい。普通は十四や十五と言われております。私は少し遅いほうでして……」

それに関して、当時はよく心配された。十八歳ならもう子供をふたりは産んでいる年なのに、どうして兆しがないのかとソ尚宮は特に気を揉んだ。それで毎晩、子宮を丈夫にするという体操をさせられたり、いかがわしい匂いがする湯薬を飲まされたりと、かなりしつこかった。子供を産むこともないのに、こんなことをする意味などないのではないかと愚痴をこぼして背中を殴られた。

「わかる気がするな」とサンはにやっと笑った。

「今は止まることなくちゃんと来ているのか?」

「はい。なんの問題もございません」

一体なぜ、王様とこのような話をしなければならないのかわからない。

「ふむ、それはよかった」

何がいいのかはわからないが、これ以上恥ずかしいことを訊かれてはかなわないとドギムは話の矛先を変えた。

「元嬪様を疑うことはないじゃないですか。内医院で全部知っているそうです」

「話を作ろうとすればできないこともない」

「まさか都承旨様が王様を謀《たばか》りますでしょうか」

「人は変わるものだ。どうかそうでないことを願っていてもな」

やはり何か危ない。もともと無償の愛情でドンノをかばっていた男だ。誰かがドンノに対して悪評を立てた途端、即座に脅しを利かせるサンを見て、まるで寵愛する側室を守る夫のようだと皆は舌を巻いたものだ。

人は変わるものだなんて、誰を念頭に置いての言葉だろうか。権臣になったドンノが変わるという意味なのか、それとも権臣に育てるほど熱烈だった王が変わるという意味なのか……。

「ところで、元嬪が外者であるお前にそんなことまで打ち明けたのか?」

サンが突然矢を向けてきた。

「まだお若く未熟なので、うっかりなさっただけです。罪は口説いた私にございます」

「主人の前でほかの者をかばうなんて、あきれる！」

先ほどまでの機嫌のよさはどこに消えたのか、サンの顔が険しくなる。

「よく考えると、お前は不思議なほど女たちと仲よくしているな。母上はもちろん、大妃様にチョンヨン、チョンソンでも足りず、今は元嬪まで……」

少し拗ねているように見えた。

「余計なところにひょいひょい顔を出さず、私にしっかり仕えるのだ。わかったか？」

そんな無駄な約束をさせられ、ようやくドギムは解放された。

＊

元嬪が風邪で寝込んで、もう三日が過ぎた。症状は軽いが、外気と接触してはならないと人の出入りまで禁じられたため、しばらくの間、挨拶にうかがうことができなかった。幼い頃から体が弱いと言っていたが、そのとおりだったのだろう。確かに、いつも医女たちが出入りしていた。

ただ、淑昌宮殿に出入りできないからといって、王妃への問候まで行かないわけにはいかなかった。今日もドギムは中宮殿の外門に立ち、尚宮が戻ってくるのを待った。おそらくまた、尚宮を通して返事を伝えられるだけだろう。初めてご挨拶にうかがった日以来、いつも同じだった。

ところが、今日は違った。

「中に入れとおっしゃっております」

尚宮の話を聞き流し、「それではこれで失礼……」と言いかけ、ドギムは「え?」となった。

「早く!」

くるりと踵を返した尚宮に続き、ドギムは中宮殿へと入っていく。

屋敷の中は非常に大きかった。殿閣の踏み石、真っすぐ立った木の柱、その一つひとつがまさに国の世継ぎを産む屋敷だと誇示するかのように雄大だった。側室の屋敷に比べて警戒が厳しく、それゆえどこか寂寞としていた。

内官どころか、内人《ナイン》と雑仕女たちも簡単には近寄れない王妃の屋敷。自由に出入りできる人はただひとり、夫である王だけだ。しかし、その夫がまったく近寄らないので、とても寂しい場所になってしまっている。こんなに広いところにひとりでいるよりは、狭い宮女部屋でごちゃごちゃと何人かで暮らすほうがよほどましだ。

幾重にも閉じた扉が一つずつ開いた。王妃がひとりでいる姿を見るのは初めてだった。ほかの人にさえぎられずにいると、なかなかの威容だった。高い席から見下ろす姿には気品があり、その視線は真っすぐで一切乱れることがなかった。

王妃に対する礼儀は王に対する礼儀と同じもの。ドギムはご尊顔を見上げられずに部屋の入り口でお辞儀をして、ひれ伏した。

「いつもただ送り返すのが気になっていたのだ」

王妃はすっかり固くなっているドギムをじっくりと観察した。

「そなたについての話はたくさん聞いておる」

慣れ親しんだ自分の空間にいるからか、彼女はいつものように言葉をにごさずはっきりと話した。

「大妃様と恵慶宮様がそなたのことを気に入っているとか」

募ってくる不安にドギムは膝を少し動かした。

「本当に不思議だ。私はおふたりと長い間一緒に暮らしておきながら、褒め言葉などほとんど聞いたことがない」

まさか、ただの宮女を相手に悪意のある話ではないだろう。

「そして王様も……」

王妃はかすかに首をかしげた。

「なんというか……前とは少し変わった様子だ」

曖昧な物言いだった。べつに「そなたに会ってから」などと指摘されたわけではないので、反論する余地もなかった。今は黙って聞くのがいい。

「いろいろな意味で驚くべきことだ。なので、私もそなたに興味があるのだ」

茶盤を手にした召使いが静かに入ってきた。視線の置きどころができてよかった。ドギムは白い湯気がゆらゆら立つ茶碗をじっと見つめた。

「私と一つ遊びをしよう」

左右にいた尚宮と内人たちがすばやく引き下がった。

「私が訊ねたら、そなたが答えるのだ。代わりに私もそなたの問いに答えようではないか」

どうやら王妃は遊びという言葉の意味をもう一度学ばなければならないようだ。

「滅相もない……」

「何を訊いてもかまわぬ。そう考えすぎるな」

王妃の澄んだ声が広い部屋に響く。これまで知っていた王妃とは全く違う。生気のない表情も、がっくり落ちた肩も、いじけた態度の跡形もない。

「それでは私が先に訊く」

王妃は茶碗に口に運び、のどを湿らせてから訊ねた。

「そなたは私のことをどれだけ知っておるのか？」

ドギムはあれこれ耳ざわりのいい言葉を考えてみたが、思いつかなかった。そもそも大殿で起こっていることだけでも困難が多く、ほかの王室内の事情まで知る暇もなかった。せいぜいギョンヒが持ち寄る噂話に適当に相づちを打つ程度だ。

「恐縮ですが、よくわかりません。私は大殿以外の事情にはとても疎いので……」

仕方なく率直にそう話した。

「そうか」

王妃は淡々とうなずいたが、目つきはなぜか、からかい交じりだった。彼女は深く座り直した。お前の番だということだろう。無難な質問を探さなければならない。

「王妃様は入宮してどのくらいになりますか？」

「変わったことを訊くな」と王妃は少し笑った。「十歳……いや、九歳のときだ。揀択されて離宮に入ったが……病床に伏してしまい、一年後にようやく嘉礼を挙げたのだ」

彼女は習慣のように顔の痘痕を手で撫でた。どんな病気を患ったのか口にすることさえはばかるような様子から、おそらく天然痘のようなものだったのだろうとドギムは推測した。元嬪より幼い年で入宮して、見知らぬ場所、見知らぬ人のなかで生死を行き来する病を患ったとは……。

「さぞかし大変だったことでしょう」

「最初はそうだった。宮女たちも同じではないか？」

「どうして侍従の立場が同じでしょうか？」

宮女たちには休暇もあるが、王室の女人は外の世界とは壁を作らなければならない。

「そうだな。幼い頃に王室の人間になるということは容易なことではない」

王妃が自嘲するような笑みを浮かべた。

「また私の番だ。私を知らないなら、元嬪についてどれくらい知っておるのか？」

また、その意図が明確でない質問だった。

「徳に優れ、言動を飾らない方です」

「あまりにもよそよそしく話すな」

ドギムの答えに王妃はがっかりした様子を見せる。

「元嬪がそなたを格別に慕っているという噂を聞いたのだが」

話し方は柔らかいが、裏にはここをどこだと思って嘘をつくのかという非難が含まれている。元嬪と親しいという印象を与えるのは危ないだろう。

「王様の侍従なので過分に接してくださるのですが、私的に親しくはございません」

この程度なら対処はできる。

「そう言うのなら……」と王妃は引き下がった。彼女自身も追い詰めるわけにはいかない立場だ。

「そなたの番だ」

「王妃様が一番大切にしておられるものはなんですか？」

これもまた無難な質問だ。嫁に来たときに持ってきた装身具だとか、そんな答えが返ってくるかと思ったが、意外と王妃はじっくり考え込んだ。

「私が持っているものすべてが大切だ」

その表情に初めて暗い陰が差した。

「私のものはあまりない。物柔らかな王様と公明正大な大妃様、そして実の娘のように大事にしてくださる恵慶宮様……。もしかしたら、この王室が私の持っているすべてだろう。ほかの者が皆持っている子供もいないのだから」

そう言って、彼女は苦笑した。

「だから、より執着してきたのかもしれない。なんとか三人の目から外れないように頑張ったものだ。もしかしたら憎まれるのではないかといつも怖い。そうするうちに気が引けて、自信を失うようになるのだ」

王妃は静かに目を閉じた。

「あれほど苦労して守ってきたものを最近、失ってしまったような気がする」

言葉の意味は明らかだ。ドギムは焦りを隠すためにお茶をひと口飲んだ。何も味がしなかった。

「よし、また私の番だ。そなたはもしかして王様と……」

話の途中で王妃は口を閉じた。

「……いや。ほかのことを訊こう」

しばらくして、彼女はふたたび口を開いた。

「私が王様をどれだけ慕っていると思うか？」

一難去ってまた一難だ。

「夫婦はお互いの鑑《かがみ》ですので、王様が王妃様を慕うのと同じぐらいではないでしょうか」

「困難な状況を免れる才能があるようだ」と王妃は笑った。「それも賢答だ。それ以上でもなく、ちょうどそのくらいが適当な道理だ」

これが本当に夫婦の美徳なのだろうか。頭では理解できるが、人の情で見ればやはりおかしい。

「慌てる姿を見たかったのに残念だ」

今度は言葉に棘があった。ドギムは笑うふりで焦りを隠し、自分の番だと気づいて訊ねた。

「王妃様は何が怖いですか?」

どうか鬼とか暗い夜中にひとりで起きていることなどと普通に答えてほしいと心の中で願う。しかし、王妃は意外なほうへと話を持っていった。

「今までは宮女が怖かった。誰かが王様の目に留まって王子を産み、その王子が元子になり、ついに世子にまでなるのではないかと……。王妃としての役目を誰かが代わりにするなら、私の存在はまるで価値のないものになるではないか」

彼女は深くため息をついた。

「ところがそうではなかったのだ。恐れるべきは宮女ではなかった。竹のように真っすぐな性格の王様が、取るに足らない宮女なんて相手にするわけがない。私に取って代わることはできまい」

とかくお偉い方というものは、宮女の気持ちなど全く考えていないようだ。

「ただし、士大夫の娘は私に取って代わることができる」

王妃は厳粛に話し続けた。

「私と同じ士大夫の娘なら、嫡長子に準ずる王子を産むことはできる」

彼女の妙な態度はやきもちとは違っていた。むしろ鬱憤や恐怖に近かった。

「元子を産めないのは私の罪だ。しかし、それによってすべてを失わなければならないなら、厳しすぎるのではないか」

彼女は自分の胸のうちにある闇に、完全に打ちのめされてしまっているように見えた。

「王室の母は王妃様だけでございます」

ドギムはたどたどしくなぐさめた。

「元嬪は私と似ておる。怖がりで、周りに押し流されている点はそっくりだ。彼女はいつでも私に取って代わることができる。そのようにしたがる兄も後ろについている」

「……」

「私はそれが怖いのだ」

ふたりの間に重い沈黙が舞い降りた。

「……私の最後の質問だ」

ドギムは息をのんで、それを待つ。

「そなたが持つわずかなものを誰かが奪い取ろうとしたら、何をすべきだと思うか？」

「守らなければなりません」

「そうか。私が今していることはまさにそれだ。守ることだ」

窓から差す日差しが照らす彼女の顔は、とても疲れて見えた。

「そなたの最後の質問はなんだ？」

「……どうして私にそんなことをおっしゃるんですか」

初めてドギムも本音をさらした。

「そなたが都承旨側の人間だと思ってのことだ」

王妃は動揺しなかった。

「それで、私が言ったことを助詞違わず元嬪と都承旨に伝えてほしかったのだ。王妃の地位を守るためなら、私がどこまでやるのか警告したかった」

なぜこんな問答をと釈然としない感じはあったが、やはりそういうことだったのか……。

「いざそなたを呼んでおいて、どうやって切り出すか悩んだのだが……。幸い、そなたが適切な質問をしてくれたので、手間が省けた」

「私は都承旨様側の者ではございません」

そう返し、ドギムはホン・ドンノの側の人間と反対の言葉がなんなのかしばし考える。意外と答えは簡単だった。

「私は王様の宮女にすぎません」

本当は誰のものでもなく、ただ自分は自分のものだと言いたかった。しかし、生きるためには妥協しなければならないこともあるのだ。

「その二つになんの違いがあるのかわからぬ」

王妃はさっきよりも大きな苦笑いを浮かべた。

サンにそのまま伝えられない話がもう一つ増えた。憂鬱な気持ちを抱いたまま、ドギムは最初に入ったときのように王妃に向かって深々と腰を折った。

「今度会うときは、そなたの言うことを完全に信じられたらいいな」

約束できない言葉で、王妃はこの面会に終止符を打った。


眠れぬ夜を過ごし、ドギムは夜明けの空をじっと見つめた。とても疲れていた。王のさせる雑多な任務は終わる気配を見せず、黙々とやっている筆写の仕事も手に余った。王妃と元嬪の争いにまで巻き込まれたため、精神的な消耗があまりにも大きかった。

机に突っ伏し、少しの間うとうとしたがすぐ目が覚めた。もう出かける時刻だ。背筋を伸ばすと凝った腰としびれた手首をあらためて感じた。なんだか頭がぼうっとして手も震える。

「もう行くの？」

ぐっすり寝ていたソン・ヨンヒが目をこすりながら訊ねる。

「顔が真っ赤ね」

「あなたの視線が熱すぎるからよ」

ドギムはきれいに結べない服の結びひもと格闘しながら適当に答えた。ヨンヒがのそのそ這い出てきて、自分の額をドギムの額にあてた。

「あなた、熱があるわ！」

「そんなはずないわよ」

ドギムはひどく侮辱されたかのように顔をしかめた。

「あなた、うたたねばかりでもう三か月は過ぎたわよ。目はくぼんでるし、顔は白いし……。あなたのこんなひどい姿を見ても意地悪をし続けるなんて、王様はご立派だわ」

「そうよね」

ドギムは額に浮かんだ冷や汗を手の甲で拭いた。

「医女のところに行ってきたら？」

「いいわよ。面倒くさい」

「この子はまたつまらない意地を張って」

「武官の娘が体が弱くてどうするのよ」

ヨンヒはドギムが荒っぽく結んだ服のひもを解いて結び直してあげた。

「王様は……少しなぐさめれば和らぐんじゃないかしら？」

「もうしてみたわ。でも無駄だった。だから、もうこれ以上未練がましいことは言わないわ。負けたくないの」

「ほら見なさい！　熱があるからそんなうわ言を」

「うわ言じゃないわ」

ドギムは意地を張って言った。常に王のご機嫌をとり、顔色をうかがうのはもう疲れた。自分ではなく他人のために献身しなければならない宮女の運命も悲しい。

「せっかちで忍耐力がなくても、あなたが我慢しなさいよ。生まれたときから尊い方じゃないの」

「すでに我慢するだけ我慢して、折れるだけ折れたわよ」

たとえ茶目っけだとしても正道がなければならない。ギョンヒは好意があるからだと騒ぎ立てるが、たとえそうだとしても免罪符にはならない。やられる立場では、泣き言も出るのだ。まして、このように一方的な関係は、主人と侍従だから成立するのであって、決して男と女の関係にはならない。王の好意というのは、そもそも非常にひねくれた感情に違いない。

そんなものがあろうとなかろうと、やられる側はただ面倒で苛立つばかりだ。

「なんでも好きなようにできる方を相手にしているんじゃないの？」

「なんでも好きなようにできる方も、私のことまで好きなようにはできないわよ」

優しくなだめてくれているんだと知りつつも、不満の声が何度も飛び出した。

「死んだら少なくとも宮殿の外には出られるでしょうね」

青ざめるヨンヒを見て、ドギムは慌てた。

「違うわよ。ただ言ってみただけ」

気弱なヨンヒを驚かせると罪悪感を覚えてしまう。

「遅れるわ。行くわね」

結局、逃げる道を選んだ。

出勤し、いつもの日課を淡々とこなす。真っ先に朝の水刺床《スラサン》（王族の食事）を準備した。昨夜、閣《カク》臣《シン》（奎章閣《キュジャンガク》の官吏）たちと酒の席を持った王に配慮したのか、柔らかくて味の薄いおかずが多かった。しかし、王はそれさえも数匙《さじ》しか食べられなかった。普段から朝に弱く、頻繁に朝食を抜くほうなのだ。今朝はまだ酔いが残っていたようで、白目もうっすら黄色がかっている。

「もっと食べるくらいなら政務を見たほうが百倍ましだ」

決まりの悪い顔でサンはつぶやく。

酒が好きだという言葉は嘘ではなかった。王は先王の強大な遺産だった禁酒令を解除した。いざ解禁されると少し薬酒を楽しむという程度の酒量ではなかった。大きな盃に注がれた酒を馬が水を飲むようにがばがばと飲む。興が乗ると、臣僚たちが泥酔して倒れるまでしきりに勧めた。結局、一日中二日酔いに苦しむ本人にとっても、酒を勧める相手が王なので鼻が曲がるまで飲まなければならない周辺の人々にとっても、よいことなど一つもなかった。

王が便殿《ピョンジョン》に発ったあとは静かだった。午前中はずっと雑事をこなした。手が震えて胸がむかむかし、何度か小さな過ちをしたが、それ以外は平穏だった。菓子のかけらで適当に空腹をしのいだあとは、中宮殿と淑昌宮殿を訪ねた。この間の奇異な面会のあと、王妃は以前のように尚宮を通じてのみ言葉を伝えた。いっぽう、元嬪とはいつものように向かい合って座り、しばらく談笑した。

戻ったのは申《さる》の刻（午後四時）だった。一日が静かに過ぎていっただけでも幸いだったが、夕方に王が政務を終えて帰ってくると状況が変わった。

彼は包みをいっぱい抱えてきた。それを見るかぎり、今日も夜明けまで忙しそうだ。王が休まなければ宮人たちは困る。ドギムは交代の時刻までの辛抱だと自らに言い聞かせたが、乾燥したのどやひりひりする肌を無視することは難しかった。

「気持ち悪くてたまらない」

机の上に紙の束をばさっと置きながらサンがつぶやいた。

「二日酔いはまだひどいですか？　湯薬を差し上げましょうか」

「いいや、それはいい。すでに飲んだ」

「でしたら簡単な料理でも差し上げましょうか。今日はあまり食べなかったではありませんか」

ソ尚宮がしきりにやきもきしていた。そんな姿にドギムは寂しさを感じてしまう。弟子の体調が悪いことには全く気づかず、大丈夫だという王には大げさすぎる。

「食い荒らすよりは空腹のほうがいいだろう」

「それはいけません。何かちょっと召し上がらないと……。そうだ！　お前ははちみつ水をうまく作れるんだったな」

ソ尚宮は突然ドギムの肩をつかんだ。

「子供の頃から隣の誰かが病気になったら、はちみつ水を作ってあげていたじゃないか」

「ただ水にはちみつを一匙入れるのに、うまく作れるとかあるんでしょうか？」

「それならよかろう」と意外にもサンが興味を示した。「先王様も軽いご病気ははちみつ茶で治したことがある。私が直接入れて差し上げたりもしたものだ」

頭がくらくらしてじっとしていたかったが、ドギムは仕方なく退膳間に行った。水刺床を作るときにだけ使う最高級の蜜壺はかまどの隅に隠されていた。しゃがんでそれを取り出しながら、自分がこんなにもつらいのに、他人が飲むはちみつ水を作ろうとしていることが無性に悲しかった。

「ひどく甘いな」

しかも、サンはひと口飲んで愚痴をこぼした。

「はちみつをどれだけ使ったのだ。ぼろを着た民のことを考えると無駄など一切できないのに、なぜ節約することを知らないのか」

小言があふれた。火の粉が飛んでこないかと尚宮とほかの宮人たちはすばやく逃げた。

「王様だけを心配するのにも忙しいのに、なぜ民まで心配することができましょうか。そもそも私の役割でもありません。ですから甘いものでお体の回復をと思い、たっぷり入れたんです」

そうでなくても悲しいのに、けちまでつけられてドギムは泣きそうになった。

「では、民を心配するのは誰の役目ぞ？」

「王様の役目です。早く回復して、お好きなだけ民の心配をなさってください」

横柄にも口答えをしたようだが認識できなかった。それだけ頭がぼうっとしていた。

「はっ！　ますます見苦しい」

サンは舌打ちした。

「それでもお前は確かに一つ学んだようだ。お前は私のことだけ心配すればいい」

曖昧な脅し文句を言うと、サンは一杯を飲み干した。

「……少しはましか。なるほど、感心だ」

褒め言葉のようなものを聞いたようだが、確かではなかった。

「王様はなぜ、いつも飲みすぎになるんですか？」

私も小言を言えるのだとでもいうように、ドギムが澄まし顔で訊いた。

「風流を楽しむのも士大夫の道理だ。正しく精進すればするほど泥酔して乱れることはなくなるゆえ、一種の試験のようなものだ。自分自身を振り返る機会であるだけでなく、為政者たちの本性を計ることができる」

サンは生真面目に答えたあと、なぜか笑い出した。

「酒とは実に神妙で豪快な友ではないか。だから私は酒が好きだ」

「あまり楽しんでいないので、問題ですね」

「ふむ、それもそうだ」

内心では酒につぶれることを恥じているのか、サンは簡単に認めた。

「お前は今日に限って私のことを心配するのか」

サンはドギムをじっと見つめた。

「……大変そうなので」

今まではただ当たり前に思っていた事実一つが気にかかった。

わずか数か月の間に仕事が増え、死にそうなくらいつらくなった。だとしたら、生まれたときから過酷な暮らしを強いられている王はどうして乱れることがないのだろうか。特に、今日のように肉体の負担に耐えがたい日には、横になって怠けたくなるだろうに。年がら年中、仕える宮人たちと体を観察する内医院がいるというが、どう考えても超人だ。

「早朝から深夜までずっと仕事ばかりして、暇なときも読書をしておられます。普通の人だったら倒れてしまうはずなのに、どうやって耐えていらっしゃるのでしょうか?」

なぜそんな当たり前のことを訊くのだとサンは首をかしげた。

「だから王なのだ」

ドギムの体から力が抜けた。この人には絶対に勝てない……。

一生を模範生であり、儒学者の標本のように生きてこられた方だ。小賢しいことはできず、宮人たちと交わって遊ぶこともできない。湯薬を水のように飲んで働くことしか考えられない。自分が常に疲労を友としているから、他人を疲れさせるという考えに及ばないのは明らかだ。だからこそ無意識に逸脱を夢見て、飲みすぎる癖がついたのかも知れない。負けまいとして闘志を燃やすのは馬鹿げている。

「これまで誤解をしてきました」

白旗を上げたことで、ドギムは一気に楽になった。

「この頃、王様が仕事をたくさん任せるので、わざと困らせようとしているのかと思いました。しかし、そうではないのでしょう。王様は……もともとそういう方ですから」

生真面目で誠実な王が、一方ではとても気の毒だと思った。いらぬ罪悪感も抱いた。いずれにせよ、鎌をかけるギョンヒの言葉に振り回されるんじゃなかった。

「いいや、わざとだ」

晴天の霹靂《へきれき》のような言葉が返ってきた。

「お前の姿を見たくなくて、度を超した仕事を任せたんだ」

ドギムはあっけにとられた。

「お前のせいで不愉快だ。お前はなぜか私の心を乱す。政務に没頭しているときも、突然お前を思い出す」

サンが目を細めた。

「私はお前のせいで取り乱すことが多いが、お前は私のことなど眼中に置かず、ほかの者たちとはしゃいだり、何も知らないかのように私に口答えをするのだ。お前はずる賢いか足りないかのどちらかだ」

　サンはひどく悔しそうな顔をした。

「目ざわりだ。けしからん」

　話を終え、サンは顔をそむけた。半分だけ見える横顔が赤かった。

　この人は私のことを好きだ。もはや否定できない確信が彼女を襲った。それは何とも比べものにならないほどのけだるさだった。

「今も同じだ。誰を前に目を丸くして……」

　胸が熱い。耳もとから轟々《ごうごう》と血の流れる音がしてうるさい。唇が乾き、息が詰まる。腹の中のものを全部吐き出しそうだ。

　この人は私のことが好きだ。

　そして、この人は天下の王である。

「最近はまた、暇なんだろう？」

　サンの声が意地悪に変わったが、耳に入らなかった。

　好感よりは濃く、愛よりは薄い感情の境界線に立った彼をドギムは見た。彼が立つ場所は明確に見えるが、自分自身がどこに立っているのか見当がつかなかった。真っ暗な闇を手探りでたどるようにもどかしかった。

「それならまた仕事をやる。今度は――」

　一瞬、目の前が暗くなり、天と地がひっくり返った。

　そして何も聞こえず、何も見えなくなった。

「まあ！　気がついた？」

ドギムはかび臭い布団の中で目を覚ました。窓越しに昇ったばかりの白い太陽が見え、枕もとでは
ソ尚宮が大騒ぎしていた。

「お前は倒れたのよ。気絶したんだってば！」

「ボギョンがあなたをここまで背負ってきたのよ」

目を腫らしたヨンヒが濡れた手拭いでドギムの額を拭いた。

「医女が脈を診たんだけど、一晩中目を覚まさないから、どれほど心配したかわからないわ」

「熱がこんなに高いのにどうして我慢してたのかと医女がびっくりしてたわ！　まったく具合が悪いなら悪いと言わなきゃ！」

ドギムはそっと体を起こした。耳鳴りがした。ソ尚宮が慌ただしく盆を差し出した。

「よし、座ってこれから食べなさい。何かを食べれば薬も飲めるでしょう」

「駝酪《タラク》粥じゃないですか？」

ドギムがぼんやりと訊ねた。米と駝酪（牛乳）で煮た香ばしくて柔らかいこのお粥は、王の食事に供《きょう》される貴重な料理だ。

「夕食の御膳に上げようとしたのだが、王様が胃がもたれると残したのだ。朝の御膳にふたたび上げることはできないし、だからといって捨てることもできないし……。どうしたらいいものかと悩んでいたら、ありがたくも王様がお前に下賜してくださったのだ」

空腹というより好奇心でひと口食べた。冷めていてもとてもおいしかった。

「お前が大殿でばったり倒れたじゃないか。王様は青ざめて医女を探されたのだ。どれほど驚かれたことか、お前を膝に寝かせてじっくりと看病までされたそうだ。医女が着くまで王様はびくとも動か

なかったそうだよ」

　ひどい頭痛の合間にサンと最後に交わした会話が思い浮かんだ。激しく胸が揺れ動いた。

　匙を置き、ドギムは腰を上げようとした。

「まぁ、また熱が上がったらどうするんだい！」とソ尚宮は驚き、座り直させる。

「い、いいえ。ただ……その……私はこれから見張りをする時間です」

「見張りって！　三、四日ゆっくり休んで、体を回復させなさい」

「王様は気に入らないと思いますが」

「そんなに薄情な方ではない。むしろ、治らないうちに大殿の敷居をまたいだら罰を受けると思えと脅かしてきたくらいだから」

　信じられない好意の連続だった。

「もりもり食べなさい。もりもり！」

　押しに負け、ドギムは粥を平らげ、湯薬まで飲んだ。

「牛のように丈夫なお前が倒れるなんて、天地もひっくり返るわ」

　ようやくソ尚宮が立ち上がった。見張りに出る時刻なのはヨンヒも同じだった。

「ひとりでも大丈夫？　終わったらすぐ帰ってくるわ」

　お腹がいっぱいだからなのか湯薬の効き目なのか、ひどくまぶたが重かった。いったんは何も考えずに眠気に身を委ねることにした。考えるのは、次に目を覚ましたときでいい。

　本当に久しぶりにドギムは甘い眠りについた。

　不本意ながら迎えた休日は最高だった。一日中寝転がり、何かをつまんで食べたり、本を読んだりしてのんびりと過ごした。これからは体によいものだけを食べろと葛の根などを突きつけるギョンヒさえいなかったら完璧だったが、とにかく平和だった。

短い休暇はあっという間に終わり、日常が戻ってきた。これからの十五日間は夜から朝まで働く当番だった。元気いっぱいに大殿に現れたドギムを見て、「顔がすべすべね」とソ尚宮は安堵した。

「書庫整理からしなさい。この何日かの間にすっかり雑然としてしまった」

「ああ、まったく！　またこき使うためにみんなあと回しにしたんですね？」

待ち受けていた悲しい末っ子の境遇にドギムは頬を膨らませた。

「違うわよ、全く。王様が手も触れさせてくれなかったわ。お前以外の宮人が触れば本を探すのが厄介になると言われたそうよ」

こっそりと寝殿のほうをのぞいてみた。

「王様はもうお休みでしょうか？」

「合宮の日だから、淑昌宮殿に行かれたわ」

元嬪との合宮ならすぐ戻ってくる恐れがあるので、いったん避けたほうがいい。休日の間、全然気持ちを整理できなかった。こんな状態で会いたくはなかった。

虫の鳴く声さえ静まる子《ね》の刻（午前零時）。真っ暗な書庫の中で、手にした灯籠で散らばった本を照らしながらドギムは忙しく働いていた。面倒な王の本棚の整理方式にもいつの間にか精通してしまった。

ほどなくして人の気配を感じた。この時間に大殿の書庫に出入りするのは、王の命を受けた内官だけだ。それとも王本人か……。

ドギムは思わず本棚の後ろに身を隠した。見つかったら不格好このうえないが、今会うのは本当に嫌だった。読む本を選んだらすぐに出ていくだろう。

こちらに近づいてきたのはやはりサンだった。本を取り出し、頁をめくる音がする。ふたたび棚に差し、一歩横に移動する。新たな本を取り出し、頁をめくる。そして……。

どきどきしながら耳を澄ます。サンはドギムが身を隠した本棚の反対側に立った。

「もうよくなったのか？」

びっくりして舌を噛みそうになった。

「はっ、はい！　王様！」

本棚越しに慌てて答える。

「粥は食べたか？」

「あっ！　その、聖恩の限りでございます」

まだ舌先に香ばしい味が残っている。あのような旨味は初めてだった。

「そうか。どうせ捨てるところだった」

せっかく下賜したなら恩着せがましくすればいいのに、憎らしく振る舞う。

「……二度と倒れるでない」

「食べろと下賜したのではなかったのですか」

「いや、そうではなく……」

サンが不満そうに付け加えた。

「二度と弱い姿を見せるなということだ」

ぶっきらぼうな小言がいつもより気弱に聞こえ、なんだかむずむずしてしまう。

「たいそうなことをしてもいないのに、ふらふらと倒れるのか。たかがその程度で過労なら、朝廷の重臣たちは誰も残ってはおらぬな。か弱い女人の真似をするとはとんでもない！　とにかく、醜《みにく》い姿ばかり見せおるな、お前は」

「心配されましたか？」

「心配なんて！　宮女が大殿で横たわるなど、下々の者ひとり治めることができない愚かな王だと皆から悪口を言われるではないか」

会いたい！　声ではなく、お顔を見たい。

計り知れない衝動が先に立ち、ドギムは灯籠を前にしながら、本棚の陰からさっと出た。すぐにサンと目が合った。顔が赤く染まるかと思ったら、彼が先に目を避けた。それでも足りず、ドギムの前を通り過ぎ、別の列へと身を隠した。

「お隠れになるんですか？」

「隠れたとは、誰が！　本を探しているだけだ」

子供のように怒った声が返ってきた。

「そこにおれ。こちらへ来るな」

まるで牽制するかのように、本棚の向こうから次々と本を取り出す音が聞こえてくる。

やっぱりちょうどこのくらいの距離がいい。ここから遠ざかればなんだか胸が苦しくなりそうだ。しかし、ここからもっと近づくのも怖い。彼はあそこにいて、私はここにいて。胸が少し揺れるくらいどきどきして、適度にむずかゆくて。後悔しないように、やりすぎないように。

「私はここにおります」

何が言いたいのかもわからぬまま、そんな言葉が飛び出した。

「ですから王様はそこにいてください」

騒がしい音がぴたりとやんだ。いくら間抜けでも馬鹿ではない。

「私が来いと言ったら来るのか?」

低い声が戻ってきた。

「はい、そうします」

「自ら来たい気持ちはあるのか?」

「もしかしたら……」

ドギムはささやいた。

「でも、それ以上に……ただ、こちらにいたい気持ちが大きいです」

サンが暗闇の中から姿を現した。

「私は王だ。確かにお前を私の手のひらの上にのせたはずなのに、なぜか私がそなたの手のひらの上にのっている気分なのだ」

サンが持っている灯籠の光は、ドギムのものより明るかった。

「まあ、どうせ来いと言うつもりもない」

自分に言い聞かせるようにサンが言った。

「そんなことは駄目だ。困る。私らしくない」

サンは両手に持っていたひと抱えの本をドギムの胸に押しつけた。突然の重さのせいでドギムはふらっとよろけた。

「私は行かねば。しっかりと片づけておけ」

「一冊も持っていかれないのですか?」

「今夜は何も読めなさそうだ」

王の歩みに深いため息が従っていく。合間につぶやきが漏れた。

「一介の宮女なんぞに……私も情けない」

ドギムはサンから押しつけられた本の山を抱えたまま立ち尽くしていた。

考えるべきことが多い夜だった。

九章　破局

三月になり、宮殿の広い庭もようやく春めいてきた。ドギムにとってはうたたねの季節だ。国では服を作る女たちの機織《はた》りを農業と同じくらい重要視しており、大妃が採桑壇《チェサンダン》に上がり、蚕神《チャムシン》（農業を司る神）を称え、自ら桑の葉を摘む親蚕礼《チンジャムネ》が行われる。

ドギムは王に代わって出席するというソ尚宮に、私も連れていってほしいと申し出た。干し柿と古酒まで差し出し、懇願した。女性だけで行う祭祀があるなんて、気になって仕方なかったのだ。一日中ドギムに付きまとわれたソ尚宮はついに根負けした。

「お前が思っているのとは違うだろうよ」

久しぶりにきれいな緑円杉《ノグォンサム》の礼服を着ながら、なぜかソ尚宮は憂鬱そうだった。

「特に今年は……あまり険悪にならないでほしいわね」

後苑にたどり着き、ようやくその意味がわかった。雰囲気が冷ややかだった。高級官僚の夫人たちから宗親たち、チョンヨン郡主とチョンソン郡主をはじめとした外命婦《ウエメヨンブ》の夫人たちがみな集まったにもかかわらず、人の温もりがまるで感じられなかった。

「違う党派同士が出会うと死んだ先祖も飛び起きて拳を振り上げるというけど、その夫人たちが集まっているのだから、楽しいわけがあると思うかい？」とソ尚宮は皮肉な笑みをドギムに浮かべる。

「誰のせいで旦那様が苦労した、誰かが上訴したせいで実家の父は官位を剥奪された……そんなふうにそれぞれの背景をほじくり返していけば、争いごとには事欠かないんだよ」

さすがに殴り合いとはならないが、心理戦は激しかった。ある夫人は、「ご主人が側室にすっかり入れ込んだそうで、どんなに心を痛めたことでしょう」と話しかけ、さっそく右議政《ウイジョン》の奥方の気分を害していた。

「今日一日、王妃が王室の長のような威厳で仲裁をしてくださらなければならないのに」

ソ尚宮は内命婦の列の先頭をちらりと横目で見た。

提調尚宮と副提調尚宮を両側に引き連れた王妃におかしなところはないが、元嬪の立場は少し曖昧だった。礼曹《イエジョ》が無品嬪を正一品嬪のように扱い、後方に立てることはできないと判断したのか、彼女は王妃のすぐ後ろに立っていた。それも王妃の大礼服に匹敵するほど華やかに、金箔で鳳凰紋を刺繡した紫赤の円衫を着て。

側室に対する過分な礼遇が気に障っているのは明らかだった。遠目からでも王妃が醸し出す冷ややかな空気が感じられた。

問題は、礼曹はただの操り人形で、実質的に礼式を監督したのがドンノだという点だ。これ見よがしに妹を前に立たせたのだろう。自分の威勢を誇りつつ、王妃の鼻柱を折るつもりなのだ。

「あんなことをすれば元嬪様のお立場がますます苦しくなるだけだということを、なぜ都承旨様はわからないんでしょうか？」

首をひねるドギムにソ尚宮は言った。

「もともと物おじしない両班だからよ」

喪礼《そうれい》のような雰囲気のなかで礼式は始まった。掌楽院《チャンアグォン》の楽士たちの雅楽演奏が子守唄に聞こえるほど退屈な過程の連続だった。王妃が中心となって行う礼式だというのに特別なことは何もなかった。朝廷が定めたとおり、尚宮の号令に合わせて一糸乱れぬ動きを見せた。遠すぎて見えない一番前の祭壇があれこれ忙しい間、ドギムはうとうとした。鞠躬《クックン》（身分の高い人の前でお辞儀をすること）のときだけ、気を引き締めて身をかがめた。

祝文を焼く望燎礼《マンリョレ》で締めくくったあとは、王妃が自ら機織りの模範を示す採桑の儀だった。貴婦人たちはさっと下がり、紺色の助蚕服《チョジャンポク》に着替えてふたたび集まった。一日中蚕室に閉じこもって蚕を育てている宮中の蚕母《チャンモ》（養蚕に従事する宮女）たちも一緒に登場した。

人手が必要なため、宮女の人数も増えた。にぎやかな人混みのなかにドギムはうれしい顔を見つけ、こっそり近づいて背中をつついた。

「びっくりしたじゃない！」

中宮殿の内人たちの間にいたギョンヒがびくっと振り返った。

「あなた、どうやって来たの？　まあ、とにかくよかったわ！　見せてあげたかったのよ」

「見せるって何を？」

ギョンヒが言いかけたとき、太鼓の音が聞こえた。輿《こし》に乗ってきた王妃の行幸だった。とても立派で厳かな姿だった。王妃は華やかな青色の国服である鞠衣《クギ》（王妃が親蚕礼のときに着る服）を着ていた。自然に感嘆の声が沸き起こった。

「よく見て」とギョンヒが胸を張った。「私の血と汗で作った服だから」

「あれをあなたが作ったの？　尚宮様じゃなくて？」

「当然よ。私が一番器用で仕事も早いからね」

「本当にひとりで？」

「ほかの内人たちもちょっとぐらいは手伝ったけど……。私ひとりで作ったも同然よ！」

ギョンヒは声高にそう言った。なんとなく周りの内人たちが睨みつける視線を感じた。

「何日も苦労した末に最後の糸を切るとき、どんな感じがするかわかる？」

それはともかく、ギョンヒは喜びに満ちていた。

「私、針房《チムバン》に入ってよかったと思うの」と彼女はドギムの手をとった。細かな針傷だらけだが、相変わらず白く、美しい手だった。

「いくら至密内人が一番だとしてもね」

「そうね。好きなことが一番よ」

ドギムは相づちを打った。少しうらやましかった。王のそばで過ごす栄光を除いては、ほとんど残るものなどない至密の宮女の仕事は、時に退屈になるものだ。

「べつに好きなわけじゃないわ。特に努力しなくても上手いってことよ」

ギョンヒの澄まし顔から行幸のほうへと視線を移し、ドギムははっとした。王妃の顔から血の気が引いていた。その目は元嬪の姿に釘づけになっている。みんなの視線が王妃に続いた。

元嬪もほかの命婦夫人たちのように助蚕服を着てはいる。ただ、目をこすって見てもただの青ではなかった。王妃の衣服と同じ色だったのだ。色味はもっと暗くて地味ではあったが、無礼に値するほどよく似ていた。間違いなく王妃の色だ。

ざわめきが潮にように場内に広がっていく。当然、元嬪も自分の過ちに気づいてはいたが、着せられるまま着ただけなのでどうしていいのかわからない。王妃の鋭い視線が元嬪の頭の先からつま先までを舐めるように這っていく。元嬪は雨に濡れた子犬のようにぶるぶる震えた。

永遠のような沈黙の末、王妃は特に叱責もせず側室の前を通り過ぎた。

王妃が祭壇に上がった。鉤《かぎ》を持って桑の葉を五つ取った。蚕母の籠に桑の葉を入れたあと、南側の玉座に座った。続いて登壇した元嬪が七種類の桑の葉を摘む姿を見ながらも、心を乱すことはなかった。元嬪が緊張のあまり、鉤で桑の葉を少し裂いてしまったときだけわずかに唇をゆがめた。

最後は外命婦の妻たちの番だった。チョンヨン郡主とチョンソン郡主をはじめとする貴婦人たちは、桑の葉を九種類ずつ取った。蚕母たちが籠いっぱいに集まった桑の葉を細かく切ってふたたび配った。王妃が蚕箔に桑の葉を撒き、蚕に食べさせた。もぐもぐとよく食べる蚕たちを見て、今年はよい着物がたくさん作られる年になるだろうと、ぎこちない励ましの言葉があふれた。

蚕母たちの毎日の苦労をねぎらい、飯床《パンサン》（御膳）を下賜することで、国中の女性たちの模範となる親蚕礼は終わった。

「聞いていたとおり殺伐としていたわね。都承旨様がちょっと無茶をしたみたいだけど」

お開きの雰囲気が漂い始め、ギョンヒがささやく。

「無事に終わって何よりよ」とドギムは返したが、それは早まった判断だった。

親蚕礼のあと中宮殿で宴が開かれた。夫人たちが順にお祝いの言葉を述べたが、王妃は元嬪の賀礼だけは受けないと言い放ったのだ。嫌味でさえかなり遠回しな表現をしていた王妃だけに、先ほどの無礼はよほど腹に据えかねたのだろう。皆の前で幼い側室を激しく叱り、天も地も恐れない兄にそっくりだと言い放ったという。

王妃が挨拶を受けなかったため、元嬪は宴に出ることができなかった。かといって引き上げることもできず、隅でずっと立っていなければならなかった。彼女は徹底的に無視された。権力を握っている兄の威勢も中宮殿では通じなかった。誰も彼女を助けることができなかった。取るに足らない雑仕女までもが楽しそうに飲み食いしている間、元嬪はまるでそこにいないかのような屈辱的な扱いを受けた。

今、宮廷で最も輝いている兄を持つ側室が、侍婢にも劣る扱いを受けたという悲しい噂は、あっという間に世に広まった。

＊

最近、ヨンヒが怪しい。なんだか人の顔色をうかがったり、部屋の隅で背を向けて紙くずか何かを触っている。朝、鶏が鳴く前に部屋を出て、見張りを終える時刻をかなり過ぎてから帰ってくることが多くなった。明け方に戻ると、ドギムが寝ているか確認すべく、閉じたまぶたの前で手を振ったりもする。反応しないと、そっと服を脱いで布団に入り込むが、どうにもわけがわからない。

身だしなみにも熱心になった。今まで以上におしろいや紅紙などにお金を使った。後苑の深い池の水が肌によいという噂を聞いて、一緒に洗いに行こうとせがんだり、きれいな歩き方を練習するんだといって狭い部屋の隅をせかせかと歩いたり……。

ドギムは一緒にいて疑念を抱かずにはいられなかった。

「最近、変わったことないわよね？」

数日様子を見たあと、ドギムはそんなふうに水を向けた。細い櫛で髪を丁寧にとかしていたヨンヒがにっこりと笑って、振り向いた。

「もちろん、当たり前よ！」

もう一つ妙なことは、彼女がいつも機嫌がいいということだった。たとえ認めてくれる人がいなくても真面目さだけは一番だったが、最近は感じが違う。何かが変わった。

「毎日一緒なのにどうして?」

「あなた、最近変わった感じがして」

「私が?　どんなふうに?」

ヨンヒは小さな目を輝かせた。精を込めた甲斐もあって見違えるようにきれいになっていた。切り干し大根みたいだった肌には張りが出て、顔は桃色に輝き、微笑む唇にも自信があらわれている。

「よく外に出て行くじゃない。仕事の帰りも遅くなってるし」

「うん、忙しいからよ。私の下に入ってきた子がいてね。教えることが多いの」

「それだけ?」

「そうよ」

ヨンヒは鼻をくしゃっとした。彼女が嘘をつくときの癖だ。

さらに追及すべきかとも思ったが、ほかにも問題がいくつもあった。王妃と元嬪の間を行き来しながら、どちらにも好まれなければならないという重圧。もう半年にもなるドンノを注視しろというサンからの密命。ドギムの忙しさなどにまるでかまわず、筆写をしてほしいと本を送ってくる大妃。サンと維持している微妙な距離感……。

これらのさまざまな事情をヨンヒには打ち明けてはいなかった。ヨンヒがつらそうな気配を察して訊いてくるたび、いつも曖昧な返事でごまかしていた。

自分はすべてを語らずにヨンヒだけに真実を強要するのは欺瞞《ぎまん》だ。友達にも隠したいことがあるなら、それは尊重すべきだろう。

まずは引き下がることにした。もう子供でもないし、自分のことは自分でするだろう。さまざまな問題がある程度解決して、心に少し余裕ができたら、そのときにまた訊ねればいい。

「それならよかった」

「何かあったらあなたに一番先に打ち明けるわ」

ヨンヒがぎこちなく付け加えた。

十数年一緒だったヨンヒとの間に、初めて壁を感じた。些細なことまですべて共有していた幼い頃とはもう違うのだ。互いに属している世界さえ、微細に変わったようだった。


「王妃様にお目にかかったの？」

厚い布団に埋もれ、顔だけ出した元嬪が唇をとがらせた。

「ああ、はい。尚宮様を通じてご気嫌だけうかがってきました」

「そう。直接お会いしてご挨拶をするのが本当に難しいお方だわ」

元嬪は熱のせいでしっとりと濡れた目を瞬《しばたた》かせた。

恥ずかしい思いをさせられた親蚕礼のあと、彼女はさらに病気がちになった。毎晩悪夢に苦しみ、冷や汗をかいた。立ちくらみでよろけることも多く、外に出るとお腹の痛みを訴えた。医女に診てもらったが、しっかりとした診断を下すことはできなかった。同時に発育も進まなかった。背は少しも伸びず、胸も平らなまま。手足とお尻はさらにやせ細るばかりだった。

「王妃様は私がご挨拶に伺っても決して受け入れてくださらないのよ。宮女の目の前で何度も追い返されるから悲しくて生きていけないわ」

「まずは病からお治しください。この三日間ずっと寝込んでおられます」

うるんだ瞳から涙がこぼれるのではないかとドギムはすぐになぐさめた。

「治したくないわ。恥をかいて生きなければならないんだから」

「まあまあ！　承旨様が聞いたら悲しみますよ」

枕もとに座っていた元嬪の乳母、ボンシムが口をはさんだ。

「知らないわ！　みんなお兄様のせいよ」

元嬪は布団に顔をうずめてすすり泣く。しばらくしてから顔を出し、ドギムに訊ねた。

「王様は私のことを心配していらっしゃいますか？」

「もちろんです。毎朝、元嬪様の容体をお訊きになり、夕方には具合はどうだったのだと問われます」

「相変わらずお兄様を大切にしてくださってるの？」

「離れては生きていけない仲のように、いつも一緒におられます」

「それなら耐え忍ぶ価値があるんでしょうね」

幼い側室は大人ぶってうなずいた。

「腫れものが引いて幸いです。早く気力も回復なされないと」

元嬪の気分が少しよくなると、ボンシムの表情も明るくなる。

「簡単に食べられるものでもお出ししますね」

「粟の重湯は嫌よ」

「では、この干し柿粥はいかがですか？」

小さな茶器のふたを開けると甘い匂いがした。粥自体は濃い朱色でとてもきれいだった。甘いものに目がない元嬪は、横になった体をよろよろと起こした。

「お兄様が送ってくれたの？」

「はい。早く回復されるようにと。お茶菓子に餅の包みもありますよ」

小鳥がついばむように、元嬪は匙をくわえ、小さな唇を動かす。

「とてもおいしいわ。我が家の裏庭の柿でこしらえた干し柿に違いないわね」

元嬪は懐かしそうに笑った。

「涼しいときはその柿の木に登って、塀越しに外を見物したりしたものだわ。小物売りも見えたし、飴売りも見えたし、赤子の井戸も見えた……すべてが懐かしいわね」

しかし、その笑顔はすぐに消えた。思い出が楽しければ楽しいほど、今の自分が置かれている状況に悲しくなってくるのだろう。

「赤子の井戸といえば、すくって飲むと子を宿すという都で有名な井戸のことですか？」

どうにか元嬪を元気づけようとドギムが明るく訊ねた。

「あなたも知ってるの？」

「昔よくいたずらをしたものです。村の娘たちをだまして飲ませたあと、これは大変なことになったとからかって泣かせたりしました」

「まあ、ひどい！」

元嬪がくすくす笑うと、ボンシムも口をはさんだ。

「大奥様もその井戸水を飲んで元嬪様を産んだそうですよ」

「お母様が？」

「息子はつまらないからと女の子を欲しがっておられました。三神婆《サムシン》さんがそれを知っていたのか、かなりお年を召されていたのに元嬪様を授かったのです」

「よくお兄様から井戸から拾ってきた子だとからかわれたけど、そういうことだったのね！」

元嬪は無邪気に目を丸くした。

「私もその水を飲んだら懐妊できるかしら?」

彼女はまた心配そうな顔になる。

「みんな早く元子を産めと言うから……」

「子供を産む心配は今度にして、まずはぐっすりお休みください」とボンシムが湯薬を飲ませながら優しくなだめた。あまりにも苦いと愚痴りながらもちゃんと一杯を飲み干した元嬪は、ふたたび布団から顔だけ突き出し、ドギムに言った。

「眠るまであなたもいなさい。面白い話でもしてちょうだい」

ドギムの手に熱いものが触れた。元嬪の手だった。ドギムはその小さな手をぎゅっと握った。そうしなければいけないような気がしたのだ。

「ここはみんな怖いから」と元嬪は声を震わせた。

彼女の手から力が抜け、ドギムの手から離れた。規則正しい寝息を聞いているドギムに、「あの」とボンシムはささやいた。「私があえてお願いすることでもないんですが、今日のことは……」

「心配しないでください。王様には申し上げませんから」とドギムが返す。

「話が漏れないように警戒したほうがいいでしょう。どこにでも目と耳がありますから。都承旨様も快く思わないでしょうしね」

とても素直で、外の者でもすぐに信じてしまう元嬪が心配だった。そばで世話をする乳母ボンシムもまた、この世界の道理をよく知らない庶子の生まれだというからなおさらだ。

ドギムが気になっているのは、医女を近くに置いていることだった。医女はもともと内医院の妓生であり、飲みの席にもよく呼ばれるので、臣下たちと接触してつい余計なことを話してしまうかもしれない。

「肝に銘じます」

ボンシムは天よりもドンノを恐れていた。

「宮殿に入って、まだ一年も経っておられないでしょう。今が一番大変なときです。これから徐々によくなっていくと思いますよ」

少なくとも元嬪には力を持った兄と側室の地位がある。はるかに厳しく挨拶の儀を行った自分と友たちに比べれば、文句を言える立場ではない。

「連れていって……ください……」

元嬪の唇がかすかに動き、目を閉じたまま寝返りを打った。寝言だった。ボンシムが姿勢を正そうとすると、すぐに乳を求める子犬のように胸に飛び込んできた。

「お母様……会いたいです……」

その光景にドギムは胸を突かれた。私の考えは浅はかだった。どんな立場でも当人にしかわからない大変さがあるのだ。

乳母が幼い側室を胸に抱き、静かに歌う子守唄が切なく響いていく。


昨夜のサンは大変怒っていた。どうやら大臣たちと激しく争ったらしい。党争によって押しやられ、在野に埋もれていたひとりの儒学者を登用しようとしたが、あることないこと文句をつけられ、結局は認められなかったのだ。

「頭の固い老人たちだ！」

サンは翼善冠《イクソングァン》を脱ぎ捨てるや、怒りを吐き出した。

「宋子《ソンジャ》のすごさを知らずして誰がここにいられるというのだ！　外戚たちを皆追い出したから公平で

もあるし、朋党を建て直そうとなだめても、最後まで教養や人徳のない輩とは仕事ができないとかつまらぬ意地を張りおる！　いい加減にしろ！」

性分だけ見れば、臣下たちに罵詈雑言を吐いたり、上疏を火で燃やしてしまった先王にそっくりなのだ。激論を繰り広げた末に大臣たちの鼻柱を折りはしたが、寝殿に戻ってもその怒りは収まっていないようだった。

ところが今日は正反対にすこぶる機嫌がよかった。

夜明けの星が輝く頃に帰ってきたサンは、ひどく酔っていた。内官の助けを借りなければまともに歩けないほどだった。

ちょうど寝所にきたドギムを見て、サンはにやりと笑った。

「おい、お前はソン家のドギムではないか！」

らしくもないはしゃぎ声にドギムは仰天した。王がこのような状態なら、ともに杯を交わした臣下たちは皆つぶされ、背負われて帰ったに違いない。

「いささか飲みすぎかと存じます。お布団のご用意を致しますね」

老練なソ尚宮が口をはさんだ。

「心が浮かれて眠れそうにない」

首を横に振り、サンは自ら帯をほどき、袞龍袍《コンリョンポ》を脱ぎ捨てた。

「やはり若い者たちはいい。私まで精力が湧くようだ」

「奎章閣の閣臣たちとお過ごしだったんですか？」

奎章閣は王が即位した年に作った官庁だ。若い人材を置いて学問を研究するよう促すところだとか。同年代の官吏たちと交流できるためか、サンは特に奎章閣に愛着を示した。

「そうだ。討論したり、詩を作ったり……男が風流を楽しむには酒は欠かせない！」

高い声で笑うサンに、ドギムは目を丸くした。

「今度はドンノも呼んで歌わせようじゃないか。彼はたいそういい歌声をしているらしいが、私は一度も聞いたことがない」

それは事実だった。『蝶を集めて青山《チョンサン》に遊びに行こう』という流行歌がお気に入りで、よく歌うという。この前も使いの最中にドンノがきれいな医女一人をはべらせ、遊んでいる姿を見かけた。厳粛な宮殿、それも王の住処のすぐそばで女と遊ぶだなんて、ほかの者なら絶対に許されないだろうが、それだけドンノの威勢はすごいということだ。

発作のようなサンの笑い声が突然止まった。

「……手遅れになる前に手を打たねば」

ひとり言が徐々に収まり、鼻歌へと変わった。酔っぱらいが歌うにしてはひどく暗い曲調だった。どうやら王室の祭祀で演奏される曲のようだ。まぁ、サンが明るい流行歌を知るわけもない。

「そうだ！　やはり、若者たちをもっとたくさん選ばないとな。選んで私が直接教えよう。若いソンビたちが私から学問を学べば、王である私の言うことだけをよく聞くだろう。ああ、そうだとも。時間は少しかかると思うが……」

酔いの勢いで遠大な目標を語り出した。

「そうだ、そう……経筵《キョンヨン》なんてなくしてやる」

「勉強に目のない王様が経筵をおやめになるんですか」

サンの暴走を止めるのはソ尚宮の役目だった。

「重臣のなかで私より多くのことを知っている者はおらぬ。これ以上学ぶことがないのだ」

偉そうに言うと、難解な故事を交じえながら、いかに自分が優れているかを延々と語る。きっとギョンヒに酒を飲ませたら、こんな感じになるだろう。

「まあまあ、うちの王様のすごさを知らぬ者などおりませんよ」

ついでに四書三経を全部唱えてみようという王を止めるのに、ソ尚宮は冷や汗をかいた。

「本当か？」

「さようでございます」

「お前もそう思うか？」

突然サンがドギムに矢を向けた。

「え？……は、はい！　もちろんでございます！」

サンはしまりなく笑って目尻を下げた。

今だ、とソ尚宮が「早くお休みになってください。王様」とうながすが、また失敗した。

「いや、いや……酔いが覚めてから寝るのだ。ユンムクはどこにおる？」

ちょうどユンムクが水を差し出すところだった。

「墨と紙を持ってこい」

水をごくごくと飲み干したサンは、机の前にどっしりと腰を落ち着けた。

「部屋に人が多いと息が詰まる。皆出ていけ」と手を払ったあと、サンはドギムを見た。

「お前は残れ。墨を磨《す》る者がおらねば」

王を若い宮女とふたりきりにしておくのが心配なのか、ユンムクが口をはさんだ。

「私がいたします」

「いいや。尚薬《サンヤク》にこんなつまらないことまでさせるわけにはいかない」

ソ尚宮がドギムの横を通り、耳もとでささやいた。

「すぐにお休みになるから。ご機嫌だけは合わせて差し上げなさい」

周りが静かになると、驚くべきことに王は絵を描き始めた。筆先は優雅に紙を滑り、濃墨《こずみ》と淡墨《たんぼく》を自由自在に操っていく。茂みに囲まれたどっしりとした岩を中心に描き、薄い墨で描いた太い幹が背後にそびえ立った。そこから大きくて濃い色の葉が伸びてきた。技巧に溺れない淡白でどっしりとした筆跡は、紙の上に青々とした生命をもたらした。

酔いにまかせて大声で歌い、子供みたいに楽しそうに墨だらけになって絵まで描く。厳格で生真面目な従来のサンの振る舞いから考えると、想像もできないことだ。

まぁ、かつてお酒のようなものを飲んだだけで自分を窮地に追い込んだくらいだから、本物の酒を飲めばこのくらいのことはするかもしれない。

「王様にできないことはございませんね」

サンが描いた絵を見ながら、ドギムが持ち上げる。稼げるときに点数を稼いだほうが、のちのち仕事が楽になるというものだ。サンもまんざらではない様子だった。

「何をお描きになったのですか？」

それは見知らぬ植物だった。太い幹と上方に広がる大きな葉が印象的だ。絵の見方などよくわからないが、その竹のような人柄がにじみ出ていた。

「芭蕉を知らぬか？」

「食べたことがないのでわかりません」

サンはにやりと笑った。

「もともと目で楽しむ植物だ。特に葉が表情豊かで、絵に描くにはもってこいだ」

「宮殿にもございますか？」

「大国の使臣たちが持ってきたものを後苑に植えておいた。煎じて飲めば熱が下がるという効能があり、内医院でも育てているようだが」

あとで探してみようとドギムは描かれたその植物を目に焼きつけた。

「穴が開きそうだな」

ドギムの熱烈な関心にサンは驚いた。

「絵を描くのを見るのは初めてです。それも……」

「それも？」

「あのう……ほかでもなく王様が……」

「私にこのような才能はないと思ったのか？」

「とんでもございません！　ただ……世間では蔑視される才能ですから」

「靴を作る革靴屋の才能は民の足を温め、器を作る甕器匠《オンギジャン》の才能は取るに足らない食べ物も多彩に飾る。それがまさに技芸である。絵も国を豊かにする才能の一つだ」

酔いでややろれつの回らない舌で、サンは語った。

「天下に無駄な才能はないということでしょうか？」

「重要かそうでないかの違いはあるが、さまざまな分野の才能を調和させて収めることができず、それぞれ細々と分けてしまうのは君子の道理ではないという意味だ」

「だとしたら、どうして小説だけは見下しておられるのですか？」

ドギムはそう問うた。サンの論でいえば、新しい書体や自由な文章も身分を問わずあまねく広がれば、国を調和させる才能だということだ。

「文字は国を支える根幹だ。ほかの才能のように枝葉ではない。昔の聖人賢者たちの姿を低俗な小説で描くなんて、とんでもない話だ」

彼は不満そうに拳を握った。

「民が読むのはかまわない。きつい農作業をして国を養う人々のなぐさめになるというのに、どうして禁じられようか。銭も部屋の隅に放置されずによかろう」

酔ってぼんやりとはしているが、多くのことを考えている顔つきだった。

「しかし、禄《ろく》を食《は》む者はそうあってはならぬ。身分が高いほど模範になるべきだ。務めて労働もしないくせに、軽い興味本位で体面を失うなどまさに醜態だ」

サンはため息をついた。

「最近は私的な手紙だけでなく、公文書にまで堂々と雑文体を使う者まで出てきた。習俗が乱れるなら、さらに強硬に対処する日が来るやもしれぬ」

六十歳の老長が若い者たちを咎めるように歯ぎしりをした。

「そういえば、お前はまだ小説を読んでいるのか?」

「と……とんでもございません」

思わず嘘が飛び出した。もちろんサンはだまされることはなかった。

「私は許せないと言ったはずだぞ」

隠しておいた箱いっぱいの筆写の仕事が思い浮かび、ドギムは焦った。

「ふむ！　どうしても何かを読まなければならないのなら、いっそのことこれを読め」

サンは文箱をかき回すと小さな本をチマの上に放り投げた。

「これは……景樊堂《キョンボンダン》の文集ではありませんか？」

景樊堂とは、詩人の許蘭雪軒《ホナンソロン》の別名で、二百年前の士大夫の妻だ。一生、夫に蔑視され、やっとのことで産んだ子供たちにも先立たれ、あとを追うように若死にしたが、それで終わりではなかった。弟が謀反の罪でに追い込まれ、滅門の災いに遭ったのだ。そのせいで彼女の詩文もすべて焼かれてなくなってしまった。ただ、いくつかの詩文はうまく国境を超えた。外国で流行に乗り、文集として発刊され、使臣たちの往来によってこの国に戻ってきた。

「地方で県監を務めるホン・ドクポからもらったものだ」

大切な臣下を思い浮かべるサンの口もとには優しい笑みが浮かんでいた。

「ドクポは景樊堂の才能は認めながらも、士大夫の妻ともあろうものが漢文で猥褻《わいせつ》な詩を詠んだと不満を漏らしておったな」

彼女の詩は女性として体験する悲惨な人生を切々と書きあげた点が素晴らしいのだ。猥褻だなどと罵倒されるようなものではない。

「王様もそう思われますか？」

「貞淑な夫人に勧めるものではないが、そのすぐれた才能には感心せざるを得ない」

サンの言葉にドギムは驚いた。

「なんだ、その反応は？」

「いえ……きっと王様も気に入らないのだろうと思っておりましたから」

「お前が私のことをどう思っているのか見当がつく」とサンは目を細めた。

「私はお前が思っているような頑固者ではない。このような高い境地の詩文に文句をつけるほど心も狭くもないぞ。たとえ女人でも文句のつけようがないほど立派であれば尊重すべきだ」

サンは眉間にしわを寄せ、続ける。

「女人は好まぬ。時に理解できない振る舞いをし、害になることも多い。だからといって、私が女人に公正ではないという意味ではない」

ただ酔って言っているわけでもなさそうだ。

「あえて言うと、私は中途半端な男たちが嫌なのだ。私が宮女たちに薄情だからといって、心の狭い男だと思ってはならぬぞ」

「きょ……恐縮でございます」

「お前が私をそのように見ていると思うと気分が悪い！」

いきなり叱られ、ドギムは縮こまった。

「……私がなぜ宮女が嫌いなのかわかるか？」

「外の者と密通する者がたまにいるからではないのですか？」

「それもそうだが……」

サンは興恩副尉との昔話を打ち明けるときのようにためらった。

「私の父上はとても精力のある方だった。宮殿の外で女人と付き合ったこともあったが、たいてい宮女を娶ったのだ」

悩んだ末に彼が語ったのは、まるで予想できない話だった。

「そして、父上に仕えていた宮女たちはいつも怖がっていた。呼び出されるとぶるぶる震え、閉ざされた扉の向こうでは悲鳴が聞こえた」

記憶をたどる目つきが暗かった。

「ある日、私に仕えていた宮女が指名されたのだが、行きたくないとひざまずいて懇願した。しかし父上の命令に逆らうことはできないから、叱って無理やり送ったのだ。ところが翌日もその翌日も戻ってこなかった。調べてみると、振る舞いが乱れているといってお祖父様の怒りを買うのではないかと父上が勝手に処分していた……」

処分の意味を察し、ドギムは唾をのむ。

「似たようなことが二度ほどあった。そのたびに宮女たちは赤く染まった父上の服を冷水に浸し、叩いて洗ったものだ。どんなことがあっても知らないふりをしなければならないと言っていた母上の目頭も赤くなっていた」

サンはため息をついた。

「母上もかわいそうな方だ。父上が怖くてどうしたらいいかわからなかったのだ。おふたりは仲が悪かったわけではない。子供もたくさん生まれたし、父上は病が重く、側室や宮女に手を出したが、母上だけはむやみには扱わなかった」

病とは、当時世子だった景慕宮《キョンモグン》（サンの父の宮号）を三十にも満たず若死にさせた最後の病のことだろうか。

「しかし、母上は父上と話すことさえ恐れたのだ。当然であろう。一瞬でひどく腹を立て、目に入れても痛くないほどだった宮女でさえ斬ってしまった方なのだから」

世子が愛する女人を自ら殺したという意味だ。ドギムは驚き、なぜと疑問に思ったが、口をつぐむくらいの空気は読めた。ただ、不器用に話を変えた。

「あの、義烈宮様はどんな方であられましたか？」

「……お祖母様？」

サンのまなざしが虚ろになった。

「滑稽だ。生きておられるときにはお祖母様とは呼んだこともなかったのに……。そうだな、優しい方だった。最もうれしい瞬間ですら悲しそうであったが」

サンは苦笑いをした。

「幼い頃の話にすぎないのに、ときどき思い出す」

横道にそれた話はすぐに本筋へと戻った。

「宮女たちが行きたくないと、助けてくれと泣きながら願い出たのに……」

サンの瞳に怯える少年の影がちらついた。

「父上の過ちとは決して言えぬ。子が親の過ちを非難するのは親不孝であり、倫理を崩す罪だ。この国では決して許されないことなのだ」

サンは自分自身を説き伏せるようにつぶやいた。

「……父上はひどく病んでいただけだ。だからといって私の過ちだと思うと、心が重くてたまらぬ」

サンは激しく首を横に振った。

「幼い頃はむしろ宮女のせいにしようとしたものだ。そもそも宮中の秘め事を外部へ言いふらす輩だと。内官や宮女はもともと有害だと学んでいた。そう……そう考えると楽だ」

ドギムは困惑していた。哀れに思ってなぐさめるには不快感を抑えることができなかった。しかし、腹を立てるにはあまりにもかわいそうだった。

「しかし、宮女にわざといやがらせをしても最後には一つの疑問だけが残ったのだ。そもそものすべてのことの始まりは、父上の過ちでも私の過ちでも、宮女の過ちでもなく……」

サンが虚空をにらんだ。誰を思い出しているのかわからなかった。だが、王でさえもむやみに口にできない人なのだろう。

「本当にひどい考えだ」

顔をゆがめ、サンはあふれ出そうになる思いをどうにかのみ込んだ。

「これでわかったか?」

サンはドギムを見た。

「宮女とは私にとって、あらゆる望まない気持ちを呼び起こす存在だということを」

すり切れた感情の果てに、彼は淡い笑みを浮かべた。

「お前は特にそうだ」

そのひと言がドギムの胸をざわつかせる。

「まさか、こんな話をする日が来るとは思わなかった」

サンは自分自身に驚いた様子だった。

「酒の勢いで余計なことを言ったな」

「私は何も聞いておりません」

「変だ……お前は腹のうちが丸見えなのに、いざ知りたいときはよくわからない。猫をかぶることができて、きちんと口答えもできるのに、いざこういうときには避けてしまう」

サンの声がよく聞こえないほど小さくなった。

「私を恐れるのはよかろう。そういうときはまぁ可愛いものだ。しかし、私を憎むでない。遠ざけることなく、関心がないように振る舞うことなく、お前の人生には私よりも重要なものがあると線を引いてもならぬ」

ドギムは膝を震わせた。少しでもサンから離れようと体を後ろに引いた。しかし、サンは逃さなかった。

想像もできないほど強い力がドギムを引き寄せた。その瞬間、左腕をつかむ強い感触に驚き、お互いの鼻先の間にわずか指一本の隙間しかないことに気づいてまた驚いた。

「何も聞いていないと言ったのか？」

「放してくださいませ！」

「私も明日になれば一つも覚えていないだろう」

産毛が逆立つほど妙な感覚が全身に広がった。

「どのみち記憶から消える夜なら……」

その短い距離がさらに縮まっていく。サンの瞳に映る自分の顔が見える。

「私の勝手にしてもよいのではないのか？」

腕をつかんだサンの手が肩に上がってきた。緊張した肩と鎖骨を撫でる手がこそばゆかった。懐に半分抱かれた格好になってしまった。

「私は覚えています」

無礼にならない程度にドギムはサンを押しのけようとした。しかし、無駄な抵抗だった。自分を抱くサンの体はびくともしなかった。

「これが罰だ。あえて私を押しのけようとした罪に対する罰」

ついに熱い息づかいが彼女の唇をかすめた。清酒の香りが漂っていた。もう少し近づけば唇が完全に触れるだろう。男の血がたぎる肉体から噴き出す熱に酔ったように、ドギムは目を閉じた。

しかし、それ以上は何もなかった。

ふいに体を預けられ、ドギムは後ろに倒れそうになった。目を開くと、サンは前のめりに彼女の膝に顔をうずめて眠っていた。

「……」

サンを布団に寝かせるのに三人の内官の力が必要だった。部屋に戻ったドギムは、先ほど受け取った本を文箱の中にそっとしまった。サンが本当に今夜のことを覚えていなければ、これもまた受け取っていないことにしなければと思った。

翌日、サンは本当に覚えていなかった。

二日酔いで死にそうだと不平を言うだけで、ほかの話はなかった。ずきずき痛む頭に手をやり、不思議そうに昨夜の絵をじっと見ていることから、自分が描いたことすら覚えていないようだった。床についた墨の跡を拭いておけと命じられた。

よかった……本当に、よかった。

*

腫れもので苦労していた元嬪はようやく生気を取り戻した。病床でぐずったのが恥ずかしいのか、前よりもっと陽気に過ごした。いや、そうしようとしていた。

しかし、半月ほど元気に過ごしたあと、ふたたび病に見舞われた。今度は季節の変わり目に猛威を振るう風邪だった。元嬪は水を湿らせた布を首筋と頬に当てながら、ドギムに言った。

「恥ずかしくて上の方々に会わせる顔がありません」

ただ、病状は軽かった。次に来るときは病床で読む本を持ってきてほしいと笑いながら話した。

王のもとに戻ると、ドギムは彼女の容体を告げた。

「生まれつき体が弱いのは仕方がないようだな」

表紙がすり減った医学書を流し読みしていたサンが言った。

「病気に慣れている分、回復もお早いです」

「ただ、頻繁にかかる病の気運が重なり、災いになるのではないかと心配だ」

「子供の頃、小さな病気をたくさんすると、大きくなってからは健康だというではありませんか」

「それならよいが……」

つまらない心配を振り払いたいのか、サンは素直に同調した。

「お前はどうだ？　子供の頃たくさん病んだか？」

「麻疹《はしか》どころか風邪もひいたことがありません」

「風来坊のように厄介なそなたには、病魔も取り付く島がないようだな」

また悪口かとドギムが身がまえる。

「お前のような者のほうが問題だ。大丈夫だと過信していたら、一気に逝ってしまうのだ」

「そんな……一気に逝くだなんて」

ドギムが口を曲げたが、サンは聞き流した。

「元嬪は若い宮女たちを頼りにするため、お前を行かせないわけにはいかないのだ。ただ、病気がうつらないように気をつけろ」

自分で言っておきながら、彼はぶるぶると震えた。

「病魔を大殿に持ってこられては困るからな」

「うつる病気でしたら、もうすでにうつっているはずです」

「また口答えか！　従順にすれば病が悪化でもするのか？」

「心の中をお見せすることはできません」

ドギムはサンの表情を見て、ひと足遅れて頭を下げた。

「はい、王様。心に刻んでおきます」

「本当にわかっているんだか……」

サンは首を横に振った。


それから五日が過ぎた。王の心配は不吉な前兆だったのか、のどかな五月の夜更けに国の勢力図を覆す運命の風が吹いた。

辺りは静かで、王は本を読んでいた。いつもと同じだった。しかし、淑昌宮殿から到着した急な伝言がすべてを変えた。庭で警戒していたドギムの耳にまで聞こえるほど部屋の中が騒然とし始めた。

王が扉を蹴って出てきた。

「都承旨を今すぐここに呼べ！」

王がひるがえした赤い裾は、深夜の闇に消えた。

その日、正確には七日の丑《うし》の刻（午前二時）に元嬪が亡くなった。宮殿に入ってちょうど十一か月だった。順調に回復に向かっているかと思われた病状は、この数日の間に一気に悪化した。胸に血が詰まり、咳をいくらしても息苦しさを解消できず、ついに息を切らして目を閉じたのだという。

彼女は亡くなったあとも類を見ない礼遇を受けた。なんと仁淑《インスク》という諡号と特別な墓まで与えられた。王の生母でもなければ享受できない大変な名誉だった。大臣たちは先を競って外交文書や諡号を願い出、王も自ら元嬪の一生を記した。側室として一年も暮らせず、子供のひとりも産めなかった娘が享受するには過分な待遇だった。

つまりは、死んだ元嬪にではなく、生きているホン・ドンノのための礼遇だった。

ドギムはお別れをしに元嬪が闘病していた養心閤《ヤンシムハブ》を訪ねた。主人を失った所帯道具一式は、とっくに片づけられてしまっていた。

「恋しがっていた母親の顔を見ることもなく、逝きました」

両目を腫らした乳母ボンシムが言った。

「王様がお越しになったときは、すでに息を引き取ったあとでしたから」

ボンシムは元嬪の温もりが残った布団を抱きしめた。

「それでも私はよかったと思います。元嬪様がここから逃がれられたんですから」

元嬪のほかの召使いたちとともにボンシムも出宮した。その後も会うことはなかった。しばらくして、ホン氏の実家の裏庭の柿の木に首を吊って死んだという噂だけを聞いた。

ほんのしばらく立ち寄っただけの客人のように、元嬪は去っていった。彼女の存在が生み出した混乱もこれで収まるだろうと胸を撫でおろす者が多かった。

しかし、彼女は思わぬ遺産を残していった。


悲しいほど派手な喪事が過ぎ去った。そして、宮殿が特有の静寂を取り戻す前に、新しい事件が起きた。

「モクダンから聞いたんだけど、確かに前を歩いていたんだって。ところが、あちらの柱の後ろに回ったと思ったら、もう姿が消えていたそうよ」

「うわぁ、今は昼でも消えるの！」

いわゆる宮女が鬼に捕まるという騒ぎだった。

宮殿では幽霊は身近な存在だ。古い殿閣が醸し出す陰惨さ、厳粛な玉座をめぐる長々とした歴史、そして足もとの土にどれほど多くの血が染み込んでいるかを考えてみれば、さまざまな怪談が飛び交うのも納得できる。しかし、どんな噂でも多くの人々に語り継がれる間にありとあらゆる言葉が付け足され、衰えるものだった。しかし、今回は様子が少し違った。

「もう四人目じゃないの」

向かい合っていたヨンヒとボギョンは真っ青になった。

尚宮ひとりと内人ふたり、そして雑仕女がひとり。この半月の間で宮女が四人も失踪したのだ。最初のひとりがいなくなったときは、男とともに壁を越え、出て行ったという話だった。ふたり目がいなくなったときは、仕事がつらくて逃げたのだろうと思われた。三人目がいなくなり、これは変だぞと怪談話に早変わりした。そして今、白昼に四人目の宮女が消えたのだ。

時期が時期だけに事が大きくなったのは否めない。しかし、こうも騒ぎが広がると黙っているわけにもいかない。宿衛《スギィ》軍官たちが警備に回り、宿衛大将であるドンノは昼夜を問わず王の近くに留まり捜査に取りかかった。ただ、いまだに進展がなく、解決の糸口も見出せずにいるようだ。

「でも、今回いなくなった子も中宮殿の宮女じゃないの？」

ボギョンが顔をしかめた。

「そうなのよ！　四人ともちょうど中宮殿の所属だわ。だからこんな話もあるの」と身をかがめながらヨンヒがささやいた。「元嬪様の怨霊が王妃様に害を加えようとして……」

「ちょっと、もう！　そんなこと言わないでよ！」

飛び上がったボギョンに押され、ドギムが転がされる。

「もし、次にまた中宮殿で誰かがいなくなったら……そしたら……」

ボギョンは言葉をにごした。みんなの視線がギョンヒへと向けられる。

「私はそんな話は信じないわ」

ギョンヒは鼻をふんと鳴らした。

「そりゃ、鬼もあなたみたいな高慢ちきはお断りだろうね」

ボギョンとギョンヒの言い争いが始まる前にヨンヒがさえぎった。

「実際、いなくなってるじゃない！」

「ふん、何かあることはあるんだろうね。でも、幽霊じゃないわよ」

「じゃあ何？」

「わからないわ」

わからなくて腹が立つと唇を噛むギョンヒに、ドギムが訊ねた。

「王妃様はいかが？」

「閉じこもってため息ばかりついてるわ」

王妃に対する世間の目は冷たかった。立派な人格であらねばならない王妃が側室ひとりもかばえなかったと非難した。特に恵慶宮は失望を隠さなかった。もともと仲むつまじい姑と嫁だったのが、信じられないほど王妃に対して冷たくなった。ひどい言いがかりをつけたりもした。それを心苦しく思ったのか、王妃になんの罪があるのかと、世の非難からはかばったりもしたが、そのくせ王妃のご気嫌うかがいを拒否するなど首尾一貫した振る舞いができず、不穏な雰囲気の一端を担った。

ついには王妃が元嬪に毒を飲ませたというとんでもない噂まで広がり始めた。

「王妃様の本心はわからないけどね」とギョンヒは意味深に付け加えた。

「考えてみれば、都承旨様のせいじゃない。幼い妹を無理に入宮させ、王妃様との争いまで」

憤るドギムにギョンヒが返す。

「今、ホン・ドンノ様を敵に回すなんて間抜けのすることよ」

将来、王の外戚になる夢が断たれ、ドンノの勢いも停滞するのではないかとの憶測は完全に外れた。彼はより攻撃的に出た。

世継ぎが急がれると心配する声が聞こえれば火のように怒り、新しい側室を選ぼうという話が出れば、そうはできないと勝手に行動した。国の世継ぎがいないことを心配するな、新しい側室を選んで男児を産んでもいけない——一体、どうしようというのかと皆は混乱した。しかも肝心の王が、世継ぎなどまだ早いとそっぽを向くのが常で、政局はさらに混沌に陥った。

そんなある日、ドンノは急に完豊君《ワンプングン》を元嬪の養子とした。完豊君は王の腹違いの弟の息子、すなわち王の甥であり宗親だった。妹の祭祀をしてくれる者が必要だというのが表向きの理由だったが、その実情は誰もが気づくほど明らかだった。堂々と後継者として推すという意味だ。一介の宗親に王位を継ぐにたる地位を与えたということだ。まさに完豊君という爵号からしてそうだった。王室の本貫である完山《ワンサン》の完と豊山《プンサン》ホン氏の豊を合わせて名づけられたのだ。彼を元嬪の墓を守る守墓官として任命するとき、ドンノ自らが与えた名だった。

「都承旨様と関係を結ぼうとみんな必死だって。私の父も、絹や妓生を捧げても容易ではないと言っているわ」とギョンヒは肩をすくめた。

ところが、ドギムはまるで反対のことを言った。

「こんなときに都承旨様と親しくするのも間抜けよね」

「え？　あなた何か知ってるの？」と怪訝そうにギョンヒがドギムをうかがう。

「い、いいえ！　そんなことないわ……」

ドギムは王の奇妙な態度が引っかかっていた。

王の世継ぎを愚弄する臣下など本来は大逆罪だ。サンの性格を考えたら、即座に処刑されてもおかしくはない。しかし、サンは目の前で繰り広げられる重臣の野望を黙認している。むしろドンノが傷ついて問題でも起こしたら頼れる者を失うと、一介の側室の死を国の興亡がかかる問題だと嘆いた。気楽に宮殿を出入りできるようにと城門近くに瀟洒《しょうしゃ》な家を用意したのはほんのついでだ。

忠誠心一つで王を支えていた重臣がだんだんと変わっていくのに、王は常に同じだった。全面的に信頼し、望みはなんでも聞いてやった。隣で見る者がもどかしくなるほどかばいもした。

だからこそ疑わしい。

密かに幼い側室の動向を調べろと命じたときも、人は変わるものだと言ったときも、王は淡々としていた。まるで嵐が吹き荒れる前の海が最も穏やかなように、彼の静かな心には鳥肌が立つような恐ろしさがあった。

「……王様はかなり手ごわい方よ」

「ふん。美しい妾を抱える男のように、都承旨様ならいちころじゃないの」

ギョンヒの表現は品がなかったが、つまりはそういうことだ。ドンノが誇る威勢の根本は王の寵愛だ。だからこそ、王の寵愛が消えたとき、どんなことが起こるかが怖いのだ。

以前、こんなこともあった。

元嬪が亡くなって間もない頃、ドンノは自分の不徳のせいだと辞職を求め、サンは受け入れた。もちろん、極めて儀礼的な行動だった。それでも体面は合わせなければならないものだが、ドンノはそうはしなかった。相変わらず宮殿を我が家のように歩き回り、宿衛所にも出入りした。

突然ドギムを訪ねてきたりもした。

「元嬪は特別なことを言っていませんでしたか？」

ドンノはそんなことをドギムに訊ねた。

「亡くなる二日前から外部の者は接触できなくなったので、お目にかかれませんでした」

「ならばその前には？」

妹を亡くした者に薄情に接しないようにドギムは遠回しに話した。

「お母様が恋しいとおっしゃっただけです」

「王様のことについては？」

いろいろと悲しい表情も見た。王妃への悪感情もあるだろう。彼女に責任を転嫁したいというドンノの気持ちを理解できないわけではなかった。しかし、それは正しい行動ではない。

ドギムは断固として首を横に振った。すると彼は豹変した。

「私は王様の安全に責任を負う宿衛大将として訊いているのです」と居丈高に迫ってきた。

「官職を退いたと聞きましたが」

ここ数か月間、あれこれ邪魔されただけにドギムは自制心を失った。

「王妃様もまたこの国の国母であるのに、お疑いになるのですか？」

これだけ非難すれば、自らを恥じるだろうと思った。

「それから宮女を尋問するなら、王様の許可をもらってください」

「私の意は王様の意です」

ドギムの考えは外れた。失言をしたと言い直すのを待ったが、ドンノはそうしなかった。これより明瞭な真実はないというかのように、表情も変えず平然としたままだった。

ドンノが一線を越え、どこまで行こうとしているのか初めてわかった。

彼はかつて王のためにあらゆる汚いことにも手を染めた。王が関心を示す宮女を事前に抱き込もうとするなど、格好の悪い振る舞いも躊躇しなかった。だが今は違う。変わったのだ。またたく間に頂点まで上りつめたせいか、うぬぼれに陥った。朝廷幹部でさえ頭の上がらない権力に酔って、鋭かった感覚が鈍くなった。身を惜しまず警戒していた時代のことはすっかり忘れてしまったのだ。

「元嬪様はときどき王様を恨んでいました。しかし、それよりも頻繁に承旨様を恨んでいました」

ドギムは彼の傲慢さに傷をつけたかった。

「むやみに人のせいにしないで自重なさってください」

そうして冷たい風のようにドンノをやりすごした。


「まったく！　そういうことじゃなくて！　幽霊の話よ、幽霊！」

脱線した会話をヨンヒがもとに戻す。しかし、ギョンヒがすっぱりと断ち切った。

「とにかく！　そんな戯言は信じないし、あなたたちも信じたら駄目よ」

「何よ、気をつけることは悪いことじゃないわ。夜遅くに出歩かないで、夜中に厠《かわや》に行くときは部屋の人と一緒に行くのよ。わかった？」とヨンヒが母親のように言った。

「私は心配におよばないわ。あなたたちふたりが問題ね」

ギョンヒがドギムとヨンヒに向かって指を鳴らす。

「ドギム、あなたは見張りが昼夜とよく変わるからひとりで行ったり来たりが多いじゃないの。ヨンヒ、あなたはそれでひとりでいる時間も長くて。最近は怖いってみんな連れだって出歩くのに、あなたたちは逆に別々だから大変ね」

「じゃあ、私は？　私の心配はしてくれないの？」とボギョンが腕をばたつかせて抗議した。

「あなたの拳を受ければ鬼も鼻が曲がるから、飛びかかるわけないでしょ」

「なんで私が鬼に殴りかかるのよ！」

すかさずボギョンが突っ込む。相変わらずの阿吽《あうん》の呼吸だ。

「ところでヨンヒ、最近毎晩あちこち歩き回ってるんだって？　ドギムがいなくて退屈だから遊び歩いてるの？　隠れてひとりでおいしいものを食べてるんじゃない？」

ボギョンはなんの考えもなしに言ったことだったが、ヨンヒは青ざめた。

「違うわよ！　い、忙しいだけよ！　忙しいの……仕事が遅くに終わるから……」

必要以上に慌てるヨンヒに、骨の匂いを嗅ぎつけた犬のようにギョンヒが飛びついた。

「何よ、何か隠してるの？」

「隠しごとなんてないわ！　忙しいだけよ」

「水を触ってるだけの洗手間《セスガン》で忙しいことって何？」

見下すようなギョンヒの発言に、ヨンヒが抗議する。

「何よ、洗手間は忙しくちゃ駄目なの？　なんでも根ほり葉ほり話さなきゃならないの？」

普段ならおとなしく引き下がるのに、ますます怪しい。

「よく見ると最近変よ。死にそうだった表情が明るくなったわ。なんかいらっとするほど幸せに見えるのよね。ちょっと会おうとしても、なんだか避けられるし」

「とんでもない言いがかりね！」

ヨンヒはわざと怒ったが、ギョンヒは聞く耳をもたなかった。

「この子ったらどうしてこんなに興奮してるんだかわかる？」とドギムに矛先を向けた。

ヨンヒが救いを求めるような目を向けてくる。生まれて初めて仲間たちの前で言葉が詰まった。うすうす感じていることがあるからだ。ヨンヒの些細な変化は、残念ながらとある結果を暗示している。過労にやつれ、世の中の万事に鈍くなった宮女が喜ぶようなことはさほど多くはないのだ。

「あのう、ぺ内人様！」

ぐずぐずしていると誰かがギョンヒに声をかけた。侍婢のモクダンだった。

「監察尚宮様がお探しです。丹鳳門《タンボンムン》で待っているということです」

「どうして？」

「さあ？　私にはわかりません」

ギョンヒはみんなに向き直り、言った。

「大したことじゃないと思うわ。中宮殿だけで宮女がいなくなるから取り締まりが厳しいのよ。足りないものはないか、怪しいことはなかったかって。繍房《スバン》の子たちも呼ばれたのよ」

ギョンヒはチマをはたいて立ち上がった。

「まずは急ぎの用から終わらせないとね。あなたはその次よ」

ヨンヒの顔の前で指を鳴らし、ギョンヒは去っていった。

こうして裏庭での午後の井戸端会議はお開きとなった。雑談をもう少しだけ交わしたあと、三人はそれぞれの仕事へと戻った。

ドギムとヨンヒは一緒に部屋へ向かっていた。

「もうやめたら」

灌木の陰に入ったとき、ドギムが切り出した。

「いっそのこと賭け事をしたら？　男は駄目よ」

「そ、そんなんじゃないわ！」

「宮女の恋愛なんて結局バレるに決まってる。すでに私は気づいたし、ほかの宮女たちもあなたを怪しんで見てるじゃない。ギョンヒに知られるのも宮殿全体に醜聞が広がるのもあっという間よ」

「……」

「賭け事は見つかっても棒で叩かれるぐらいだけど、密通は本当に殺されるわ」

「心配するようなことはなかったわ」

意外にもヨンヒは素直に認めた。

「ただ会って話をしただけよ。お互い自由じゃないから、夜でも昼でも時間が合うときにちょっと会うだけで……み、密通だなんて……そんなことないわよ」

「前に会った、あの人よね？　あなたに厚かましく手紙を寄越した別監！」

ヨンヒは口の中でもごもごとつぶやく。そうだと言っているようだ。

「やめられるときにやめときなさいよ」

「私だけじゃない。ほかの宮女だって男の人と会ってるじゃない」

こそこそと顔色をうかがいつつもヨンヒは意地を張った。

「悪い人じゃないのよ。ありがたい人だわ。私に気づいてくれて、覚えていてくれて、特別に接してくれるんだってば。そんな人、初めてなのよ」

「妻子までいる男の人をつかまえて、馬鹿みたいなこと言わないでよ」

「婚礼を挙げて三か月後に奥さんが亡くなったんだって。そのあとはずっとひとりで暮らしてるそうよ。新しい妻を迎える気はなかったけど、私と会って心が揺れてるって」

「寝間に誘おうとしてるだけでしょ？」

ドギムはギョンヒほど冷めてはいないが、ヨンヒほど情熱的でもなかった。身分と生死を超える恋愛小説を読みあさりながらも、それを現実と混同しないほどの分別はあった。

「こうなると思ってあなたたちには話さなかったのよ」とヨンヒが悲しそうに言った。「ギョンヒの反応はわかりきってるからどうでもいいわ。でも、あなたは私の味方をしてくれてもいいじゃない。私の話を聞いてくれたっていいじゃない」

ヨンヒの目には涙がにじんでいた。

「ひと目惚れだったんだって。それでいけないと知りながら手紙を出して、私の目につくように周りをぶらついていたんだって。私は、そんな話をあなたに話したいの！」

もちろん、ドギムだって聞きたい。初《うぶ》なまま生きてきた友の心を揺るがしたのがどんな男なのか気になった。互いに恋心を抱く過程が果たして恋愛小説のようにむずむずしていたのかも知りたかった。きっと、宮殿の外なら素直になれたのだろう。分別のない娘たちのように通り過ぎる男を秤にかけ、わけもなく笑い、誰がいい男を虜にしたのか自慢し合ったりして……。

しかし、ドギムとヨンヒは宮殿で出会った。そして、宮殿で育った。ここは自由も男も許される場所ではない。

「私にはあなたを守るほうがよっぽど重要よ」

ドギムはヨンヒにそう告げた。

かつてギョンヒも、私を安心できる高さに置いておくことが大事だと言ってくれた。遅ればせながら、彼女の気持ちがわかった気がした。

「あなたが幸せなら私もうれしいわ」

ヨンヒのようにもの静かで気弱な子が、どうして無謀にも男に惹かれていったのかはわかる。彼女はいつも存在感が薄かった。ところが生まれて初めて、ただ彼女だという理由で特別に接してくれる人に出会ったのだ。宮殿で別監と宮女の恋愛ほどありきたりなものはないだろうが、少なくとも彼女たちには切なく悲しい縁だったはずだ。

「でも、払わなければならない代償はあなたの命よ。お願い、私のためにやめて」

ヨンヒの目にちらっと恐怖がよぎった。

「……ごめん」

ヨンヒは両手に顔をうずめて泣きだした。

「あなたの言うとおりだわ。私、惑わされたのね。わかった。やめる。だから、ギョンヒとボギョンには言わないで」

その言葉に安堵しつつ、ドギムは半信半疑だった。ヨンヒは優柔不断で意志が弱い。ドギムの説得にこうして簡単に折れるということは、あの男が服の端をつかんで引っ張れば、今度は反対方向に揺れるに決まっている。

「本当に密通まではしてないのね？」

「してないってば！　そんなことできなかったわ」

「するつもりになったことはあるってこと？」

「ち、違うわ！　懐妊を避ける秘訣のようなことを聞いただけよ」

奇怪な策を口走るヨンヒのことは、やはり信じられなかった。

当分は注視しようとドギムは決意した。その別監野郎に出くわしたら、髪の毛を引きちぎってやろうと腹をくくった。自分のところでうまくいかないようなら、ギョンヒの力を借りてでも止めなければならないと断固として誓った。

しかし、その後に起きた緊迫した事件の連続で、ドギムはこの誓いをすっかり忘れてしまった。それが不幸というのなら不幸なのだろうし、運命というなら運命なのだろう。

＊

翌日は晴れていた。宮殿の美しい庭が赤や黄色に美しく染まり、秋の収穫期を迎える幸せな雰囲気が漂っていた。

しかし、ドギムは苦しんでいた。

「ここは間違っている。区別するという意味の『辨《ビョン》』の字を、話上手という意味の『辯《ビョン》』の字に読み間違えたのだな」

日差しは強いし、大妃はわずかな誤字も見過ごさず、一つひとつ指摘していく。筆写本の最初から最後まで精読し、ようやく大妃は満足した。

「誤りがだいぶ少なくなった。のみ込みが早いな」

珍しく笑顔だった。

「不足ながら大妃様の助けになり、恐悦至極に存じます」

「そうか？　仕方なく言っているのではないか？」

こんなふうに微動だにせず堂々と指摘するときが一番怖い。

「大妃様の恩徳でなければ、貴重な本に触れる機会などございません」

「経書は好きか？」

正直に言えば、好きだとは言い難い。かといって嫌いでもない。めくるめく愛情と熱望が煮詰まった小説を読んでから、淡泊で高尚な文を読むと頭がすっきりし、賢くなる気がする。

「余計なことを訊いた。宮人がそうだと答えられる問いではないな」

大妃は自らにうなずき、言った。「私はとても好きなのだ」

彼女は堂々と言い切った。さもありなん、この国で学問を気兼ねなく身につけられる女人は大妃ただひとりだ。王室の上長だ。王に賢明な助言を与えるだけでなく、自分の思いどおりに政が行われていなければ、代わりに垂簾《すいれん》の政《まつりごと》までできる高い地位だ。

「女人はひたすら内助の功で輝くべきというが、私の考えは違う。女人も学問を身につければ、男に劣らない境地に達することができ、その才能を有効に使う日も来るはずだ」

大きな絵を思い描くような遠い目をしている。

「いくら高い境地まで達しても、それを分かち合えなければもどかしいだけだ。よく従い、身につけてくれるそなたがいてよかった」

「恐悦至極に存じます」

大妃の口もとに柔らかな笑みが浮かぶ。

「そなたがしばしばここに来ることを王様も知っておられるのか？」

「はい」とドギムはうなずいた。「大妃様には丁重にしろと何度も言い聞かせられました」

「私のところに送るのを嫌がっているのではないか？」

「親孝行な王様にあられては、そんなことあるはずがございません」

血はつながらない間柄ではあるが、互いへの情は深かった。王は自ら大妃の湯薬と食膳を調え、王室の女主人である王妃や母の恵慶宮ではなく、彼女に宮殿の内政を任せていた。

ただ、大妃へ向ける王の空気がたまに一変することがあった。相手の顔色をうかがいながら牽制する猛獣のように、意味のわからない緊張感を発するときがあるのだ。

「私を難しく考えないでおくれ」

宮女の浅はかなごまかしなどお見通しだとばかりに大妃が言った。

「未亡人の私にやるべきことは何があるだろうか。ひとりで書を読み、考え、また考え……そうしていると寂しくて話し相手が欲しくなる。周りに人は多いが、話が合う者はあまりいない。宮女たちはたいてい愚かで、恵慶宮様や王妃は私とは興味が違うからな」

「個人的なお知り合いとも交流なさらないのですか？」

「宮殿の外と手紙で通じる話があるだろうか。体面に反する」

「それではお寂しいことでしょう」

「私の父上は実直なお方だった。良家の娘らしくなければならないと言い、私が深く学ぶことを嫌がった。しかし、親不孝だとは思えど、それに従えるわけがない。いつも父上の目を盗んで書を読んだ。兄上が見つからないように本を用意してくれて、励ましてもくれた。本当にありがたかった」

貧しい島で哀れな流刑生活を送っているであろう兄を思い出す彼女の目はひどく切なげだった。

「お懐かしいですか？」

「兄上が国のために才能を発揮できないのが残念なだけだ」

大妃は心から私情をすっきり洗い流すと、ドギムに訊ねた。

「そなたにも兄がいると言っておったが」

「はい。私の父も、女は学をつけるほど運が悪くなるとよく言っておりました。しかし、不幸なのか幸運なのか、兄たちは妹が寺子屋の宿題を代わりにしてくれることを望んでいたのです」

大妃がうなずいた。「そなたは高い志のために自ら考えたということだ」

正直、ドギムにはそれほど崇高な思いはなかった。ただ本を読むのが好きだったし、体が大きいだけで威張る男たちに負けたくなかっただけだった。

「やはりそなたは私とかなり似ている。初めて会ったときからわかっておった」

「ひときわ恐悦至極でございます」

「口だけの言葉ではない。もし私に妹がいたら、そなたみたいな感じなのかとすら思うのだ」

ドギムは驚きの声をあげるところだった。

「そなたも私のことを遠慮なく思ってほしい」

他愛もない雑談で交わされるには、とても重い言葉だ。

「私はそなたをもっと近くに置きたいのだ」

外から戻ってきた宮女の軽やかな足音が聞こえるほど、周囲は静寂に包まれている。

「王様が早く決心してくれたらと思う」

意味深な口調で、こちらをじっとうかがう視線も露骨だった。

「王室に喪事が起こったが、世継ぎは依然として急いでいる。しかし、新しい側室を選ぶよう懇願しても、王様はそうはいかないと退けるだけだ」

全く別の話題だが、なんだか延長線上にある話のようだ。

「傷心があまりにも大きいせいでしょう」

黙って聞いてばかりいるのも失礼なので、ドギムはそう返した。実際、元嬪が息を引き取った悲しみも癒えていないのに、すぐに新しい側室を引き込もうとする王室の非情なる道理には、嫌悪感も感じていた。

「いや、違う。以前に断られたときとは感じが違うのだ」

また意味深な目つきだ。

ドギムは大妃が何を望んでいるのかまるでわからなかった。思い返すと、ずいぶん前から密かに何かを望んでいる気配があった。最初は、王室での影響力を確固たるものにするために、たやすい宮女を誘惑して密偵の役割をさせるのではないかと思った。しかし、学問への純粋な情熱と絶対に曲げることのない竹のような振る舞いなどを見ていると、本当に寂しいからかとも思えた。

今はまた新しい領域だ。自分を王とつなげるとなると、承恩でも受けてほしいのだろうか？　とんでもない疑いだということはわかっている。しかし、それくらい今日の大妃の態度には妙なところがある。

「暑いので、冷たい梅のお茶でも飲むか？」

大妃は何事もなかったように話を変えた。

「今日も急いで帰らないといけないというのなら、私はとても残念に思うぞ」

遠慮する前に釘まで刺してくる。

「本でも読んでくれ。年を取ったからか目がよく見えない」

まだ不惑にも遠い若さと健康そのものの血色からして、まるで信用できる言葉ではなかったが断れる立場でもなかった。

大妃に渡された本は題名さえもわからない、難しい本だった。

「浅はかな見識では手が出ません」

「それでもよい。間違えたら私が直してあげよう」

明快に定義しがたいふたりの女のひとときは、甘い梅茶と難しい文字の饗宴だった。大妃とともに過ごす時間はまるで薄氷の上を踊っているようで、恐ろしく気をつかうが、いっぽうでは楽しい。とても不思議な時間だった。

ようやく下がってもいいと命が下されたとき、ドギムはすっかり疲れ果てていた。

「ドギム様！　ああ、ずっと捜していました！」

肩を落としてドギムがとぼとぼと歩いていると後ろから誰かが親しげに声をかけてきた。侍婢のモクダンだった。

「なんですか？　手紙が来る日でもないわよね」

「これを。ちょっと遅くなってしまいました。必ず午前中に渡せと言われたんですが……」

そう言って、モクダンが小さな紙片を突き出した。

「ギョンヒ様からです」

紙片には『七ㅣ二七ㅣ二一八　十四ㅓ九ㅓ八』とだけ書いてあった。

「ほかには何か言ってませんでしたか？」

モクダンは首を横に振った。

これは宮女たちが文字遊びを兼ねた暗号として使っている唐諺文《タンオンムン》だ。子音を数字に置き換えた単純な構造で、これは申《さる》の刻（午後四時）に凌虚亭《ヌンホジョン》で会おうという意味だ。

しかし、ギョンヒがこんな形で時間と場所だけを知らせてくるのは初めてだ。彼女はいつも几帳面な手紙を書いてよこすのに……。

なんだか引っかかる。凌虚亭は後苑でも最も人通りが少ないところ、大きな木々で幾重にも囲まれた陰気な東屋だ。幼い頃、鬼を捕まえようと密かに隠れて入って以来、行ったこともない。

「ギョンヒがこれを本当に渡したんですか？」とドギムはモクダンに訊ねた。「ほかの人が代わりに渡したものではなく、ギョンヒから直接受け取ったんですか？」

「はい、そうですが。何か問題でも？」

「いいえ。最近は物騒なことが多いからちょっと気にしすぎたわ」とドギムはごまかした。

「そうだ！　ドギム様もあまりひとりで出歩かないでくださいね。以前、雑仕女がいなくなったのを最後に見たのが私じゃないですか。本当に不思議なことなんですよ」

モクダンは自分が体験した失踪の目撃談を話したそうだった。しかし、彼女にはしなければいけない用事がまだあるために名残惜しそうに去っていく。

指定された時間までそれほど残っていなかった。とにかく行ってみようとドギムは歩き出した。

凌虚亭の一帯は誰が管理しているのだろうかと首をひねるくらい荒れ果てていた。生い茂った雑草を踏み固め、紙片を後ろ手に握って、しばらく待った。いかにも幽霊や鬼が出没しそうな陰惨な場所だ。何かが襲ってくるのではないかと緊張したが、取り越し苦労だった。怪しい者の姿など全く見なかった。しかし、不吉な予感が外れたわけではなかった。

ギョンヒはついに現れなかった。申の刻が過ぎても、次の日になっても……。


新たに宮女ふたりがいなくなった。

ひとりは王妃の脈診を担当していた医女ナムギで、もうひとりは中宮殿の針房内人のギョンヒだった。ナムギがギョンヒより一日早く行跡が途切れたそうだが、いなくなったという点では同じだ。

「あの子は幽霊なんかいないって大言壮語してたじゃない」

ボギョンは心配無用というふうに軽い口調で話し出した。「いつもひとりで面倒なことを考えてるから、何があったか知らないけど、用が済んだら勝手に戻ってくるんじゃない？」

能天気なボギョンにヨンヒとドギムも説得されてしまった。ギョンヒがいつ戻ってきても鼻高々に自慢できるよう、夜も門を閉めずに待っていた。

しかしボギョンのそんな自信も日が経つにつれ、色あせていった。

ギョンヒがいなくなってから四日目、突然ドンノが訪ねてきた。彼は王の懇願に負けたという体で二か月前に辞任を取り消していた。

「ペ内人を最後に見たのは、いなくなった日の昼だった。食欲がないと自分の麺を同僚に分け与えたあと席を立ったというが、その後彼女を見た者はいないそうだ」

ドギムに説明し、ドンノは訊ねた。「あなたが最後にペ内人を見たのはいつですか?」

たかが聞き込みのために宿衛大将が直接来たのは不思議だったが、宿衛所が事件を重要視しているという意味で受け入れることにした。

「いなくなる一日前ですが……」とドギムは記憶をたどった。「その日の朝、王妃様の唐衣《タンイ》の胸背に新しく刺繍をしたと言っていました。内人のキム・ボギョン、ソン・ヨンヒ、そして私の三人で会ったのがその日の午後です」

「特別なことはなかったか?」

「別れるときに監察尚宮様に会いにいくと言ってました」

「ああ、中宮殿の針房のほかの内人たちと一緒に面談をしたそうだ。遅くまで出歩かないように言い聞かせたとか。ペ内人が監察尚宮と別れたあと、部屋に戻るのを見た者もいる」

もしかしたら監察府に捕まっているのではないかと思っていたが、その希望も消えた。ドンノは陶磁器のように滑らかなあごを撫でながら、ふたたび訊ねる。

「行方不明になった日の朝早く、ペ内人が侍婢にあなた宛ての伝言を記した紙片を渡しているのを目撃した人がいた。どのような伝言だったのだ?」

「それを見た人がいるんですか?」

「ペ内人と同部屋の内人がそう告げておるが」

それでなくても紙片の話はしようと思っていた。ずっと疑わしかったからだ。目撃者がいるということは、モクダンの言ったとおりギョンヒが直接渡したものだというのは確かなようだ。

「誰が見たのかが重要なのか？」

「あ、いえ。その……申の刻に凌虚亭で会おうという内容でした」

「ほかにはなかったか？」

ドギムはうなずいた。

「それで約束どおりに行ったのか？」

「はい。しかし、ギョンヒは来ませんでした」

「ほかの者を見なかったか？」

「誰も通らないようなところなので、人けは全くありませんでした」

「その紙片はまだ持っているか？」

ギョンヒが行方不明になって以来、肌身離さず持っていた。くしゃくしゃになった紙片をドギムは袖から取り出し、見せた。

「どうして暗号で？」

「わかりません。いつもは普通に書くんですが……」

「なぜ、あんな場所で会おうと言ったのか、何か心当たりは？」

ヨンヒについて問い詰めようとしたのかもしれないという気がした。ただ、それならヨンヒがいないときに普通に訊けばいい。あのような陰気なところに呼びつける必要はないはずだ。

いずれにせよ、ヨンヒが別監と恋愛しているという話をドンノにするわけにはいかない。

「ありません」とドギムは答えた。

「隠さずに話したほうがいいぞ」

「誰よりもギョンヒが帰ってくることを願う私が、どうして嘘をつくでしょうか」

内心を見通すような視線をドンノはようやく収めた。

「いいだろう。では、もうひとりの失踪者である医女はどうだ？　名をナムギと言ったか。内医院で長く働いている小太りの医女であるから宮人たちもよく知っておったが、親しかったのか？」

「顔は知っております」

「あなたは毎日、中宮殿に問候にうかがっていたそうだが……。中宮殿に通いながら、出会ったことはなかったのか？」

「通いながら見たことはあったかもしれません」

「王妃様とともにいるのを見たことはあるか？」

「私が直接王妃様に謁見したのは去年一度だけです」

「どうして謁見したんだ？」

思わず答えそうになったが、すんでのところでドギムは踏みとどまった。

「この事件とは関係ないことですが……」

「関係があるかどうかは宿衛大将である私が判断する」

ドギムは沈黙を守った。

「以前から王妃様に対して、かばうような態度をとるな」

ドンノの瞳が陰険な光を帯びていく。

しかし、むやみに三寸の舌をふるうことはできない。彼女の心情を知らないならともかく、ドギムはすでに多くのことを知ってしまった。妹を利用して世継ぎの外戚になるというドンノの野心と、それに対抗するためならどんな汚い姿も甘受するという王妃の強い反感を。

互いに死ぬほど憎むふたりの間では、ほんの些細なことで火花が散る。

「最初は大妃様に心服しているのかと思ったが、今は王妃様に心変わりでもしたのか？」

「承旨様はいつも私に正直だったので、私も正直に申し上げます」

同じ言葉を繰り返すのも疲れる。ドギムは真っすぐドンノを見つめた。

「大妃様であれ王妃様であれ、元嬪様であれ、私は全く興味がありません。私は家族の面倒を見るだけでいっぱいな取るに足らない浅はかな宮女です。口に糊塗《のり》する心配だけで手一杯なんです」

「泥仕合には加わりたくないということか？」

「泥仕合の客席にすら座る器量がないということです」

「たしかに……貧しく暮らしたくないと言っていたな」

ドンノの目つきが少し柔らかくなった。

「では、王様はどうだ？　王様にも関心がないか？」

「宮女が王様の心配をするのと身の程を知ることは別問題ですが」

王に出会ってから自分の暮らしがどれだけ複雑になったのか、今さらのように忌まわしく思えた。

「そんな意味で訊いたのではない」

「そういう意味で訊かなかったわけでもないですよね」

ふいにドンノが笑い出した。

「口下手だな。王様がお聞きになったら、悲しまれるだろう」

そう言うと、彼は持ってきた紙を束ねて立ち上がった。

「いつかはその才能が力を発揮するときが来るだろう。下りるには高すぎるところまで上ってしまったことに気づく瞬間だ。今の私がそうなのだよ」

「どのみち、下りられるとしても下りはしないじゃないですか」

「この世界では退路はすなわち死だからな」

自信満々な口調も、彼の目に込められた一抹の寂しさは隠すことができなかった。

「承旨様！　ペ内人を必ず捜し出してください」

願いを聞いてくれるほど美しい心根の持ち主には見えないが、ドギムはドンノにすがった。

「最善を尽くすつもりだ」

笑みが消えた彼の顔からは、同情心のような残像だけが見えた。


「痛そう！」

ドギムがチマをめくってふくらはぎをさらすと、その惨状にヨンヒは手で顔を覆った。数日間続けて交代時刻に遅刻をしたら、提調尚宮に血が出るほど棒で叩かれたのだ。

「宮殿の中を捜すのは、もう終わりにしたら？」

ボギョンもドギムのやり方に賛成できなかった。ボギョンは暇を見つけては殿閣の隅々まで捜し歩いたが、ドギムは仕事に影響が出るのもかまわず、やみくもにギョンヒを捜し回っているのだ。

「でも、どこにいるかわからないし」

「誰が拉致した宮女を、今の今まで宮殿の中に隠しておけるっていうの？」

「女を密かに宮殿の外に連れ出すのは無理なことよ」

出退勤する医女や雑仕女たちまで四、五回ずつ確認するところが宮殿だ。ましてや今のように警戒が厳しいときに、特に見守る目の多い中宮殿から宮女を連れ出すなんて不可能だ。荷車に隠してのせるのもままならないだろう。兵士たちと内官たちが一つひとつ開けて確認するのだから。それに加えてあのギョンヒが拉致されたまま従順に行動するとは思えない。

「賄賂があったら、あり得ないことではないでしょ」とボギョンはため息をつく。「裏金をもらう人が多くなったのも事実だし」

「かすかな希望でもしがみついてみないと」

ふたりの言い合いを聞きながら、ヨンヒは泣きべそをかいた。

「宿衛所は一体何をしているんだろう？　ぐずぐずしてまた誰かがいなくなったら……」

「宿衛所に何ができるのよ」とドギムが冷たく言い放つ。

ボギョンと意味深な視線を交わし、ヨンヒが言った。

「やっぱり、幽霊のせいじゃないかしら？」

ドギムは舌打ちした。

「真っ昼間なのに？」

幽霊の仕業にしては怪しい点が多すぎる。一日の違いで起きた医女ナムギとギョンヒの失踪は特に釈然としない。医女がいなくなったのは計画されたことだが、ギョンヒの失踪は偶発的な出来事だったのではないか。ギョンヒの奇妙な伝言を念頭に置くと、彼女が知ってはならない何かを知ってしまい、口止めのために拉致されたのではないかという恐ろしい推測まで可能になる。

「まあ、ギョンヒを取り戻すには、幽霊よりも人の仕業のほうがいいわよね」とボギョンが返す。

意気消沈したままヨンヒがつぶやく。

「ギョンヒの家はこのことを知っているのかしら。あの子の父親は大物だと言っていたのに、どうして黙っているのかしらね」

ドギムは現実的に考えた。

「たぶん朝廷は知らないんじゃないかしら。たとえ知っていても謀反や密通でないかぎり、宮女たちの問題は王室のことなので、あれこれ言えないから」

厳しくて隠密な王室の問題だという言い訳のもと、殺伐とした事件は多かった。宮女など、新しく選べばそれでおしまいだ。

「あなた、今日もモクダンのところに行ってきたんでしょ。なんて言ってた?」とヨンヒが訊ねた。

手がかりは少なく、ドギムはこの奇怪な事件の唯一の目撃者である侍婢モクダンを頼るしかなかった。五回も同じ話をしたのにとモクダンは愚痴をこぼしたがドギムはしつこく、六回目の話の包みを解かなければならなかった。

「日もかなり高く昇った頃でした。キツネ目の中宮殿のハン様に手紙を渡しに出たところ、十歩くらい前を誰かが歩いていました。見知った中宮殿の雑仕女でした。水甕を頭にのせてふらふらしていたので目が離せませんでした。雑仕女が柱をはさんで角を曲がり、一瞬視界から消えました。もし水甕を割ったら助けるつもりで、私も足早に曲がったんですが……。そこにいるはずの雑仕女の姿が跡形もなく消えてしまっていたんですよ!」

「抜け道があったんじゃないの?」

「とんでもない! 一本道でした。殿閣をはさんで歩くただの道で、人ひとりが消えたんですよ」

「あなた以外に誰もいなかったの?」

「そうだったと思います。頭が真っ白になって、ちゃんと見ることはできませんでしたが……とにかく、我に返ったときには誰もいませんでした」

モクダンが描写する光景を頭の中でじっくり再現してみる。

「それ、正確にはどこで起こったの？」

「ああ……景薫閣《キョンフンガク》のほうです」

「景薫閣といえば中宮殿のほうじゃない。そんなに人けのないところなの？」

「大殿と中宮殿は雰囲気が全然違うんですよ。女人ばかりの中宮殿はとても静かで、誰しもが出歩いているわけではないんです！」

声高に主張するモクダンを、ドギムはじっと見つめる。

すでに五回、全く同じ話を繰り返した。キツネのように目が細いハン氏内人の話をするところまで同じだった。まるで丸暗記したかのようで不自然だ。また、最初は自分に関心を持ってもらえたのがうれしかったのか、楽しそうに話していたが今は違った。大したことない質問に甲高い声を出した。

「本当よね？　お父上の名をかけて？」

「もう！　どうしたんですか。私が追及されている気がします」

そばかすで覆われたモクダンの鼻筋が真っ赤になった。

「ギョンヒがいなくなったからよ！　話を変えないで。あなた本当よね？」

モクダンの顔つきが変わったように見えた。

「ギョンヒ様……尊大でも情は深い方なのに」

「そう、そう。ギョンヒはそうだったわね。とにかく、誓うことができる？」

「もちろんですよ！　なんの得があって私が嘘をつきましょう」

「あなたのお父上の名前にかけて誓いなさい、すぐに！」

「きょ、今日に限って、なぜそんなに怖いんですか」

モクダンはあちこち体を揺すって抵抗したが無駄だった。

「わかりました。誓います、誓いますってば」

それ以上問いただすことはできなかった――。

「同じね。幽霊がしたことだって」

ヨンヒとボギョンに向かって、ドギムは肩をすくめた。

宿衛所の捜査は生ぬるく、宮人同士は後ろ暗いことをもみ消す。ひと肌脱いだところでギョンヒの行方がわからないため、ヨンヒとボギョンは幽霊の仕業だと信じたい様子だ。そのほうが心苦しくないからだ。友達が友達をあきらめることほど耐え難いものはない。

「明日は後苑のほうを回ってみようかと思うの」

自分だけでも捜さなければ、本当にこのまま幕引きをされそうだった。

「あなたがそう言うなら私も手伝うわ」

ヨンヒの声からは同情がにじみ出ていた。

「私は手伝えない。三日間、罰で厠当番をしなければならないの」

申し訳なさそうにボギョンが言った。

「懲戒のせいよ」

失踪騒動はギョンヒを標的にした悪意ある噂を生んだ。宮女たちの行方不明に便乗して、ギョンヒが密通していた男と壁を越えて出ていったという話がさも事実のように語られたのだ。さらにギョンヒには若い女の精気を奪う悪趣味があり、今回のすべてを企てた主犯なのだという荒唐無稽な風説にまで発展したりもした。信望を失ったのはギョンヒ自身のせいだとしてもあまりにも度が過ぎた。ボギョンは怒り、風説を流す宮女たちに硬い拳を飛ばしたのだ。

「いくらギョンヒが傲慢だからって、ひどすぎない？」

数日間泣き腫らした目をヨンヒは袖で拭き、「中宮殿で誰かがいじめを主導しているのでは？」と自信なさげに付け加えた。「中宮殿では抜きん出た宮女がいるとわざと鼻を折るんだって。もしかすると王様の目につくのではないかと思って」

普段なら世間に出回っている宮女に対する偏見だとドギムは舌打ちしただろうが、今はなぜか一理ある言葉のように聞こえた。

「ギョンヒもそうなんじゃないかな？　あの子は美人だし、知っていることも多いから……」

「あなた、まるでギョンヒのように言うわね」

ボギョンがくすくす笑ったそのとき、三人の宮女たちは、あの偉そうな振る舞いを楽しむ傲岸《ごうがん》不遜《ふそん》な友をどれほど恋しく思っているかにあらためて気がついた。


翌日、思いがけない機会がやってきた。

王が後苑に出向くことになった。今年も収穫期になったので清義亭《チョンウィジョン》を見回るという。清義亭は玉《オク》溜泉《リュチョン》の近くに位置する藁ぶき屋根の珍しい東屋だ。王に農業の大切さを学ばせる目的で建てられ、東屋の前庭に小さく田んぼが作られているのも、民に王自ら実践を見せようという趣旨だ。

狭量で陳腐な臣僚たちから解放されたサンは、同年代の若者たちのようにはつらつとしていた。内官たちが仕える前に戎服《ユンボク》（軍服）を着て、しきりに催促したりもした。

行列の一番端に立ったドギムは目を皿のようにして周囲を見回した。玉溜泉一帯には岩に残した先代王の文字など貴重な遺産があり、むやみに歩き回ることはできない。したがって、王の行幸がない普段は人通りがほとんどないため、人を隠すにはうってつけだった。

「ここにはいなさそうだけど」

丈夫な草に引っかかってふらふらしながらヨンヒが言った。洗手間の宮女である彼女も冷たい水甕を背負って一行に従っていた。

「念のため」

ドギムは暗い木陰を注意深く観察した。

本音を言えばドギムもヨンヒの考えに同意していた。赤と黄色の紅葉に緑が混ざった色鮮やかな森は、行方知れずの宮女とは関係なさそうな平穏な空気に包まれていた。しかし、最善を尽くしてから断念することと、何もせずにあきらめることには大きな違いがある。

残念ながら目的地に着くまで特に変わったものは見えなかった。根拠のない希望はあっさりと砕かれ、胸にはふたたび失望を抱くことになった。

「これぐらいなら収穫をしてもいいのか」

清義亭の田んぼに揺れる黄金色の稲を、サンは期待に満ちた目で見回した。ドンノが袖をまくって老練な手つきで粒を撫でた。

「よく実るようにあと十日だけ待ちましょう」

「里では稲刈りをすでに始めたそうだが、私も負けるわけにはいかぬ」

「出来のよい米は農夫の心配事を溶かすものです」

せっかく行幸したのに手ぶらで帰るのも口惜しいが、サンはおとなしくドンノの意に従った。

「残念だ。万全の準備をしてきたのに」と鎌を持った内官をちらりと見る。

「恐れ多くも申し上げるなら、王様はこの国で最高の米を収められるでしょう」

このような些細な問題まで自分の思うとおりにするドンノは満面に笑みを浮かべた。

「でも、稲を刈るときは祭祀を行い、風楽も響くし、いろいろするんじゃないの？」

見ていたヨンヒがつぶやいた。

「今年は省略するんだって。喪に服しているからね」とドギムが返す。

「都承旨様の顔色をうかがいすぎじゃない？」

側室の死なのに哀悼の期間が王后を追慕するように長いのは事実だった。

「そういうこともあるのよ」

見えないところでは執拗に権力の基盤を固めるドンノを不満に思う群れが沸き立っているらしいが、少なくともそれを表に出す者はいなかった。

「あんなちょっぴり収穫して、どこに使うの？」

ヨンヒが小さな田んぼを目測しながら、訊ねた。

「昨年は王様が収穫した米でご飯を炊いて大妃様と恵慶宮様に差し上げたんだって。残りは宮人たちにも配ってくださって。たぶん今年もそうだと思うよ」

「あなたは駝酪粥とか貴重なものもよく食べてたわね。うまくやるのはギョンヒ顔負けね」

つい口にした冗談にギョンヒの名が出て、ヨンヒは落ち込んでしまった。

「もう八日目よ。こうなるとわかっていたら、もっとよくしてあげればよかった……」

「あなたがギョンヒに申し訳ないことなんてないじゃない。私とボギョンは大変よ」

ドギムはヨンヒの肩を抱き寄せ、言った。

「大丈夫よ。必ず捜し出すから。宮殿を隅から隅まで掘り起こしてでもね」

「あなたの言うとおりに幽霊じゃなくて人の仕業なら、どうしてこんなに跡形もないんだろう？」

ヨンヒは優しい腕にもたれかかり、目頭を熱くした。

「宮殿で幽霊に比べられるのは、あちこちから飛び出してくる宿衛軍官だけなのに」

「そうよね。本当に変よ」

その瞬間、妙な違和感がドギムを襲った。こんな気分になったのは、逆賊が王の寝殿を犯した謀反のとき以来だ。しかし、その違和感がなんなのかはわからなかった……。

「あ……ちょっと、どうして王様がこっちを見てるの？」

ヨンヒが体を硬くした。ドギムも彼女の視線を追った。

サンと目が合った。彼は小さな田んぼの見学を終え、ドンノと東屋に座っていた。少し寄せた眉間にふさわしい不機嫌そうな目つきだった。

ドギムの鼓動が速くなる。泥酔した彼の胸に抱き寄せられた夜以降、どんなに自分で否定してもやはり心が騒いでしまう。ギョンヒのことに思い悩む今でさえ、視線一つでかき乱される。自分の動揺にサンが気づくのではないかと怖かった。

「王様はもともと目をあちこち向けられる方なのよ」

「えっ？　違うと思うけど」

「そうだってば」

日頃、王という存在自体に慣れていないヨンヒはそわそわした。

「やっぱりあなたを見てるじゃない！　あなたまた変なことでもしたんじゃないの？」

「何もしてないわよ」

ドギムは棒読みで返す。

「久しぶりに外に出たので、宮人たちを見物したりしてるのよ。あなたこそ王様を見るのやめなさいよ。大変なことになるわ」

幸い、王の奇妙な視線は長続きしなかった。彼はドンノに関心を移した。ふたりの男は便殿から持ってきた上疏文（意見や事情を訴えた書状）を読みながら真剣に討論を始めた。

「向こうもちょっと見て回りましょ」とドギムはヨンヒをうながす。「せっかくここまで来たんだから、隅々まで調べないと」

一度席についたサンはよほどのことがないかぎり、すぐには立ち上がらない。足を震わせて退屈に時間をつぶすよりは、生産的な仕事をしたほうがいい。

「ギョンヒはここにはいないって」

すでにあきらめていたヨンヒはただただ憂鬱だった。

いろいろと見回ったが、もちろんギョンヒは鼻先も見せなかった。鬱蒼とした森の中は名前のわからない鳥のさえずりだけがあふれていた。密かに宮女たちを隠しておくような場所もなく、なんの手がかりも見つからなかった。

痛いほどの日差しに後ろ髪が熱をもつ頃になってようやくあきらめ、清義亭に戻った。何ごともなかったかのように列に交ざったが、なぜかまたサンの視線が感じられた。

「こっそりとどこに抜け出していたのか？」

ドギムの怠慢なら百里の外でも嗅ぎつけるソ尚宮が耳もとでささやく。

「ここまで来て問題を起こすんじゃない。これでも王様に差し上げなさい」

シッケ（米を発酵させた飲み物）をのせた小盤《ソバン》を受け取ったドギムは唇をとがらせた。

「尚宮様がなさったらいかがですか。なぜ私にさせるのでしょうか？」

「元気な下っ端がいるのに、膝も立たない私が階段を上り下りできますか」

「お肉のおかずが出る日は、その膝で飛び出していくのに」

ソ尚宮に頭を強く押さえつけられ、ようやくドギムは動き出した。

東屋に上がると、サンとドンノの対話が途絶えた。世の中で一番気まずいふたりの男の視線が同時に注がれると、ドギムは舌でも噛みたい衝動を感じた。

「暑くてお腹もおすきかと。シッケでございます」

「ああ。お前もどうだ？」とサンがドンノにうながす。

「恐縮です。ちょうどのどが渇いたところでした」

ドギムはおたまで二杯、なみなみに注いだ。略式でも毒見をしなければならなかった。王の器からシッケを少し取って銀の匙の色を調べたあと、舌先を匙に当てた。変だった。味ではなく気分が変だった。普段はなんともない行動がなんだか恥ずかしかった。サンの前で舌をさらすのが嫌だった。

大丈夫なことを確認したドギムはふたりにシッケを差し上げた。一気に飲み干して空の器を出してほしかったが、サンはひと口しか飲まなかった。皿をぐるぐる回しながら揺れる水面を見つめている。

「どこに行っておったのか」

サンが言った。

「さっきほかの内人とこっそり抜け出すのを見たぞ」

「なんだか胸騒ぎがしたのでちょっと周りを見てまいりました」

「顔が赤くなるまで景色を見物したのか？」

「夏の日差しより強いのが秋の日差しですね。少しでも日に当たるとすぐ日焼けしてしまいます」

「あの内人は誰だ？」

「洗手間の内人のソン家のヨンヒと申します」

「お前とは近い間柄か」

「幼い頃から親しく、部屋も一緒に使っております」

「お前は普段何をしておるのか？」

大殿の至密で働いていることをよくご存じでいらっしゃるのに……。

ドギムの表情に現れた思いを察し、サンは付け加えた。

「見張りに立たないときはどう過ごしているのかと訊いておるのだ」

衝撃で言葉に詰まった。これまで王は宮女を宮中の付属品と考えてきた。大殿の外でどう過ごそうがまるで関心を示さなかった。

見張りに立たないときにすることは多い。横になって小説を読み、服をさっと脱ぎ捨てたまま寝転がり、間抜けな宮女を選んでいたずらをし、小遣い稼ぎを探し回り、溜まった洗濯物をまたあと回しにし、焼厨房《ソジュバン》にこっそり入って茶菓を抜き取って……。

当たり前だが、こんなつまらない日常を告げることはできなかった。

「お前も大殿の外では私生活があるのだろう」

サンはつぶやいた。

「あの内人と親密に見えたぞ。同年代の宮人と気兼ねなく付き合う姿は初めて見た」

彼の目つきが妙だった。

「いや、違うか……前にも若い内人たちといるのを見た気がするし。そういえば昔、友達ができたせいで格好がめちゃくちゃになったと変なことも言っていたな」

「そのようなつまらないことに気をつかわれなくても……」

「お前は私についてすべて知っているのに、私はお前について何も知らないから悔しいのだ」

そうなのかと軽く聞き流したが、隣で聞いていたドンノは非常に驚いた様子だった。どうやら恥じらうべきところだったようだ。

「あ、いいえ！　そうではございません」

ドギムは一拍遅れて顔を赤らめた。

「私も王様をよく存じ上げません。大殿を離れたあと、どう過ごされているのか全くわかりません」

「お前が私を知らないくらい、私もお前を知らないからいいではないかと言っておるのか」

王はあきれるように笑った。

「なにゆえそんなに足りないのか」

「ですから、どうして急にそのようなつまらぬことを……」

ドギムは間抜けのようにあたふたとした。サンはそんな姿が嫌いではないようだった。彼の視線は触れるところすべてを溶かすかのように、熱く柔らかかった。

「お前も私のことをもっと知りたいか？」

今度はドンノの顔色をうかがわなくてもむずむずした。

「ええ。学ぶべきことがたくさんございます」

「お前はときどき私の言っていることを正しく理解できないことがある。しかし、今は違う。わざとそういうふりをしておるのだな。気まずいと思うからこっそり避けていくんだ」

意表を突かれたが、ドギムは機転よく返した。

「私について一つはご存じのようですね」

巧妙な答えに、王はにやりと笑った。

「私が知らない部分があるのは容認できない」

笑いの残像はすぐに消えた。これ以上は子供のわがままではなかった。計り知れないほど欲望だった。

「詳しく告げなさい。そのソン家の、なんとかという内人と何をしてきたのか」

「景色を見物……」

「もう一度嘘をつけば、ソン内人を引きずり出せと言うぞ」

ひどい目に遭ったのだから今度は返す番だった。

「疑いの心があって質問されておられるのですか？」

「疑って訊くのではない」

サンは眉を吊り上げた。荒々しい表情とは似合わない笑みがよぎった。

「疑ったらむしろ放っておいただろう。何をしているのかを突き止めるにはそのほうがいい。信じているから訊いているのだ。私側の人間が視野の外で何をしているのか知らないと」

ドギムは、ふたりの関係が全く新しい局面に入ったことに気づいた。

サンは露骨に男らしさを表わし始めた。自分の興味を引いた女人の関心が欲しい。その女人のすべてが知りたいし、自分の手のうちに置いておきたい。どんな男も同じだ。彼の方法がより傲慢なだけだ。

その傲慢な求愛を受け入れれば多くのものを得ることができる。女人を熱い恋心の下で征服したいという虚栄心を少しだけ満たせてあげればいい。何も知らないふりをして、ただひとりの男を望むようにやきもきする姿を見せれば、些細な報いは受けるだろう。世間の一介の男でも女を大事にすれば五臓六腑を差し出すというが、ましてやこの国の王だ。手振りだけで人を殺しも生かしもするお方だ。

しかし、その手振りによって自分も殺されかねない。

わかりそうでわからない曖昧な思いに心騒ぐときは、それなりにわくわくする。相手がほかでもない王だということを知りながらも、心がふっと浮かれたりする。ただ、こういうのは嫌だ。男女ではなく、主人と侍従の垣根の中で追い込まれるのは嫌だ。束縛されるのも嫌だ。

「私の友人がいなくなりました」

考えに考えた末、彼女は最も簡単な選択をした。真実を話すことにしたのだ。

「中宮殿の針房に仕えるペ家のギョンヒといって、姉妹のように過ごしている内人です。何もしないではおれず、暇があるたびに捜し回っています」

いざ話を切り出したら力が抜けた。無理矢理かぶっていた仮面も崩れた。ボギョンやヨンヒでない人の前では、あえて強がり、希望を信じるふりをして肩に力を入れる必要もなかった。

「無礼は承知です。未練がましいと思います。ここにいないこともわかっています」

心の奥底ではドギムもギョンヒの運命を悲観的に察していた。事件の全貌がなんであれ、時間がかなり経った。もはや、ただ一つの悲劇に帰結せざるを得なかった。

無理やり押し込めてきた感情があふれ出た。

「そうでもしなければ、あの子を永遠に取り戻せないのではないかと心配です」

やるせない涙がいつの間にか流れていた。

ドギムは慌てて顔を背け、袖で目もとをぬぐった。他人の前で涙を見せたのは初めてだった。王の同情を買うなら、誰よりも強力な男の好意に訴えるなら、涙は武器になるだろう。ただ、そうすることは自尊心が傷つく。

「な……泣くな」

驚くべきことに、サンは途方に暮れていた。

「いつもハゼのように暴れるお前が泣くとは……不快だ」

彼はうっかり手を伸ばし、はたと止まった。見ている目が多かった。行き場のない王の手は主人の戸惑いを代弁するかのようにぶるぶる震えた。

「事情はわかった。ひとりで胸を痛めておったのか」

サンは視線を下げた。

「私がまさか下の者の苦情も無視するほど小さな男だと思うのか。ただでさえ宿衛大将が積極的に調べているのに、どうして気を弱くしておるのか」

思いもしなかった優しい態度がなんだかありがたかった。サンは、その偉そうな宿衛大将がこれまでなんの成果も出せずにいるという事実を指摘できなかった。

「まさに王様のおっしゃるとおりです」

サンよりは状況をよく知るドンノが優しく同調した。

「大勢が見ている。どうか涙を収めなさい」

彼は東屋の下で好奇心に満ちた視線を送る若い役人たちをちらりと見た。

「無礼を犯しました。お許しください」

「よし。二度と涙を見せないと言ったら、百回でも許してやる」

気まずかったのか、サンはゆっくり飲んでいたシッケをがぶがぶと飲み干した。

「さあ、行って顔でも洗いなさい。早く」

そう言うと、空の器を自ら小盤に置いた。

ドギムがとぼとぼと退くとソ尚宮が真っ青になって駆け寄ってきた。

「何かあったの!?　雰囲気が普通じゃなかった！　また叱られたのかい？」

「……本当に死んでいたらどうしよう」

「死ぬ？　誰が？　王様がお前を殺すとでもおっしゃったのかい！」

いっそのこと哀願してすがればよかった。高慢な自尊心がなんの役に立つというのか。ドギムの後悔を知らないソ尚宮は、隣で足をばたつかせている。

「我慢しなさい。一度や二度のことではないではないか。全く、どうしていつもお前なのかい。日を決めて、申し上げないといけないかしらねぇ……」


行幸が終り、大殿へと戻る道はつらかった。

いつもだったらあれこれと使いをさせる先輩宮女たちもドギムをじっと放っておいた。恐ろしい王にこっぴどく叱られたようだと同情しているようだった。洗手間の内人たちはひと足先に帰ったのかヨンヒの姿も見えなかった。

「なかなか思わせぶりな態度もとれるのだな」

後ろから近づいてきた誰かのせいで、気分はさらに地の底まで沈んだ。終始一貫してそばにいろという王のもとからどう抜けてきたのか、ドンノが穏やかでない様子で耳もとでささやいた。

「まさか涙で心を動かそうとするとは思いませんでした。王様のお心がその程度で動くとはさらに思いませんでした」

「そうなんですよ。王様は私にぞっこんでいらっしゃるんです」

繰り返される牽制に疲れたドギムは、やけになって無礼な口をきいた。

「私がちょっと誘いをかければ、すぐにでも飛んできそうですよ」

「ははは。わかった、わかった」

ドンノが快活に笑うと、遠巻きに盗み見していた宮女たちがざわつく。

「まあ、とにかく。これからはそんなことはするな」

「宿衛大将様は仕事をきちんとこなせていないと王様が叱ったそうですね？」

「そんなわけがない」とドンノは鼻で笑った。

「どんなことも私を通さずに王様に申し上げることはできないということだ。この国の名高い宰相でもそうなのに、どうして宮女などにそんなことができるものか」

偉そうな顔がとても見苦しかった。

「宮女は王室に仕え、王室は王様の家です。家長が下の者を見るのは当たり前のこと。そこまでお節介をしないと気が気でないとは、承旨様は本当にお忙しいのでしょうね」

反撃する暇を与えずにドギムはすぐに打ち返した。

「私は王様が許されるかぎり、望むときに望むことで謁見します。それが嫌なら、名高い宰相にもなれない宮女なぞ宮殿から追い出してください」

そう言って、ドギムはにっこりと笑った。

「ああ、できませんか。承旨様は王様ではないですものね」

すっと笑みを消すとドギムはほかの宮女たちに合流し、去っていった。


久しぶりの休日だった。ヨンヒは早くから出かけていったので、ドギムはひとりで朝を過ごした。今日一日駆けずり回ったところでどうせ失望に終わるだろうから、布団の中でのんびりすればいい。

しかし、そうする代わりにモクダンを問い詰めてみることにした。七度目の正直だ。

特に勝算があるわけではなかった。父の名にかけて誓ったのだ。証言を翻すことはないだろう。残念ながら幽霊の仕業だと言い張る侍婢ぐらいしか、すがる藁《わら》が残っていなかっただけだ。

モクダンを捜すには、色掌内人《セクチャン》（手紙の伝達を担当する宮女）を先に捜さなければならない。色掌内人たちは横暴を働くことで悪名高かった。にらみをきかせるべく王が厳しく取り締まったことでずいぶんましになったが、かつては実家に手紙を一通送るためにはある程度の賄賂が必要だった。

「私が下の者をちょろちょろ追いかけるほど暇そうに見えますか？」

モクダンの所在を訊ねると、やはり意地悪な答えが返ってきた。仕方なくドギムは年のいった色掌内人にぺこぺこと媚びた。大殿の至密内人に下手に出られ、色掌内人の機嫌がよくなる。

「あの子、最近の行動が釈然としないよ。若い宮女を見るとびくびくと避けたり、一日中蔵に閉じこもったり。もし何か問題でも起こしたら、私が困るんだけどね」

「私はモクダンとは見知った仲なので大丈夫ですよ」

すぐに色掌内人は話してくれた。

「蔵にいると思いますよ。ぶらぶらしていたら平手打ちでもしてやってください」

奥深くに建てられた蔵は、昼間も薄暗かった。灯りがないかと通りすがりの色掌内人たちに声をかけたが、ことごとく無視された。

闇に目が慣れてきたとき、前のほうで慌ただしい気配を感じた。服がこすれる音のようだった。あるいは、人がもがいている音のような気もした。ドギムは埃を払いながらさらに中に入った。

ふいに彼女は肩に鈍い打撃を受け、その場に倒れた。誰かに蹴られたのだ。床に這いつくばり顔を上げた。そして、ドギムは自分が攻撃されたわけではないことに気づいた。

首を吊ったモクダンが梁にぶら下がっていた。

まだ息がある。ぎりぎりと首を絞め、息の根を止めようとする縄をぎゅっと握ったその顔は赤紫色に変色している。自ら蹴り飛ばした椅子を探しているのか、両足をばたつかせてもがいている。その足で蹴られたのだ。

ドギムは落ちついて対応した。同じ場所に一生閉じ込められる憂鬱さで自殺騒動を起こす宮女たちはしばしばいる。おかげで首を吊った人を救う方法も学んだ。まずはモクダンの首がこれ以上絞まらないように、もがく足を胸に抱いて力を入れて支えた。声をあげて助けを求めたが、外には聞こえないようだった。モクダンの足を抱き留めたまま、足だけで倒れた椅子を立て、彼女をふたたび椅子にのせようとしたが、なかなかうまくいかない。

幸い天が助けてくれた。腐っていた梁がモクダンの重さに耐えられず、折れたのだ。激しい音とともにモクダンの体が床に落ちた。

「一体なんの真似なの！」

放心状態から我に返ると、モクダンは咳込みながら泣き出した。

「死んだほうがましな人間をどうして生かしたんですか！」

「両親からいただいた体を、むやみに害しては親不孝だと学ばなかったの？」

そう言って、ドギムはモクダンの首に巻きついている縄をほどいた。

「どうせ死んだ命です」

「どうしてそんなことを……」

「どうでもいいじゃないですか！　ドギム様に助けられるわけないんですから」

命を救って責められるなんて、本当に世も末だ。

「事情がわかれば助けられるかどうか考えられるじゃない」

「は、話せません。絶対、無理。もし、私が口を開いたら……」

発作を起こしたように震えながら、モクダンはあとずさりした。

よほどのことがないかぎり他人の事情には口出ししないのがドギムの信条だ。しかし、首を吊るほど深刻な問題なら話は別だ。火事になっている家を見物するかのように放置することはできない。

「話さなければ、あなたがここで何をしたのか色掌内人たちに知らせるわよ」

モクダンの目が恐怖に染まった。

「それは駄目です！　色掌内人様たちは都承旨様ぐらいひどいんです。この間もちょっとした失敗をしただけなのに、筵に巻かれて鞭打ちを……」

モクダンは失言に気づき、「あっ」と口を閉じた。もちろんドギムが聞き逃すはずもない。

「なぜ都承旨様なの？」

「そ、そんなこと言ってませんよ！　絶対に言ってません！」

宮殿でドンノの振る舞いを知らぬものはいない。彼が乱暴者だという噂を聞いて、たとえに言っただけだと言い訳したなら、ドギムもさほど気にはしなかっただろう。しかし、見過ごすにはモクダンの反応は怪しすぎた。

「何を隠しているの？　まさか都承旨様に何かされたの？」

「そんなことはありません！」

官婢のなかから選抜される侍婢もまた、内人と同様に一度宮殿に入ると外に出ることができず、婚姻もできない。一生貞節を守らなければならない侍婢が官僚から嫌がらせを受けていたとしたなら、由々しき問題だ。

「違うって何が違うのよ！　誤解されてあなただけが怪我をする前にむしろ……」

「いいえ。いいんです！」と今度は怒りの目を向けてくる。

「そうじゃなければ、あなたがどうして都承旨様と絡むことに？」

「訊かないでください！　駄目です。駄目なんです」

「お金をもらって何かをしたというの？」

「……!?」

モクダンは必死に否定したが、明らかに動揺していた。

「お願いだからやめてください！　話せません！　いくらギョンヒ様が心配でも、絶対首を突っ込んではならないんです。私も死ぬし、ドギム様も死ぬことになります。駄目です。駄目なんです」

「あなた今、ギョンヒのことを言った？」

全く予想もしないところとつながった。

「えっ、ええ!?　ち、違います！　気が動転して、つい変なことを……」

モクダンは死神でも見たかのように真っ青になった。

「ギョンヒをどうしたのよ!?」

つかみかかってきたドギムから、モクダンは逃げた。しかし、ドギムも必死だ。もつれ合って、揉み合いになった。切羽詰ってモグダンが振り回した拳に何発か殴られたが、どうにか彼女に馬乗りになり、首をつかんで顔を床に押しつけた。

「ちゃんと話して！」

「駄目です。私が殺されます！」

「話さなければ私の手で殺すわよ！」

細い腕を背中の後ろにひねると、モクダンは悲鳴をあげた。やがてあきらめたのか抵抗が収まり、泣き声も小さくなった。体を起こすと、モクダンは懐から何かを取り出した。小さな紙包みを開くと、灰色の細かな粉が入っていた。

「砒霜《ひそう》です」

「毒なの？」

粉が舌先に少し触れただけでも全身が痙攣《けいれん》し、蟹の泡吹きのような状態になる猛毒だとモクダンは言った。ドギムは仰天して紙包みを投げ捨てた。

「都承旨様がくれたんです。これを……これを、王妃様の近くに隠せと……」

モクダンはすすり泣いた。「そうすれば、王妃様が元嬪様を害した証拠になるんだそうです」

ドギムは言葉を失った。

「都承旨様は正気を失っておられます！　元嬪様の遺体をあらため、毒で亡くなられたと言い張るそうです。なんとか王妃様の過ちを見つけようとしたのに何も出なかったから、濡れ衣を着せようとするのです」

まさかドンノがそんな非道なことを……？

信じられず、ドギムはつぶやく。「いつもと変わりないようだけど……」

「王様の前ではそうでしょう！　でも、裏ではまるで王様になったように横暴を働くんですよ。元嬪様の亡くなったあとはもう、正気ではありません」

モクダンはぶるぶる震えてつぶやいた。

「あのかわいそうな方たちも今頃は皆死んでいるでしょうね。やっていないことを吐けと棒でどれほどひどく殴られたことか」

「いなくなった宮女のこと？」

「みんな宿衛所に捕まっています。だから、忽然と姿が消えたんですよ」

連続失踪事件の明快な謎解きだった。

宿衛所はほかの官庁とは違う。ただ王命のみを奉ずる。王の身辺を護衛するという名分のもと、相当な高官すら入ることができず、取り上げることもできない。宮女たちの行跡をきれいに消すには最適だ。宮殿の中と都城《トソン》一帯なら自分の手のひらを見るようによく知っている宿衛大将のホン・ドンノが、いなくなった宮女だけは全く見つけられない理由はこんな簡単なことだったのだ。

虚しかった。あらゆる場所を捜したが、宿衛所とは思いもよらなかった。愚かなことに、私はギョンヒを閉じ込めた張本人に、どうか彼女を見つけてほしいと頼んだのだ。

「どうしてあなたはすべてを知っているの？」

すっかり化かされた。怒りのあまり、血が逆流する。

「都承旨様の密偵でもしてきたの？」

「それは絶対にありません！」

「じゃあ、どういうこと!?」

「それなりの事情が……」

「すべて吐きなさい」

憤怒の表情でにらみつけられ、モクダンは弱々しく口を開いた。

「……宿衛軍官たちが王妃様の雑仕女を捕まえていくのを目撃しました」

「じゃあ、幽霊の仕業というは何？」

「最初は中宮殿の尚宮様に正直に告げました。ところが、尚宮様がちょっと待てと言って、出ていったんです。王妃様にお伝えしにいったのかと思っていたのですが……。ずいぶんしてから都承旨様を連れて戻ってきました。宿衛軍官に対しては黙れと怒鳴りつけ、私には幽霊を見たという噂を広めろと言いました。そうしなければ、連行して棒で叩くと言われて。捕盗庁《ポドチョン》の官奴である私の父と弟まで殴り殺すと脅されたんです」

　モクダンは声を震わせて、泣き始めた。

「どうしようもありませんでした。とても怖かったんです」

「嘘をつかないで！」とドギムは怒鳴りつけた。「幽霊話をするとき、面白がってたじゃない」

「そ、そうですね……すぐになんとも思わなくなったのは事実です。よくやったと都承旨様の家の者がかなりの額のお金をくれたので。あれだけの財物があれば、父と弟が身役をやめて貢物を献上するだけでいい外居《ウェゴ》奴婢になれるかもしれないと思いました。同じ奴婢でもずっと楽になりますよね」

　モクダンは熱心に弁明した。

「私が捕まっても誰も助けてはくれないでしょう。だから……」

「それならなぜ、今になって首を吊って死のうとしたの？」

「毒薬で死ぬのは嫌なんです！　捕まったら大逆罪で手足を割かれるしょう。中宮殿にはすでに密偵が入り込んでいるのに、私を引き入れた理由がなんなのか考えました。もし、失敗したなら私に全部罪をかぶせるつもりなんですよ！　私はどうしたって死ぬ運命なんです……」

「他人事のときは面白がっていたけど、いざ自分のこととして死が差し迫るとどんな気分？」

　皮肉っぽくドギムは訊ねた。しかし、モクダンの泣き声が大きくなるだけだった。あまりにも苛酷に責めてしまったとドギムは後悔した。モクダンは宮女にまで蔑視される底辺の奴婢にすぎない。彼女に、どうして宮女たちのために都承旨に立ち向かわなかったのかと非難することはできない。

「ごめんなさい。すべてあなたのせいだと思ってはいけなかったのに」

「いいえ、私は獣にも劣る人間です。宿衛所に捕まるとどうなるかわかっていたのに……」

幸いなことは、捕まった宮女たちが嘘でも王妃が元嬪の毒殺を企てたと自白しなかったという点だ。苦難に耐え、今も抗っているのだ。

「口を出すつもりじゃないですよね？」

モクダンがざらざらした手でドギムをつかんだ。

「ドギム様、それはなりません」

「どうして？」

「……ギョンヒ様はただ中宮殿の宮女だから捕まったのではありません」

迷った末にモクダンは別の話を始めた。

「宿衛所では色掌内人様たちと前から共謀してきました。手紙を盗み読むことができるようにと」

「管轄外の者が宮女の手紙を見てるんですって！」

「知ってるじゃないですか。都承旨様を管轄外の者というには王様がとても……」

見えないところでいろんなことが起きているようだ。

「すべてではなく、何人かの宮女だけを選別して見るそうです。私は大殿と中宮殿を担当しているので、みなさんの手紙は宿衛所を通ることを知っています」

「いつから？」

「元嬪様が入宮する前から……約二年になります」

ドギムは心の中で日にちを数えてみた。おそらく弟のフビが婚姻した頃だ。あのとき、ドンノは役に立つ人ならいいなどと陰険なことを言っていた。

二年間、手紙を無数に書いた。主に兄弟たちの様子を尋ねたものだが、貸本屋の老店主との筆写の依頼のやりとりも多かった。王がひどく嫌う小説本の筆写のことだ。そのことを知っていただけでもドンノは私を追い出すことができただろう。

「都承旨様も悪事がばれないように、王妃様に近い宮女たちは手出しをしませんでした。ギョンヒ様は王妃様の本房内人《ポンバン》様と部屋を一緒に使ってるじゃないですか。なので、あまり心配する必要はありませんでした。ところが伝言を残したことで連れていかれたのです」

「私への伝言？」

「はい。もし中宮殿からドギム様へ届けられる手紙があれば、必ず持ってこいと申しつけられていました。それで都承旨様に先に渡したんですが……その直後に……」

モクダンはぶるぶると震え、ドギムの顔色をうかがった。

「でも大した内容じゃなかったわ。ただ会おうという約束だけで」

「何かの暗号だったんじゃ？」

「単なる言葉遊びよ」

「どうであれ、都承旨様が疑ったんだわ。もしかしたらと思って、先手を打ったんですよ」

あきれた。ひとの手紙を勝手に見ておきながら、知らないふりをして訪ねてきて、けしからんとばかりに振る舞った。なんて狡猾な男だろう。

「ということは、ギョンヒは純粋に私のせいで大変な目に遭ってるんじゃない！」

「いえ、そうじゃないんです。ドギム様に伝えようとしていた話のために苦労しているんです」

「ギョンヒは、あなたに何か違う話はしてなかった？」

「いいえ、ありません。誓います」

「お父上の名前をかけて誓ったのに嘘だったじゃない」

「あのときはあまりにも恐ろしい顔で聞いてくるから思わず……どうせ私のようなやましい者には名前なんて特に大きな意味はありませんから」

ドギムは舌打ちし、モクダンを立たせた。

「ちょっと待ってて。私がどうにかしてみるわ」

「砒霜の話が漏れたら私は大変な目に遭います！」とモクダンは慌てた。「都承旨様がくれたと言っても誰も信じないでしょう」

「いいえ。砒霜のことはいいわ。王様に言うわけにもいかないし……。うん、あなたは知らないほうがいいわね。ただ、黙っていて。あ、ひとりではいないでね」

どうやら長い一日になりそうだ。


「だから私は宿衛所に行ってみようと思うの」

「絶対駄目よ！」

ボギョンとヨンヒが同時に叫んだ。

「もし私が明日の正午までに戻らなければ、これを大妃様に差し上げて」

ドギムは聞く耳を持たず、本を差し出した。

「大妃様が命じられた筆写本よ」

「ちょっと、この状況で何が筆写よ！」

ボギョンは怒っていた。しかし、ドギムは譲らない。

「パク尚宮かケシムという内人に渡してね。そのふたりは大妃様の腹心だから宿衛所と内通してないはずよ。あなたの名前は教えないで。もし訊かれても、私から頼まれたとだけ言うのよ」

ドギムは声を低くした。

「本の中に手紙を入れてあるの。いなくなった宮女と宿衛所について全部書いてあるわ」

「駄目よ！　あなた大殿の宮女じゃないの。大妃様と内通したら大変なことになるわ！」

ヨンヒが慌てて引き留めると、ボギョンも大きくうなずいた。

「そうよ。どうして直接王様に話さないの？」

「王様は信じられないわ」

短いひと言の余韻は強烈だった。

「今までずっと都承旨様をかばってあげていたわ。今回も捕まっている宮女たちを密かに処分して、ふたをしてしまうかもしれない。そしたら、ギョンヒは終わりよ。生きて戻ってこられない」

「到底許しがたい事件なのに、そんな……」

「王様はなんでも自分の好きなようにできる」

ドギムは淡々と答えた。

「王妃様でさえ顔色ばかりうかがっているじゃない。何か不都合なことがあるんでしょうね」

「不都合なことって？　だって、濡れ衣を着せようとしたのは都承旨様なんでしょ？」

「内情はそう単純じゃなさそうなの」

今まで積み重ねてきたお互いに対する悪感情が爆発したと見ることもできる……。元嬪の死から続くこの恨みつらみが全く忌まわしい。

王妃に判断力はないかもしれないが、自尊心はある。自分の体面が深刻に毀損されるたびに不快感を示すなど対抗する努力をしてきた。しかし、最近は不思議なほど低姿勢だ。あらゆる悪意のある噂にも処分だけを待つかのように柔順に対応し、指揮下の宮人たちが相次いで消える怪異な事件に関しても、ひたすら隠そうとする感じが強かった。いくら後宮での話とはいえ、度が過ぎる。

都承旨も、妹の死や政治的喪失感で正気を失い、なんの根拠もなく王妃を追い立てるなどということはなさそうだ。ただ恨みのために事を起こすような単純な男ではない。そもそも、むやみに王妃を追い出したところで彼にはなんの得もない。露骨に側室に据えた妹も亡くなってしまい、新しく選ばれた王妃が元子でも産んだら、彼の夢は水の泡になる。

「王妃様が元嬪様に……ど、毒を飲ませた可能性があるってこと……?」

ボギョンが大げさに身を震わせた。

「違うわよ！　ただ……あー！　複雑すぎて私もわからない！」

ドギムは叫び、額に手を当てた。

「とにかく私が言いたいのは、助けを求めることができる人のなかで最も確実な影響力を持っているのは大妃様だということよ」

「じゃあ、大妃様のところに行けばいいんじゃないの。わざわざ宿衛所に行く必要ないわ！」

ぴったり隣にくっつき、ボギョンはしきりに首を振った。

「あなたに何ができるっていうの？　都承旨様があなたを見たら、ああ、すみませんって宮女たちを解放すると思う？　あなたも一緒に捕まえて拷問されるに決まってるじゃない！」

「望むところよ」とドギムは不敵な笑みを浮かべた。

「大妃様が動くだけの名分がなければならないから」

ともすれば、ホン・ドンノとの全面戦争に突き進むやもしれぬ繊細な事案だ。大妃は決して卑賤な侍婢の言葉だけで動くのではなく、もっと確実な理由がなければならない。

「王妃様に動きがないかぎり、ほかの人は手を出せない問題よ。でも私は中宮殿の宮女じゃないでしょ。私が関与すれば王様の安全を脅かす事件に広がるだろうし、王室の上長である大妃様が御命を下す名分が立つわ」

「ところで、大妃様があなたの思いどおりに動いてくれるという保証はあるの？」

ボギョンがしぶしぶ訊ねた。

「正直言って、宮女たちがいなくなろうが大妃様には関係ないじゃない。ひっかき回しても何の得もないことに口出しすると思う？」

大妃は表面的には絶対に朝廷に干渉しない。しかし、隠れた野心はある。そうでなければあんなにも懸命に勉強をする理由はない。毎日朝報を取り寄せて読む理由はさらにない。

「そもそも元嬪様を選んだ方じゃない」とボギョンは続ける。「都承旨様は大妃様の実家と近い大臣たちとも円満に過ごしているそうよ。まさか都承旨様と敵対すると思う？」

「だとしても、都承旨様も大妃様の実家とは不倶戴天の敵の豊山ホン氏よ。実際に大妃様と恵慶宮様の間で二股をかけていたし。必要とあらば手を握ることはできるけど、いずれはその袂を分かつことになる間柄よね。そして大妃様はまさに今がそのときだと判断することがおできになるわ」

ホン・ドンノひとりが消えれば勢力図が変わる。彼が独り占めしているすべての役職に空白が生じるだろう。分け与えることを知らず、より多くのことを望むだけの男が握った権力が、さまざまなところに分散されるはずだ。先頭に立って事件を解決すれば、大妃の親戚もその恩恵を受けることができる。もしかしたら、かわいそうな兄を流刑地から救うこともできるかもしれない。

「私をもっと近くに置きたいという言葉が、どれほど本気なのか確認するときが来たのよ」

自分に言い聞かせるようにドギムは低くささやいた。

「でも、これはちょっと違うと思うわ」

ボギョンはドギムの決死の覚悟を全く感じてはいなかった。

「宮女が小細工をしたところで、身の丈に合わないことをして失敗するだけよ。いざ事を起こした途端、完璧だと思っていた計画が狂うかもしれない。そうしたら、どうするの?」

「そうよ、ドギム。あなた追い出されるかもしれないわ。いや、いっそ追い出されたらよかったと思うわ」とヨンヒも恐怖に震えた。

「そんなことわかってるわ。でも、これが私がギョンヒのためにできる最善のことなの」

ドギムが口を閉じると、悲壮な沈黙が漂った。

「私たちがこんなことで口喧嘩をする日が来るなんて……」とボギョンがため息をつく。「いつもはビビンククスとムルグクスのうち、どっちがおいしいかって喧嘩するじゃない」

「結論はいつも『どっちもおいしい』だったけど」

ドギムは両腕を広げ、ボギョンとヨンヒをぎゅっと抱きしめた。遠くから太鼓の音が聞こえてきた。彼女たちの人生で最も劇的な時間が終わりを告げようとしている。

「忘れないで。明日の正午よ」

耳もとでささやき、ドギムはふたりから体を離した。

これから、いなくなった大切な友を取り戻す時間が始まるのだ。

宿衛所は王の寝殿から遠くない建陽門《コニャンムン》の東側にある。明け方になると宿衛軍官たちがあくびをしながら交代する姿を見たし、拳を突きつけてじゃれ合う姿もよく見た。

「そう、王様のお使いだって?」

しかし、今は怖いだけだった。

本当に王からこれほど近いこの場所に邪悪な陰謀が潜んでいるのだろうか。ただやみくもに侍碑の言葉を信じて来たが、それは正しいことだったのだろうか。硬い木の椅子に座ってドンノと向き合ったドギムの胸には、自分の無鉄砲さへの後悔が押し寄せていた。

「内官ではなく、内人を送るなんて妙なこともある――」

ドンノの言葉をさえぎり、ドギムはいきなり切り込んだ。

「いなくなった宮女たちはここにいますか？」

一瞬固まったように見えたが、すぐにドンノは普段の調子を取り戻した。

「王様の名前を騙《かた》ったら大逆罪になることも知らないのか？」

「ここにギョンヒがいるかと訊きました」

ドンノは口もとにかすかな笑みを浮かべ、うなずいた。

「よくわかったな。無駄足を踏む姿が哀れだったよ」

「まさか王様もご存じですか？」

「どうしてそんなことを？」

「そうでなければこんなに平然としていられないでしょうから！」

暗い室内でドンノの顔だけがぼんやりと白く光って見える。

「王様が知る必要のないことを処理するのが私の役目なんですよ」

「臣下が王妃様に疑いを持っていることは、王様が知っておくべきことです」

彼の唇が描く曲線が深くなる。

「ならば、すぐに王様に報告すればよかったのに。私に王妃様について問い詰められたと。そのような高潔な心がけがあるのに、どうして今まで我慢したんだ？」

図々しい答えにドギムは言葉に詰まった。

「あなたは自分で思っているより偽善的だということを受け入れたほうがいいでしょう。ああ、叱っているのではありません。人はもともとそういうものですから」

モクダンを責めた言葉がそのまま自分に返ってきた。知らないふりをして、いざ自分のこととして襲ってきたらどんな気分かって？……実に皮肉なことだった。

「違います！」

羞恥心のためか、思わず大きな声が出た。

「一介の宮女ごときが、王様に向かって官僚を責めることなどできますか！　そして……」

ドギムはすぐに残りの言葉をのみ込んだ。たとえそれが可能だったとしても、サンの信頼を得られる保証はなかった。むしろ、生意気だと叱られただろう。どうせサンはドンノの味方になったに違いないだろう——さまざまな悲観的な憶測が頭の中をくるぐると回った。

「王様を信じられなかったんだな」

ドンノは、ドギムが親友たちにだけ漏らした本音、王に対して決して抱いてはならない不忠な心を簡単に読んだ。

「それで、今も王様に申し上げる前に私を訪ねてきたのか」

ドンノが姿勢を斜めに変えた。

「どうするつもりです？　私を糾弾するのかな？　それとも泣きながら友達を返してとすがりつくつもりか？　さもなくば王様に申し上げると脅迫でも？」

「物事が大きくなる前に、承旨様が処理できる範囲で説得しようと——」

「そんなはずない」とドンノがさえぎった。

「あなたは多少無邪気なところはあっても馬鹿ではない」

前に置かれた卓子《たくし》を指で叩きながら、ドンノは言った。

「何か企みがあるんじゃないですか？　無策ではここに来ないでしょう」

卓子の天板には不気味な色の染みがついている。

「あえて私を挑発して得るものはなんですか？　進んでここに閉じ込められたいのでなければ……」

探るような視線を向けられ、心臓が破裂しそうだった。あまりにも軽率に企みを実行してしまったようだ。しかし、まだ見抜かれたわけではない。

「自ら閉じ込められたがる人がいるでしょうか」

ドギムはかろうじて平静を装った。どうにか突破口を作らなければならない。ここで退けばすべて無駄になり、二度とギョンヒとも会えない。

「何日かいなくなれば王様が救ってくれると思ったのか？」

ドンノは下卑た笑いを浮かべた。

もっともらしい推測までしておきながら、肝心な部分を見過ごす。大妃様を巻き込んで泥仕合に追い込もうとする思惑は、まだ見抜かれてはいないようだ。

「男の情欲を高く評価しすぎだ」

心から気の毒そうにドンノは言った。

「一度手に入れたら、いたずらに消えてしまう情熱をむやみに信じたのか？」

彼を怒らせようとやってきたのに、どうして同情を買っているのだろう。

「まあ、王様に興味を持たせたという点では誇ってもいいぞ。しかし、それだけだ。高慢に顔を背ける女人をやりこめることができず、やきもきしている間だけ燃え上がり、すぐに消えてしまう炎なのだ」

不快感が走り、言い返したい衝動に駆られた。王様はあなたとは違う。絶対、そんなふうには思わないだろう。

「しかし、元嬪が亡くなったので私も大変困っている」

ドギムが見知らぬ感情と格闘していると、ドンノがつぶやいた。

「いつか私が言ったことを覚えていますか？　王様のそばに誰かを置かなければならないのなら、あなたがいいと。そう、あなたはまだまだ使えそうだ」

「何に……？」

「確実に私に引きつける手段が必要なのだ」

邪《よこしま》な陰がドンノの目をよぎる。

「王様はもう若くもないのに、王妃様は子を授かれないし、新たに側室を選ぶのは我慢ならないし……。あなたは王様を熱くさせることができる女人で……うーん、なんというか」

ドンノは今、邪悪な考えをめぐらせている。怖かった。逆心は聞くだけで罪になる。

「宿衛大将、中にいらっしゃいますか？」

救援者は意外にも扉のすぐ外にいた。大殿の内官、ユンムクだった。

「王様がお呼びです。すぐ御殿にお越しください」

「さっき謁見した際は何も言われなかったが」とドンノが怪訝そうに返す。

「折り入って論じるべきことができたそうです」

この国の最高の権臣に対してもユンムクの態度は揺るがなかった。水を差された格好になったがドンノはかえって機嫌をよくした。王が自分を頼るたびにうれしさを隠せないようだ。

「まあ、仕方がない」

ドギムは慌てて自分がここにいる言い訳を考える。同時にユンムクの顔色をうかがった。

「ソン内人は私が連れていかなければなりません」

目が合うやユンムクが言った。

「尚薬がどうしてソン内人に用事があるのだ？」

自分が処分を下す前に内官が前に出たのが不快なのか、ドンノは眉間にしわを寄せた。

「さあ？　大殿の宮女を取り締まるうえでの事情でもあるのでしょう」

「そなたほどの職責の高い内官がそんな雑用をするはずがない」

不快はすぐに不審へと変わった。

「……ソン内人がここにいる理由を聞く前に連れていかなければならないのか？」

ユンムクはなんの釈明もしなかった。ただ、無愛想に繰り返した。

「王様が宿衛大将をお呼びです」

今度の返事は実に不吉に感じられた。

ドンノはそれ以上抗うこともできないまま凍りついた。艱難辛苦《かんなんしんく》を乗り越えて権力の座まで上がっただけに、彼は気運を読むのに長けていた。

「急いでください、ホン殿」

ユンムクがふたたび催促し、ようやくドンノは宿衛所を出ていった。

ドンノの気配が消えると、ユンムクはドギムに言った。

「ついて来い」

「あ、あの、私は……失踪捜査がどうなっているのか知りたくて――」

「ついて来ないのか」

ユンムクは冷たくドギムの言い訳を断ち切った。

あとについて宿衛所を出てた。ドギムが連れていかれたのは王の寝殿近くにあるみすぼらしい蔵だった。

「入れ」

ユンムクが重い扉を開け、中へとうながす。

「ここでじっとしていなさい」

「ちょ、ちょっと待ってください！　理由を教えていただかないと……」

彼が閉めようとしている扉をドギムは押さえた。

「これはお前のだろう？」

ユンムクが袂から本を取りだした。ボギョンとヨンヒに託した筆写本だった。唖然とするドギムに渡し、ユンムクは扉を閉めた。

予想外のことばかりで状況がまるでつかめない。自分はこの計画の統制力を完全に失った。ドギムは震える手で本を広げた。

八頁にはさんでおいた手紙は消えていた――。


ドギムは人生で最も長い夜を過ごしていた。

大殿の宮女が動いたということに、王が気づいたのだ。大妃に伝える手紙を王が途中で横取りし、ドンノを大殿に呼び寄せた。そして、悪知恵を働かせた自分をここに閉じ込めた。いつものようにドンノをかばうために密かに処理しようとする心づもりだと思うと、腹が立った。

初めて会ったときからサンは宮女に偏見を抱いていた。周囲の者すべてに些細な疑いを抱き、敏感に接した。それはドギムに対しても同じだった。疑って、気を引いて、試した。しかし、長年の試行錯誤の末、サンは躊躇しながらも彼女には本音を打ち明け始めた。心を許した。

だからなおさら許しがたいのだろう。サンが最も嫌悪する行動をこれ見よがしにした。陰で計画し、それを実行に移し、あまりにも早く捕まった。まさに逆鱗《げきりん》に触れたわけだ。

もちろん、無事に乗り切れる期待など、はなからなかった。サンが激怒し、四肢を割かれて殺されるのではないかと怖かった。それでもギョンヒを生かすことができれば、甘受する価値はあると考えただけだ。代償を払う覚悟はできている。

ただ、まだ交渉できていなかったギョンヒの問題、さらに自分のせいでヨンヒとボギョンに何が起きたのかがひどく心配だった。

ユンムクが戻ってきたのは翌日、太陽が中天まで昇った正午頃だった。

「出てこい」

外に出た途端、強い日差しに襲われ、ドギムは目を細めた。蔵の外にいたのはユンムクだけだった。彼女を捕まえるはずの宿衛軍官はいなかった。

「お前は今晩番に立つんだろ?」

「はい?　あ……ええ」

「雑事は前もって終え、亥《い》の刻（午後十時）あたりに書庫に寄れ」

それだけ言うと寡黙な内官はくるっと背を向けた。

「ちょっと待ってください！」

「王様が亥の刻に書庫で書物をお読みになるそうだ」

「あのう、それでは……」

「部屋に戻れ。夕方まで誰とも接触しないほうがいいだろう」

念を押す言葉にぞっとして背筋が凍る。一応は免れたようだが安堵感は少しもなかった。鞭は先に打たれたほうがいい。これでは生殺しだ。とにかく動かなくてはいけなかった。これが自分に残された最後の時間なら、有効に使ったほうがいい。

自分の部屋へと一気に走った。

「いやだ、あなた、ドギム！　無事だったの？」

人の気配を感じるや、ボギョンが勢いよく戸を開けた。ヨンヒも後ろに続いている。戸口に立っているドギムに向かって、ふたりは半ば放心しながらまくしたてた。

「今まで宿衛所にいたの!?」

「どこを打たれた？　折れたところは？」

少なくともヨンヒとボギョンは無事だ。安堵のあまり、ドギムは大きく息を吐いた。

「大丈夫だから私から先に訊くわね。何がどうなったの？」

ドギムは命綱だと思っていた筆写本をふたりに見せた。

「ど、どうしてそれをあなたが持ってるの!?」

ボギョンとヨンヒは仰天した。

「尚薬様が私にくれたのよ」

「どうして尚薬様が……？」

「わからないわ。あなたたちが知ってるんじゃ……」

ボギョンとヨンヒは顔を見合わせた。しばしのためらいのあと、ヨンヒが口を開いた。

「……昨日あなたと別れてから、すぐにまた仕事に行かなくちゃならなかったの。それで敷布の下に隠したんだ。でも昨日は本当に忙しくて、帰りも遅くなって……寝る前に必ず確認しようと思ってたんだけど、疲れてそのまま寝てしまって」

ヨンヒは申し訳なさそうに声を落とす。部屋に遅く帰ってきた理由をごまかすような感じだった。もしかしたら、別監の男と会っていて、それで遅くなったのかもしれない。とはいえ、今はそんなことを責める時間はない。

「今朝、敷布の下を見てみたけど、どこにも見当たらないのよ」

ヨンヒはべそをかきながら続けた。「そういえば妙な感じだったわ。部屋が……出たときとどこか微妙に違っていたような……」

「誰かがこっそり私たちの部屋を探したってこと？」

「そうだと思う」

見張られていたのだ。ヨンヒとボギョンに本を渡したあと、私が宿衛所に向かうのを見て、動いたに違いない。これもまた、王が手を回したと考えれば納得できる。彼は驚くほど迅速にすべてをなし遂げた。しかし、いつから、どういう理由で監視を付けたのだろうか？

「もうどうにかなりそうだったわ。どうしていいかわからなくて、宿衛所に行ってみようかとも思ったけど、失敗してすべてをを台無しにするんじゃないかって、怖くなって」

ボギョンも肩を落とした。

「それで、約束した正午までに本当にあなたが帰ってこなければ、私たちが直接大妃様に申し上げるつもりだったのよ」

「危ないからあなたたちは知らないふりをしてって言ったじゃない！」

ドギムは思わず叫んでいた。「どうせ大妃様は面識もないあなたたちに会ってくれなかっただろうし、苦境に立たされるだけだわ」

「ごめん。そうでもしなきゃって思ってた。ギョンヒもあなたもいないし……私は馬鹿みたいに任されたことすらできなかったから……」とヨンヒは涙を浮かべた。

「そうよ。朝から宿衛所が大騒ぎで、まさにあなたはそこに行くと出ていったじゃない。あなたはどうなったのか、捕まっているギョンヒは大丈夫なのか、不安でたまらなかったわ」

ボギョンまでうなだれ、ドギムはふたりをなだめた。

「私、宿衛所にはほとんどいなかったのよ」

「じゃあ、今まで何をしてたの？」

「尚薬様に蔵に閉じ込められたの。ようやく解放されたばかりよ」

ただ閉じ込められただけで、何も聞いていないと付け加える。

「それじゃ、王様があなたの心づもりをすべて知ったということ？」

ヨンヒが悲鳴をあげた。

「もし、手紙をお読みになってたら……あなたは……」

「まだよくわからないわ。夜、王様に会うつもりよ」

大丈夫と微笑んでみせたが、ヨンヒとボギョンの顔色は不安のあまり真っ青だった。

「でも、朝から宿衛所が大騒ぎになったってどういうこと？」

「あなたは知らないんだ。私たちはひょっとしてあなたの仕業かと思ってたのに」

「どうしたの？」

「今朝、都承旨様が辞職願いを出したんだって」

「辞職!?」とドギムは目を見開いた。

「なんだったかな……元嬪様が亡くなったのは、すべて自分のせいだと。もし自分がそれを隠し続けても、天が雷をもって打ち殺すだろうとか変なことを言ったらしいわよ」

「どうせ王様はお認めにならないでしょう」

「いいえ」とヨンヒは首を横に振った。「まるで待っていたかのように即座に受け入れたそうよ。ほかの大臣たちは呆然としていたって」

「半端ないわよね。まだ若く、勢いも絶頂の両班を奉朝賀《ポンジョハ》にするんだってさ……」

突然の辞職だけでも驚きなのに、名誉職の奉朝賀まで与えるということは金輪際呼び戻すつもりはないという強い思いの現れだ。

「それに、王様は宿衛所も廃止しようとしているらしいわ」

「本当にひどくお怒りになったのよ」

ボギョンとヨンヒは何もかもがうまくいったと喜んだが、ドギムは少しもすっきりしなかった。

ずっと騙された末に、ようやく重臣の悪事に気づいたわりには、王の対処はあまりにも寛容だ。王は朝廷でドンノの罪を問われ、その地位を剥奪するのではなく、自ら辞職するように仕向けた。反逆罪で罰するどころか、三字銜《サムジャハム》を与え、引退後の地位まで保障するというのは、彼を許したに等しい。

「そうだ！　ねえ、これ見て！」

釈然とせず黙り込むドギムの様子に気づかず、ボギョンは喜びいっぱいで隣室につながる戸を開けた。部屋の真ん中に敷かれた布団に誰かが横になっている。

その顔を見て、ドギムは絶句した。

「え……ギョンヒじゃないの」

口から出た言葉はそれだけだった。

「今日の朝、解放されたんだって。いなくなったほかの宮女たちもみんな戻ってきたのよ」

「王妃様に拝謁して医女に診てもらったの。そのまま休んでればいいのに、あなたに会わなきゃってわざわざこっちに来たのよ。四半刻（三十分）後に寝たわ」

ギョンヒは思ったよりもきれいに見えた。腫れた唇と落ちくぼんだ目、すっかりやつれてしまった顔を除けば怪我はなかった。

「この子は家も繁盛してるし、地位のある宮女だから手を出せなかったみたいね。ほかの子たちは瀕死の状態で帰ってきたんだって」

「そうよ。最初にいなくなった内人はいま、生死をさまよってるんだって」

「すべての宮人に、この事件と宿衛所に対しては一切口を閉ざすよう厳命が下ったわ。違反した場合は反逆罪に処すって」

「王様は今度も都承旨様をかばおうとしているんだわ」

ボギョンとヨンヒに交互に説明され、ドギムは確信した。

「突然の辞職に宮女たちの口封じまで……朝廷が気づいて弾劾する前に、王様のところで終わらせようとしてるんだわ。都承旨様を守っているのよ！」

「でも、あの偉そうなホン・ドンノが去ることになったのよ」

ボギョンはドンノに対するこれまでの王の無限の寵愛と比べると、ひどく重い処罰だと考えているようだった。

しかし、ドギムは腹が立って仕方なかった。結局、自分のしたことに意味はなかったのだ。ひどい敗北感だった。彼女の計画は最初から思うようにいかず、最後までその歯車は噛み合わなかった。ただ一つ正しかったのは、まさに王は信じてはならないというそれだけだ。

「落ち込むことはないわ。私が思うに、都承旨様の将来もそれほど明るくはないんだからさ」

威張ったようなその声は、ヨンヒやボギョンのものではなかった。ギョンヒが目を覚ましたのだ。

「まだ寝てなさい」とドギムが慌てて制する。しかし、ギョンヒは身を起こした。

「私はもっと詳しく聞いたわ。都承旨様は辞職を願い出ながらも、実権者として過ごしている間に私利私欲を働いたことはないと言い訳ばかりだったって。あとのことを心配する人でなければ、そんなことを言う理由はないわよ」

ずっと監禁されていたのにギョンヒの事情通は相変わらずだった。ドギムは思わず笑い出した。

「あなた、本物のギョンヒだわ」

この数日でかなり痩せてしまった彼女の細い肩を抱きしめた。

「どうしたのよ、大げさな」

目頭を赤くしながらギョンヒは照れた。ヨンヒが泣きながらドギムとギョンヒを同時に抱きしめた。ボギョンも負けじと勢いよく三人の友に体を重ねた。笑いと涙が爆発した。ほかのことなどどうでもよかった。狭い狭い人生だとしても、四人のなかには果てしない宇宙が広がっている。

息が詰まって死にそうだとギョンヒがもがき始め、ようやく皆は体を離した。

「監察尚宮様との面談を終えて帰る途中、宿衛軍官たちが医女のナムギを捕まえるのを見たの」

ギョンヒはそんなふうに語り出した。

「最初はなんなのかわからなかった。ナムギが王妃様の脈を診ることは知ってたけど、ほかのことだろうなと思ったわ。官僚たちの酒席の世話を拒否したとか、そういうのだろうと。関わりたくないから、ただ静かにその場を離れたのよ」

眉をひそめ、ギョンヒは話を続ける。

「でも、ちょっと考えたらおかしいのよ。王妃様の体を診る医女に手を出そうとする臣下がどこにいるっていうの？　寝床でずっと考えてたわ。そのうち、宮女たちがいなくなる事件の背後に宿衛所があるんじゃないかって疑うようになって……」

「たかがそんな場面を見ただけで、そこにたどり着いたの？」

ボギョンは感心を通り越して、あきれたようにギョンヒを見つめる。

「すぐに気づかなかったのが愚かだったわ。あれほど見事に人が消えるなんて、内部の仕業でしかない。だとしたら可能性があるのは内侍府、監察宮女、宿衛所ぐらいじゃない。しかも、いなくなっているのは中宮殿の宮女だけ。この三つの関係者で最も王妃様を憎んでいて、同時にこのようなことを実行できる条件が整っている方を考えてみると……おのずと答えは出てくるでしょ」

そもそも元嬪の幽霊話を信じていなかっただけに、ギョンヒは鼻を高くした。

「王妃様に告げようかと思ったんだけど、王妃様だって信じられないわ。だからといって知らないふりをしてたら、余計な火の粉が飛んできそうで怖かったわ」

そう言って、ギョンヒはドギムに視線を向けた。

「だからあなたに会おうとしたのよ。どうしたらいいか相談したくて。もしかしたら、あなたなら王様に申し上げることもできると思ってね」

「そうすべきじゃなかったわね。それほど頭が回るのに、王様が都承旨様を守るためなら私のようなものは百人でも追い払うって、なぜ考えなかったの？」

「そうね……」とうなずきつつ、それ以上は言葉をにごした。「それより、宿衛軍官たちが私を見ていなかったと思い込んでしまったのが失敗だった。その次の日に私を訪ねてきたの。お昼だったたかな？　麺があまりにもまずかったから幼い宮女にあげて、茶菓でも食べるつもりだったのよ。でも宿衛軍官たちがやって来て、そのまま連れていかれたのよ」

「そうだ。どうして伝言をあんなふうに書いたの？」とドギムは訊ねた。

「もし長々と書いて間違った人の手に渡ったら困るじゃない。伝言を託したモクダンのことも完全には信じられなかったしね。あの子、たまに人の顔色をうかがうのが気になってたのよ」

そんなギョンヒの注意深さが、かえって仇になったのだ。

「馬鹿ね。そのせいで苦境に立たされたのよ」

ドギムはモクダンから聞いた話をすべて打ち明けた。ギョンヒは目を見開いた。

「そういうことだったの……なんて愚かな子なの」

「もういいわ。あの子もかわいそうな境遇なのよ」

「それにしても、都承旨様があなたにそこまで注意を払ってきたなんて不思議ね」

心の中で何を考えているのか、ギョンヒはドギムをじっと見つめた。

「ねえ、宿衛所に捕まってからは何があったの？」とせっかちなボギョンが口をはさんだ。

「本当にぞっとしたわ」とギョンヒは両腕を体に回し、ぶるぶると震えた。

「冥土の使者のようだったわよ。何も知らないって言ってるのに、言葉だけ少しずつ変えながら何度も質問してくるの。まるで脅迫するかのように私の父と家のことを訊いてきて……。あなたのこともよ」

ギョンヒはふたたびドギムに目をやる。

「あなたが王妃様とはどれほど近い関係なのか、あなたと王様の間に特別なことはないかとか……もちろん何も言わなかったわよ。あの子は少し足りなくて、気を回すことすらできないとだけ言っといたわ」とギョンヒは肩をすくめた。

「あなたも殴られたの？」

「いいえ。都承旨様も私に無理やり何かを言わせても効果はないと気づいた様子だったわ。帰すことはできないから、捕まえていただけでしょうね。私は王妃様とは全然近い関係でもないし……むしろ私のことを嫌ってるわよ」

「王妃様がどうしてあなたを？」

「私がきれいだからに決まってるでしょ」

臆面もなくギョンヒは言い放った。よほど面の皮が厚いのだろう。

「私以外の宮女たちはかなりひどい目に遭っていたわ。王妃様が元嬪様を害したと告白せよと強要されて、従わないと鞭で打たれて……肉が飛び散ったり、裂けたりする音がしたわ」

陰惨な光景を思い出したのか、ギョンヒは膝を抱えてうつむいた。

「生きてここから出られないとさえ思ったわ。きれいなまま帰してくれるはずないじゃないの。宮女のことなんてほとんど外には漏れないしね」

白く美しい彼女の頬が涙で濡れていく。

「それでも耐えたよ。私が死ぬことを願う人たちは多いけど、あなたたちは私を捜してくれると信じていたから。特にドギム、あなたならさ……」

思わずこぼれた本音にはっとして、ギョンヒはふんと顔をそむけた。

「そしたら解放されたのよ。ここでのことは絶対に口外してはいけないと脅されはしたけど、それでもなんとか生き残ったわ」

「ごめんね」とドギムは謝った。「結局、私たちはあなたの助けにはならなかったのね」

ドギムの目頭も熱くなっている。

「あなたが私のために何をしてくれたのか、ボギョンとヨンヒから聞いたわよ」

「……」

「度胸があるわね。細く長く生きるという子が怖がりもしないで!」

「怒った?」

不安を感じさせたくなくて、ドギムはギョンヒに笑みを向けた。

「いいえ。うれしかったわ」

素直な答えに、「あなた頭でも叩かれたんじゃない?」とボギョンはあんぐりする。

「うるさいわね」

目を三角にするギョンヒを見て、ヨンヒは笑った。

「あなたなしでの暮らしは、どんなにか細くて長いだろう」

ドギムは言った。これ以上どんな言葉も必要なかった。


夜になった。サンは窓際に後ろ手を組んで立っていた。袞龍袍も脱がないままだった。誰かが入ってきた気配を感じながらも、彼は振り向かなかった。背を向けたまま、言った。

「釈明するつもりか?」

久しぶりに聞いた声は重く、閉ざされていた。

「とんでもございません」

「申し訳ないと手を合わせるつもりか?」

「申し訳ないと思っていないので、そうすることはできません」

ドギムはサンに怒っていた。もしかしたらサンが彼女に怒っている以上に。

しかし、大事にする重臣のために竹のような原則を破った彼も、友のために謀略を企てた自分自身も、あまり違いはないという気がした。

「私はドンノを選ばなかった」

サンが感情を殺した声で言った。

「先王様が外戚登用を盛んに行っていた頃、私を守ってくれる外戚をひとり選んで付けてくれた。それがドンノだ」

恵慶宮の一族であるドンノは、王と十二等身内の仲だという。

「最初は半信半疑だったが、先王様の目は確かだった。彼の機転で危機を何度も乗り越えた。なんでも信じて任せることができた。ひたむきな忠臣を得たのだ」

サンは窓外にうっすらと見える遠くの山々を見つめている。

「私がなぜドンノの無茶な要望を無条件に受け入れたのかわかるか？」

自分の口で大事にしていると言ったのに、それ以外の理由があるのだろうか。

「彼を大切にすればするほど申し訳ない気持ちも大きくなったからだ。初めて会った瞬間から、自分の手で彼を滅ぼす日が来ることを知っていたからな」

まるで意味がわからない。

「先王様は強力な王だった。その力を完全に継承するには、私が置かれていた状況は決していいとは言えなかった。先王様が老衰した晩年に朝廷をしっかりと握った臣下たちは手強く、私の立場は狭かった。正統性に多少弱点もあったしな」

弱点？……彼は宗統の正当かつ唯一の継承者であり、技量に非の打ち所がなかった。もしかしたら、皆が隠している王室の過去にその理由があるのかもしれない。

「汚れ仕事を任せる者が必要だった。宮殿の内外に光らせる目も必要だった。誰もドンノよりその役割をうまくやり遂げられなかっただろう。朝廷の勢力図を変えなければ、出世など夢にも考えられない立場だという点では、彼は私と目指すものが同じだった。だから、自分側の人間として徹底して使うことができたのだ」

サンは右肩を少し傾けた。長い間、ホン・ドンノという翼をつけて過ごしたその肩だ。

「おかげで順調だった。宮殿内の兵力のすべてを彼に掌握させ、報告体系を一つにまとめて些細な事案も漏れないように防いだ。顔色をうかがう官僚たちを味方にし、外戚の撲滅を強行することができた。しかも、即位直後の粛清が苛烈であったにもかかわらず、士大夫たちの信望を失わなかった。どこに付くか悩んでいた日和見主義者たちを抱え込み、外戚の政権掌握によって見えなくされていた朋党の在り方と学問の根幹を正す新しい君主という期待も得た。あらゆる恨みは前面に立つドンノが代わりに被ったからだ」

互いに信頼し合っていたからこそ、即位後の果敢な歩みが可能だったのだろう。

「今は政局が安定した。基盤も固めた」

急に空気が冷えた気がした。

「ドンノはもう使いものにならない。消えなければならない」

聞き間違えたのかと思うほど、その声色は冷たかった。

「分不相応な思いも抱くようになった。私が握らせてやったものを自分の手で得たように錯覚するときが来たということだ。一時の忠臣を万代の敵に染めるのが権力の座の汚い属性だから……」

限りない愛の裏に隠されていたのは実に冷酷な計算だった。狡兎《こうと》死して走狗《そうく》烹《に》らる……ドンノを失脚させる最もいい時期を計っていたとは、あまりにもしたたかだ。

「それで都承旨様を急いで呼び出したんですか？」

「そうだ。行いを叱り、自ら退くよう促した」

「恐縮ですが……」

ドギムは慎重に言葉を選んだ。

「王様の意中がそうであったとしても、権力の座にある者をどうやって一夜の間に？」

「野心に満ちたドンノが、なぜこうも簡単に屈服したのか不思議に思うのか？」

サンの言葉は歯切れが悪かった。

「ドンノは勢力を作った。僻派《ピョクパ》（老論《ノロン》の強硬派）の有力者たちと交流し、名門武班としてこの国の軍権の巨頭である訓練隊長と友愛を築いた。しかし、ドンノには敵が多すぎる。ひとりで権勢を握ると自然とそうなるものだし、傲慢な振る舞いのせいで友好的だった士大夫たちまで背を向けるようになった。そんななか、王である私まで敵に回せばどうなるだろうか。あっという間に媒反に追い込まれ、待っているのは死だ」

立派な宰相が王を導くというが、現実は王の小さな怒りにも平伏して、ぶるぶる震えているのが臣下だ。少なくともこの百年間はそうだった。

「自ら宮殿の外に出れば、持っている勢力も保持できるし、復活を図ることもできる。のちにまた呼んでもらえるだろうという希望も抱いていることだろう」

「本当に後日を約束するつもりはございますか？」

「すでに必要以上に機会を与えた。時が満ちたことに気づきつつも、今日明日と手を打つのを先送りするほど、彼を大事に思うようになったからだ。やや軽率な性格と度を超した野心さえ改めてくれれば、ずっと連れていけるのではないかと悩んだりもした」

「どうして昨日決意したのですか？」

「お前の身勝手な行動が私を平穏でいられなくさせたのだ」

声が鞭のように鋭さを増した。

「お前が大妃様に差し上げようとした手紙を読んだ。どうかこの件に口出しして、助けてくれと懇願した。違うか？」

「さようでございます」

落ち着き払って認めるドギムに、サンは深く傷ついたようだ。

「私は無力さが嫌いだ。ドンノ程度がいくら勢いを得ても、私の思いどおりに操ることができる。しかし大妃様は違う。たとえ王であっても無理やりには治めることができない王室の上長であり、本音をさらすこともできない。予測不可能だ」

サンがゆっくりと振り向いた。

「長い忍苦の末に土台を作った私の朝廷が、自分が統制できない要因で脅かされるのは、到底耐えられない」

サンとドギムの目が合った。

「お前はそのようなことに大妃様を引き込もうとした。お前の手紙を見るやいなや私情に振り回された己の失策に気づいた。臣下たちを追い払ったあと、最後にドンノもつけて送ることで、旧時代の清掃は終えるべきだった。そもそも使い捨てるはずの駒だったのだからな。彼が私の足かせとなり始めた以上、早く、断固として対処すべきだった」

王はしばし沈黙し、大きな息を一つ吐いた。

「お前もやはり私が犯した間違いだ。内心では認めていたのに、お前は私を脅した。私を無力化させ、操ろうとしたではないか！」

激しく責め立てられながら、ドギムは初めてサンが王である前に、傷を負うひとりの人間であることに気づいた。

「私はお前を選んだのだ。でも、お前は私を裏切った！」

融通がきかないサンにも策士的な一面があるということはわかった。だとしても、こんなふうに傷つけたくはなかった。

「いいえ！　王様が都承旨様を大事にして過ちを覆い隠すと、捕まっている友が生き残れないのではないかと恐れただけです」

ようやくそれだけ言って、ドギムはふたたびうつむいた。

「私はお前に父上の話までしたのに、お前は……」

泣きそうな気持ちを抑え込むように彼は言葉の最後をにごした。

「……お忘れではないのですか？」

どうせ忘れる夜なら勝手にすると言った、心地よく酔った声が耳もとによみがえっていた。胸に引き寄せられた力と温もりも鮮やかに。

「お前のことは何も忘れない。消そうとしても消せない」

「王様、私は――」

「それなのに！」とサンはドギムをさえぎった。「お前は私のことを簡単に忘れる。私が知らないその日常からあまりにも簡単に私の存在を消してしまう。頼るものが必要なら、私ではなく真っ先に大妃様のもとに駆けつけるほど！　せっかく言い訳を探してみろと暇を与えても、そんな好意はいらないとでも言うように、頑固なまでも！　そう、私はお前のせいでまた無力になったのだ」

彼に謝りたいと思った。彼をなぐさめたかった。彼の胸を撫でてあげたかった。

「お前は隙を与えてくれない。近づこうともせず、言い訳もせず、許しを請うこともない。一体、お前にとって私はなんなのだ？」

「私は、王様のなんなのかとは……」

今、この胸にあふれている想いに従いたかったが、看過できない疑惑がまだ残っていた。

「身の程をわきまえていると褒めてくださったかと思うと、優しくないとお叱りになる。宮女の道徳に従えとおっしゃったかと思うと、女人らしくないとお咎めになる。近くに寄られるのを嫌がっていらっしゃるのは王様のほうなのに、私がじっと動かずにいるとそれは駄目だとおっしゃる。これではどうしたらいいのかわかりません」

サンは足もとをすくわれたような顔になる。

「私を信じると言いながら偵察をつけました。これは一体……」

「お前がドンノのしっぽを追いかけたんじゃないか！」

突然サンが声を荒らげた。

「ほかの宮人なら宿衛所で起こっていることを知っていても知らぬふりをしただろう。実際にそうだったし。でも、お前は違う。全貌に気づけば水も火も区別せずに飛び込むことが明らかだった。振る舞いだけは上手なくせに、友を心配していると言って私の前で涙まで見せたではないか。チョンヨンをかばうために私に立ち向かってみたこともある。もしや、いたずらに事を間違えるのではないかと心配してお前の言動を見守らせたのだ。結局、お前は私の予想どおりに動いた。たった一つ外れた点は、私ではなく大妃様を頼ったことだ！」

「事を間違えるなんて……」

ドギムはいきなり後頭部を殴られたような衝撃を受けた。

「まさか、王様は全部知っておられたのですか」

「私は無力な王ではない。いくらドンノが秘密裏に策を弄したとしても、このような荒唐無稽な細工に欺かれるとでも思っていたか」

「それなのにどうして様子を見ていたんですか？」

「確実に知りたかったのだ。理由もなく無謀なことをする者ではないから。どう処理すればいいのか悩む時間も必要だった……」

彼は最初から全部知っていた。見ないふりをしながらすべてを見守っていた。ドンノという盾の後ろに座り、どう料理すれば政局を有利に解決できるか、余裕を持って考えていた。

罪のないギョンヒが生きて帰れないだろうと絶望したまさにそのときに……。

「すべて私の統制下でうまく動いていた。お前の猛烈な妨害が変数になるまではな！　私は子供の遊びをしているのではない。一か所でも自分の思いどおりに動かなければ、すぐに手を引いてこそ災いを防ぐことができる。それでお前の手紙を手に入れ、お前が宿衛所に行ったという伝言を知るやいなや、すぐに動いたのだ」

「王様のところで収拾し、都承旨様を保護するためですか？」

揶揄《やゆ》する口調にサンは目を見開いた。

「そうだ。私はドンノを殺したくない。たとえ権力の落とし穴にはまったとしても、彼は本当に私に忠実だった。命だけは守ってやらねばならない。その権力を奪いはしても、謀反には追い込まれないように保護しなければならない。」

「……宮女は死んでもいいというのですか？」

涙に戸惑っていたサンの姿がまぶたの裏によみがえった。ささやかに媚びると、不満そうに頬を赤くした姿も思い浮かんだ。褒めてあげると子供のように喜んでいた姿も、酒に酔い、手を墨だらけにして絵を描いていた姿も……。

しかし、もう愛想が尽きた。

ドギムはもう一度訊ねた。

「王室のために一生を捧げる宮女たちは、死んでもいいのですか？」

サンは彼女の目に映った失望を見た。それが彼を怒らせた。

「私は宮女たちを殺さなかった！」

血に染まった父親の記憶を回顧する少年の影が、その顔にちらっと映った。

「そんなつもりもなかった。残りのすべての火の粉を甘受してでも、箝口令《かんこうれい》を下したあと、すべての者を救ったのだ」

それは絶対に父親のようにはならないという決意の現れだった。

「王様が助けてくれる前に死んでしまうかもしれませんでした。あと何日か経っていたら、実際そうなったでしょう」

「私はお前のような宮女ではない。私がある選択をするとき、必然的に起きざるを得ないことを考え、悩む時間が必要だっただけだ」

次第にサンの声が大きくなっていく。

「そう、私はそんな王だ。お前は私が宮女に同情してくれることを願いながらも、王だからできないことがどれほど多いかは気にしない。自分の友のことを気にするのに忙しくて、私にはドンノだけが友に近い人だったということも全く考えずに！」

ドギムはふと思い出す。亡くなった側室の棺の前で先王も似たような話をした。事の筋道は違っても、自らに対する憐憫《れんびん》はとても似ている。

「今、あえて私の、王のせいにするのか」

ぱんぱんにふくらんだ袋が破れるように、サンの怒りが爆発した。

「私はお前を選んだ！　お前も誰でもない私のところに来ると思っていた。しかし、お前は私を裏切った！」

サンが激しく振った腕に当たり、積まれていた本の山が崩れた。

「罪の償いは甘んじてお受けいたします」

ドギムはまばたき一つすることなく、真っすぐサンを見据えた。

「どうせ私など消耗品にすぎないのでしょう。だったら今、ここで殺してください。信じるとは言わず、心をくださったとも言わず、胸のうちでは別のことを考えながら、私を選んだのですって？　そんなふりはもう結構です。いっそのことをきれいに終わらせてください」

傷ついたのはサンだけではなかった。

ただひとりの男を彼に期待した。しかし、彼は骨の髄まで王だった。顔を赤らめながら涙を拭いてくれたが、そもそも彼こそが彼女を泣かせた張本人であり、よく考えれば自分の利害に敏感な、打算的な政治家にすぎない。そもそもそのように生まれついた人なのだ。

もしかしたら、サンはかなり自分を大事にしてくれているのかもしれない。しかし、彼はその気持ちさえ利用する人だ。そして、心が冷めてしまうと、甘い部分がなくなってしまうと、容赦なく捨てる人だ。それがこの激しい権力闘争のなかで彼が生きてきたやり方だ。

一生懸命突っ走っているときは男にも見える。しかし、いざとなると平気で王の仮面をかぶってしまう。ドギムには宮女でありながらも女であることを要求しながら、彼自身は崇高で厳かな王であることだけに固執する。利己的だ。そして、その利己心を当然と思っている。

受け取ることはできるが、報いることはできない。王にはなれようがひとりの男にはなれない。夫にはなれようが情人にはなれない。

サンとはそういう男だ。

「私は女として王様を慕うことはありません」

ドギムは決然と言い放った。

彼に勝つことはできないが、少なくとも傷つける方法だけは知っていた。

「これからも決してそんなことはないでしょう」

サンの顔がゆがんだ。振り上げられた手を見てドギムはぎゅっと目を閉じた。平手でひどく殴られると思った。しかし、苦痛はなかった。頬を包む熱ばかりを感じた。強い力に体が引き寄せられた。驚いて目を開いたときには、すでに手遅れだった。

唇が触れた。積み重なった過労のせいか、彼の唇は荒れていた。ただ、凍りついた冬山の頂まで溶かすほど熱かった。無防備な唇の隙間から食い込んだ舌は、何を求めているのか激しく動いた。並んだ歯と口蓋をくまなく探るその妖しさが、彼女の腹の奥深くに熱を起こした。

恍惚感に囚われそうになりながらも、ドギムはそれを断ち切った。サンの腕から逃れようと身もだえる。自分の体のどこも渡したくなかった。しかし、微弱な抵抗だった。

しばらくして、サンの手から力が抜けた。

ドギムを解き放ち、サンは言った。

「夜明け前に宮殿を離れろ」

荒い呼吸を整えながら、彼はドギムに背を向けた。

「二度と私の前に現れるな」

それで本当に終わりだった。

十章　転換点

ドギムが宮殿から追い出されて十日が過ぎた。

ただ、宮中とまったく関係のないところへ行かされたわけではない。

ドギムは懸録大夫《ヒョンロクテブ》（宗親最高位階）の私邸の宮人となった。至密宮女を市井《しせい》に置くことはできないと大妃が口を利いてくださったと風の便りで聞いた。

「皆お前を哀れに思ってるんだよ。一介の宮女が友のためにあれこれ動いた結果、追い出されるんだからね」

見送りのために宮殿から一緒についてきてくれたソ尚宮がドギムに言った。

「大妃様のところで粟も食べられてよかったわ。大妃様がお前によくしてくれるというのは本当だったんだね」

どきっとした。そもそも王に隠れ、密かに大妃に事を告げようと計画して、宮殿を追い出されることになったのだ。

「お前、恩彦君《ウノングン》様がどんな方なのか知っているかい？」

おおよそのことは知っていた。懸録大夫、すなわち王の異母弟である。だが、彼の人生は不幸続きで、宗親といえどその身の上は風前の灯火だった。

父親である荘献世子が亡くなると若くして宮殿を離れ、貧しく暮らしながら、さまざまな政治の圧力に翻弄された。遠く耽羅《タムラ》（現在の済州島）で流刑生活まで経験していた。忍苦の末に漢陽《ハニャン》に戻ってきたが、ひとりの弟は流刑されて死に、もうひとりの弟も疫病にかかって死んだので、ひとりきりとなった王室の庶子の立場は楽ではなかった。

それでも王の同情は買った。サンはひとり残った腹違いの弟、早世した父親が残した大切な血筋という理由で彼を非常に大切にした。彼が私邸で牛を解体して売ったという物騒な噂が立ったときもかばい、むしろ高い品階も与えた。

「どんなことを知っていても、そんな素振りを見せてはいけないよ」

ソ尚宮が厳しく忠告した。

「とにかくこれでよかったのよ。出宮した宮女は両班たちの間で人気がある。王室に仕えていた女人を妾にすれば、見せつけにはいいからね。特にお前のように若くて美しい女人なら……」

「掟では、宮女は宮殿を出ても婚姻できませんけど？」

「棒で何発か叩いて目をつぶるのが慣行よ。それさえも侍従を代わりに叩かせるらしいわ」

世の中は実に妙なところだ。

「最近の両班たちのよくない噂は聞いてるじゃない。でも、宗親宅の宮女になれば誰もお前に手出しはできないよ」

最後にソ尚宮はそう言って、母のようにドギムを見つめた。

到着したのは北村《プッチョン》――身分の高い両班と宗親が宮殿の近くに集まって暮らしている村――だった。立派な瓦葺きの屋敷を期待したが、実際には暮らしがいい中人《チュンイン》の住まいよりも質素な屋敷だった。

「どちら様ですか？」

白髪交じりの老婆が迎えに出てきた。ドギムの身元を確認し、「ああ、新しく来るという宮人がこちらの若い子かい？」と老婆の顔に人情味あふれる笑みが広がった。

「私は恩彦君様にお仕えする世話役のヨンエというのよ。ヨンエ婆さんと呼びなさいね」

彼女は優しく笑ってドギムを中に招き入れた。

「まずは恩彦君様に挨拶をなさい」

丸い踏み石から床に上がると、穴の空いた障子戸が開いた。地味な道袍《ドポ》（ソンビが着用る韓服）姿の男性が部屋の奥に座っていた。

恩彦君は腹違いの兄であるサンと二歳差ほどのはずだが、とても若々しく見えた。痩せた体つきからは気品がにじみ出ており、目もとは奥ゆかしく唇は厚かった。男らしさにあふれた王とは違って、水仙のように可憐な感じだった。

そして、そばには好奇心に満ちた表情を浮かべた十歳くらいの男の子がいた。

「これは、思ったより若いな」

恩彦君は少し困ったようにつぶやいた。

「家族だけで住んでいる屋敷なので仕事は大変ではないと思うぞ。ただ、噂になりやすいので、行いは正しくしなければならん」

ともすれば、朝廷から言いがかりをつけられる身の上なので、ドギムを見て戸惑っているようだ。

「新しい宮女だ！　若い宮女だ！」

じっとしていられなかったのか、男の子がドギムを指さした。

「こら！　王様にお仕えした宮人に、侍婢と接するようにしては駄目だ」

恩彦君が息子の小さな手を握って言い聞かせた。

「私の長男の完豊君だ。まだ幼くて分別がない」

この天真爛漫な子こそ、ホン・ドンノによって亡き元嬪の養子となった完豊君だった。

ドギムは胸のうちに生じた複雑な思いをそっと隠した。恩彦君は安心した様子だった。

「過ちを犯したら遠慮なく叱ってくれ。大きくなる前に悪い癖は直さないといけないからな」

「老いぼれ宮女！　しわしわ宮女！」

父親の心配をよそに完豊君は今度はヨンエを指さし、からかう。ヨンエは微笑みながらうなずいたが、恩彦君は開いた本で息子の頭をぽんと叩いた。

「無駄口をきかずに文字でも覚えなさい」

文字の勉強はもう十分にしたと完豊君がぐずりだしたので、ヨンエとドギムはそっと部屋を出た。

「完豊君様は愛らしい方ですね」とドギムはヨンエに話しかける。先ほどのヨンエは孫をあやす祖母のような優しい目をしていた。

「長い間、王族のお宅に仕えてこられたようですね」

「そうね。縁がとても深いわね」

「私もしっかり学ばせていただきます」

「すぐに慣れるわよ」

ヨンエは前掛けでしわだらけの手をこすった。

「まずは、大殿尚宮様のお見送りからしなさい。その次に奥様とほかのご家族にも挨拶しましょう。

ここに来ることになった事情も申し上げるのよ。急に忙しくなったわね」

ヨンエは笑みをとおし、その場を去った。

「これまでしていた通りにすればいいのよ」

外で待機していたソ尚宮が歩み寄り、声を落としてドギムに言った。

「しばらくここで過ごせば、王様が怒りを収めてまた呼んでくれるでしょうからね。わかった？」

そんなことはないだろうが、ドギムは黙ってうなずいた。

「ここも厳然たる宮家よ」

ソ尚宮はなぜだかさっきより憂鬱そうな顔になる。

「お前は変わらず宮女だし。王様に貞節を捧げたことを忘れては駄目よ。宮殿の外だから誘惑だとか不穏な冷やかしが多いだろうけれど、いつも立ち振る舞いに注意しなさいね」

儀礼的な説教をしようとしているようだが、何か様子が変だった。

「どうしても操を守れない立場に置かれたら、いっそのこと自決しなさい。それが宮人としての道理であり、王様を辱《はずかし》めない道よ。わかった？」

ドギムは一瞬言葉を失ったが、理解に努めた。無理にでも厳しい忠告をしなければならない師の立場も、一生耐えなければならない宮人の運命もすべて察した。

「……はい、尚宮様」

「落ち着いたら手紙でも書きなさいね」

最後は涙に濡れたような声でそう言うと、ソ尚宮は宮殿に戻っていった。

一時はドギムにとっても温かな家だったが、今では二度と帰れなくなった宮殿へ……。

目が覚めてしまった。

ドギムは寝返りを打った。何か夢を見たような気がするが、起きたら覚えてもいない。寝床が変わってからはよくこうなる。夜明け前の闇をまじまじと見つめた。

「……また眠れないのかい？」

隣で寝ていたヨンエがつられて起きたのか、こちらを向いて訊ねてきた。

「もっと寝ていてください。夜が明けるにはまだ時間があります」

「そりゃ、長く住んでいたところを離れて新しい屋敷に慣れようとしているんだから、楽じゃないだろうね」とヨンエは身を起こした。

「まあ、もっと寝ていてください。何度も起こして申し訳ありません」

「いいんだよ。もともと年寄りは朝が早くなるもんだ」

平然と言うと白髪をくるくるとひねってかんざしを挿す。

ヨンエは六十歳を超えた老婆にしてはとても元気だった。はるかに若い宮女が宮殿から来て自分の役目に取って代わる姿を見れば不満に思うこともあるだろうが、終始一貫して親切だった。雑用は卑しい侍婢がすればいいと、ドギムには細かいお使いや古着を繕う修繕など些細なことだけを任せた。部屋を一緒に使おうと、快く誘ってもくれた。

「まだ宮殿が恋しいんだろう？」

「ええ、でもだんだん慣れないといけませんね」

ただ、別れの挨拶もまともにできずに追い出されるように去ったのは心残りだった。

あの日、夜が明ける前に宮殿を出ていかなければならなかった。荷物は簡単にまとめた。持っている物はほとんどないので一包みにもならなかった。ヨンヒは何も知らずにぐっすり眠っていて、なおさら申し訳なかった。ギョンヒとボギョンはもちろん、突然の災難に魂が抜けたようになったソ尚宮も、一番年下だからとドギムをこき使ったりもしたが喜びと苦しみをともにした大殿の宮人たちも、一様に目に涙を浮かべていた。

「ところで、どうして急に出宮を？」

「私が罪を犯しました。王様を失望させたんです」

ドギムはヨンエに遠回しに説明した。

「王様が一介の宮女に失望されたって？　追い出された宮女にしては処遇が悪くもないけど……」

ヨンエは興味を示したが、問い詰めはしなかった。

サンはドギムに罪を問わなかった。棒で叩いたのち、奴婢に配することもできただろうが、宮殿から追い出すだけで終えたのだ。そのおかげで非難を受けずに済んだ。仕事も失わなかった。

彼はもともとそういう人だ。厳格で執拗だが融通がきかないわけではない。器が大きいし、心根も優しい。いくら恨む気持ちが大きくても、そのような姿勢は認めざるを得なかった。しかし、いっぽうではその高潔な配慮のせいで、より大きな惨めさを感じた。

サンと比べると、彼を傷つけようとわざとひどい言葉を選んでぶつけた自分は、浅はかだった。そんな怒りも今となっては価値のないものとなってしまったが。

「気の毒だったね。名残惜しいだろう」

「まあ……そうですね」

どのちみち宮殿からどれだけ離れていようと、宮への名残惜しさなど今の自分には贅沢なだけだ。

しかし、心に引っかかっていることが一つだけある。

あの接吻《せっぷん》だ。

怒りではらわたが煮えくり返り、最も彼女の姿を見たくなかったであろう瞬間に、彼はなぜか最も優しい姿を見せた。暴力でも誹謗中傷でもなく……。そう、一方的ではあったが優しかった。何よりドギム自身が自分の心がひどく揺れたことを否定することはできなかった。

ドギムは無意識のうちに指先で唇に触れていた。

ふいにヨンエがつぶやいた。

「実は私も王様が懐かしい」

「え……懐かしいって？」

「私も王様とは面識があるんだよ。おくるみに包まれて泣くばかりの赤子の頃や、嘉礼をしたばかりの幼い新郎のときにも。父親を亡くしても屈せず書物で学ぶことに励む国のお世継ぎであられた」

ヨンエは柔らかい笑みを浮かべる。

「今は立派な青年なんだろうね。どれほど成長したのか気になるわ」

戸惑ったドギムを見てヨンエが付け加えた。

「宮殿で過ごしていたとき、私は義烈宮様にお仕えしていたんだよ」

「え……」

「あぁ、どんなお方か知らないかい？　今の王様の祖母にあたるお方だ」

行く先々で義烈宮の痕跡に出会う。忘れなさいと言われても、そのたびに彼女の存在を痛感する。すでに死んで消えた亡霊、自分とはなんの縁故もない高貴な方なのに、なぜか奇異な縁を感じる。

「よいお方でしたか？」

いかにも知っているふりをするのも気まずくて、ドギムはさりげなく聞いた。

「そりゃそうよ。むしろ私が代わりに病気になればよかったと思ったほどだ……」

「病気って？」

「あれこれとひどく気苦労をされてね。まあ、すべて昔のことだ」

ヨンエは古い布団をいじってごまかした。

「とにかく義烈宮様が亡くなったあとに、私はここに来たのだ」

「お寂しかったことでしょうね」

「たとえ傍流とはいえ、恩彦君様も王様と同じく義烈宮様のご令孫じゃないか。お仕えする甲斐があるというものよ」

照れくさそうな笑みがヨンエの顔に広がった。

「年寄りの生きがいは昔のことを振り返ることだけだ」

「でも、面白いですよ。むしろもっと聞きたいくらいです」

そう返すと、ヨンエはさらに調子づいた。

「恩彦君様は義烈宮様によく似ていらっしゃる。ずば抜けた美人だった祖母に似て、見た目がいいでしょ。笑ったときの目つきが特にそっくりなんだよ」

自分の古い記憶にある青白い顔は、恩彦君とはうまく結びつかなかった。

「王様も義烈宮様に似ていますか？」

より見慣れた顔を思い浮かべながらドギムが訊ねた。

「ふむ、違うわね。王様は亡き世子様……ええっと、景慕宮様によく似ているわ。凛とした風采と威厳のある目つきが特にそうね」

そう言ってからヨンエはじっくり考え込んだ。

「……ただ、中身は全く似ていないわ。景慕宮様は大胆で朗らかだったけど、今の王様は幼い頃から几帳面で厳しかったそうね。嬪宮《ピングン》……いや、恵慶宮様に似ているからかしら」

新しい王が即位してから四年目にもなるのに、ヨンエは以前とは違う王室の呼称に慣れていないようだった。

「でも、今では容姿も性格もずいぶん変わったのかい？」

「背が高くて容姿はすらりとしていますが、いつも鬼のように怖くて小言をおっしゃいます」

「まさに私の記憶のなかにいらっしゃる方と同じね」

ヨンエは幸せそうに笑った。

「あれだけ剛直な方だから、大変な歳月を乗り越えて無事に王位に就かれたのだろう」

ふと年老いた宮女の顔に影が差す。

「景慕宮様に似ているがゆえ、より苦労も多く、行く先の不安もあっただろうに……」

先王と義烈宮、そして景慕宮をめぐる宮人たちの反応に違和感を抱くのは、昨日今日のことではなかった。単に世子が早世したという悲劇ではない、何かが確かにある。自分だけでは探ることのできないその内幕が、ドギムはとても気になった。

「あのう、景慕宮様はご病気で亡くなられたと聞きましたが……」

話を切り出すやいなやヨンエは表情を曇らせた。

「若い宮女たちはあのときの顚末を知らないようだね。まぁ、それぐらい宮殿でも固く口止めされているということなのか……」

しばらくためらった末、ヨンエは首を横に振った。

「知らないほうがいいこともあるのだ」

これ以上訊かないでほしいという意味だ。ドギムは自分のぶしつけさを恥じた。

「ええ……そうですね。寝不足で余計なことを言いました」

「いいんだよ。本当に知らないほうがましだからだ」

ヨンエがつぶやいた。

「私は隅々まで知っているのさ。だからつらいんだよ」

「つらいって?」

「いくら長い歳月が経っても、義烈宮様がお気の毒でたまらない……」

その後、ヨンエは夜が明けて鶏が鳴くまで黙ったままだった。

*

ドギムは主に幼い完豊君の世話をした。同年代の子供たちと遊べる立場ではないため、いつもひとりぼっちで過ごしているのだが、幼い王族の子は明るかった。子犬のしっぽをちょろちょろ追いかけたり、父親の目を避けて裏庭でメンコ遊びをした。久しぶりに若い人が来たといって、ドギムを気に入っていた。三、四日ほど前からは羽根蹴り遊びをしようと、夕方になると勇んで駆けてきた。ヨンエは坊ちゃんを取られて寂しいと軽口を叩いた。

周囲が紅葉に染まった秋のある日、完豊君は向かいに住む王族の長老に挨拶をしに行くと出ていった。余裕ができたドギムは床に腰を下ろし、宮殿から届いた手紙を読むことにした。

「最近の大殿の雰囲気はとんでもないのよ。みんな王様に悔しさと怒りを感じている様子ね。務めに励んでいた宮女を冷たく追い出したんだから。雑用を押しつけたりもしていたけど、みんなあなたのことが好きだったのよ。口癖のようにあなたが恋しいって言ってるわ」

最初に手にとったのはヨンヒの手紙だ。

「もちろん、私もあなたに会いたいわ。今はボギョンと部屋を使ってるんだけど、あの子はいつもばたばたしていて忙しないったらありゃしない。寝言がひどくていびきもかくし。あなたはいつもかかとを上げて気をつけて歩いていたわね。このままじゃ、私はまた夜に泣きそうよ。目が腫れるから泣き続けてはいけないのにね」

実際、手紙にはところどころ涙の跡が残っていた。泣きながら書いていたせいか、ヨンヒは文章をまとめることもできないようだった。

続いてドギムはボギョンの手紙を広げた。

「ちょっと、ソ尚宮様に手紙を書きなさいよ。ため息ばかりついているから気の毒でたまらないわ。王様に接する態度も変わられたわ。昔は王様が少し機嫌が悪かったら、なんとかよくしなくてはと焦っておられたじゃない？　今では見て見ぬふりをされるのよ。水刺床を召し上がらないといって気をもむこともないし。あなたのせいで王様に失望されたようね」

どうしたことか、ボギョンにしては大人っぽいことを言うものだ。

「ところでヨンヒ、あの子はなんなの？　少し物音を立てただけでも驚いて、自分のものを入れる箱に触れたと文句を言って……。一緒に部屋を使ってるけど、疲れるわ。それから、そうだ！　あなたが残した本は私たちが楽しく読むわね。あなたは最近何を読んでるの？　宮殿の外には面白いものが多いでしょ？　いい小説があれば教えてちょうだいね。ケチケチひとりで見ないでさ」

こんなにも楽天的だなんて、ボギョンときたらまったくこれっぽっちも気が利かない。

五枚ぎっしり小言で埋められたソ尚宮の手紙を読み終えると、ギョンヒの手紙を手にとった。豪快な筆跡で厚手の紙にしたためられている。書き文字ですら威張っているようだ。

「あなたが追い出された翌日に大妃様が私を呼んだの」

手紙は挨拶文もない、型破りな言葉から始まった。

「今になって話してごめんね。あなたがしっかりと居場所を見つけるまで待っていたの。とにかくよく聞くのよ。大妃様はあなたが急に追い出された理由を知りたがっていたわ。私があなたと親しいことも宿衛所に捕まったこともすべて知っておられたし。どうせこうなったのだから、むしろ大妃様の歓心を確実に買っておいたほうがあなたにとって得だと思ったの。だから、あなたが大妃様だけを信じてホン・ドンノの傍若無人を告げようとして追い出されたんだと申し上げたわ。ちょっと大げさに話したけど。効果は確かだったんじゃないかしら。あなたが王族のお屋敷に行くことになったんだから。今でも大妃様は朝のご挨拶のたびに王様を問い詰めてるのよ」

ドギムはあきれた。死ぬかと思ったとギョンヒが涙を流したのはいつのことか。こんなふうに意気揚々と大手を振って過ごしているなんて、どんな心臓の持ち主なのか……。

「どうにかしてあなたを呼び戻すと思うわ。一体なんの才能があって大妃様のお目に留まったの？とにかくすがれる藁があってよかったわね。どうか事がうまく収まって、あなたが戻ってこれたらいいわね。このままでは嫌よ。まるで私のせいで追い出されたようじゃないの」

ギョンヒは内心、責任を感じている様子だった。

「大変なことがあったら、私のうちに助けを求めてね。父に話をしておいたから歓迎してくれるわよ。無駄に無理して倒れたりしないでね。こっちがイライラするから。とにかくまた書くわ。あなたも私に手紙を書いてね。必ずよ。読んだついでに今すぐ書いて。書かなかったらただじゃおかないから」

ただならぬギョンヒの手紙の最後は、とんでもない脅しで終わった。

ドギムは丁寧に手紙を畳んだが、深く考えないことにした。こんなところまで来て。虚しく心を乱されたくなかったのだ。適当に繕って片づけておいた完豊君の足袋をまた取り出した。

「ソン内人、ソン内人！　ここにいるの？」

針穴から抜けた糸と格闘しているとき、完豊君が土埃を巻きあげて駆けてきた。

「もうお帰りになられたんですか？」

「早く私をかくまってくれ！」

「いきなり鬼ごっこですか？」

ドギムは不慣れな手つきで繕い物の糸をちぎりながら訊ねた。

「違うよ！　客人が来るから、すぐに隠れないといけないんだ！」

「大の男ならお客様に会ったら挨拶をしなくてはならないですよ」

「まったく、そんなんじゃないんだってば！　早く、早く！」

幼い王族は足をばたばたさせた。

よくわからなかったがひとまず彼を母屋の横の蔵の中に押し込んだ。この屋敷には財産があまりなく、蔵の戸を閉めずに常に開けっぱなしにしているのだ。完豊君がうずくまるやいなや、門の外から人の気配がした。雑巾がけをしていた侍婢が飛び出していった。

するど、男たちが庭に入ってきた。先頭に立った男は髪の毛が白く、肉づきがよかった。

「恩彦君様はいらっしゃいますか？」

そして、その後ろには……決して忘れることのできない人物がいた。

やつれてはいるものの、若くして名誉職となり宮中を去った日ですら美しかったホン・ドンノ、その人だった。

ドギムは目立たないようにほかの侍婢と同様、身をかがめた。半日ずっと裏庭で忙しく働いていたヨンエがぱっと前に出た。

「しばらく外出されております。居間に入ってお待ちください」

「主人もいないのに、それでもいいのか?」

「恩彦君様は大切なお客様がいらっしゃったら丁寧にお迎えするようにと」

単なる挨拶にすぎなかった。ドンノはヨンエが勧める前から、屋敷に上がるつもりだった。

ドンノの威勢は健在だった。一夜にして追い出されたというが、王の寵愛が今までどれほどすごかったかを記憶する臣下たちは依然として彼を恐れていた。いつ王が心を変えるかわからず、顔色をうかがっているのだ。ドンノは今でも気が向けば宮殿に出入りできるほど立場が自由だった。彼の伯父をはじめ親しい勢力が要職を務めているから、職位に就いていないだけでその存在感はいまだ際立っていた。退いた権力者に対する弾劾どころか、名誉職など相応しくないと彼をかばう上疏が絶えず宮中に上がっているという。

しかし、ドギムは王が忍耐心を発揮し、適切な時期を待っているのだと考えていた。王はすでに勇断を下している。一番愛していた寵臣を一夜にして追い出したまさにその瞬間に。この最後の蟄居《ちっきょ》の時期が終われば、政局は言葉では言い表せないほど揺れ動くだろう。果たしてドンノもそのことに気づいているのかドギムは気になった。

「あ、ところで……」

ドンノが踏み石の途中でふと立ち止まった。

「我が甥はどこにおられるのでしょうか?」

ドギムはヨンエの肩がびくっとするのを見逃さなかった。

「朝早く安春君《アンチュングン》様のお宅に行かれましたが」

「その家に寄ってきたところだ。さっき帰ったと言われたんだが？」

「まあ、申し訳ございません。真っすぐ帰らずにどこに寄ったのか、全く……」

「最近になって何度も行き違うとは、実に妙だ。前に甥に会ってからずいぶんと経ってしまった。もう顔も忘れるくらいですよ」とドンノの目つきが鋭く光る。

追及を免れることだけを願い、ヨンエは曲がった腰をさらに丁寧に曲げた。ドンノ一行が居間に入ると、慌ててドギムに訊ねる。

「完豊君様はどこにいらっしゃるの？」

ドギムが蔵を指さした。

「駄目よ！」とヨンエは声を高くした。「そんなところでもし出くわしたら大変だわ。早く外にお出しして。この前、水切りをした川辺は知ってるわよね？　そこで静かに遊ばせておいて。お客様が帰ったら私が呼びに行くから」

ドギムに言いつけると、ヨンエは茶菓子を用意しに台所に駆けていった。

ドギムは見つからないように完豊君をそっと外に連れ出した。もしかしたら途中で知り合いに会うのではないかと注意を払い、閑静な川辺に到着してようやく安堵の息をついた。

「いったいどういうわけですか？」

息苦しい長服を脱ぎながらドギムが訊ねた。完豊君はパジ（ズボン）の裾の部分を巻き上げながら水辺へとに近づいていく。

「怖いからさ」

石ころを川に滑らせるその表情はむすっとしていた。

「父上は客人が嫌いなんだ。誰かが訪問するという伝言が来るたびにぶるぶる震えるんだよ。でも断れない。非常に身分の高い方々だから」

恩彦君の立場からして、平穏に暮らしたいのだろう。少し変な目立ち方をしただけで死ぬほど叩かれるのが宗親というものだ。いっぽうで宗親という理由だけでもてなそうとする両班たちがいるだけに、その立場は微妙にならざるを得ない。

「ひとりは都の兵を牛耳る名門ク氏の訓練隊長ク・サチョ様だけど、ちょっと怖い。お酒に酔って来られるときもあるし……」

さっきの客のうちの、肉厚で年配の人物のことだろう。

ク・サチョという名前を、ドギムが知らないわけがなかった。武官試験を準備する兄たちからだけでなく、父親が生きていた時代にも聞いたことがあったのだ。武班と関連があることはすべて彼の手を通さざるを得ないほど、訓練隊長から漢城府《ハンソンブ》長官などの要職を兼ねる強大な権力者だ。

「そして、美男子の方は……」

完豊君はそう続けた。

「王の次に身分の高い方だってさ。朝廷のえらい方たちもその方の前では頭が上がらないんだって。元々は承旨だったそうだけど……奉頭……？　奉なんとかっていうんだけど……」

「奉朝賀ですか？」

「うんうん、それだ！」

完豊君はまた石を川に投げた。放物線を描いた石は水を切ることなく、ぽちゃんと川に落ちた。

「そんなすごい方が私の外戚になったんだ。私は父上の息子ではなく、王様の亡くなった側室の息子なんだってさ」

どう返せばいいのかドギムが迷っているうちに、完豊君が言った。

「私を見るたびに父上は、徹底して元嬪様の息子として生きろとおっしゃるのさ。私がその方の養子だから、仮東宮になったんだって」

仮東宮だなんて！　無邪気な子供の口から出てはいけない言葉だった。王が若くて健康なのに一介の宗親の子を系図上に当てはめ、仮東宮などと陰の後継者として扱うのは実に危険だ。

「どこかに行ってそんなことを口にしては、決してなりませんよ！」

「わかってるよ。父上もそうおっしゃるし」

完豊君は真っ青になったドギムの顔をちらりと見た。

「お前もそんなに嫌がっているのを見ると、本当によくない呼び方なんだね」

ドギムは膝を曲げ、完豊君と目線を合わせた。

「そんなお言葉は頭から消すと、私と約束してくださいませ」

「男は守れない約束をむやみにしてはいけないと言われたのだ」

完豊君が首を横に振った。数日前に抜けた乳歯のせいで発音は悪かったが、彼の話は馬鹿げたことではなかった。

「宗親が世間の注目を集めるのはよくないんだってさ。ひょっとしたらうちの家族、みんな首が飛んでしまうから。だから私がうまくやらなければいけないんだって……」

ふいにその身に降りかかった重圧を思い出したのか、完豊君は泣きべそをかき始めた。

「あまりにも怖くて奉朝賀様がいらっしゃるたびに隠れて逃げてるんだけど……あの方の甥になった時点で、すでに取り返しがつかないんだよ。そうでしょ？」

怯えたような深刻な表情を見ると生半可になぐさめる気にはなれなかった。

「普段はこんな話はできないんだ」

まごまごしているドギムを見て、完豊君は少しすっきりした様子だった。

「特にヨンエ婆やにはね。私ももうすぐ結婚する年なのにまだ子供扱いしているから」

彼は小さな肩をすくめた。

「まあ、お前もうちの事情は知っておくべきだよな。もう家族なんだから。どこにも行かないでしょ？　私は友達がいなくて文字の勉強も遊びもひとりでするんだよ。ヨンエ婆やとは喧嘩してばかりで退屈なんだ」

「もちろんです。どうせ行くところもないですから」

「じゃあ、よかった」

うれしくなって完豊君は笑みを浮かべたが、すぐにはっと目を見開いた。

「でも、ほかのところで噂を立てたら駄目だよ？　そしたら、叱るからね」

「お約束いたします」

そこで初めて、完豊君は乳歯が抜けた口もとを大きく開けて笑った。

完豊君はまた水切りを始めた。今度は平たい石がきれいに水の上を滑っていく。風が冷たかった。体が冷えるのにさほど時間はかからなかった。ドギムはだんだんとヨンエがいつ呼び戻しに来るのか気になってきた。

「ここにいたのかい」

突然、後ろからかけられた声は、しかしヨンエのものではなかった。

石を握ったまま先に振り返ったのは完豊君だった。今まで子供っぽく輝いていた彼の瞳はあっという間に光を失った。

「我が甥はまっすぐ帰らず、道草をしていたんですね」

ドンノは優雅な動作で腕を組んだ。

「た、大変申し訳ありません。安春君様のお宅に挨拶にうかがったんですが……ホン殿がほ、訪問されていたとは知らずに……」

「まあ、いいですよ。しばらくお目にかかれなくて気になっただけですから」

愉快そうに振る舞うドンノを見て、完豊君は少し安心した様子だった。

「お客様を迎える格好ではなくお恥ずかしいです。屋敷まで私がお連れいたします」

「いいえ。体調がよくないので先に帰ろうとしていたところでした。帰る途中で、たまたま完豊君様をお見かけしたのでご挨拶でもしようと思いましてね」

ドンノの真意がわからず、完豊君は戸惑う。

「完豊君様も急いでお帰りになってください。恩彦君様も戻ってきて訓練隊長をもてなしておられます」

「あ……はい、お気をつけください」

また、引き止められるのではないかと心配しながら、完豊君は丁寧に腰を折った。

「ところで、こちらの内人様をちょっとお借りしてもよろしいですか?」

柔らかなドンノの声は、毒蛇のように完豊君をとらえた。

「大殿でよく見かけた宮女なので聞きたいことがありまして」

ドギムが大丈夫だと軽くうなずいて見せると、幼い宗親はしぶしぶ先に帰った。どのみちドギムは断われる立場ではなかった。

「さっきは知らぬふりをするのがぎこちなかったよ」

ドンノが明るく笑いかけてくる。それもそうだ、私を見過ごすような間抜けではない。

「お久しぶりです。宿衛所で会って以来ですか?」

「早く用件をお話しになってください」とドギムがうながす。「人に見られると厄介なので」

「もう周りの評判を気にするなんて、慣れるのが早いですね。確かに、宗親に仕える宮女なら賢く振る舞う必要がありますね」

余裕のある態度は全く変わっていない。鼻につき、思わずドギムは口走った。

「ホン様は悪手を打ったんです」

失敗した。彼の目つきが変わった。

「あなたは本当に肝が据わってますね。まさか大妃様を引っ張り出すとは! 勝負手を打つなら確実にしたほうがいいとは言うが……」

「それを問うために来られたんですか?」

「問い詰められないとでも? 王様の知らないうちに事を起こそうとして、私はもちろん、あなた自身も追い出されたではないですか」

「関係のないことです」

つっけんどんにドギムが返す。

「ホン様は私の謝罪を望む立場でもないじゃないですか」

「ええ。ただ、私のことを恨むのは当然として、王様を恨むのはちょっと意外だからね」

彼は平然とした顔で、急所を突いてくる。

「どうして、王様を恨むんでしょうか」

「おお、当たっていましたか」とドンノは破顔した。「理由はなんでしょう？　王様を欺いておきながら、なぜ怒るんです？」

　抑えていた怒りが爆発した。

「それは、すべてを知っていながら知らないふりをされたからです！」

「ああ！　王様が表向きはあなたの涙を受け止めてくれましたが、本当は宮女なんか死ぬも生きるも気にしていなかったと寂しく思ったんですね？」

「寂しいのではありません。駄々をこねているわけでもありません。私は……」

　胸のうちで渦巻く名づけようのない思いに、ドギムは途方に暮れそうになる。

「もう結構です！　私がなぜホン様とこんな話をしなければならないのですか？」

　この人の舌先三寸に巻き込まれては駄目だったのに、失敗をした。

「心に抱いていた王様と実際の王様が違って、失望したのでしょう？」

　ドギムの感情はそんな単純なものではなかったが、それでも的外れな指摘ではなかった。

「それがそんなに寂しいことですか？　私も王様に同じような仕打ちを受けましたが、べつに何にも感じなかったですけど」とドンノは肩をすくめてみせる。

「私が王様だったとしても、同じようにしたでしょうからね」

「なんですって？」

「私も不意打ちを食らったんだ……。ただ信じてくださると思っていたのに、陰でずっと見張っておられた。そうしていきなり呼ばれて、明日の朝すぐに辞職上疏をあげろとお怒りになって……まぁ、奇襲されたわけだ。王様が私を長く重用するお考えなら、私の過ちをその都度罰して直そうとしただろう。つまり、もともと私を使い捨てるつもりだったから、積み重ね積み重ねてきたものを、一夜にして崩壊させたのではないのか……」

　恐るべき王の本心に、彼は近づいていた。

「ただね、私でもそうしたことでしょう。私は欲張りではあるが、ずる賢いんですよ。そんな私を手のひらで転がしたんだから、その緻密さは尊敬するばかりだ」

「見栄を張らないでください」

「はは。あんな恥をかいて見栄を張る顔もありませんよ。まともに立ち向かうこともできず、完膚なきまでに叩きのめされたのだからね」

　ドンノは大笑いして、心の奥に広がる空虚さを隠した。

「とにかく、あなたは王様に恨みを抱いているんでしょう？」

「違います」

「まあ、王様は意地悪でしたからね」とドンノは聞く耳を持とうとしない。「結局はあなたも同じではないですか。私のように追い出されたわけですから」

　ドンノは興味深そうにドギムを見つめ、笑みを浮かべた。

「あなたは王様が宮女の言動をどれほど嫌悪しているかをよく知っていた。また王様が好まれることも知っていた。にもかかわらず、あからさまな失態をおかしたんですよ。窮地に追い込まれてほかに方法がなかったというのは単なる言い訳でしかない」

「言い訳じゃ――」

「言い訳ですよ」とドンノはさえぎる。「傲慢だったんだ。どんなに厳しい方でも自分に気があるから許してくれるだろうと、内心期待していたんだ。だとすれば、罪の度合いは私と似ているんじゃないですか。私も、王様なら私が外戚を操って後継者を立てても許してくれると信じていた……」

ドギムは頭を強く殴られたような衝撃を受けた。

「あなたは死を覚悟して、あれを行ったわけではありませんよね。頭を使えば、死よりは少ない代償で利益を得ることができると計算をしたんですよね」

絶対違うと否定できない自分に対する動揺が何より大きかった。

「私は賢い行動だったと思いますよ。でも、そんなふうに褒めればあなたは嫌がるでしょうね」

ドンノの顔つきが真剣みを帯びてきた。

「王であるかぎり、よいことより嫌なことをしなければならないほうが多いのです。そんな王様であっても、罪のない宮女たちの苦難を見て見ぬふりをするのに心を痛めなかったでしょうか。心を許した女人の泣訴を聞き入れてあげたくなかったでしょうか……より大きいもののために小さいものを犠牲にするしかなかったのですよ」

「私はそれが嫌なのです」

鋭い一突きに魂を抜かれそうになっていたドギムは、ようやく落ち着きを取り戻した。

「ええ。ホン様のおっしゃるとおりです。王様の偽善も、冷静で常に優先順位を明確にしなければならない王様の立場も、そのすべてが嫌なのです」

なぜだか痛み出した胸を押さえ、ドギムは続ける。

「私にとって何よりも大切な友の命も小さいものとみなし、たとえ私に優しくしてくださるとしても、状況によってはいつでも背を向ける。私はつまらない女なので、私を見下して欺き、突き放すような残酷な方には耐えられません。そこに調子を合わせていると、私は偽善者になってしまう」

「王様なりのやり方であなたを大事にしていませんか？　その程度では満足できないからといって、意地を張るのはあまりにも心が狭いのではありませんか？」

「私が望んだことではありません。満足するも何も、そもそも望んでいなかったんです。望んでいないものを手に入れたからといって、むやみに喜べるでしょうか？　なぜ私を悲しませるすべての仕打ちに耐えなければならないのですか？　下の者に対して決断を下すにもあれこれと考えて計算する王様が、なぜ私だけ……」

言いすぎてしまった。ドギムは慌てて口を閉じ、唇を噛んだ。

「私が間違っていたようだ」

ドンノが優しくささやいた。

「あなたは悔しかったわけではない。傷ついたんだね」

そう言うと、彼はじっくり考えこんだ。

「思うにあなたは実際に王様を恨むというよりも、どうにか恨む理由を探しているように見える」

「何をおっしゃっているのかわかりません」

「そうかな。感情に正直になるのは平穏に暮らそうとするあなたの願いとは正反対のことだろう。だから回避するんです。しかし、自分と向き合わなければ、結局は不幸になるだけですよ」

自分の言葉にうなずき、ドンノは続ける。

「私はあなたが不幸にならなければいいと思っています。それだけです」

すっきりした表情で、彼はべつの話を切り出した。

「素直に心を開いた記念に私も秘密を一つ教えてあげましょう」

「結構です」

ドンノの忠告を噛みしめつつ、ドギムはあっさり断る。

「はあ、本当に冷たいですね」

苦笑しながらドンノは切り出す。

「元嬪が私を恨んでいたと言ったことがあっただろう？」

「あ……ええ、あのときは……」

振り返ってみると、言葉がきつすぎた。気まずくなり、ドギムはうつむく。

「……本当の話ですが」

ドンノは顔を上げ、そこに何かを探すように高い空をじっと見つめた。

「元嬪は私にとってはただ可愛いだけの妹だった。気が進まないのに私のために王室に入ろうとしてくれたこと。悪口や非難に耐え、毅然としていてくれたことには感謝しかない」

秋空にぽつんと浮かぶ小さなはぐれ雲は、儚《はかな》く消えた側室の痕跡のようだった。

「王様が私を外戚にしたのはある種の試験ではなかったかと思う。王様が目指す朝廷を構築するためのさまざまな構想の一つだったのだろう。しかし、私は目の前に迫った課題を解決するのに汲々とした。それで王様の御心をつかむための答えに失敗し、このような形になってしまったのだ」

ドンノの声に悲壮感が漂いはじめる。

「それを知りながらも……私は元嬪が王子を産んだらすべてが変わっていただろうという未練を振り払うことはできない……」

思いもよらぬ苦しげな表情が端正な顔に浮かんだ。

「恨みよりも下劣なのが未練だ」

ドンノは苦笑し、袖で目頭をそっと拭いた。

「私は本当にひどい人間ですよ。目に入れても痛くない妹が私のせいで死んだことより、やっと手に入れた権力の座を失ったことのほうに胸が痛むんだ」

ドギムは軽蔑や哀れみを迂闊に見せはしなかった。

「それで今、完豊君様に近づこうとしているのですか？」

「いや。私には未練があるだけで、希望はありません」

最後は断固たる口調だった。

「ただ自分で罰を与えているだけです。それが私の秘密なんです」

ドンノは自分を嘲笑うように笑いながら、その場を立ち去った。

＊

その夜、ドギムは早く布団を敷いて横になった。しかし、まるで眠れなかった。何度も寝返りを打つドギムに、傍らで裁縫をしていたヨンエが、「慌てただろう」と声をかけた。

「残念だがよくあることだ。宗親の家では注意すべきことが多いのだ。旦那様は完豊君様が厄介事に巻き込まれるかもしれないと、いつも恐れていらっしゃる」

ヨンエの話し方に、いつになく緊張感が感じられた。

「ところでお前、ホン様とは知り合いなのかい？　完豊君様に聞いたところ、ただごとではない雰囲気だったそうだね」

「そんなことはないですよ。ホン様が宿衛大将を務められていた頃、大殿で何度かお会いしただけです」とドギムはあらかじめ準備しておいた答えを返した。

「特に何か話してなかったかい？」

「いいえ。王様について少し訊かれただけです」

「私的な関わりはこれからもないんだよね？」

「もちろんです」

「誤解しないでおくれ。ここでは侍従たちの振る舞い一つひとつが重要な問題だから。都の女人であの両班に心揺らさない者などいないという噂が広まっているから……」

どこへ行っても美しい顔立ちにふさわしい行動をしているようだ。

「前にいた侍婢がホン様がいらっしゃるたびにおしろいをつけて、淫らに振る舞うから追い出したこともあるほどだ。その侍婢が身の程も知らずにもし身ごもりでもしたら、その矛先は恩彦君様に向けられただろう」

「しかし、士大夫が王の親族と交流するのはあまり体面がよろしくないと思いますが？」

「飛ぶ鳥も落とすといわれるホン様に、許されないことがあろうか」

ヨンエは複雑なため息をついた。

「でも、気まずい客だけが訪れるわけではないんだよ。思いやりのある方々もたまにいらっしゃる。米がなくなる頃にこっそり一俵ずつ置いていってくださるような両班たちもね」

「それは何よりですね」

「先王様の頃から朝廷にいた寵臣たちは、恩彦君様を可哀そうに思っておられるんだよ」

ヨンエの繕い物の手が遅くなった。

「たぶん当時、世子様を守れなかったことに罪悪感を感じているんだろうね」

ドンノの鋭い一突きに心をえぐられ、さらに手に負えない話に耳を傾けるには疲れていた。しかし、警戒心が解けているのか、今のヨンエは明らかに秘密の扉に手をかけていた。

「十本の指を噛んで痛くない指はないと言われているだろう？」

ヨンエは使い残した布と糸を鋏でばさばさと切っていく。

「しかし、先王様にとって景慕宮様は痛くない指だったのだ」

彼女はついに扉を開け、長い話を始めた。

「先王様は聖君の鑑であり、妃たちにもお優しかった。しかし、いっぽうでは非常に繊細な方でね。よく涙を流して周りを困惑させたり、地位の上下を問わず恐ろしく叱責したり……。一度わだかまりを抱くとなかなか解けなかったわ。特に正しい行いには敏感だった。お酒と煙草がお嫌いで、遠い距離でも駕籠に乗らずに歩いて動かれた。水剌床を召し上がるときはいつも少食を強調しておられていたわ」

豊さをよしとするこの時代に痩身を高く評価していた先王の特異な趣向は、ドギムもよく聞いていた。先王の世では、少食をしてすらりとした姿を維持しろと注意を受けていない宮女を見つけるのが難しいほどだった。当時、大柄なボギョンは通りすがりに自分を見ると舌打ちしていた先王に、ぶるぶる震えたりしていたものだ。

「意味のよくわからない習慣も多かったわ。悪い言葉を聞くとすぐにきれいな水で耳を洗い流したり、宮殿の門を吉門と凶門に分けて用事によって別々に出入りしたものよ。大切にしている翁主《オンジュ》様に会いに行くときに内官が誤って凶門に連れていったりすると、激しく叱責したりもしたわ」

ドギムは戸惑った。取るに足らない見習い宮女を膝に座らせてなぐさめてくれた、記憶の中の慈しみ深い老爺とは、その姿はまるで違っていた。

「そう、実に気難しい方だった」とヨンエは息を吐く。「そんなお方の息子として生きるのは本当に難しいことだった……」

彼女は思い出に浸るようにそっと目を閉じた。

「景慕宮様は風采が並外れていたの。腕相撲をしたら体格のいい別監も軽く倒して、大きな弓でも重い槍でも扱えないものがなかったくらい。性格も豪快でお酒と女を楽しみはしたけど、きちんと自らの手綱を握る自制力もおありだったわ。ただ、大人になるにつれ勉学を嫌がるようになったの。先王は国の世継ぎが学業をおろそかにして遊び、武芸などに没頭していると失望した。慎重でない性格も気に入らなくて、それでよくお怒りになっていてね。初めは単純な戒めだったけど、時間が経つにつれてそれは激しくなり、最終的には苛《いじ》めといってもいいほど残酷になったわ」

ヨンエの顔がゆがんでいく。

「正しい答えを言えばお世辞を言っていると鼻を鳴らし、信念を持って答えれば、立ち向かうのかと憎々しげににらみつけた。無理やり代理聴政《テリチョンジョン》を任せておきながら、面と向かって咎めるのは当たり前で、時にはほかの者に王位を譲ってしまうと脅したこともあったわ。ぶくぶく太るだけの愚か者になど会いたくないだとか、暴言もためらわなかった」

「先王様が四十歳でやっと授かったご子息なのに、なぜそんなに憎まれたのでしょうか?」

「たったひとりの大事な息子に対する先王様の憎しみは、計り知れなかったわ。息子が自分の望みどおりに育たないという、失望感のためだと片づけるには度が過ぎた」

ヨンエは小さく舌打ちした。

「景慕宮様を愛していたときより、愛せなかったときのほうが長かった。景慕宮様はすぐに父王の顔色をうかがようになったわ。言いがかりをつけられたら、髪をほどいてひざまずいて許しを請うなど、常に針の筵だった」

「それでご病気に?」

それほどまでに苦しめられたのなら、長々と病に伏せるのも無理はない。

「そうだったら、どれほどよかっただろうよ。苦しみで病気になるには景慕宮様はあまりにも強健でね。病魔はそのまま体にとどまらずに、心を侵してしまったのだ」

ヨンエは扉のほうをちらりと見て声をさらに低くした。

「心の病は実にひどいものだったわ。狭くて暗いところを怖がってひとりでいられなくなり、幽霊がいると言って、まともな服を数十着も燃やしたりもした。外から音が聞こえれば布団をかぶって震えていたわ。裏腹にその言動は過激になり、父王様の怒りが特に激しかった日には、道で暴れながら内官に八つ当たりをして東宮殿に火をつけたりもした。このままでは生きていけないと井戸に飛び込もうとしたこともあったわ。宮人が止めて事故にはならなかったけれど、その振る舞いが父王様の耳に入るとまた叱られて……そんな悪循環が続いたのよ」

誰よりも貴くて大切な国のお世継ぎがそれほどひどい心の病を得ていたとは……。信じられないという表情のドギムを悲しげに見つめ、ヨンエは言った。

「私も直接経験していなかったら信じられなかっただろう。不思議なことに、心が膿んで腐るほど精力だけはあふれてね。宮女たちはもちろん、宮殿の外の妓生や尼、侍婢たちまで手当たり次第に手を出したのだ。しかも、無理やり側室にした宮女を棒で殴って殺すことさえあった」

泥酔したサンから似たような話を聞いたのをドギムは思い出す。

「悲惨なことに一度の過ちで終わるものではなかったわ。病がひどいときは大切にしていた内官であれ、罪のない宮女であれ、斬り捨ててしまわれた。常に小さな獣でも殺さないと落ち着かないと吐露されたこともあった。その言葉がどれほど多くの人を怖がらせたか……。恵慶宮様は夫君と会うだけでもぶるぶる震えて、義烈宮様も世子様がご挨拶に来るとはらはらしていたほどだ。それほど気をつけていたにもかかわらず、世子様が義烈宮様に仕える宮女まで殺《あや》めてしまった。それだけ心の病はひどくなっていたのよ」

「それでも罰は受けなかったのですか？」

「当時、先王様のお年齢が六十歳でね。誰に王位を継ぐ世子様を非難する度胸があっただろう。逆に皆その悪行をもみ消すのに忙しかったんだよ」

「そんな状況になっても、先王様の態度はお変わりにならなかったんですか？」

「むしろより憎まれたわ。もともと子供に冷静な方ではなかったのよ。義烈宮様がお産みになった景慕宮様の妹の和平《ファピョン》翁主様のことは大変愛しておられたけどね。義烈宮様にそっくりで、目に入れても痛くなかったのだろう。普段は節約のために木綿の服だけを着ていたお方が、翁主様の嫁入り道具には湯水のように財物を使ったわ。嫁いだ娘は他人と同じだからと臣下たちがいくら引き止めても、翁主様の家に頻繁に行かれては、夜明けをはるかに過ぎても王宮にお戻りになられなかったそうだ」

ドギムはかすかな記憶をもう一つ引き出した。側室の殯宮《ひんきゅう》の前に座って可愛がっていた娘との思い出をたどっていた、王と仰ぐにはこの上なく人間的だった先王の姿だ。

「もしかして、その翁主様は早くに亡くなられたんじゃないですか？」

「先王様はたいそうお悲しみになられてね」

深くしわの刻まれたヨンエの顔の影がさらに濃くなった。

「翁主様が亡くなったことは景慕宮様にとって、また別の危機となったのだ。それまでは弟を大切に思う翁主様のことを考え、先王様も無理にでも息子を褒めたり、一緒に時間を過ごしていたのだけれど……。そんな一抹の努力もすべてが終わってしまった。息子に対する憎しみの防波堤がなくなってしまったのだから。その後も冷えきった歳月を重ねながら、世子様に王位を譲ることはできないという方向に先王様のお心は傾き始めたのよ」

そもそも誰かを憎む男は危険なものだ。さらにその男が王ならば……決してあってはならないことすら起こっても不思議ではない。

「ちょうど十歳を過ぎて嘉礼を挙げられるくらいの立派な世孫様もおられた。そう、今の王様のことよ。それで先王様はついに勇断を下された。ひときわ蒸し暑かったあの夏、景慕宮様は亡くなられた」

「いくら王様でも我が子に死を命じるだなんて……？」

ドギムは信じられぬ思いで訊ねた。

「もちろん反発は激しかった。でも同調する者も多かった。先王様の寵愛を受け、勢いに乗っていた臣下たちは特に御心を奉ってね。先王様の憎しみを買うと朝廷から追い出されるのではないかと怯え、反対はできなかったのだ」

そんなことがあったのだとしたら、自分の外戚をはじめとする臣下たちに冷酷な態度を示したサンの行動にも納得できる。

ドギムは思わず口にした。

「そうだとしたなら、先王様は世孫様の正統性にも傷をつけたんじゃないですか？」

「いいや。先王様は非常に緻密な方だから、世孫様を息子の系図から抜いたのだ。先王様の長男で、夭折された孝章《ヒョジャン》世子という方がいらっしゃってね。今の王様はその亡くなった伯父の養子として入籍されたうえで王位に上がったそうだ。そのときはまるで景慕宮様の存在自体が世の中から消えたようだった……父親が息子にする所業ではないだろう」

ヨンエは涙ぐみ、古いチマの裾で鼻をかんだ。

「本当にひどかったのだ。愛する女人までも息子を殺すのに徹底的に利用したのだから。義烈宮様がどれほど嘆き悲しんだことか。息子の三年喪が終わるやあとを追うなんてことをしたのだから」

「……利用するって？」

しかし、亡くなった側室と先王の謎がついに明かされるというとき、「すまないね」とヨンエは話をやめてしまった。

「そこまではどうしても私の口では言えない。私も確信できない部分があって……どのみち知らないほうがましな話だ」

ヨンエはすらすらと解き明かしてきた物語の包みをぎゅっと結ぶ。悲しい余韻だけが残った。

「恩彦君様の立場を察してほしいと古くさい話を引っ張り出したまでだ。王様と同じくらい、うちの旦那様も茨の道ばかり歩いてこられたんでね」

ドギムは心の中の失望感をどうにか隠し、「気をつけます」と答えた。

「私は今でも義烈宮様が景慕宮様をご出産された日を思い出すのだよ。とても寒い冬だった。義烈宮様は以前に子をお産みになった経験があったけれど、その日のお産だけはひどく恐れていたわ。当時の大妃様が息子だという占いを見たせいで、宮殿内外の期待が大きかったからね。さらに先王様自らそばで見守ってくださったから。緊張のなかで陣痛が始まり、とてつもない難産となった……」

胸がいっぱいなのか、ヨンエはしばらく息を整えた。

「それでも元気にお生まれになったわ。雄牛のような泣き声のご立派な王子だったわね。先王様は足袋で走り回りながら歓声をあげたわ。真面目な尚宮を抱きかかえ、浮かれて踊りまで踊って、なんと愉快だったことか！　すぐに解産房《ヘサンバン》に駆けつけ、疲れ果てた義烈宮様を抱きしめながら、お前がこの国を救ったとおいおいと泣く姿に私の胸も熱くなったものだ。その日だけはみんな先王様と一緒に笑って泣いたのよ」

しわの寄った彼女の目もとに光るものがちらりと見えた。

「どうして幸せは永遠ではなく、一瞬で終わってしまうのかしらね」

ドギムはヨンエの涙を拭ってあげることができず、そっと目を閉じた。

そして、いつか自分がその言葉に同意するような日が来ないことだけを願った。

＊

半年が過ぎた。季節が巡り、年も変わった。

宮殿での日々が、遥かなる蜃気楼のように感じられた。かかとを上げてそっと歩かなくてもいいし、誰の顔色もうかがわなくてもいい。急き立てられるような日課もないし、眠い目をこすりながら寝ずに見張りに立たなくてもいい。何よりうれしかったのは人生を他人中心に消耗しなくてもいいという点だった。以前は一日中、王の世話をしていて、自分という存在がないまま一日を終えるのが常だった。しかし、今は違う。自分のために思う存分生きることができた。

そろそろ心の傷も癒えようとしていた。サンのことを考えずに過ぎる日がだんだんと増えていった。彼がいないことに慣れていった。怒り、寂しさ、気の毒さ、罪悪感、そしてかすかなときめき……そんな感情も落ち着いてきた。跡形もなく消えたといえば嘘になるが、切迫したあの接吻の記憶さえ、実際にそんなことがあったのだろうかというほど曖昧になっていった。

ドギムは冷たい風を吸い込んだ。雨が降って新芽が出る雨水《うすい》（二月中旬から三月初旬）が過ぎたばかりだ。間もなく春が来るだろう。強く厳しく吹く風はかすかな記憶を残し、通り過ぎてしまった。

サンにもそう考えてほしいと望んだ。

屋敷に着いて顔を見せたときには、チョンヨン郡主は庭先に飛び出してきていた。

「ドギム、いらっしゃい！」

十日前に会っておきながら一年も離れていたかのように再会を喜ぶ。チョンヨン郡主と頻繁に交流できることは、宮殿外の生活の長所の一つだった。

「あなたに会う日だけを指折り数えて待ってたわ。寒いでしょ？　早く入って」

夫が外出して家が空くと、チョンヨン郡主は必ず連絡をくれる。今日もまさにそんな日だった。

「あなたはますます顔が明るくなったわね。本当に慣れるのが早いわ」

温かい床にドギムを座らせて、これも食べろあれも食べろともてなしていたチョンヨン郡主だったが、貸本屋から借りてきた本をめくり出すと、すぐに愚痴をこぼし始めた。

「最近はどれも面白くないわ。店主が流行りだからと似たような本ばかり持ち込んでいるんだもの」

「なるほど、表紙だけ見ても明らかですね」

「お母様から品がないと叱られるのを甘んじて受け入れてまで借りてきたのに、もう！　もっと悔しいのはなぜかわかる？　お母様も毎晩、坊刻本を読んでから寝られるということよ」

チョンヨン郡主はふとドギムに訊ねた。

「ところであなた、まだ筆写の仕事をしているの？」

「もちろんです。愚痴を言っておられる本の一つは、私が写した本だと思いますよ」

チョンヨン郡主は何かを思いついたように目を輝かせた。

「あなた、筆写はやめて本を書いてみない？」

「ええっ？」

「あなたは好き嫌いなくたくさん物語を読んでいるから、この世界をすべて見抜いているんじゃないかしら。どうすれば辻褄《つじつま》がぴったり合うのか、どんなものが女心に火をつけるのかってことを」

「私に小説を書けということですか？」

「できないことないじゃない？　畑の草むしりをする愚かな者でも言葉さえわかれば話を書くふりをするというけど、あなたなら才能が有り余ってるんじゃないかしら」

ドギムは吹き出した。

「聞きかじった真似ばかりの文章なんて誰も読みませんよ。宮殿でしか暮らしたことのない私は、世の中について何も知りません。ましてや殿方のことなど！」

「よく知っていることを書いたらいいのよ！　遠い国の皇后と貴妃が争っている話はどう？　腐っても鯛で、妻と側室が争う話は飽きないものよ」

チョンヨン郡主はふと思いついた自分の考えに身を乗り出す。

「私が手伝うこともできるじゃないの。私たちが昔一緒に筆写したときのようにね」

「最近も心を開けないでおられるのですか？」

彼女の奥底にある真意に気づいたドギムは用心深く訊ねた。

「子供を育てるのがとても大変で……誰に似たのかまるで言うことを聞かないのよ。私もほかのところで楽しみを見つけたいわ」

どんなに恵まれた状況でも一つは不平を探せるのがチョンヨン郡主の才能だ。それでもドギムは彼女のあけすけな性格が嫌いではなかった。

「贅沢な愚痴だってわかってるわ」

良心が咎めたかのようにチョンヨン郡主がすぐ言い訳をした。

「王様は今までひとりも子供をもうけたことがないから、特にそうなのよ」

思いがけずサンの話題が出て、ドギムはどきっとした。

「そうだ！　昨日入宮したら王様があなたのことを聞いてきたのよ」

おそるおそるドギムは訊ねる。

「何をですか？」

「大したことじゃないわ。どう過ごしているのかとかどんな話をしているのかとか、些細なことよ。ふん！　あなたをどうして追い出したのかって訊いたら、嫁いだ者の知ったことじゃないって頭ごなしに叱られたわ」

「私のことは話さないでください。チョンヨン郡主様まで叱られてしまうなんて……」

「王様が先に話し出したのよ。私があなたによく会うことをご存知だわ」

一瞬息が詰まった。

「一段と和らいだという兆候ではないかしら。もう少し我慢なさいね。拗ねたからといって長続きする方ではないし。すぐに許して、また呼び戻してくれるわよ」

ドギム自身が王の許しを望んでいないということは、誰も知らないようだ。

「とにかく考えてみて。あなたにも得になると思うわ。筆写よりももっと報酬を与えるから」

夫の光恩副尉が予想より早く帰ってきたため、話はそこで終わった。残念がるチョンヨン郡主をあとに、ドギムはふたたび襟もとをしっかりと締めた。

帰り道は気分が沈んだ。

口論と怒りにまみれた別れの日、王と宮女は真実を悟った。お互いの思いを知りながらもわざと狭めないだけだと思っていた距離が、実は狭めようとしても狭められないほど深い溝だったということを。王は自分がいくら冷静で利害を計ったとしても王であるゆえに受け入れてくれること望んだ。しかし、宮女はいつも卑屈に我慢しなければならない関係など望んではいなかったのだ。結局、互いに失望したふたりはそれぞれの道に進んでいった。その後半年間、何事もなかった。

それでも、彼が自分のことを訊ねてきたという些細な言葉に胸は震えた。騒がしい感情を静めるには時間が必要だったが、よみがえるのは一瞬だった。

考えに没頭するあまり、凍りついた水たまりに気づかず滑ってしまった。

「前を見て歩かないと」

後ろから支えてくれる力強い手がなかったら、尻もちをついていただろう。

「婚期の過ぎた女人が転ぶなんて恥ずかしいじゃないか」

厚かましく微笑んだのはドンノだった。誰かが見るかもしれないとドギムはその手をさっと振り切り、背を向けた。うっかり感謝の言葉も忘れたが、彼は気にしていなかった。

「帰り道ですか？　私もちょうど恩彦君様に会いに行くところなので、一緒に行きましょう」

「あなたと一緒に行くなんて。なぜそんなことをしなければいけないんですか？」

「あの家では客に対して道案内もないのですか？」

「目を閉じても訪ねて行ける方にはいたしません」

彼にはもうこりごりだ。冬の間ずっと他人の屋敷に居座り、温かい部屋の上座を占領して、餅を焼いてこい、はちみつ水を入れてこいとまるで主人のような振る舞い……本当にいやらしい。

「はあ！　老嬢は人情に欠けるというが、なるほど、そのとおりだ」

「ですから、老嬢であれ、若い未亡人であれ、自分の道を歩く女に文句を言わずに勝手に行ってくださいな」

身を切る冷たい風に頬当てのひもをさらにきつく結びながら、ドギムはとがった声を発した。

「ところで、あなたもあの知らせを聞きましたか？」

ドンノは聞こえないふりをして話を変えた。

「今朝、揀択令が下されたそうです。三揀択の日程をぎりぎりに決めたのか、すでに四柱単子《サジュタンジャ》だなんだと大騒ぎになったとか」

「……新しい側室を選ぶのですか？」

王室の高貴な方々が二転三転した時代も、古年とともに暮れたようだ。

冷静さを取り戻し、ドギムは言った。

「国内外の心配が大きいときに慶事ですね」

「そうですね。王様が新しい妻を娶り、やがて息子が生まれて喜んでいる間に、忘れ去られた私とあなたは老いていくことでしょう」

ドンノは肩をすくませ、踊るふりまでした。

「私には老いていく時間がどれだけ残っているかわかりませんけど」

自嘲気味に言ってから、つけ加えた。

「そこでなんですが、訊きたいことがあるんです」

「訊かないでいただけますか？」

露骨に嫌な顔をしたが通じなかった。

「私の妾になるつもりはありませんか？」

「また、昼間から薬酒でも飲まれましたか？」

以前も訓練隊長と昼に酒を飲んで訪ねてきて、一日中面倒をかけられたことがあった。ドギムは目を三角にして酒の匂いを嗅ごうとした。

「お酒は三日前から口にしていませんよ」

「では、なぜ戯言を言うのですか？」

「女人のくせにちょっとは恥ずかしがるふりもできないんですか？」

「ホン様が宮女に手を出せる立場にあるんですか？　揚げ足を取ろうする人が多いのに。妾を選ぶなら、それなりの人になさったらどうですか」

「ああ……そうだな。これからは首が飛ぶのが怖くて乱暴を働くこともできないな。生きる楽しみがない。腹が立つばかりだ」

ドンノはくすくす笑いながらドギムの額をぽんと叩いた。

「それでも一度、真剣に考えてから答えをください。もし、あなたが平凡な女人として私と出会っていたら、すぐに嫁に来たでしょう？」

「来世でもそんなことありません」

ドギムは冷たく一蹴した。

「ああ、残念だな。私が最後に王様をもてあそぶ方法はそれだけなのに」

「なんですって？」

「王様に勝つことはできないが、それでも女人の心をつかむのは私が一枚上だ。しかし、この魅力がいざ必要なときに通用しないとは」

ドギムはあきれた。

「本当に飲んでいないのですか？」

「まあ……聞いてみたからもういい。後悔はないよ」

ふざけた冗談を言う人だが、少し妙な感じがした。

「どうしたんですか？」

釈然とせずドギムは眉間にしわを寄せた。

「何かあったんですか？」

「お別れの挨拶だと思ってください。もうすべて終わったんですから」

彼はすべてをあきらめた人のようにくすくす笑った。

「新たに側室を選ぶというのに……」

どうしてわからないのかという表情を向けると、ドンノは扉を開けてくれた侍婢の尻をいたずらに叩きながら、屋敷に入ってしまった。


五日後に状況は急変した。吏曹判書《イジョパンソ》の突然の上疏がきっかけだった。ドンノは気性が荒く狡猾で横暴を犯しただけでなく、王室の世継ぎを立てる大計を妨害する極悪非道な罪を犯したのだから、早く流刑にしろとぶちまけたのだ。

王は怒らなかった。いや、むしろ待っていたかのように平然と受け止めた。ドンノの過ちは知らなかったと言って、それが真実ならすべて自分の不徳の致すところだと詫びた。そして、彼の官職を取り上げ、故郷へ帰還するよう命令を下した。

誰もが不可解に感じた。寵臣のドンノを誹謗したにもかかわらず、王はまばたき一つしなかった。以前だったら想像もできないことだった。どうやら王の恩寵がなくなったようだと推測するも少し気になる。故郷に追い返すといっても、ドンノはもともと漢陽生まれなので、帰るところも都城の目の前なのだ。罰を与える意味があるのかと疑問に思う者も多かった。

それでも以前とは違ってむやみに寵臣をかばうことのない王の態度が、多くの臣僚の励みになったことには違いなかった。その日の午後には弘文館《ホンムングァン》の寵臣たちが吏曹判書に力添えをしたのだ。連帯して上疏し、ドンノは真の悪党なのにどうしてそんなに小さな罰で終わるのかと大声をあげた。

しかし、吏曹判書の上疏をすぐに受け入れたのとは異なり、王は弘文館の上疏には渋い態度だった。恩義を保とうとするゆえの措置なので、煩わしくしないでほしいと一気に退けてしまったのだ。

翌日からは修羅場だった。新しい側室を選ぶからには前の側室の外戚であるドンノを放り出すのではないかと思った人たちが一斉に便乗したのだ。どうやって今まで我慢していたのかと思うほど、顔から火が出るような告発が相次いだ。名誉職の奉朝賀とはなんたることだ、ドンノをふたたび登用せよと叫んでいた者たちは、借りてきた猫のようにおとなしくなった。

王はドンノへの非難に相槌を打ちながらも、それでもすべて自分の不徳の致すところだからと曖昧な態度を固守したが、朝廷の雰囲気を煽るところもなきにしもあらずだった。

「あれほど気勢のよかったホン様が群れから孤立するとは誰が考えただろうか」

そうつぶやき、ヨンエは顔のしわを深くした。遠い国の話のように呆然と聞いていたおかげで、それとなく哀れさを感じた。

なんだか既視感を覚えた。彼が都承旨から身を引くときもそうだった。一夜にして切られたのだ。王は奇襲された側ではなく、した側に違いない。緻密な計算のうえだ。彼にとってこの半年はドンノの空席を収拾するのに必要な時間だったのだろう。あちらこちらに広がっていたドンノの影響力を集めて王権に吸収する間は、うかつに彼を放り出さなかったのだ。最後の一滴まで甘い汁を吸っていたと言えばいいだろうか。

突然の吏曹判書の上疏も事前に計画されたに違いない。王は即位したときから寵臣に私的な手紙をよく送ったものだ。人の目を避け国のことに関する密かな指示をたまに下すという噂も多かった。たとえ仕組んだものでなくても、誰かひとりが気づいてそうするまで王が密かに事態を誘導したという可能性は大いにあるだろう。

王の役割というのは、かように腹黒くなければできないのかとドギムは舌を巻いた。

「当分の間、私たちも気をつけたほうがいいわね。お前は完豊君様の言動をしっかり見守るように」

ヨンエの心配にもかかわらず、しばらくの間は特に問題はなかった。

しかし、たかだか都の東門付近に住処を移しただけのドンノが、以前と変わらず親しい人々に会いに行き、都城で町の雑輩たちと賭博場を開くなど大手を振っているかぎり、事件は起こらざるを得なかった。ある者はまだ寵愛されていると思って傲慢になっていると舌打ちをし、またある者は焦って賜薬《サヤク》の器を待つよりは、男らしく終わらせようとしているのだと同情のこもった視線を送った。

*

季節がめぐり三月になった。

「あのう、ちょっと出てきてください！」

書き物をしながら夜更かししたドギムが春の気配にうとうとしていると、外から声がした。

「早く出てきてください！　宮殿からお客様がいらっしゃったそうです！」

一か月に一度ずつ誰かが宮殿から来て、「貞節は守っているか」「宮家を離れたことはないか」などと根掘り葉掘り問い詰められる。面倒くさくてたまらない。ドギムはいらいらと背中をかきながら扉を開けた。

「お前は一つも変わってないね」

目の前に立っていたのは、意外にもソ尚宮だった。

「尚宮様、お久しぶりです！」とドギムは駆け寄った。

「まあ、ちゃっかりしてるわ。面倒くさいと、ときどきしか手紙を送ってこないのに、いつからそんなに私に会いたかったの、うん？」

「この不肖の弟子が恋しくて眠れなくなるかと思って、自制していたんですよ」

ソ尚宮はまったく感動した様子ではなかった。

「おべっかだけ並べて！　もういいわ。忙しいから王命だけ伝えてすぐ帰らなければならないの」

「王命ですか？　恩彦君様へ？」

「いいえ、お前によ。大事なことだからね」

ちょうどヨンエは出かけていていなかったので、ドギムはソ尚宮を部屋に招き入れた。

「王様の怒りは収まっていないわ」

ソ尚宮は不満そうに言った。

「でも、お前に重大な任務が与えられたわ」

「なんですか？」

「お前、宮殿に戻ることになったのよ」

一瞬、周囲のすべての音が消えた。

「大殿に戻るわけじゃないわ」

唖然とするドギムを気にせず、ソ尚宮は淡々と説明した。

「昨日、三揀択を終えたの。選ばれた娘が明日すぐに嘉礼を行うことになったわ。新しい側室に仕える宮女たちを選んだのだけど、大妃様はお気に召さないようなのだ。厳かな無品嬪に仕える宮女はきちんとした経歴がなければならないと心配されていて。それでお前が適格だとおっしゃっるのよ。せっかくたくさん学んだ才能を公然と宮殿の外で遊ばせているよりは、宮殿に呼び戻してほしいと王様に要請されたわ」

「それはつまり……？」

「これからお前は新しい側室に仕える宮女ということよ」

ドギムはあっけにとられた。

「私はご婦人方に仕える術を知りません！」

「宮中の法度だし、儀礼はすべて知っているのだから、何が問題なの。不足なら学び、足りなければ満たせばいいでしょ」

「でも、そんな安易に……？」

思えば初めて入宮するときも簡単だった。常に人手が足りない宮殿は、世間知らずの娘に一生他人の雑用をしながら貞節を守る運命を選べと、甘く引き寄せたのだ。しかし、出るのは容易ではなかった。むやみに見ることもできない高貴な方々の間でぶつかってもがいて、やっと抜け出した。それさえも高い代償を払わなければならなかった。

ところが今また、こんなにも簡単に宮殿に戻ってこいと言われてしまったのだ。

「安易だとは！　大妃様がどれだけ苦労して王様を説得されたことか」

「私が帰りたくないと言ったら？」

今度はソ尚宮が言葉に詰まる番だった。

「何？　なんだって？」

「宮殿はあまりにもうんざりしたので嫌だと言ったら、どうなりますか？」

「まったく分別のないことを!」

すでに宮殿の外で安定を取り戻した。多くの宮女のひとりに戻りたくなかった。ただ他人のためだけに生きたくなかった。必要に応じて振る舞う宮殿の操り人形ごっこに付き合うのも嫌だった。もうあれ以上はできない。二度とできない。

「お前、まさか本当に嫌だというのか?」

何よりどんな顔でサンと接すればいいのだろう。

憎い。会いたくない。

「はい、尚宮様。嫌です」

口に出したら本当に簡単な言葉だった。

「経歴のある宮女という言葉はすべてうわべだけのことだ」

ソ尚宮はドギムの肩をつかみ、ぐっと引き寄せた。

「大妃様はお前が宮殿にいることを望んでおられる。王様は反対されたけど、結局お許しになった。お前が肝に銘じなければならないことは、まさにそのことよ。お前の取るに足らない感情ではなく、この国の王様がお前を意中に置いているということよ!」

「私の感情は取るに足らないものではありません」

そんな簡単な事実をわかってくれる人が誰もいないというのは、寂しいことだった。

「じゃあ、どうするの? 逃げるつもり? 王様を欺いてお前だけでなくお前の兄弟たちまでが皆奴婢の身分を免れなくなるのに、それを望むのか?」

無論、最悪の瞬間を締めくくるのは常に直面する現実だ。

「ちょっと宮殿の外に住んで、浮かれているだけよ。まだわずか半年。また宮殿に戻れば、いつ出て行ったのかというように、すぐに慣れるわ」

拗ねた子をなだめるように、ソ尚宮の話し方が柔らかくなった。

「お前がなんの過ちを犯して追い出されたのかは知らないけど、王様が再び受け入れてくれると言っているじゃないの。しがない女が宮女として人生を送れるなんて誇らしいことでしょう。ただ甘い夢でも見たと思いなさい。お前の居場所は宮殿よ。そもそも受け入れて入宮したのではないか」

ドギムは口をつぐんだまま、答えなかった。

「お前の友達には会いたくないの？　ギョンヒとボギョンと、ヨンスンだったっけ？　あの色の白い子と。また以前のように暮らせばいいのよ。あまり悲しまないでね、うん？」

「私にあるのはその友達だけなんです……」

ドギムはぼそっとつぶやいた。

考えてみればそれ以上は持ったことがない。

「ああ、そうだね。人生は大したことないわ」

無駄な口論は終わったと安堵し、ソ尚宮はにっこりと笑った。

「ただ一つだけ気をつければいいのよ。なるべく王様の目につかないでね」

「私を見ると王様がお怒りになると思っていますか？」

「そうよ。大妃様の懇願に勝てずに承諾しただけだから」

ソ尚宮は諭すように続ける。

「新しい側室が男児を出産なさるなど王室が忙しくなれば、王様もお前のことなんてすぐに忘れるだろうからね。ひれ伏して過ごして許してもらえばいいのよ。わかった？」

「関係ありません」

ドギムは投げやりに言った。

「許そうが許すまいが、どうせ好きなようにされるんでしょうから」

「まあ、今日のお前は一体どうしたの、ん？」

本当だったら背中を叩いて叱りつけたいが、ソ尚宮は本当に急がなければならなかった。

「半月の時間を与えるわ。すべて整理して帰ってくるのよ」

彼女は返事を待たずに立ち去った。ドギムもあえて見送りはしなかった。


「いざ去るとなると寂しいわね」

最後の夜だった。小さな灯りのもと、この夜もヨンエは針仕事をしていた。

「完豊君様には結局言えなかったのかい？」

「なんだか申し訳なくて」

「そうかい、難しいだろうね。お前は私の期待以上に坊ちゃんと仲よくしてくれたわ」

ヨンエは優しく笑った。

「来るときも急だったけど去るときも急だわね。あなたは貴人と過ごす運命のようね」

「はい。天運に恵まれているようです」

ドギムは苦笑いした。

「よくお仕えしなさい。ご苦労されると思うわ。側室というのは大変なお立場だから」

完豊君のパジを繕いながらヨンエは続ける。

「体調が悪くてもにっこり笑わないといけないし、腹が立っても我慢しないといけない。目上の方々に気をつかわなければいけないし、王妃様のご機嫌に合わせないといけない。王様がうんざりするようなことを言っても面白いふりをしないといけないし……。休みもなく苦しい仕事だというわ。寵愛されたからといってすべてがいいとはね。ちっ」

誤って指に針を刺したのか、ヨンエは舌打し、首を横に振った。

「お前といるとなぜだか義烈宮様を思い出すわ」

「必要でない話をしておられますよ」

「……お前も気をつけなさいね。事情はわからないけど、若い女がどこにも定着できずに押し流されているなんて……人生なかなか楽ではなさそうだ」

「たかが宮女の運命。大変だとは言ってもどれほどのものでしょうか」

ヨンエは曲がった肩をすくめた。

「お前が来てから、やたらと恩彦君様のご様子が気になるといって大殿からの訪問が多くなったのよ。血が一滴も混じっていない庶子の宗親など関心もなかった大妃様からの使いも増えた。私はお前が尻に王室の目をぶらさげて歩いているのかと思っていたわ」

的確な一突きにドギムは何も言えなくなる。

「私はお前が好きだから、よくない兆しを感じたらうまく避けてほしいわ」

続いて何を言うのかわかる気がした。

「義烈宮様はそうできなかったのよ」

思ったとおりのことをヨンエは口にした。

翌朝は忙しかった。持っていくものと残すものを分けるのはなかなか難しいことだった。よく世話をしてくれた侍婢には安物だが色の細かい画帖を、いつもきつい仕事をしてくれた従婢には隠しておいた飴を、ヨンエにはひび割れた分厚い手に塗る膏薬をあげた。また、小銭で飴を買って完豊君の文箱にこっそり入れておいた。

チョンヨン郡主に甘い言葉をささやかれ、衝動にかられて書いたいくつかの短い文はもちろん持っていくわけにはいかない。ドギムはその中途半端な紙束を、ためらうことなく燃え盛る火の中に投げ入れた。チョンヨン郡主にはすまないことをした。結局、ほんの一瞬の希望であり逸脱だった。どうしても宮殿に持ち帰るわけにはいかないのだ。

「……行ってしまうんだな」

恩彦君は別れを淡々と受け入れた。

「縁があるならまた会うだろう」

彼はまるで世界から逸脱したような男だった。

ただ、その家の子息である完豊君との別れは難しかった。子供ではないと威張ったのはいつのことか、涙と鼻水でぐちゃぐちゃになった顔をドギムに向け、「行くな」と舌足らずの声で叫んだ。膝をつかんでしがみつくのをヨンエが引き離し、その隙を狙って去るしかなかった。

＊

出立は日が高く昇った正午だった。どうせなら急いで帰ろうか、それとも実家に寄って家族に挨拶をしようか、しばらく悩んだ。しかし、ドギムが選んだのは宮殿でも家でもなかった。

彼女は威風堂々とした都城の東門に向かった。衰落した両班の住むところ。身分維持ができずに、庶民同然となった両班たちの隠れ家。裕福な中人に系図を売ろうかというひどく貧しい士大夫たちの巣。ドギムとは接点が全くない部類の人々が住む陰湿な村――。

そこにドンノがいた。

外から紛れ込んだ見知らぬ女が道を歩いていても無関心なほど、村の雰囲気は陰鬱で活気がなかった。誰もが目の前の困窮に押さえつけられ、息もつけないのだ。

ドンノの家はそんな村の一番隅に位置していた。ぼろぼろですぐにでも崩れそうな草屋だった。かつては、扉さえ開ければ宮殿の門が見えた一等地に住んでいたというのに。

「いやはやこれは……誰かと思ったら！」

汚い床にだらんと足を伸ばしていたドンノが、ドギムを見て立ち上がった。

「よく訪ねてこられましたね。どうです、気に入りましたか？　私が出仕する前に住んでいた家なんです。まさか戻ってくるとは夢にも思わなかったな」

彼は怖がりもせず壁を登ろうとしている鼠《ねずみ》に石を投げた。

「昔はこの家が死ぬほど嫌だったんですが、ふたたび住んでみるとそんなに悪くないですね。すべて取り上げられ、放り出された男にはぴったりですよ」

「ご挨拶にうかがいました」

その姿が哀れで、ドギムは急いで話を変えた。

「あ、もう消息を聞きましたか。情報が早いですね。ちょうど荷作りをしていたところでしたよ」

「荷作りですか？」

「えっ……知っていたから来たんじゃないんですか？　私が横城《フェンソン》に行くことを」

「都からかなり遠いじゃないですか？　すべてを辞めて故郷に帰れという王命でここにいらしたんじゃないですか。遊びにでも行くんですか？」

「そんなに肝が太いと思います？」

ドンノは舌打ちし、続ける。

「王様がまた私を追い出したんですよ。決して賜薬を飲ませず、身の安全だけは保証するという約束だけは守るとおっしゃったので殺しはしないでしょうね、当分の間は……。まぁ横城でもありがたいんですよ。海の向こうに流刑になる両班たちは言葉では言い表せないほど貧しいとか」

全く感謝している様子ではなかったが、とにかくドンノはそう言った。

「その両班たちを流刑にしたのがまさに私、ホン・ドンノですよ。人生ってのは全く！」

あまり反省している様子でもなかったが、とにかく彼はそう言った。

「それでも私を哀れに思ってくれる女人がひとりはいたか」

ドギムの表情をちらっと見て、ドンノは続ける。

「どうして私に同情するんですか？　私のせいで追い出されたのに」

「ホン様のせいで追い出されたのではありません」

「ああ、あなたはこのかわいそうなホン・ドンノを許そうと思ったんですね。なんて慈悲深い」

彼はわざとらしくお辞儀をしてみせる。

「私は宮殿に戻るんです。新しい側室が入宮するのに人手が足りないということで」

ドンノの表情があっという間に固まった。彼の美しい目から揺れる数々の感情が見えた。その中に嫉妬と羨望もあるとドギムは確信した。

「それはよかった。まぁ風前の灯火である宗親の隣にいるより、頭角を現す側室についたほうがましだ。新しい側室が餅のような男児を産むことだけを望んでください」

彼の大げさな笑い声は草に舞い降りた霜のようにすぐに消えた。

「これでおしまいだ。なるほど、こういう結末とはね。あなたはふたたび王様の近くに戻り、私は絶対に戻れない道行き……。絶妙なる運命の分かれ道じゃないですか」

ドンノの目が爛爛《らんらん》と輝き出す。

「おや、あなたはあまり満足ではないようですね？　私は腹を裂いて肝を取り出すほどの恨みがあっても宮殿に戻りたいですけど」

自分の帰還の知らせが、尽きかけた彼の自尊心に致命傷を負わせたということをドギムはぼんやりと感じていた。いつからか形成された彼との奇妙な連帯感が途絶えてしまった。

まるでヨンエが鋏で糸を切るようにすぱっと。

彼の思い込みと嫉妬、怒りを煽りたくはなかった。ひと言では言い表すことができないこの縁に最後の挨拶を告げる時がきたのだ。

「長い道のり、お気をつけて」

それ以外の思いは一切のみ込み、ドギムはゆっくりと背を向けた。

「そうさ、悪縁はこのように断ち切らねば」

彼女を見送る最後の声は、硬い樹皮の間から突き出た薄い肌のように弱く自嘲的だった。

ドンノはドギムが去った場所をじっと見つめながら立っていた。足がその場に根づいたかのように微動だにしなかった。ただ、口角を上げたり、泣き顔になったり、表情だけは何度も変わった。そして、ついには草履を引きずりながら嫌悪する家の隅に身を隠した。一つの時代を風靡《ふうび》した人がその時代を終え、自らを古き時代の剥製《はくせい》にした。

いや、そうだと思った。

十一章　亀裂

王の新しい側室となるユン氏の娘は元嬪の前例に従って無品嬪の地位を得て、和嬪《ファビン》に冊立《さくりつ》された。

やはり王の寵臣のひとりと結びつきがあり、揀択令が下る前から主人公に選ばれていたという。

しかし、和嬪ユン氏は元嬪より年上で成熟していた。背の高い王妃や痩せていた元嬪に比べるとずんぐりしているが、豊満な体の持ち主で特に腕とお尻がしっかりしていた。血色もよく、いかにも健康的に見える。女性にしては低めの声と相まって、とても印象的だった。

「私は必ずお世継ぎを産まなければならないの。しっかり支えてちょうだいね」とドギムに微笑む。

王室に嫁いできた女性たちは皆同じことばかり言うのがこの上なく残念だった。

短い拝謁を終えたドギムは自分の新たな仕事場、慶寿宮《キョンスグン》殿を見て回った。大妃が新しい側室の宮女たちを快く思っていないという噂は、たぶん正しい。和嬪ユン氏の乳母を含む本房内人は三人。和嬪の入宮に合わせて急いで笄礼を行い、ざっとひととおりの教えを受けただけの宮婢出身の宮女のひよっこたち……非常に頼りない者たちばかりだった。

目上の人といえば、もともと先王に仕えていたというク尚宮しかいなかった。

「まったくもう、ここはめちゃくちゃね。どうやら私たちは死ぬほど働かされそうだわ」

ふたりきりになるとク尚宮の愚痴は止まらなくなる。

「王様が国の負担を減らすために慶寿宮殿へはほとんどお金を回さなかったからよ。仰々しく連れてきたホン・ドンノの妹が亡くなったせいだわ。だとしてもよ！　なんの知識もない間抜けに、急遽選ばれた官婢のくせに自尊心だけは高い老いぼれだらけなんて」

「何をおっしゃってるんです。国法上、宮女は官婢のなかから選ぶのが正しいじゃないですか。もともとは良家の生まれだった娘たちが年齢を重ねただけですよ」

「あぁ！　うるさいわね」

いつも煙管《きせる》をくわえているせいか、ク尚宮の声はしゃがれていた。

「お前が来るまで私ひとりで耐えてきたのよ。褒めてほしいわ」

新しい部屋仲間もできた。ミユク（米肉）というかわいそうな名前の彼女は、和嬪ユン氏が実家から連れてきた小間使いだ。両目が干したタラのように突き出たミユクはドギムより年上だった。それでもソン姉さんと呼んでくれるし、とても愛想がいいのでさほど心配する必要はないだろう。


「本房内人は理由もなく悪く言われてるわけじゃないわ」

同室のミユクの話をすると、ギョンヒはいきなり興奮し始めた。

「本当にひどいのよ！　私、王妃様の本房内人と部屋を一緒に使ってるじゃない。いつも尚宮様のそばにべったりくっついて、大変なことは全部押しつけるし。運よく宮女になれた身のくせに偉そうな顔をして……。我慢に我慢を重ねたけど、どうにも我慢しきれずにひと言注意したら、しれっと告げ口したのよ」

「全然我慢してないじゃない」とボギョンが鼻を鳴らしたが、ギョンヒは無視した。

「まあ、いろいろ話してくれるから耳学問にはなるけどね」

宮殿の塀をはさんで半年も離れていたのが信じられないほど、友たちは変わっていなかった。

「話していいことと悪いことの区別ができないのよ。ボギョンよりさらに単純だわ」

ボギョンが怒った牛のように息巻いたが、ギョンヒはまた無視した。

「あ、そうだ！　その子の話では、王妃様が朝見礼のときからすごく厳しくされたんですって。機先を制するためにね。ところが和嬪様は元嬪様のようにぶるぶる震えるどころか、まばたきもしなかったそうよ。どうやら徹底的に準備はしてきたみたいね。王妃様は少なくとも側室に接するときは、慎ましいだけのお方ではないということを今ではみんなが知っているから」

「あの騒ぎを経験しているのに、どうしてまたそうなさるんでしょう」

聞くだけでも疲れるというようにヨンヒがつぶやく。

「ところでドギム、大妃様には会ったの？」とギョンヒが訊ねた。

「私が大妃様の隣にでも住んでいると思ってるの。ちょうどうかがおうと思っていたところよ」

「あなたを宮殿に戻そうと躍起になられていたのに、実際に帰ってきたら静かにされているじゃないの。もどかしいわ！」

「時がくれば知ってるふりをなさるわよ」

しらばっくれてもギョンヒは文句を言いそうな気配だった。ドギムは慌てて話を変えた。

「あなたたちは一緒の部屋でどうなの？　まだ言い争ってるの？」

ボギョンとヨンヒは顔を見合わせる。

「もう大丈夫よ。規則を決めたから」とボギョンが肩をすくめた。

「どんな規則？」

「ただの習慣とかよ。お互いに気をつかわないようにね」

その様子から、いかに今まで不毛な争いが繰り広げられたのかがよくわかる。

「あ！　そうだ。侍碑のモクダンはどうなったの？　ずっと気になっていて、昼に訪ねてみたのよ。でも、そんな子はいないって」

「あの子は追い出されたわ」とボギョンは眉間にしわを寄せた・

「ホン・ドンノが辞職するやいなや宿衛所の弊害になる者たちを捕まえると大騒ぎになったのよ。あの子はこっそり小遣い稼ぎをしていたことや宮女たちの手紙を盗んでいたことがばれて、耽羅の奴婢の身になったそうよ」

命で代償を払わずに済んだのだから儲けものだろう。

「モクダンが訪ねてきたわ。あなたが出宮した翌日にね」

ふと思い出したかのようにヨンヒが口をはさんだ。

「おかげで助かったと。お礼をしたいけど何もないので申し訳ないって。あなたのことは永遠に忘れないと伝えてほしいって言ってたわ。本当に気の毒ね」

「……私が何をしてあげたっていうのよ」

重くなった空気を察し、ギョンヒが言った。

「もう過ぎたことよ。気にしても仕方ないわ。大事なのはいつも、これからのことよ」

全面的に賛成はしないが、まぁ半分くらいは正しいだろう。

和嬪はとても上手に宮殿に溶け込んだ。目上の人たちに礼儀正しく仕え、しかも気さくで委縮することもなかった。機嫌の悪い王妃に接するときでさえも。おかげで簡単によい評判を得た。

初夜をいまだ執り行えていないという事実にも焦りはしなかった。王が慢性疾患の胃もたれで湯薬を服用しているし、もし今月妊娠してしまうと赤子の四柱推命があまりよくないので来月に延ばしたほうがよいという観象監の見立てもあったからだ。

「重大な役目にゆとりができたのだからかえって幸いだ」

早く男児を産んでほしいという声にも、和嬪は落ち着いて答えた。

ただ、美徳ばかりの人間などいない。彼女にも見逃せない欠点はあった。

「お化粧に時間をかけすぎたわ。遅れてしまう」

「はい、お嬢様。もうすぐ終わります」

ミユクは和嬪の髪を油を使ってきれいにまとめ、あと付けの飾りを装着していく。

ふたりの息はぴったりだった。ミユクが手を離すと、和嬪は鏡に映った自分の姿に満足そうにうなずいた。

「やはりミユクは世の中で一番髪を扱うのがうまいわね。気に入ったわ」

「そんなこと……お嬢様はあまりにもおきれいで、私は何もすることがありませんでした」

むずがゆくなるような光景に思わずク尚宮が口を出した。

「もうお支度は済みましたね！」

「そうね。急ぎましょう」

一緒にお茶でも飲もうという恵慶宮の招待に和嬪は朝から浮かれていた。熱心な身支度を終えるや彼女は振り返り、ク尚宮にぎこちない笑みを浮かべた。

「お前とソン内人はついてこなくてもいいわ」

嫌みが口からこぼれるのをどうにかこらえ、ク尚宮は熱い鼻息だけを漏らした。

「行ってまいります」

ミユクは意気揚々と主人のあとをついていった。

「いつもああなんだから、もう！」

和嬪が消えるやいなやク尚宮は唾を吐いた。

行儀は悪いが気持ちはわからなくもなかった。和嬪は明らかに自分の味方だけで周りを固め、ほかのたち宮女を全く近づけなかった。ひたすら実家から連れてきた乳母とミユク、ヤンスンの本房内人だけと交流した。それは彼女にとって正しいことだとは言えなかった。

女が気楽な小間使いを重用するのは間違いではないが、宮中では間違いにならざるを得ない。妃嬪の随行はもともと身分の高い至密宮人にのみ許された特権だ。その任務のためだけに長年訓練を受けているのだ。それなのに卑しい者たちに押され、家を守る犬の立場になり下がった。

「お嬢様、お嬢様って！　舌を抜いてしまいたいわね」

ク尚宮の毒舌は止まらない。

「叱ろうとしても和嬪様がかばうから、手を出すこともできないし、まったく！」

単なる自尊心の問題ではない。卑賤な出身の小間使いたちが和嬪に及ぼす影響力が大きすぎるというのが問題だった。素直さは彼女の美点の一つだが、騙されやすく迷信をよく信じるうえに、本房内人のささやきにも簡単に惑わされた。

数日前にはこんな騒ぎがあった。ミユクが息子を産む秘法だといって、中に炭をいっぱい詰めた藁人形を持ってきたのだ。和嬪は喜び、その凶物を枕の下に入れるという愚挙に出た。偶然これを発見したドギムは仰天した。王室で私慝《しとく》な房中術を行い、廃庶人《ペソイン》になって追い出された昔の世子嬪の前例を持ち出し、和嬪と本房内人たちに懇々と説いた。

それだけではなく和嬪は本房内人たちがほかの宮人たちの仕事に口出しするのも放っておいた。こんな色の服はお嬢様には似合わないとか、焼厨房から出される食べ物はお嬢様の口に合わないとか、あまりにお節介がひどいので、慶寿宮殿の雰囲気は次第に悪くなっていった。

「まだ不慣れで、実家の小間使いたちに頼り続けているようですね」

ドギムは努めて公平に話した。

「私たちがあまりにも窮屈なのかもしれませんよ、尚宮様」

「厳然たる法度があるのに窮屈とはなんだ！　あんなふうにして私たちがいないところで間違いでも犯したらどうする？　なんの罪もないお前と私の首だけが飛んでいくわ」

ク尚宮はそれだけは遠慮したい様子だった。

「お前があのミユクだかピョンユク（茹で肉）だかいう、あの子に言い聞かせておくれ」

仕方なくドギムは承知した。


一昨日の夜、ドギムは溜まった仕事をすべて片づけてから、髪をとかしてあげるとミユクに申し出た。豚の毛のようにもつれた髪をとくのに悪戦苦闘しながら、それとなくク尚宮や自分たち宮女の不満を話す。

「お嬢様がもともと人見知りだからなんですよ」

ミユクは気に障ったようだった。

「でもどうしてそんなことを？　私たちはすべきことをしてるだけですけど。お嬢様が宮殿にうまく適応できるように、丈夫な王子を産めるように助けるということです！」と声を高くする。

「そうね、そうよね。ただ、和嬪様がほかの宮女たちをもっと頼ってくれたらと思ってのことよ。生涯ともに暮らす家族なんだから仲よくなったほうがいいじゃないの」

「私とヤンスン以上にお嬢様によく仕える人はいません」

優しくなだめてもその反応は頑なだった。

「みんながどれだけ嫉妬しても、私たちを押しのけられないでしょうね」

「押しのけるって……誰が押しのけるっていうのよ、もう」

あきれて苦笑するしかないドギムにミユクは目をつりあげた。

「私たちが宮婢だとみんなが馬鹿にしていることは知っています。ソン姉さんは大殿から来たから特にそうじゃないですか。毎晩これ見よがしに難しい本なんか読んで」

ドギムは不意打ちを食らった気分だった。この子はとてつもないひねくれ者だ。五臓六腑までひねくれている。

「そんなことないわよ。こうして髪をといてあげてるじゃないの」

世間知らずの年増をなだめるのは容易ではなかった。食欲がないというギョンヒのために作った生姜の砂糖漬けを食べさせると、ミユクの機嫌はようやく直った。しかし、彼女の微笑みはささいな小言できれいさっぱり消えてしまうということを、ドギムは知ってしまった。


「あの子、ちょっと変わってるんです」

報告を終えたドギムは、ク尚宮に苦笑してみせた。

「もういいわ。刺激しないでおきましょ。奴らはかなり狡猾《こうかつ》よ。傷つけられたらつらくなるだけよ」

「はい。どのみち私も小言を言われる人間であって、言う人間ではないですし」

ぎくしゃくとした空気のまま半月が過ぎ、初の合宮の日となった。和嬪は明け方から入浴を終え、朝の精気をもつという井華水《せいかすい》を汲んで熱心に祈った。影のように付きまとうミユクとヤンスンも懐妊の踊りを踊るとかなんとかで忙しかった。

ク尚宮は自分たちのほうが嬉《うれ》しそうな宮人たちを振り切って、和嬪に男女の交合を教えるのに苦労した。赤裸々な春画図を広げるたびに、どっとあがる笑いのせいでその声は枯れ果てた。

「微塵も知らないことを人に教えるなんて、馬鹿げてるわ！」

ようやく解放されたク尚宮は煙管に火をつけた。

「私は先王様に仕えた三十数年の間で、性格が悪くなったのよ」

「生まれたときからじゃないんですか？」

「うるさい。でも、最近はあの頃のほうがよかったと思うわ。乳母のふりをしろなんて！　私は宮女の教育をするのが嫌で、ずっと逃げていた人間なのよ。丞相ひとりを捕まえて妾として居座ればよかったものを何を血迷ってしまったのか」

「尚宮様のご気性ならいい妾になりそうですね」

ドギムの言葉が一理あったのか、ク尚宮は何も言わず煙草の煙だけを吐き出した。

昼には恵慶宮も訪れた。恵慶宮はすぐに懐妊して餅のような男児を産んでほしいと切々と和嬪に訴えた。元嬪のときに騒動を起こした絶大な寵愛が和嬪に移る兆しだった。

「ドギム、そなたが和嬪のそばにいて一安心したわ」

側室の寝所を隅々まで見ながら恵慶宮が言った。

「大妃様がそなたを呼び戻したほうがいいと強く推してくれたおかげで、私も王様を説得することができたのだ」

「恐悦至極にございます」

「これでよかったのだ。そなたを連れ戻すと言ったらチョンヨンが寂しがってはいたが……」

また会えてうれしいという優しい目つきは、しかし長くは続かなかった。

「王様とそなたの間に何があったかはわからないが……」

恵慶宮は表情を硬くし、用心深く続けた。

「とにかく王様はそなたを追い出して、士大夫の娘から側室を選んだのだ。そして、そなたはその側室に仕える宮女だ。そなたの本分がなんなのかはわかるな？」

それはある種の警告に聞こえた。

恵慶宮は先王のときに繰り広げられた愛欲の争いの渦中で暮らしたことのある人だ。さらに、遅くに入宮した大妃でさえ知らない事情も知っている。王と宮女の間にある奇妙で複雑な空気が読めないほど洞察力に欠けるわけでもない。知っていながらも知らないふりをする分別もあった。

もしドギムが承恩を受けていたら、彼女は快く受け入れただろう。彼女の夫が従える側室の存在を優雅に迎えたように。しかし、サンが父親とは身の振り方を変えて宮女を追い出し、良家の娘を迎え入れたとき、事情は変わった。恵慶宮は息子にとってより得になるものを優先すると決めたのだ。

「私は今もなお、そなたが私以上に王様に必要な人だと思っている」

ドギムは恵慶宮に初めて褒められた日を思い出した。新鮮で不思議な玩具のように彼女の息子と引き合わされたときだ。

相変わらず優しい人だとドギムは思った。息子を笑わせたという理由で歓心は買ったとしても、宮女としては過分な待遇だった。まるで実の娘のように自分を扱ってくれた。しかし、実の娘のように思ってはいても、実の娘ではない。もはや王を笑わせることができなくなった今、自分に向けられる恵慶宮の愛情が果たして維持されるかは確信が持てなかった。

「肝に銘じます」

やがて待望の時刻が近づくと、宮殿の熱気はさらに高まった。和嬪は夕方から身支度をした。きれいなおしろい、鮮やかな口紅、針房内人たちを酷使して仕立てた美しい新品の服に、かぐわしい香り袋まで、女人なら胸がときめくものの饗宴だった。

しかし、ドギムには楽しい時間ではなかった。扉の隙間から和嬪と本房内人たちの朗らかな笑い声が漏れるなか、彼女はずっと扉の前に座っていた。

「ソン姉さん！　お嬢様の足袋は二枚履きにしなければなりませんか？　これはどうしたら？」

頭だけ突き出して宮女なら誰でも知っていることを訊ねるミユクに、いちいち答えるためだった。

「まあ、なんでも知ってるんですね。そこにいてくださいね。また訊きますから。お嬢様も私もまだわからないことが多いので」

ク尚宮はばたんと閉まった扉をにらみつけることで、傷ついた自尊心をどうにかなぐさめた。

「ほかの宮女たちが本房内人を殺したいと言ったとき、ちゃんと話を聞いてあげればよかったわ。今まさに私がそんな気持ちになっているのだからね」

「本当に知らないのかもしれませんよ」

「まあ、ここに尊い人がいらっしゃるなんて！」とドギムのお人好しぶりにク尚宮はあきれた。「本当にわからないのかい。それともそんなふりをしているのかい？」

「ふりをして過ごすのは疲れるじゃないですか」

「お前は今までわだかまり一つなかったのかい？」

竹を割ったように振る舞ってきたおかげだ。まぁ、そのせいでこの国の王が自分に腹を立てているのではあるが……。

「ええ」とドギムは肩をすくめてみせた。「みんな、私の魅力に夢中でしたから」

ク尚宮は唾を吐いた。

「じゃあ、その魅力を今回もうまく使ってみなさい。気が利く尚宮から助言を一つ。あの子があなたの人生初のわだかまりになりそうね」

世の中のすべての憎しみを独り占めしたようなギョンヒに、助言を求めなければならない日だけが来ないことを願った。

「とにかく今夜は周りをよく見ていなさいね。あのせせこましい人たちが出しゃばって、問題を起こさないかってね」

王室の合宮のとき、若い宮女たちは最初から引き払わないといけないが、ここでは例外だった。格式を整えるほど宮女の数が多くなかったためだ。部屋から引き払っても、殿閣の外門で侍衛するようにという提調尚宮の命令を受けた。

「あの先王様ですら宮女たちをこれほどよく扱われなかったのに」

「まぁ、少しずつ変わっていくでしょう。男児を産みさえすれば体面を保つようになると思いますし、ずっと小間使いとだけ生きていくこともないでしょうから」

「一日も早く和嬪様の人見知りがなくなることを願おうかね」とク尚宮は皮肉った。

だんだんと薄暗くなり、卑賤な雑仕女たちからひとりふたりと引き払っていった。ドギムは最後まで残った。中央に敷かれた寝具にしわが寄らないように整え、合宮を指導する年老いた尚宮たちが座る場所を作るために屏風を引き寄せた。寝床に用意しておく水や乾いた布巾、尿瓶なども部屋の隅に並べた。寝殿はそれほど広くはない。ほかに足りないものはないか確認しながら燭台に火をつけていると、身支度を終えた和嬪が部屋に入ってきた。

「お前から見てどう?」

隣で美しくてたまらないと大騒ぎする乳母を信じられないのか、やや焦った様子が見られる。きれいな円衫に冠をかぶった和嬪は、まさに今花開かんというみずみずしさがあった。秀でた美人ではないが、見かけの美しさだけではない独特の個性が際立っていた。

「本当にお美しいですよ」

何度もつぎあてをして着ているうえ、染みまでついた自分の服がドギムは恥ずかしくなった。

「あの、王妃様に比べても劣らないかしら？」

和嬪はもっと褒めてもらいたそうだった。

「王妃様に準ずる礼遇を受ける私が、もし容姿が劣っていたら申し訳ないから……」

口を滑らせたと思ったのか彼女はそう付け足した。ドギムは女主人に仕えたことがなく、ひとりの夫をめぐる女たちの微妙な感情にはまるで慣れていなかった。しかし、慣れていないのは和嬪も同じだろう。彼女が聞きたい言葉ならなんでも言ってあげた。

側室の顔に自信満々な笑みが浮かび、ようやくドギムは引き下がった。いつの間にか殿閣はがらんとしていた。サンとは絶対に出くわしたくなかったから足を早めた。しかし、彼女はふたたび足を止めざるを得なかった。

殿閣の裏側から灰色の煙が立ち上っていたのだ。竈《かまど》をまともに見ておらず、火事でも起きたのかと恐ろしくなった。知らないふりをしたかったが、宮殿では火など簡単に燃え移ってしまう。見て見ぬふりをして通り過ぎるのは狂気の沙汰だ。仕方なくドギムは方向を変えた。

「いったい誰の仕業なの！」

彼女が見つけたのは火ではなかった。

いや、少なくとも火事ではなかった。ミユクとヤンスンが黄色の大きなろうそくを燃やしていたのだ。近づくとつんと酸っぱい匂いがした。

「これはすごい物なんですよ。息子だけを八人も産んだ女人の爪を混ぜたろうそくなんですが、合宮の間、西の方向で焚いていると霊験あらたかなご利益を得るそうです」

誇らしげに胸を張ったのはヤンスンだった。

「房中術は絶対に駄目だと言ったじゃないの！」とドギムは叱った。

「まあ！　房中術ではありません。息子を産む湯薬と何が違うんですか」

「でたらめはいいからすぐに片づけなさい」

「無知な侍婢の言うことはでたらめだという意味ですか？」

ミユクは目つきが変わるほど憤慨した。

「いろはのいの字も知らないと無視するんですか！　そうですとも、ソン姉さんは漢文も知っていて偉いですよね。私たちのこと嫌いだからって、お嬢様が王子を産むことまで妨害するんですか？」

言っていることが滅茶苦茶だ。

「厳かな側室をお嬢様と呼ぶのも直しなさい」

ドギムは厳粛な顔を向け、話し始めた。

「もうすぐ王様が来られます。あなたたちの余計な行動は放っておけないわ。火事を起こすかもしれないし、なんの根拠もないそのおかしな呪術が、王様に害を及ぼすこともあるのですからね」

反論しようとするミユクの口を鋭い目つきでふさいだ。

「今すぐ片づけろと言ったわよ。それとも告げに行きましょうか？　あなたたちが頬を打たれて和嬪様が恥をかいてもいいんですか？」

ミユクとヤンスンはひどく不満そうにろうそくの火を吹き消した。

「それは私に渡して行きなさい」

ドギムが冷静にろうそくまで奪うと、ミユクは肩をぶつける勢いですれ違いざまささやく。

「偉そうな顔してるわね」

両手を振って、悪臭を払った。火種が落ちてはいないかとくまなく地面を探しもした。そのうちにふつふつと怒りが湧いてきた。大殿では年下だったがここではそれなりの古株だ。なのに、なんでこんなことをしているのだろう。

気づいたときにはすでに手遅れだった。御輿の気配が感じられた。王が来ているのだ。それも予定された時刻より早くに。

王がお渡りになったというのに勝手に立ち去ることはできなかった。ドギムはにらまれながらも殿閣の前庭に並ぶ尚宮の間に身を潜めた。顔が見られないように頭も下げた。

赤い御輿が花びらのように舞い降りた。着心地の悪い服を着ていたが和嬪はすばやく走り出た。熱心に飾った側室とは違って、王は着飾った様子ではなかった。本を読んでいた寝所からちょっと出てきた人のように、楽な道袍に程子冠《チョンジャグァン》をかぶっていた。幸いなことに、そのような無頓着なところにも和嬪は失望しなかった。

「風が冷たいです。どうぞお入りください」

穏やかに勧める顔が紅潮していく。

サンはうなずいたが歩を進めはしなかった。彼は何かを探すかのように辺りを見回した。そして、前庭のほうでその視線が止まった。

「もしかしてお体のお具合でも?」

微動だにしないサンの視線を追いながら、おずおずと和嬪が訊ねた。

「……戻ってきたのか」

「え？」

「なんでもない。中に入ろうか」


その後のことはよく覚えていない。

王と側室が寝殿に入るやいなや席を離れたと思う。ただ、何を考えて外門まで行ったのかはわからず、時間がどのように過ぎたのかはさらにわからない。もう終わったのだとク尚宮に肩をぽんと叩かれ、ようやく我に返ったのだ。

「なんだい、合宮されると聞いて、うらやましがるだけの寂しい身の上が恨めしく感じるのか」

気の抜けたようなドギムを見て、ク尚宮はくすくすと笑った。

「なんだか変な感じがして。ただ……腹が立つと思ったんですが……」

戻ってきたくなかった。振り回されてばかりいる境遇を惨めに思った。だからこそサンを憎む暗い感情だけは燃え上がらなければならなかった。

しかし、そうはならなかった。頭を下げたまま横目でサンの姿をちらっと見た。その瞬間、温かな感情が胸の奥底に流れた。懐かしかった。仕える主人も変わり、一緒に部屋を使う同僚も変わり、日課も変わったが、それでも我が家に帰ってきたような安堵を覚えてしまったのだ。

ドギムは虚脱した。許しを請う気もなく許す気もないのに戦意を失ってしまった。心の中で何かがぷちっと音を立てて、切れた。

「立って寝てるのかい？　さっさと行くよ」

舌を鳴らし、ク尚宮はドギムの襟を引っ張った。

「おふたりはお休みになられましたか？」

もつれにもつれた思いの糸を断ち切って、ドギムは訊ねた。

「王様は合宮だけ終えて大殿にお帰りになったよ。ここではお休みになられないんだとか」

サンの習慣をよく知っているドギムは、そうだろうと心の中でうなずいた。

しかし、和嬪はそうは思えなかったようだ。身なりだけを整えた彼女は布団を抱いて泣いていた。

本房内人たちがなぐさめようと努力したが無駄だった。

「とても恥ずかしかったわ！　屛風のうしろから宮女たちの息づかいまで聞こえたし。それでも私は言われたとおりにしたわ。目を閉じて、動かず、声も出さなかったのよ」

すすり泣きの間から嘆きがあふれた。

「なのに……王様は私のことが気に入らなかったようなの。何度も尚宮たちが催促しなければならないほど気が散っていらしたわ。私のことをまともに見てもおられなかったし……。事が終わったときにほんの少し横になったけど、すぐに去ってしまったわ」

彼女はきれいに装った顔を何度もこすった。

「嘉礼のときから丁寧に接してくれるので、私を気に入ってくれたと思ったのに！　私の父を褒めてくださり、大妃様と恵慶宮様を丁寧にお迎えして賢婦になれと励ましの言葉も言ってくれたのに……私の勘違いだったのね。王妃様の代わりに入ってきて、王様の心にかなわず、王子も産めなかったらどうするの？　どんなに馬鹿馬鹿しいことか！」

泣き声が号泣に変わっていく頃、ドギムが優しく口をはさんだ。

「そうではありませんよ。王様は初夜を終え、体に負担がかかった妻を気の毒に思っておられるのでしょう。ここでお休みになれば、和嬪様が体を落ち着かせられないのではないかと配慮しておられるのですよ」

どうか、サンの心中に本当にそのような思いが少しでもあることを願う。

「違うわ！　見てもくれなかったのだから！」

「新郎ですから恥ずかしかったのでしょう」

泣く子をなぐさめるのはヨンヒで慣れているから滑らかなに口が動く。

「しかも、王様はいつも夜遅くまでお忙しくしていらっしゃいます。上疏を読み、本も読んで、手紙も書かれます。今日も残っている仕事が多く、やむを得ず引き返したのでしょう。寂しく思わないでくださいね」

「……本当にそう思う？」

遠からず和嬪も吹きつける冷たい風のような王の性格に気づくだろうが、すぐに花嫁の幻想を壊す必要もないだろう。

ドギムは強くうなずいた。

「それでも優しいお言葉、ひと言だけでもかけてくれればよかったのに」

「ええ、それはそうですね。王様は本当にお悪い方ですね」

味方になってあげると泣き声は次第に収まった。

「よくない姿をお見せしたわ。実際にしてみると思っていたのとは違って……」

「温かいはちみつ茶を一杯お入れしますね。心が安らかになると思いますよ」

「そうしてくれたらありがたいわ……」

恥ずかしそうに答えていた和嬪ははっと本房内人たちを振り返った。

「あ……やっぱりいいわ。もう下がっていいわよ。お茶はミユク、お前が持ってきなさい。それから今夜は私のそばで横になって寝なさい」

「はい、お嬢様！」

ミユクは心から喜んだ。

「お前が才能を使って、あの子が可愛がられるのね」

追い出されるように部屋から出ると、ク尚宮は不満そうにささやいた。

「でも、お前を見直したよ。太鼓持ちだったけど」

「私はもともと太鼓持ちなんですよ。みんな私に、男として生まれていたら奸臣になっていただろうと言っていました」

「何もできないくせに正しいことばかり言う子よりはましだわね」

そう言ってク尚宮は豪快に笑った。

「王様はもともと無愛想であられるの？」

「はい。中宮殿でも淑昌宮殿でもお休みになって戻ってこられるのを見たことがありません。誰かがそばにいると眠れないそうです」

あまりにも繊細なのか、あるいはただ無関心なのかは知らないが。

「あぁ、先王様のことではとても苦労したものよ！　側室と夜を過ごすと働きたくないと駄々をこねたりしたわ。内官たちが無理やりお迎えしたら、わんわん泣いて。にもかかわらず、いざ便殿に入ると熱心に政務に取り組んでいたわ。気まぐれが激しかったわね」

「先王様については、知れば知るほどわからなくなります」

しばらくして、熱く沸かした茶を盆にのせて、ミユクが楚々と歩いてきた。意気揚々とした表情で主人の寝殿に入っていく。

明かりが消え、疲労困憊の一日もようやく終わろうとしている。これで最難所は乗り越えたのだとドギムはそう思いたかった。

意外にもミユクは素直に謝罪してきた。

「申し訳ありませんでした。私は無視されるとカッとなってしまう悪い癖があります」

「まあ、偉ぶってる私に殊勝なことを言うわね」

「そんな！　カッとなったからですよ。ソン姉さんはとんでもないけちだと思っていたけれど、お嬢様を本当に優しく支えてくださったのですから。私はお嬢様の涙を見るのが世界で一番つらいんです」

「私がけちだなんて……ギョンヒに会ったら泡を吹きそうね」

「誰ですか？」

「いいえ、なんでもないわ」

思わず冗談を言いかけたがすぐにやめた。正直、そんな仲にはなれそうもない。

「ところでどうして無視されると思うの？　私はそんなことしてないけど」

ミユクは小さく首を横に振った。

「そりゃそうなりますよ。私の祖父は罪を犯して追い出される前は両班でした。でも、みんなそれを知らずに私を無視したんです。卑しい者があちこちうろついていると殴り、無駄に出しゃばるなと小突かれました。どんなに一生懸命やっても認めてくれる人などいませんでした」

恨みがましい瞳に小さな光が瞬いた。

「でも、旦那様が私に目を留めてくださり、お嬢様について宮殿に行けとおっしゃったんですよ。宮殿でお嬢様に仕えるのに私ほど適任の子はいないって！」

ミユクは誇らしげに胸を張る。

「私、決心したんです。和嬪様……まったく、慣れないわ！」

彼女は王室の称号を面倒くささそうに言い直した。

「お嬢様をこの国の王の生みの母になれるようによくお世話をし、ここまで私を無視してきた人たちにこんなにもうまくできるんだと見せつけてやるんだって。そうすれば、みんな私を認めざるを得ないじゃないですか」

「何を？」

「なんでも！　すべてです」

「認められることがそんなに大切なの？」

「もちろんですよ！　これ見よがしにやり遂げなければ、あまり変わりばえのない侍婢としか記憶されないでしょうからね。私は……私はただの侍婢じゃないのに……」

そこでミユクの声の調子が落ちた。

「でも……実際に宮殿に来てみたら手ごわい感じでした。ほかの宮女の方々はよく学んでおられて賢いのに、私は何かをしようにも不慣れだし、学もないから……いろいろと難しい。それで突然、苛立ちが込み上げることがあるんですよ」

自分ではどうしようもできず、彼女自身も困惑しているようだ。

「つまり、あなたにはあなたなりの目的があるということね？」

ドギムは少し戸惑った。卑賤な出身にして、こんな物言いをする人は珍しい。

「ああ、いえ。そんなことはないです！」

非難されたと思ったのか、ミユクは慌てて否定した。

「私がお嬢様をおんぶして育てたんですよ。お嬢様のためならなんでもするし、誰とだって闘うつもりです。ただ、お嬢様のためのことが、すなわち私のためのことでもあるだけです。だから、これが私のお嬢様への愛し方なんです」

　多分な被害妄想と根拠のない自信に満ちたつかみどころのない話である。それでもドギムは、ミユクが自分と同じ類の人であることに気づいた。ほかの人たちから変わり種と呼ばれる部類。普通の人のように考えられない人のことだ。ただ、ドギムは主流からやや外れた水準の無害な変わり種であるのに対し、ミユクは能力に比べて意欲だけがはるかに先んじて、自分は特別だという傲慢さが災いをもたらす危うさを持つ亜種という違いがあった。

「な、なんですか!?　なんでじっと見つめるんですか?」

「いや、ただ覚えておこうと思って」

「どういうことですか?」

「そうすれば、のちのち私たちの仲が悪くなっても、あなたを憎まないと思うから」

　ミユクは不安そうに訊ねた。

「仲が悪くなると思いますか?」

　ドギムは思わず吹き出した。笑いながら考えるが、面の皮に角が生えた変わり種同士であるがゆえ、うまく一緒に過ごせないのだということを彼女に悟らせる術がなかった。

「また私を無視するんですか!　そうなんでしょう?」

　残念ながら、ミユクはあまりにもたやすく元に戻った。

「違うってば」

「違うって何が違うんですか!」

「違うから違うのよ」

「ほら！　適当なことを言って私をごまかそうとしているじゃないですか」

いざこざはしばらく続いたが、どうにかミユクが落ち着き、ふたたび謝罪することで不毛な時間はようやく終わった。

こういうことがこれからたびたびあるのかと思うと、ドギムはどっと疲れてしまった。

＊

次の月の合宮は中止になった。合宮二日前の夜に稲妻が落ちたことが天の警告と解釈されたのだ。その代わり、思いがけない吉報があった。和嬪は月のものの気配もなく、一か月が過ぎたのだ。宮中の期待が集まるなか、サン自らが医女たちを率いてやってきた。

「確認するには早いことはわかっていますが、母上があまりにも心配しておられるのです」

照れくさそうな態度から察するに母后にいろいろ言われたのだろう。

「私に失望されるのではと心配しております」と和嬪は賢く答えた。

宮殿で赤子の泣き声が途絶えてから二十年。繊細に扱うべき問題だ。すぐ隣の部屋に診断の準備を整えた。自分が見守っていれば医女たちが緊張するだろうからとサンは部屋で待つという。

「ク尚宮は私についてきて、ソン内人は王様に仕えるように」

慌てて和嬪が指示し、ミユクは不満げに口を開いた。

「お嬢様、私が……」

「駄目よ。王様の御前ではすべてが完璧でなければならないわ」

彼女は初めて本房内人たちの申し出を却下した。私情に固執する人ではあるが、賢明な部分もあるようだった。そんな彼女にク尚宮と代えてほしいと頼むことはできなかった。

「さあ、これを持っていってください」

ミユクはつんとして茶菓子の膳を差し出した。水飴で甘く煮詰めた正果《チョングァ》と人参茶だった。

これはあまり喜ばないな……ついそんなことを思い、昔の習慣が出てしまったことにドギムは内心で苦笑する。それよりも、私に会うのが嫌だろう。そんな冷笑的な思いが続いた。

「ほらほら！　王様がお待ちですよ」

急き立てるようにうながし、ミユクはこっそり盗み聞きしようと扉の近くへと駆け寄った。

ドギムは閉ざされた扉をじっと見つめた。今まではどうにかうまく避けてきた。サンは私的に側室とは会わなかったし、慶寿宮殿の外に和嬪が出かけるときは、本房内人たちだけが同行した。

しかし、今は避ける術がない。扉を開けると、持参した上疏文を読むサンの姿が目に入った。少ししかめた眉間や机をとんとん打つ長い指……一瞬にして時が巻き戻される。

戸口でお辞儀をし、つま先でそっと歩いた。サンは文書に視線を落としたまま微動だにしない。そうだ、無視されたほうがましだ。ドギムは茶冠（茶を入れる急須）を握った。

「さっさと消えろと言ったはずだぞ」

サンのとがった声によってドギムのわずかな期待はしぼんだ。

「二度と私の前に現れるなと言っただろう」

恐ろしくて冷淡な物言いだったが、その程度で臆するわけにはいかなかった。

「恐縮でございます」

すでに覚悟を決めていたのでドギムは平静を保つことができた。淡い色の茶が湯気を立てている。

「何事もなかったような顔をするな」

思わず顔を上げ、サンと目が合った。

「確かに、お前は全く私を怖がらないだろう」

最後に会ったときとはまるで別人だった。目は落ちくぼみ、その下に濃いくまが影を作っていた。顔の肉が薄くなったせいで頬骨が目立ち、かさついた額には疲労のせいで水ぶくれができている。

なぜか無性に哀しくなった。

「戻ってこれてうれしいか？」

どんな意図があっての問いかわからず、ドギムは答えなかった。やるべきことをとっとと終わらせよう。しかし、茶膳を置いて出て行こうとする彼女の腕は、サンに突然つかまれた。

「嫌そうだから、もう一度追い出してやろうか？」

引っ張る力が強い。にらみつけてくる視線もまた、ひどくつらくて息が詰まった。

「そうか。戻ってきたくないのに仕方なく戻ってきたのだな」

サンは今、険悪に別れたあの瞬間のように怒っていた。宮殿外の生活という変化を経験し、そのなかでそれなりに安定を取り戻し、多少はあの記憶も薄れた彼女とは違って、彼は同じような日常を繰り返していた。サンにとっては半年前など昨日のことのようだ。

「出宮が罰にならなかったとは、気に入らぬな。それならずっとここにいろ。思慕しない私だけを見て一生腐っていろ。それが十分な罰になるのだろう？」

呪詛のような言葉を聞いているうちに、なんとなく疲れてしまった。

王はいつも正直でいられる。怒りたければ怒り、恨みたければ恨む。しかし、彼女はそうではなかった。我慢しなければならなかった。たとえ戻りたくなかったとしても、とにかくここに来たからには、王に屈服しなければならなかった。棒叩きを受けないためには、あの日のように王を怒らせてはならない。ひと言の嫌みも、寂しさ一つも表に出してはいけないのだ。

なんでも好きなようにできる男と何もできない女という根本的な葛藤はそのまま残っている。それなのにこんなに簡単に、また同じ距離で向き合ってしまった。それで火がつくはずもなく、ドギムはただただ徒労を感じてしまう。

「王様のお言葉はごもっともでございます」

感情のこもらない声にサンのまなざしが揺れた。

「冷めないうちにお飲みください。疲労回復に効果がございます」

しかし、彼は手を離さなかった。

「お前、まだ私のせいにしているのだな。許しを請うても足りないのに抵抗するとはけしからん」

ドギムはため息をのみ込み、言った。

「王様が至極の孝心で大妃様の意を退けず、私をふたたびお呼びになってくださったと存じております。ですから、身の程を知って死んだように過ごしてまいります」

もう一度強く彼を押しのける番だ。

「どのみち私はもう大殿の宮女ではありませんから」

消耗的な神経戦はこれで終わることを願った。一度実体が明らかになった姿を覆すことはできないので、少なくとも本心は隠し、知らないふりができることを願った。

「そうか。お前はもう私のものではないのだな」

そう言ってから、サンは自分自身に冷笑を浮かべる。

「いや、私のものだったことなどあっただろうか」

サンの手から力が抜け、ドギムはようやく自由を取り戻した。

やがて、朗報を携え医女たちが戻ってきた。三人で順番に二回ずつ脈を診たが、懐妊がはっきりしたということだ。しかし、サンは渋い様子で御医と相談してみようと半信半疑だった。

「先祖と国のために実に立派なことを成し遂げた」

皆が待ち望んでいた吉報をもたらした和嬪への言葉にも喜びは感じられず、いかにもお決まりのものでしかなかった。いくら王だとしても優しくない。

そう思うのに去っていく後ろ姿を見ていると、なぜだか心の片隅が冷たくなっていく。ドギムはサンの熱い温もりが残った手首にそっと触れた。


王妃の落ち込みは激しく、まるで生ける屍のようだという。いっぽう、王妃が十数年間果たせなかった任務をたった一度の合宮でなし遂げた和嬪の殿閣は、笑いと祝いの言葉であふれた。当然のように息子を産む秘法が横行した。よく実った唐辛子の形で固まった布が張りつけられ、転女為男法《てんじょいなん》(胎児の性別を女から男に変える方法)に従って布団の下に斧を隠して雄鶏の尻尾を飾るなど大騒ぎだった。

宗親たちも浮ついていた。顔色をうかがっていた恩彦君は、適当な言い訳をして息子の完豊君の君号を変えたいと申し出た。ドンノが王の外戚を夢見てつけたその君号のことだ。朝廷は当然受け入れ、完豊君を常渓君《サンゲグン》と改めた。

ただ、王の反応だけは終始慎重だった。

「慶事がこんなに早く訪れるなんて、私はまったく信じられない」

そんな態度を貫き、早くも王子の服を作るという恵慶宮をいなし、臣下たちの相次ぐ祝賀挨拶にも言葉を慎みに慎んだ。

そんな王室の事情はさておき、ドギムにもうれしい知らせが届いた。

初夏になる頃、兄のシクがついに科挙に合格したのだ。欠員が出たうえに王室の慶事もあり、突然別試《ピョルシ》（臨時の科挙）が行われ、そこになんとか滑り込んだのだ。

「天が助けてくれたんだ！　今までは試験場に入るたびに足を折ろうとするなど、両班の子息たちの差し金を受けた奴らが必ずいたんだ。しかし今回の別試はあまりにも突然で、計略を企てる暇もなかったようだ。純粋に実力だけで競ったんだ」

「じゃあ辺境に行くんですか？」

シクがいい成績を取るとはこれっぽっちも期待せず、ドギムは訊ねた。

「いや、漢陽にいるだろうね。御営庁《オヨンチョン》（首都防衛を行う軍営の一つ）に配属されたんだ」

「何かの間違いじゃなくて？」

「全く！　兄の言うことをしっかりと聞け。純粋に実力だけで勝ち取ったんだからな」

シクは意気揚々と胸を張った。

「次はうちの末っ子が合格するだろうな。試験ではいつも悪戦苦闘してきたフビもかなり実力がついてきたし」

とらぬ狸の皮算用をし、シクはからからと笑った。

残念ながら、彼の高笑いは長続きしなかった。訓練が非常に厳しく、着飾っていった軍服はすぐにぼろぼろになった。さらに両班出身者との公然な差別に傷つくこともしばしばで、心身ともに疲弊せざるを得なかった。

「腕をちょっと出してください。宮女見習いのときに使っていた膏薬を持ってきましたから」

ドギムは兄に会いに西の迎秋門《ヨンチュムン》によく立ち寄った。宮殿の西門は主に閉じていて人通りが少なく、厳しい訓練に疲れた軍卒《クンジョル》たちがこっそり隠れて昼寝をしたりするのだ。

「つらくて死にそうさ」

シクはやっとのことで右肩を持ち上げ、うんうんと唸る。

「火砲を扱うたびに肩が抜けそうになる」

真っ青な痣ができた肩には湿布を貼る以外に正解はなさそうだった。せめて手足の擦り傷だけでもと膏薬をたっぷり塗った。

「痛っ！　おい、そっと塗ってくれよ。そっと」

「七歳の幼な子でもないくせに大げさよ！」

兄のひどく傷ついた体に心が痛く、それを隠すためにドギムはわざと不愛想に振る舞った。

「ちゃんと食事はしていますか？」

「食べても腹がいっぱいにならないんだ。金もないから、いろいろ買ってほしいと言うわけにもいかないし」

ドギムはチマに隠してきた薬果《ヤックァ》を兄に差し出した。

「いい。お前が食べろ。お前はますます痩せていくようだ」

「私はよく食べていますよ。和嬪様のご懐妊のおかげで宮殿には食べ物があふれています」

簡単に説得され、シクは瞬く間に平らげてしまった。

「今度は握り飯でも持ってきますね」

「私がちゃんとすればお前の苦労も終わるのにな」

自分が情けなく、シクは涙声でつぶやく。

「そんなこといいわよ！　健康に気をつけてくださいね。全部が全部言われたとおりにしないで、要領よく、ときには小細工も必要ですよ。わかってますよね？」

「ああ、心配するな。残った膏薬は持っていってもいいか？」

やがてシクは塀の暗いところに潜り込み、ぐっすり眠りについた。兄の熟睡が奪われないように、ドギムは暑さが猛威を振るう季節がゆっくり来ることだけを願った。


しかし、時は手を離れた矢のように瞬く間に過ぎ去った。初夏は短く晩夏は長かった。シクは奥歯を噛みしめ、滝のように汗を流した。今年の夏はドギムにとっても容易ではない季節だった。我慢できないほど退屈だったのだ。皆から愛される和嬪とそのそばにぴったりくっついて離れない本房内人たちのせいで、まるでやることがなくなってしまった。

蒸し暑い夏の夜、お嬢様が悪阻《おそ》（つわり）だとか胎動を感じたとか、ミユクが騒ぐ声をぼんやりと聞いていた。まともに働いていないという気まずさは、常に忙しくて倒れそうだった大殿時代よりもつらく、つまらなかった。時間はあるのに小説の筆写も手につかないほど落ち着かなかった。

やがて暑さが和らぐと、内医院で公式に和嬪の脈拍を診ることになった。垂らした垂簾の向こうから和嬪が手首を差し出すと、御医はその上に絹の布を覆って脈を数えた。

「血分が調和して左尺脈がしっかりしてるので、あまり心配しないでください」

御医は自信を持って言ったが、サンには響かなかった。

「もう五か月目だというが、余はいまだに疑いを振り払うことができない」

「全く疑う必要はないとあえて申し上げます」

王の不安をなだめるのに、それ以上の確言はなかった。

和嬪のお腹は着実に膨らみ、胎動も感じられるようになれば、さすがの王も疑惑を抱くわけにはいかなくなった。秋の終わりと冬の冷たい風が触れ合う季節には、王も期待を示し始めた。予定日から三か月前に産室庁《サンシルチョン》（王妃と側室の出産のための臨時官庁）を設ける法度があり、快く許可した。

「もともと世俗では解産房を年をまたいで設けることを避けるらしい。だから、王室でも来年の正月に産室庁を設けたほうがいいだろう」

財物を使わなければならない事案となると、先送りして節約する習慣のある王にしては非常に好意的な反応だった。

「天の助けもあっての大きな慶事に喜びを禁じ得ません」

内医院提調は口をそろえて王に告げた。

「慶事がこんなに早く来るとは思いもよらなかった。実に天の志だ」

サンはおとなしくうなずいた。

明るい空気のなかあっという間に年が終わり、新たな年が明けた。初の王子を迎える準備も順調だった。床には筵と獣の皮を敷き、災いを退け、福を呼ぶ祈禳《きじょう》のお守りを壁に取りつけた。産室庁の創設も無事に行われた。出産が予定された二月になると、王が自ら産図（出産しやすい方向を考える方位図）を掲揚するなど宮殿は出産に向けて盛り上がっていった。

しかし、喜びの絶頂に達するはずの時期から致命的な問題が生じた。

「どうしてお生まれにならないの？」

久しぶりに集まった友の輪のなか、ギョンヒがいきなり核心をついた。

「三月ももう終わるというのにお産の気配がまったく見えないじゃないか」

王が最初の不満を表わしたのは三月の半ばだった。

予定された産み月をひと月半も過ぎたのにどういうことだ。とてももどかしく、期待する気持ちもしぼんでしまうと彼は吐露した。世間では予定日を過ぎれば過ぎるほど縁起がよいのだと臣僚たちがなだめたが、王はそれでも遅すぎると文句を言った。

「和嬪様は本当に焦っているだろうね」とヨンヒは我が事のように青ざめる。

「無品嬪だからといっても、もともと王妃様のための産室庁まで設けたじゃないの。八珍湯《はっちんとう》とかなんとか体にいいという湯薬をいつも使って。期待に全く応えられていないわ」

人の不幸は蜜の味とでもいうように声を弾ませるギョンヒをドギムが責める。

「なんて薄情なの！」

「変なのは事実じゃない。もしかして胎死不下《たいしふか》（胎児がお腹の中で死んだまま留まる症状）のようなものじゃないかしら？」

「この子ったら！　予定日を過ぎたからって不吉なことを言わないで」

ヨンヒはさらに顔色を青くした。ドギムも首を横に振る。

「絶対に違うわよ。昨日も胎動があったんだってさ。丈夫な王子の足蹴りだとミユクが断言していたわよ」

「もしかしてこういうことじゃない？　早く息子を産めという姑の叱咤のせいで、してもいない妊娠をしたかのようにお腹が出てきて、悪阻も起こり……そんな病気があるって聞いたけど」

ボギョンの興味深い意見にギョンヒが食いつく。

「偽胎（想像妊娠）ってこと？」

「えぇ……そんなの子が授からない女人たちが企てる嘘だっていうけど？」と何も考えずにヨンヒが返す。

「違うわ。本当にあるんだって。昔、別監と一緒に過ごしていたら、月のものがなくなってお腹がふくらんできたから身ごもったのかと井戸に飛び込んだ内人がいたじゃないの。幸いにも命は助かり、医女が診たら、子供なんてお腹にいなくて……罪のない両足だけが不自由になったそうよ」

　ボギョンが反論するもヨンヒは信じようとはしない。

「そんなまさか。もし、それが本当なら王妃様は十回以上は懐妊されてるわ」

「たとえ偽胎だとしても明らかにするのは難しいわ」とギョンヒはしばし考える。「症状は実際の妊娠と同じだし、お腹の中を覗く方法もないからね」

「どうなの？　お腹が南山くらいに大きくて、胸が柔らかい？　下血や分泌物は？」

　ボギョンに根掘り葉掘り訊かれ、「知らないわよ」とドギムは素っ気なく返す。「ミユクから聞いたのが私の知っているすべてよ」

「あなた、まだ隅で小さくなってるの？」

　あきれたようなギョンヒにドギムは肩をすくめてみせる。

「へぇ、じゃあ一日中何してるの？」

「ギョンヒの言うとおり小さくなってるんだってば」と面倒くさそうにボギョンに答える。「各所から届く捧げ物を整理してるのよ。昨日も葉銭《ヨプチョン》とお米がどれくらい上がってきたか計算したわ」

「うぅ、聞いただけでもうんざりね」

　数字を見ると体が拒否反応を起こすボギョンは身を震わせる。

「気に入らないわね」とギョンヒは顔をしかめた。「本房内人の間抜けが何かを間違えたら、その問題はあなたとク尚宮様が全部かぶることになると思うんだけど」

「私もそう思うわ。ただ、今はとにかく無事に出産してほしいわね」

「王様はよく来られるの？」

「たまにね。医女を連れて来られるわ」

和嬪がドギムとク尚宮を近くに置くのは、王が行幸するときだけだ。王の御前にまで卑しい本房内人を出すことはできないが、ほかには知恵を働かせるのだ。共通の関心事を引き出し、どうにか歓心を買おうとする。その心根は健気だが、ソン内人は大殿でよく学んできて愛らしいかぎりだとか和嬪が心にもない愛嬌を振りまくたびドギムは気が引けた。

「あなたには何もおっしゃらないの？」

「無視されているわ。よかった」

平気なふりをしてごまかしたが、実はどきっとすることが一度あった。

午後、王がなんの理由もなく突然来られた。昼食を食べて退屈で立ち寄ったとか。少しでも時間が空いたら本を手に取るほど無駄な時間を嫌う彼には、あまり似合わない言い訳だった。

「ソン姉さんが薬の器を持っていってくださいな」

ちょうど和嬪が湯薬を飲む時間だった。熱く煎じた湯器をドンと下ろしながら、ミユクはぶつぶつ文句を言った。

「お嬢様も本当にひどいわ。王様がいらっしゃるときは私を近づけないようにするんだから」

久しぶりに至密内人らしい仕事だった。湯薬の器と布巾、生姜の砂糖漬けでさっとお盆を準備した。王は前に置かれた人参茶には手もつけず、和嬪の話に耳を傾けていた。朝、咳をすると下腹が少し張っただとか、水を飲んで胎動を感じたなど特に目新しくもない報告を聞く表情は淡々としていた。

「湯薬でございます」

声をかけるだけでとても緊張した。サンは露骨に怪しげな目つきをした。意識しないように努め、ドギムは毒味をした。舌に触れる銀のスプーンが思ったよりも熱くてびくっとした。

「お熱いですので、ゆっくりと三回に分けてお召し上がりください」

和嬪は言うとおりにした。次は口直しだった。

「生姜なのか？」

一口かじった和嬪は目を丸くした。

「はい、生姜を薄く切り、はちみつで煮詰めたものです」

「ミユクはいつもナツメ漬けを出すんだけど……私は生姜が食べられないのよ」

わざと教えてくれなかったようだ。

「申し訳ございません。大殿では生姜の砂糖漬けをお出しする習慣があったので、つい」

しまった……サンが見守っているのについ昔のことを口にしてしまった。

気難しい嗜好だったが、よく食べてくれた姿がどうしようもなく思い浮かぶ。そんな脳裏の光景を振り払い、ドギムは和嬪に訊ねた。

「ナツメにいたしましょうか？」

「結構よ。生姜なのに辛くなくておいしいわね。そなたは腕がいいわ」

そう言って和嬪はちらっと王の顔色をうかがった。

「私はもう戻らねば」

ふたりのやりとりをじっとうかがっていたサンが腰を上げた。まだ来たばかりなのでもっと休んでいってほしいと頼む和嬪につれなく返す。

「湯薬をちゃんと飲んでいるのを見て、安心した」

ところが、平気そうな声とは裏腹に表情は少し妙だった。何かに耐えているかのようでもあり、ひどく悔しそうに見えたりもした。

「王様は本当に難しい方だわ」

言葉を尽くして引き留めたものの王が風のように去っていくと、和嬪は愚痴をこぼした。

「徐々に親しくなれると思いますよ。体も解放されたら……心配なさらないでください」

どこか憂いを帯びた表情で和嬪は丸いお腹を撫でた。

「ところで訊きたいことがあるんだけど」

「お訊きくださいませ」

「……お前はもともと王様の近くで仕えていたのか？」

「王様は宮女よりは内官を主にお呼びになります」

「いや、そういうことを訊いているのではない」

きっぱりと話すその声には微妙な感情が重なっていた。

「前から王様がお前を見る目つきがなんだか……」

言いかけた言葉を終えることもできず、和嬪は語尾をにごして問いを変えた。

「どうして大殿から出て行くことになったのだ？」

「過ちを犯したせいです」

「曖昧に言うな」

「お許しください。大殿のことについて軽々しく口にすることはできません」

和嬪は眉間にしわを寄せた。

「過ちを犯して追い出されたのに、大妃様の推挙でまた戻ってきたのか？」

剣呑な空気を感じながら、和嬪がどうしてこんな話を始めたのかがドギムは気になる。

「いや、なんでもない。なぜこんなことを訊いているのかわからないわね」

微笑みでごまかしたが、その瞳に密かに芽生えた疑惑の色をドギムははっきりと見た。


「……この子はまたどこに魂を売ったのかしら？」

肩をぴしゃりとギョンヒに叩かれ、ドギムははっと我に返った。

「え、なんだって？　何か言った？」

「王様があのまま引き下がるはずがないのに変だってば！」

ギョンヒは口をとがらせた。

「王様が何に引き下がるというの？」

何も知らないボギョンがあっけらかんと訊ねる。

「そういうのがあるのよ」とギョンヒは曖昧に答え、「まあ、あなたの腕はなんて太いの！」と無理やり話を終わらせた。

ふたりだけの秘密だなんて意地悪だとボギョンはぶつぶつ文句を言ったが、なぜかヨンヒは借りてきた猫のようにおとなしく、鼻をくしゃくしゃにして笑ってみせる。ドギムはひどく気がかりなことを思い出したのだが、そんなことも忘れるくらい気分がすっきりした。

「ドギム、しっかりしなって。これから王様が……」

しかし、すぐにギョンヒが囃《はや》し立てたため、ふたたび引き戻されそうになる。

「もういいわよ。私は兄さんに会いに行くわ」とドギムは席を立った。

「兄さん兄さんって言ってないで、あなたのことをちゃんとしたら！」

振り払おうとしても、ギョンヒの小言はいつまでも頭に残った。


迎秋門の辺りは今日も閑散としていた。塀にもたれて待とうとしたとき、シクが現れた。年が変わり、きつい訓練にも慣れてきたのか、兄の顔色も体格もだいぶよくなった。

「これを召し上がってください。さっきギョンヒがくれたんです」

ドギムは少しべたつくカボチャ飴をシクの手のひらにのせる。

「今日はこの兄も妹にあげるものがあるんだ」

待っていたかのようにシクがにっこりと笑い、何かを差し出した。

「夜市に寄って買ったんだ。お前は寒い夜明けまで見張りに立っているじゃないか」

丁寧に縫われた青い腕ぬきだった。

「目玉が落ちるほど針仕事をしているお義姉様にあげてください。若いうちから妻によくしてこそ、老いても優しくされるのを知らないんですか？」

「今から老いて悲しむ兄のことなど心配しないで。受け取りなさい、ん？」

シクは強引にドギムに腕ぬきを持たせた。

「さあ、つけてみろ。そうだ。よく似合う」

宮女たちはもともとチョゴリの袖口を赤く染めて着る。その上に青い腕ぬきをはめた。肘まで上がるほどの長さがあった。

「安いからそんなに温かくはないだろう？　兄さんが出世したらもっといいものをあげるからな」

自分で与えておきながら、照れくさいのかシクは後頭部をかいた。

「これくらいでぴったりです」

ドギムにはどんなものとも比べられないほど温かい青色だった。

「渡せたからもういいよ。今日は急いで戻らなければならないんだ」

シクはカボチャ飴を口に放り、中腰で走り去った。

兄の後ろ姿が視界から消えた途端、妙な気分になった。誰かの視線がちくちくと刺さる。思わず振り返ったら意外な人物が目に飛び込んできた。

サンだった。

彼は静かに彼女を見つめていた。どこへ急いで行ったのか御輿にも乗っていなかった。影のようについている内官ひとりだけを従えていた。驚いたが、全くないことではなかった。この近くにサンが好んでよく行く奎章閣と書庫がある。それを知りつつ、なんの警戒もしなかったのが間違いだった。

サンの目つきは尋常ではなかった。温良恭倹《おんりょうきょうけん》でなければならない宮女が個人的に肉親を世話をするとはどういうことだと怒鳴りつけられるのではと恐ろしかった。自分が処分されるのは怖くないが、軍校である兄が苛酷に問責されるのではないかとびくびくした。両肩がおのずと縮こまった。シクがはめてくれた青い腕ぬきをぎゅっと握った。

彼は何も言わなかった。鋭く何かを言い放ちたそうに唇を震わせたが、ふたたびぎゅっと引き結んだ。そして、もう自分のものではないのだなとつぶやいて以来、ずっと彼女を無視してきたという事実を思い出したかのように、ドギムの前を通り過ぎた。

幸いだと思わなければならなかった。しかし、そう考えるのは難しかった。

胎中の龍種《ヨンジュン》（王の子）はびくともしないが、王は出産を待つという立場を強く誇示した。これまで多くのことをしておいて、今さら違ったようだと手を引くのは品が下がると思っているようだった。

朝廷内外では当然戸惑う者が多かった。王の側室のお産について問い詰めることは非常に恥ずかしいことだったので、直接話すことは避けた。ただ、故事によると新羅の萬明夫人《マンミョンブイン》も二十か月間妊娠した末に伝説の将軍キム・ユシンを産んだではないかなど、暗澹たる雰囲気を収める口実を見つけるのに必死だった。

「みんなして馬鹿よね」

ギョンヒは鼻で笑った。

「王様が本当に世継ぎを望むならありもしない龍種は早く払い落として、中断している合宮を再開したほうがいいんじゃないかしら。恥をかくのはどうせ一時なんだから」

かなり現実的な意見だった。しかし、当の和嬪が月のものがなく、満月のようにふくらんだお腹の中で胎動を感じると主張しているので、本物なのか偽物なのかを見分ける方法がないという根本的な問題に帰着せざるを得なかった。

「そうね、二十か月待ってみたら！」

いい加減にしろとヨンヒが腕をつねるまで、ギョンヒは皮肉った。

騒がしさのなか、春の花が爛々と満開になる季節がやってきた。しかし、ドギムにとっては憂鬱な時間の連続だった。人生にはいろいろな試練があるというが、今直面している最大の不幸は、彼女が和嬪の視野の外にいることにあった。

目に見える衝突があったわけではない。特に文句をつけられたりいじめられたりするわけでもなかった。いつからなのかもよくわからない。しかし、確実に違和感があった。ちらっと現れる表情や言葉づかいなどから自分への嫌悪を読んだ。冷ややかな視線には理由のわからない敵意もあった。懐妊問題のせいでますます敏感になっているようで、単純に片づけてはいけない気がした。

「もう、目の前をよく見て歩いてください！」

今日も縁起が悪いのか隣の部屋を片づけて出てきたドギムは、ミユクとぶつかってしまった。自分から当たってきておいて、癇癪を起こす。和嬪の微妙な態度が深まるほど、本房内人たちもドギムに対して無作法に振る舞うようになった。

「貴重なものなの！　全部こぼさなくて本当によかったわ」

ミユクは大きな器を持っていたが、二滴ほどこぼれた真っ黒な湯薬を見てひどく慌てた。

「それはなんなの？」

ドギムは苛立ちも忘れて訊ねた。鼻で嗅いだ匂いは内医院で処方した四君子湯《サグンチャタン》のようだが四物湯《サムルタン》とはあきらかに違っていたからだ。

「何かを煮出したものよ」

「実家から持ってきたの？　内医院でも知ってるの？」

「お嬢様が以前から召し上がっていたものです。幼い頃は腎臓が弱くてお小水をするとぐずっていたのですが、これを服用してからとても元気になりました。お節介をしないで行ってください」

「だからそれはなんなのよ？」とドギムは険しい顔をミユクに向けた。「内医院に内緒で別に何かを服用してはいけないのよ」

この前もお腹の中に宿った娘を息子に変える効き目のいい薬だと、実家から籠いっぱいに薬材を持ってくるのを見て驚いた。ク尚宮が厳しく叱ってくれたおかげで、全部返すという和嬪の約束を取りつけたが、本房内人を通じて密かに取り扱っているのではないかという疑いは晴れない。

「文句をつけないでください！　ク尚宮様とソン姉さんはお嬢様が間違いを起こすことだけを望んでいるようですよ」

ミユクはドギムの腕を振り切った。なおも問い詰めようとしたとき、

「ミユクはいるか？」と和嬪がやって来た。左手は丸い腹を、右手はふっくらと肉のついたわき腹をつまんでいた。ミユクの姿に笑みを浮かべたが、そばにドギムがいることに気づき眉をひそめた。その程度なら毎度のことだった。

「ミユク、早くこっちに持ってきなさい。すっきりしたものを飲んで散歩をしないと」

「むやみに実家から持ち込んだ薬を服用してはなりません」

すばやく差し出したミユクの腕をドギムがつかんだ。和嬪はドギムを無視できなくなった。

「湯薬どころか、ただの煎じた水ですよ。お母様が都で一番素晴らしい医院に何度も聞いてみたそうよ。むしろ胎児にいいと言っていたらしいわ」

和嬪は苛立ちをあらわにした。

「煩わせないでおくれ」

彼女が正体不明の液体を飲み干すのをドギムは黙って見ていなければならなかった。

「夕方に王様が立ち寄るそうだとか」

空になった器をミユクに渡しながら和嬪がドギムに冷たく告げた。

「王様のお世話はク尚宮に任せるから、お前はどこか遠くに出ていなさい。わかったか？」

和嬪が去るとミユクが蔑むような視線を向けてきた。

「ほらね、ソン姉さん。わけもなくお嬢様に害を加えることは考えないでください。姉さんがどんな人なのか、もう私たちも知っているんですから」

鼻先に指を突きつけられ、ドギムは怒りにかられた。

「なんですって。私がどんな人だっていうの?」

「ふん! とにかく今はもともと飲んでいた薬に文句をつけるときではないんですよ。悪い気運が抜けるよう神託をしなければならないのに、のんきなものですね!」

まるで答えになっていない。もどかしくて、殴りたくなってきた。

「しきりになんのうわ言を言っているの?」

「王室の世継ぎを奪おうとした罪人であるホン・ドンノ様とその妹の恨みが、王様の赤子が世に生まれ出るのを邪魔しているんだそうですよ。でも、その両班がすでに死んだので恨みがどれほど私慝《しとく》になったことか! 巫女を呼んで全部追い出さなければならないんですよ」

実にミユクらしい戯言だったが、一つ気になる言葉があった。

「その両班が死んだって? 誰が死んだの?」

「えっ、知らないんですか?」

初めてドギムの知らない情報を披露できると、ミユクは喜んだ。

「火病《ファピョン》だったそうですよ。髷も解いて、山と野原を歩き回りながら裸足で踊っていたとか。乞食のような格好で通り過ぎる人をにらみながら、こいつを殺せ、あいつも殺せと騒ぎ立てたそうです。自分がまだ丞相だと思い込むほど病んでいたらしいですよ」

「あの、ちょっと待って……」

「旦那様のおっしゃるように極刑で死ぬべきだったのに……とても美しく死んだそうですよ。王様はその凶悪な男をかばおうとなされて。その両班の親族だとか友達だとか偉そうにしていた人たちもそのままにしておくそうですね。全員追い出しても足りないのに」

舌打ちし、ミユクは付け加えた。

「ソン姉さんはいくら彼の味方になりたくても、私の前では表に出さないほうがいいと思いますよ。そうしたら、ひどい目に遭わせますからね」

くだらない脅しは聞き流した。そんなことはどうでもいい。

「だから、だから……今のあなたの話は……」

「そうですよ。ホン・ドンノ様が一昨日死んだんですって！」

目の前が真っ暗になった。

一日の始まりに夜を迎えたようだった。


予告どおりサンがやって来た。ク尚宮が煙管をくわえていた口をすすぎ、茶菓子の膳を持って王の御前に出る間、ドギムは殿閣の外に、彼女の主人が命じたとおり遠くに出た。

慶寿宮殿の明かりが届かないところは暗くて静かだった。ようやくひとりになれた。

ミユクの言葉は事実だった。ギョンヒに確認した。絶えない上疏に押されて漢陽から横城へ、横城からまた江陵《カンヌン》へ追放され、かろうじて一年持ちこたえたがついに息絶えたという。賜薬を受けずに自然に死んだと悔しがる人があふれるほど突然に。

「私は……彼が亡くなってうれしいわ」

ギョンヒは淡々とそう言った。宿衛所に軟禁されたあと、しばしば悪夢と幻聴に苦しめられている人にしては……。

「あなたも同じなんでしょ？　あなたにしたこともひどかったんじゃないの」

ドギムは答えられなかった。

彼の死を考える。あれほどもがきながら得て、失って、執着し、捨てられた、あのとてつもない野心の終着地を。彼が威勢をふるっていた時代には宮殿に足も踏み入れたことのない卑しい者が、むやみに嘲弄するほどみすぼらしく哀れな最期を……。

もやもやとした胸に熱いものがあふれた。彼の第一印象、卑劣な下心、美しい笑み、悪い行動、ひとの意表を突いてくる突拍子もない行動……その記憶はばらばらに散らばってしまって、ホン・ドンノという人物像がうまくまとまらない。もう過去という名の闇の向こうに消えつつある。すべてがあまりにも早く、取り返しのつかないように変わっていく。

涙が出た。沸き立つ感情に押され、堤防が崩れたように涙があふれた。しかし絶対に悲しくて泣いているわけではなかった。そうでなければならなかった。

思いに深く沈んでいたので、ドギムは今夜の月が特に明るいことに気づかなかった。慶寿宮殿から自分の姿がはっきり見えることも知らなかった。慶寿宮殿の開いた窓の間からサンが自分を見ていることなど知るよしもなかった。

ドギムは知らなかった。

その視線が近い将来、運命の嵐をもたらすことなど……。

十二章　王と宮女

閏月《うるう》の五月に王は昌慶宮《チャンギョングン》にしばらく居所を移した。即位当初から着実に進められてきた経書の収集および整理とともに、先王の御真（王の肖像画）まで新たに奉安することになったため、昌徳宮《チャンドックン》一帯の補修工事が避けられなかったからだ。何事もなく静かに過ごし、七月に新しくなった宮殿に戻った。

サンは明け方早くに起きて、熱いお湯と冷たい水で交互に顔を洗った。自分で髪をとかし、翼善冠に袞龍袍をまとった。縁起のいい方向へお辞儀もした。その後ようやく露に濡れた喜雨亭《フィウジョン》に向かった。承旨と閣臣、そして最も重要な画師（絵を描く官吏）はすでに待機していた。

「御真図写は東宮のとき以来で、十年ぶりだな」

用意された場所に座り、サンは画師に訊ねた。

「どうだ、自信はあるか？」

「絵を見ているのか鏡を見ているのか見まがうほど見事に仕上げてみせます」

御用画師の自信満々な物言いに、「おお、そうか」とサンは愉快に笑った。

「十年前にもお前が筆を握ったな。あのときはいまひとつだった。まるで似ていなかったぞ。それでなくしてしまえと命じたと記憶しているんだが」

それぞれ完成した絵について先王と笑い合った記憶がある。先王は特に華やかで若く描かれた顔を不思議に思い、サンは実際よりきれいに描かれた自分の顔が不満だった。

「王様が思っているより、実際のお顔は秀でているのにどうしたらいいのでしょうか」

「お前は最近よく売れているらしいが、お世辞ばかりが増えたな」

サンは満更でもない笑みを浮かべた。

「まあ、無駄話はここまでにして始めよう」

身なりを整えて正座すると、画師の目と手がサンの顔と画幅の間を忙しく行き来しはじめた。

せっかちな王はすぐにうずうずし、さまざまな考えが泡沫のように頭に浮かんでは消えた。最近、水難に見舞われた嶺南《ヨンナム》（慶尚道の別名）の民心をどのように鎮めるべきか。下級役人が民を苦しめるよう放置した罪で、兵曹に捕らえられた漆谷《チルゴク》府使はどう処罰すべきだろう。

ところで、なぜ泣いていたのだろうか……？

たくさんの悩みの種をたどった末にたどりついた思いはドギムに関するものだった。この五か月もの間何百回も考えたが、答えを見つけられなかった問いだった。

ドンノが死んだという知らせを聞いた夜だった。未練は彼を追い出すときにとうに捨てたが、いざ悲惨な末路を伝え聞くと気が動転した。

彼の命だけは最後まで守るという約束は果たしたことになったのか……考えてもわからず、ひどく心が痛んだ。それで、つい和嬪の宮殿を訪ねてしまった。

無性にドギムに会いたかった。通りがかりにちらっと顔でも見られればそれでよかった。笑ってくれなくても、目も合わせなくても、見れば気持ちが少し落ち着きそうだった。

しかし、彼女は誰もいない闇の中でひとり泣いていた。まるであなたは私を絶対理解できないと全身で拒絶するように……。

彼女もまた自分だけの込み入った事情を抱えていた。

「もしかして、お体の具合でも悪いのですか？」

熱心に観察していた画師は、サンの表情が曇っていくのに気づいた。

「ん？　いや、そうではない。かまわず続けよ」

そう言って、王は少し胸をそらせた。

別れは最悪だった。信頼の代償として不意打ちを食らったのだ。しかも驚くべきことに、彼女は激怒した。すべてのことを知っていながら知らないふりをしたと。宮女たちが死のうが死ぬまいが気にもしなかったと。信頼するという口実で人を利用するだけだと目を見開き、食ってかかってきた。口では自分の過ちを知っているから、好きなように罰してくれと言いながらだ。挙句の果てに、あなたを生涯慕ったことなどなく、今後もそれはないだろうと言い放った。

王である私が取るに足らない宮女に拒絶された。それは優越極まりない人生で初めて味わった挫折だった。衝動的な誘いに右往左往した末の、幼い頃の慎ましやかな拒絶とは違った。互いに明白な感情の溝とせばめられない距離を見たのだ。それは天下の王でもどうにもならないことだった。

サンの気まぐれな思いから起きた熱い接吻は、その惨憺たる気持ちから始まった子供じみた行動だった。同時に何も変えられない自分への無意味な反作用でもあった。

怒りに耐えられず彼女を宮殿から追放したが、気が晴れる日など一日もなかった。適切な処分だったといくら自分に言い聞かせても無駄だった。世間知らずの純真な娘が余計な被害に遭うのではないかと心配し、多くの宮女のようにあっさりほかの男の胸に抱かれるのではないかと気を揉んだ。

彼女が恋しかった。

それで大妃がそれなりの理由をつけてふたたび宮殿に連れてこようと申し出たとき、わざと言い負かされたのだ。彼女が戻ってきたことを知ったときは安堵した。しかし、自分のことなどなんとも思っていないという彼女の態度を見たとき、また腹が立った。こちらの思いも知らず、人参茶やら何やらを突きつける厚かましさにあきれた。

いっぽうでは期待もしていたのだ。また昔のように目を丸くして、とんでもない振る舞いをすることを。王の恐ろしさも知らずに無邪気にふざけてくれることを。以前のような関係に戻ってくれることを。気弱にも許したいと心に決めてしまった。

しかし、彼女は違った。本当にもう会うことのない間柄なのだと顔をそむけたのだ。

それほど身勝手な仕打ちを受けても懐かしさはどうしようもなかった。上疏を読んでいてもふと彼女の顔が浮かび、臣下たちがとんでもない主張を退屈に並べると彼女の笑い声が耳もとに聞こえた。本当に耐え難い日には自分自身を情けないと思いながらも、慶寿宮殿を訪ねた。少なくとも手を伸ばせば届く距離に彼女がいることを確認すれば、息がつけた。

ただ、気分が悪くなるときもあった。彼女が和嬪の湯薬の世話をする姿を見るなど、そんなときだ。

自分のものを奪われた感じがした。彼女が自分のために毒見をし、湯薬を渡し、手巾《スゴン》で拭いてくれ、自ら作ったという生姜の砂糖づけを口に入れてくれ……それはふたりだけの時間だった。ところが、彼女の献身的な姿はもはや自分のものではないのだ。ひどい喪失感を抱いた。失って初めて、当たり前だと思っていたものの大切さに気づくなんて最悪だ。

その思いは、彼女がある男と親しく向き合っているのを見たとき頂点に達した。

奎章閣で本を探していて偶然見かけたのだ。軍服を着た若い男と何かやりとりしていた。宮殿の外で会っている奴なのだろうか。愛情のしるしなのか、何かを手渡されていた。思いもしないような激しい怒りが込み上げた。気がつくと彼女の前に飛び出していた。彼女は走り去っていく軍服姿の男をずっと見送っていた。

彼女が振り向いたとき、腕に青い腕ぬきが見えた。そのみすぼらしい腕ぬきは宮女のしるしである赤い袖先を隠してしまっていた。王の女ではなく他人の女だと宣言するように。すぐに罪人を殺してしまいたかったが、恐ろしくなった。彼女が宿衛所に連れていかれたという彼女の友達のときのように、背を向けてしまうのではないかと怖かった。王様などなんでもないとまた牙を剥かれたら耐えられそうになかった。馬鹿みたいに突っ立ったまま何も言えず、結局逃げるように彼女の前を去ることしかできなかった。

それからほどなくして、闇の中で泣く彼女を見た。

彼女はなぜ泣いていたのだろう……。

「王様、首を左に回してください」

画師の声がサンを現実に引き戻す。王は素直に従った。

「右のお顔も見せてください」

言われたとおりにした。

「恐縮ですが、もしかして心配ごとでもございますか？」

画師は物思いにふける瞳をどうやって描こうか悩んでいる様子だった。

「心配ごとのない王は暴君ではないか」

王は寛大に言った。

ただ、温和な表向きとは違って、心のうちは激しく波立っていた。彼は生まれて初めて途方に暮れていた。何事にも激しく立ち向かって、いかなる難関も果敢に突破してきたが、このような場合にどうすればいいのかはまるで見当がつかなかった。サンにとって彼女は難しすぎた。

それで彼女を奪われた。大妃に、和嬪に、名も知らぬ軍校の端くれに。ただの一度も自分のものではなかったように。

おかしいのは、軍校の端くれはともかく、大妃と和嬪にまで嫉妬を感じるという点だった。どうしてこんなに腹が立つのかがわからない。相手が誰であれ、彼女を分け合うのは嫌だと、心がしきりにせせこましい意地を張る。

なすことなしに過ごす日々のなかで、彼は無力だった。どうして泣いたのか訊くこともできない身になったのだ。不正な行いを見ても目をそむけてしまう細人《さいじん》になった。みっともなく周りをうろつくような間抜けになった。

女人は有害だ。君子を情欲で振り回す。そんな古い信念でふたたび武装しようと努力しても、隙を突いて心に忍び込む彼女を追い出すことはできなかった。

いつからこうなったのだろうか。胸の中で次々と短い場面が過ぎ去っていく。猛烈に勝負を要求してきた初めての出会いから、こんなものはいらないと銭を投げつけられた再会、苦い接吻で別れた日まで……。一つひとつ指折り数えるのも難しいほど鮮やかに残っている彼女との記憶が押し寄せてきた。そんななかから、この不慣れな感情の始まりを推し量ることは実に難しい。

ただいつの間にかこうなったのだ。

「王様、下描きが終わりましたのでごゆっくりお休みください」

サンは二、三度まばたきし、言った。

「どれ、見せてみろ」

「恐縮ですが、まだお見せすることはできません」

「見たからといってすり減るわけでもないのに、どうして色をつけ終わるまで待てというのだ」

サンがせっかちに催促すると、画師は苦境に立たされた。

「でしたら私が図画署《トガソ》に戻り、より細かく描いたあとでお見せいたします」

「職を追われたくなければ見せたほうがいいと思うのだが」

王の脅しに画師は無駄な抵抗をあきらめた。

臣下を扱うのはこんなにも簡単なのに……。

いざ目の前に広げられた絵は奇妙だった。簡単な線で描写した顔なのだが、実に見慣れないものだった。濃い眉と立派な鼻筋、きつく締めた唇、端正に着飾った身なり……すべては彼自身なのだが、違和感が先に立った。

サンの表情を見て、画師がおそるおそる訊ねた。

「お気に召されないでしょうか？」

「いいや。うまく描いたな。よく似ておる。しかし、何かが……」

じっくり絵を見つめ、サンは首をかしげた。

「ちょっと憂鬱そうじゃないか？」

「心配ごとは、とても表に出やすい感情です」

王はため息をついた。そうだ、解決できずに胸に詰まった心配ごとが一つある。

「色をつけるとき、うまく直してみなさい」

「私が心配を和らげる方法はないでしょうか？」

彼女を求めている。しかし、求めてはならない。

胸の中に咲こうとしていた恋心のつぼみをサンはつみ取った。たかが女人の心をつかむために王としての威信を差し置く必要はない。君主にとって愛とはそれほど大した感情ではないのだ。修養不足で生じた情欲にすぎない。だから忘れればいい。抑えればいい。

「私の憂いを癒してくれる者は天下にたったひとりだけだが、決してお前ではないな」

画幅の上の渇望する瞳をサンは懸命に無視した。

その後はいつものように政務を片づけ、午後には大妃殿に立ち寄った。御真図写のせいで朝のご挨拶にうかがえなかったのが気になった。大妃はひとりではなかった。恵慶宮と王妃が一緒だった。

「ちょうどよかった。王様に便りを送ろうとしたところだったのだ」

大妃は平然としていた。困ったのは恵慶宮と王妃のほうだった。

「何かお悩みでもございますか？」

「王室の長として恵慶宮の心配に背を向けるわけにはいかず、悪態をついてみようかと」

戸惑った王の視線が恵慶宮へと向けられた。

「和嬪をあのままにしておくのはどうかと」

恵慶宮は泣きそうな顔で息子に言った。

もちろん、一年と七か月以上も出産をする気配を見せない臨月の妊婦がいるというあきれた事情を忘れることなどできなかった。居所を移して過ごした三か月間、もしかしてという思いで昌慶宮にも産室庁をもう一つ設けたが、無駄金を使っただけだった。

サンも頭が痛かった。御医から内医院の医員まで皆が確実にいると断言する王の子が、どうして腹から出てこないのか。最初からいなかったならともかく、一度子供ができたと喜んでみると、何かが間違っていると認めるのは本当に難しいことだった。失望感もそうだが、この騒ぎのあとに待っている世間の嘲笑も骨身に染みるだろう。

気を揉んでいる恵慶宮の顔を目にし、サンは無駄だと知りながらもふたたび記憶を探ってみた。和嬪は健康で元気な子を産める若い女性なので、月経も脈拍も順調だった。合宮にも問題はなかった。頭の中ではほかの女性への思いに囚われていたが、宮女たちの指示に従って確実に男の役目を果たした。

ただ、あまりにも早く訪れた慶事に驚いた。まだよそよそしい仲である側室の妊娠だったから、より実感が湧かなかったのだ。和嬪とその胎中にあるという子を思い浮かべるたびに、身勝手な宮女に対する懐かしさだけが深まったりもした。

だとしても、問題は全くなかった。

「母上、内医院が固く断言するからには、私の不徳を和嬪に咎めれば私は顔向けができません」

とにかく、サンは恵慶宮をなだめようとした。女同士で事を起こせば、また厄介なことになるやもしれない。

「私も事を荒立てるつもりはありません」

恵慶宮は息子の心配にすぐ気づいた。

「耳打ちでもしようと和嬪の宮女をひとり呼んだだけです。それも信じられる人を」

「産室庁が存在するのに、取るに足らない宮女に聞くとは」

サンは機嫌を悪くした。しかし、障子越しに和嬪の内人が入室を要請する声が聞こえてくると、それを拒否するわけにもいかなくなった。

「中に通しなさい」

現れたのはドギムだった。

何をしてきたのか服の前がだらしなくも汚れがついていた。宮殿の主たちが皆集まっていることに気づき、その顔には驚愕の表情が走った。彼女はすぐさまひれ伏した。

「久しぶりだな。変わりはないか？」

「恐縮でございます」

大妃の声はなんだか優しかった。心の中にまた何かが刺さり、サンは咳払いをした。

「近くに来て顔を上げなさい」

小さな肩をもじもじさせ、ぶるぶる震えながら足を踏み出す。歩き方もとても痛ましかった。彼女は四人のうち、最も下の者である王妃の近くに座った。

「前より痩せたのでは？」

大妃がドギムの顔をじっと見た。

「年を取るにつれて取るに足らない顔もひどくなるばかりです」

確かに、ひょうひょうとした大らかな顔に愁いのような陰が出ていた。先日、慶寿宮殿を訪ねた際は顔を見ることができなかったが、ひどい生活をしているのか？　それで泣いていたのか？

サンはのどまで上がってきた問いをどうにかのみ込んだ。

「平素の気持ちを晴らそうということではない。どうしてお前を呼んだのかわかるか？」

「恐れ多くも、わかりかねます」

「和嬪について訊ねることがあってな」

彼女は不安そうにピクリと唇を持ち上げた。

「お前が仕える主人の容体は最近どうだ？」

「ご飯と汁ものをまんべんなく食され、散歩も頻繁に。苦い湯薬も欠かさずに飲まれております」

「わかり切ったことを訊くためにここまでお前を呼んだのではない」

大妃は厳しい口調でドギムを叱咤した。

「外に隠していることを告げろという意味だ。懐妊した女人の心は揺れる。和嬪も王子を産むために密かにしていることがあるだろう。お守りを使うとか、霊験あらたかな何かを食べるとか。そのなかにきっと間違いがあるはずだ。そうでなければこんなに……」

王室の懐妊をめぐって芳しくないと称するのは避けたいのか、大妃は言葉をにごした。

「重大な問題だ。お前を信じるからこそ呼んだのだから詳しく告げなさい」

姑よりは優しい口調で恵慶宮が助けた。相次ぐ催促にドギムは息が詰まった。小さな顔が真っ青になり、肩はさらに縮こまっていく。その様子を見ていたサンの気持ちも沈んでいく。

「恐縮ですが申し上げることはございません」

しばらくして開いた口からこぼれた彼女の答えは、予想とは全く違っていた。

「心の中に疑惑がありましたら、和嬪様にお訊ねになられるのが正しいと思います。取るに足らない者の口を通せば、正しいことも間違ったことに歪曲されるものです。和嬪様が隠している秘密を告げろというお言葉は、なおさら道理に反しております」

恐怖におびえて萎縮したその姿とは違って、凛とした強い言葉だった。

「これは一体なんという……！」

恵慶宮は唖然とし、すばやく大妃の顔色をうかがう。

「無礼を申した私を罰してください」

ドギムは背水の陣を張っているかのように、唇を強く結び、真っすぐ大妃を見つめている。

しばしの静寂のあと、大妃が口を開いた。

「和嬪が本房内人だけを従えているという噂を聞いたのだが……。卑しい者が大手を振って側室を惑わしているとか。内命婦の秩序と法度を曖昧にする様子がはっきりしているにもかかわらず、ただひたすら黙っているのか？」

初耳だった。サンは驚き、目を見開く。

「事実でないことは、単なる噂にすぎません」

「和嬪が至密宮人を同行させるのを一度たりとも見たことがない。嘘をつくつもりか？」

「大妃様の言葉に従えば、私は恨みを抱いて和嬪様をひそかに害する罪人になるでしょう。それこそ秩序と法度を惑わせる者ではないでしょうか」

脅しといえば脅しだが、それでも彼女は一歩も引かなかった。

「私を欺いた罪で拷問を加えたとしても口をつぐむつもりか？」

「いっそのことそうしてください。罰してくださいませ」

サンは彼女に対してどういう態度をとればいいのか、まるで見当がつかなかった。

目の前にいるのは、無茶な承恩を申し出た自分に、正しく世継ぎの道理を行うようにと叱った昔の彼女だった。金五万両をくれると言っても良心は売らないと宣言した姿そのままだ。今、彼女と自分の間には広く深い川が流れているが、彼女の本質が変わっていないのを知り、サンは安堵した。その反面、友達を救うために自分を欺いた彼女が、ふたたび和嬪のために危険を冒して抵抗する姿を見ると、忌ま忌ましく感じるのだった。

「王様はどう思いますか？」

矛先を変え、大妃がサンに訊ねた。

「刑杖《けいじょう》で打ってでも口を開かせなければなりませんか？」

サンはしばらくドギムを見つめ、言った。

「そうしてください。王の意思に従わなかった罪を問われなければなりません」

誰においても例外はない。

長い否定の末、彼女に対する感情を認めてしまったが、このように誓った。私は男である前に王だ。女人に私的に振り回されてはいけない。

サンは初めて、彼女がなぜ自分に怒っているのかを理解した。

王は平凡な男のように女人を愛することはできない。大切にする心が切実であればあるほど厳しく収めなければならない。あまり高く上らないように防がなければならない。疲れ果て、自分のもとを立ち去ってしまうように放っておいてもいけない。必要なだけ使って、容赦なく捨てる準備を常にしなければならない。王は女人をそのように愛さなければならない。

彼女は言った。女人として慕ったことはないと。これからもそんなことは絶対にないと。

彼女は「王の愛」を断固として拒否するのだ。

彼が与えることができる唯一の愛を軽蔑するのだ。

大妃は王から視線を移した。

「王妃様はどう思われますか？」

「で、では王様のお言葉と同じように……」

ひとり黙って皆の顔色をうかがっていた王妃は不意をつかれ、口ごもった。いつものように気後れしながら相づちを打つのかと思ったら、驚いたことに言葉を変えた。

「いいえ、どうか寛容を施すほうが……」

果たして正しい答えなのか、自らも確信できない声だった。

「い、いっそのこと、私をお叱りください！　遅れているお産もこの宮女の不敬も、内命婦を賢く治めることができなかった私の不徳の致すところ……」

ふたたび目下の人から反論されたが、大妃は不快に思わなかった。王と王妃、そしてドギムをゆっくりと見回し、満足そうに笑みさえ浮かべた。

「そう……私が望んでいた状況になってきましたね」

自ら明晰さを自負するサンだが、女たちの心は全くわからないと思わずにはいられなかった。

和嬪の問題は恵慶宮の不満を和らげると同時に口実であり、実際は自分と王妃の内心を探る心づもりだったことはわかる。王妃がこれに応じて、自分なりの立場を取ったことも明確だった。王妃はドギムを罰したくない大妃の意を察し、いっぽうで側室の過ちを自分のせいにして好感を得た。しかし、それがすべてではない。正室として当然言わなければならない賢粛な答えは十分すぎるほど大妃を満足させた。同じ目的を持った者同士が手を組んだようにも見える。もしかしたらサン自身も一つの軸を担ったのかもしれない。ただ、いずれにせよその目的は何かという問題は残る。

「今日のことは私の失策です」

意味深な視線をめぐらせた末、大妃は静かに付け加えた。

「親孝行な王様は味方になってくれましたが、これは私の失策にすぎません。宮女と私的に連絡を取り、大事を牛耳ろうとしてはいけませんね」

「王室の上長の立場であるのに、どうしたことか……」と恵慶宮は途方に暮れた。

「いや、王様と内医院を信じ、落ち着いて待たなければなりませんでした。女人の狭い考えで横槍を入れようとしたのですから、恥ずかしいかぎりです」

嫁への焦りに対する忠告でもあった。

「出すぎたことをすればうまくいくものも駄目になってしまうものです。これからは私も恵慶宮もじっと見守ることにしましょう」

「ごもっともなお言葉です」

本心では気が気ではないが、これ以上わずらわせることはできないので恵慶宮は素直に従った。

「お前が私を叱ってくれてよかったわ」

先ほどの厳しい叱責などなかったかのように、大妃はにっこりとドギムに微笑む。

「そのような恐縮至極なお言葉はお受けできません」

恥じ入るようにドギムはうつむいた。

「おとなしく従ってくれればよかったものを……」

慈悲深く褒めつつも、続けた言葉にはちくりとするような嫌味が含まれていた。

「ふむ、しかし今後のことを考えると、そのくらい物事のよし悪しを見分ける力があったほうがよいだろう」

そしてそのうち、その嫌味は太い骨となってドギムを刺した。

とにもかくにも宮殿の主たちが顔をそろえての騒ぎにけりはついた。大妃はドギムに下がってよいと命じた。今日のことを和嬪には知られないようにという要請も忘れなかった。

逃げるように立ち去る彼女の後ろ姿を目で追わないようにサンは努力した。大妃がお茶を勧めてくれたのはありがたかった。

＊

「大妃殿に行ってきたと聞きましたが？」

ミユクがこっそりわき腹をつついたが、ドギムは振り向きもしなかった。

「あなたとは関係ないじゃないの」

「お嬢様のことなのにどうして関係ないんですか？」

「別のことよ」

「まあ！　姉さんは大妃様とどんな縁があるんですか？　前から気になっていたんです」

「それもあなたとは関係ないわよ」

ドギムは隅のほうに押しやられていた洗濯用の砧石をはたいた。

「偉そうに！　何をしているのか全部調べるから覚悟しなさい！」

いかにもな捨て台詞を残して去っていくミユクに、ドギムは笑ってしまう。

そうでなくても昨日はぞっとした。正午頃だったか、なぜか和嬪が助けを求めてきた。実家に手紙を書くから墨を磨ってほしいという。ぴったりと寄り添う本房内人たちもいるのになぜ私にさせるのか不思議に思ったが、言われたとおりにした。それが罠だった。筆をとるふりをしながら墨をぱっと払ったのだ。顔から服まであっという間に汚れてしまった。

「ごめんなさい。手慣れてなくて」

口もとに浮かんだ笑みを見れば、明らかに故意の仕業だとわかる。その様子を見ていた本房内人たちの口からもくすくす笑いが漏れている。

これしきの幼稚ないたずらぐらいは気にしないでいられる。しかし、もう二か月以上もそれが続いているとなるとかなり面倒だ。寝るときに怖いからひと晩中冷たい風が吹く北の方向を見張っていてほしいとか、誰もいないと思った暗い物置に半刻（一時間）以上閉じ込めておくなど、いじめとしてはかなり稚拙だった。振り返ってみると、やはり王様がお前を見ている目つきが云々と言いがかりをつけてきたときから私への思いをこじらせているようだったが、その不満をよりいっそう煽ったほかの事情もあるようだ。そうでなければ、慎ましく暮らしていた良家の娘が、このように意地悪に変わるはずがない。

とにかく、真っ黒についた墨を落とすために慶寿宮殿を出たところで、大妃の尚宮と出会ったのがさらなる災いのもとだった。大妃様が急いで探しておられると半ば拉致されるように大妃殿へと連れていかれたのだ。きれいなチョゴリに着替える暇もなかった。

大妃殿は大げさでなく八大地獄の一つのようだった。ひとりの王と対するのも難しいのに、身分の高い方が四人も、ましてや最も気難しいサンまでいた。

さらに大妃に事実のとおりに話せと追い詰められ、完全に窮地に追い込まれた。本心ではすべてを言いつけてしまいたかった。私的に服用している湯薬やら、本房内人たちが主導するあらゆるお守りや迷信やら、巫女を実家の家族と偽って連れ込んでの神託などなど……報告すれば卒倒するに値する事柄の数々は傍目で見ている立場からも十分知り得ることができた。

しかし、ドギムには選択の余地はなかった。

黙っていようが話そうが結果は同じだったのだ。もし物証もないのに湯薬だとか神託だとかを報告して、和嬪がきれいに言い逃れをすれば、主人を無実の罪に陥れたと命を奪われてしまう。たとえ側室の愚行が立証されたとしても、主人にしっかりと仕えなかった罪で、棒で百ほど叩かれて宮殿を追い出されただろう。

よりによって大妃が自分を内通者に選んだことも、用心深く検討すべき問題だった。本房内人を責めるのは、和嬪とその実家を攻撃する行為となるので考慮すらしなかっただろう。ク尚宮は強大なク氏一族と遠い親戚で、意外と後ろ盾がしっかりしている。それに比べれば、自分は物事がうまくいかなかった場合、責任を負わせられる取るに足らない存在だ。

ドギムは、自分を信頼できる人だと言った恵慶宮の言葉に込められた二重の意味を逃さなかった。ひと足遅れでも和嬪が丈夫な赤子を産めば、弾除けとして利用するにはちょうどいいということだ。それで口を割らなかった。和嬪のためではなく、自分のために。下手をすればどちらにしても死ぬのなら、生きる確率の高いほうに勝負を懸けなければならなかった。

それにしても笑えるじゃないか。なんの金で良心を買うのかと、サンを怒鳴りつけたことがあった。多事多難な歳月が過ぎた今、同じ男にふたたび耐える姿を見せた。ただ、その内情ははるかに打算的でずる賢いものになった。あまりにも大きく変わってしまった。サンの怒りと軽蔑は理解できる。

「そうしてください。王の意思に従わなかった罪を問わなければなりません」

彼の冷たい声が耳によみがえる。

恥知らずにも失望した。しかし、自分を恥じる気持ちはすぐに、やはり私の判断は間違っていなかったというゆがんだ冷笑へと変わった。

サンが主張した恋心はその程度であったのだ。王としての体面が先立ち、女人を愛することができない男だ。おそらくそのつもりすらないだろう。女人が自分のために泣いてくれることを願いながら、女人のために泣いてはくれない。世界で最も熱い接吻でも飾れない薄っぺらさだ。たかがその程度の感情を断ったからといって罪悪感を抱く理由はない。気が弱くなる必要もない。

「あのう、ソン姉さん！」

蔵の床を磨いていると戸口から誰かがひょっこり顔を覗かせた。本房内人のヤンスンだ。

「王妃様が薬材をくださるそうで、早く行ってもらってきてください」

今日中に蔵をきれいに掃除しろと言ったのに、また気まぐれだ。ドギムは雑巾を放り投げた。

「ここは行ってきてから片づけてくれとおっしゃってます」

ヤンスンは憎たらしく微笑んで、ひょいと走り去った。

まぁ、外の風に当たれてよかった。そんなふうに言い聞かせ、ドギムは気分を落ち着かせようとした。しかし、いざ中宮殿に行ってみると事はそう簡単ではなかった。

「本当にあなたひとりで運べますか？」

薬材をいっぱい積んだ背負子を置き、医女ナムギは心配そうに訊ねた。

「重いと思うんだけど。後ろから支えてあげましょうか？」

「忙しい人に迷惑をかけるわけにはいかないわ」

しゃがんで肩に担いだが、立ち上がるのは容易ではなかった。ひもが肩に食い込み、足がふらつく。いったん置いて、息をつくとナムギが訊ねてきた。

「大殿の至密にいた方が最近はどうして雑用ばかりしているんですか？」

「仕事の福が生まれつきあるんですよ」とドギムは虚しく笑った。

「どこかの尚宮様に憎まれたんですか？」

憎まれているという言葉の威力をあらためて実感した。サンにやられたときよりもはるかにつらい。王は忙しく出回ることもあるが、いつも閉じこもって暮らす側室は避ける術がない。さらに、大妃と恵慶宮まで関わってきそうな気配である。このままでは元嬪のときのように、一歩でも間違えば転がり落ちる綱渡りにふたたび挑むことになりかねない。

うかうかしているとまた振り回される。ふいに危機感に襲われ、ぞっとした。

「あの、実は訊きたいことが一つあるんです」

生きる残るための逃げ道はあらかじめ作っておかなければならない。ドギムはナムギに訊ねた。

「左尺脈は本来、懐妊を計るだけでなく膀胱と腎臓を診る脈だと聞きましたが。臓器が完全に治っていない場合、脈はどうなりますか？」

「細く弱くて脈をよく取れませんよ」

どうしてそんなことを？……ナムギは首をかしげた。

「元気なときは脈が強くなるんですね？」

「そういうことですね」

「腎臓を補う湯薬を飲むとかすると、それで脈が強くなることもありますか？」

「処方を見ないとわからないけど……弱くなったり強くなったりすることもありますよ」

「だとすると、ほかの臓器が原因での脈の動きを懐妊と勘違いすることもありますか？」

不審が強まり、ナムギは訊ねた。

「どうしたんですか？　誰かが男と通じ合ったりしたんですか？」

「いいえ」とドギムは首を振る。

「単なる興味ですよ」

「違うわ！　和嬪様のために訊いてるんですよね？」

あまりにもわかりやすかったようだ。きっぱり否定したが、ナムギは馬鹿ではなかった。

「確かに気になりますよね。十か月もとうに過ぎたというのにお産の気配もないじゃないですか」

幸い、ナムギは同調してくれるようだ。

「あまりにも重大なことなので、内医院でも皆いろいろ言ってますよ。まぁ、ほとんどが陰口ですけどね。王室の初の懐妊に目がくらんで速断したのではないかとね。女性の脈は月のものとか子宮とかが複雑に絡み合って、男性の脈を診るよりも難しいんですよ。月のものの痛みがひどいとき、左尺脈が強くなるか弱くなるか、医女同士でも考えが異なるほどです」

ナムギが声を落とした。

「初めて和嬪様の脈を診たとき、医女三人が入ったじゃないですか。そのとき、ふたりは懐妊だと言いましたが、もうひとりは少しおかしいと。もう少し様子を見ないといけないと言い張ったそうですよ。でも、結局二対一で押し切られて、仕方なく折れたそうです」

「おかしいって？」

「わずかに左尺脈も取れたような感じがして、釈然としなかったそうですよ」

「それが懐妊を示す脈なんでしょ？」

「時期に比べてとても早く脈が取れたということですよ。月のものが止まったばかりの初期には足少陰脈といって、くるぶしの太谿穴《たいけいけつ》でほとんど推測するんです。そうして三か月ほど経って左尺脈も目立つようになれば、懐妊が確実だと言えるんですよ」

「それで五か月目に御医が診脈したのね。二つの脈が同時に取れるのはおかしいんですか？」

「ひどく変とは言えないけど……慎重を期する必要はありますよ。その医女は懐妊ではなく、腎臓や肝臓のせいで脈が取れることもあると思ったそうなんです。でも、他の医女たちはべつに特異なことはないって。単にあなたの勘違いだと言われて、返す言葉がなかったんでしょうね」

「御医様は？」

「懐妊の兆候があまりにもはっきりしているので、脈拍だけ適当に診たと思いますよ。大騒ぎするのも恥ずかしいじゃないですか。だって、他人の男に脈を診てもらうなら、死んだほうがいいというご夫人方もたくさんいるというのに……」

ナムギは舌打ちして、続ける。

「王様が節約のため、神方験胎散《しんほうけんたいさん》は使わないようにと命じたのも残念なことですよ。妊娠中の女人がそれを飲むとへその下がうごめくから、それで確認することができるのに」

「今からでも使ってみたら？」

「もう遅いですよ。臨月じゃないですか」

ナムギはわざとらしく眉をひそめた。

「ところで、補薬《ポヤク》を別に飲んでいるんですか？　それだと影響を受けると思うんですが」

答えを迷うナムギをさらに問い詰めようとしたが、すんでのところで自制した。やたらと性急に行動すると思わぬ落とし穴にはまり、首が飛ぶこともある。

「じゃあ、偽胎の可能性はどうかしら？」

その代わりに用心深く話題を変えた。ただ、危険な話題には違いない。

「実際は懐妊していないのに同じような症状が出る病ですよね。故事では五年以上も臨月で過ごした女人もいるとか」

「病気を見分ける方法はないらしいけど、治療法もないの？」

「自分で懐妊ではないことを悟れば治ります。普通はいくら待っていても子供が出てこなくてあきらめたり、周りが勘違いだと言い聞かせて、納得すれば快方に向かうそうですよ」

「みんなが期待している状況では簡単ではないでしょうね」

不安になったのか、ナムギはすぐに言い足した。

「まさか偽胎なんてことはないでしょう。民間では産み月を数か月超えて産まれることはよくあるそうですよ。子供を身ごもったことを知らず、畑仕事をしながら出産した女人もいるそうです」

「そうならいいけど」

ドギムはうなずき、人差し指を唇に当てた。

「今の話は秘密よ」

「もちろんです。あなたのおかげで宿衛所から生きて戻れたんだから、それくらいは。ねぇ」

大したことないようにナムギは肩をすくめた。

「私のおかげなんてことはないわ」

「ペ内人様がいつもそうおっしゃってますけど」

「あ！　もしギョンヒに会っても、私が大変そうに過ごしてるという話はしないでね。あの子はとても心配する性格だから」

それも心配するなというようにナムギは笑みを浮かべた。

「じゃあ。今度はうまく背負えるかな」

背負子を肩にかけようとしたとき、ドギムの腰はまた折られた。

「ソン家のドギムではないか」

声をかけてきたのは王妃だった。慶寿宮殿から人が来たという伝言を聞いて、出てきたようだ。

「薬剤を取りに来たのか。恵慶宮様が和嬪をとても心配していたので、私が実家を通じて質のよいものを手に入れたのだ」

久しぶりに恵慶宮の褒め言葉をもらい、王妃はうれしそうだった。

「力のある雑仕女を来させろと言ったのに、どうしてそなたが？」

口ごもるドギムを見て、王妃は事情を察した。

「和嬪は宮女たちの扱いを間違えているという話が出回っているが」

その視線はすぐドギムを離れて遠い山のほうへ向いて止まった。

「昨日のことは……」

おずおずと言いかけ、すぐに口を閉じる。どう話そうか思案している王妃にドギムが言った。

「私の過ちを覆い隠してくださり、まさに大海のような恩を受けました」

「そんなふうに言わずともよい」

王妃はあまり喜ばなかった。

「そなたのためにああしたわけではない。上辺だけの挨拶などいらぬ」

ふたりの間の空気はあっという間にぎこちなくなった。

「私の見当違いだった……。そなたはホン・ドンノ側の人間ではなかった。王様のまなざしを見ただけでわかった」

なんだか楽に過ぎる日が一日もない。ここまで来たら厄年になったのかと思うほどだ。

「それで考えてみたのだ。善い行いがなんであるかを」

口をつこうとしている言葉に戸惑うように、王妃の瞳が揺れる。

「誰かが私の役目の代わりをしなければならないなら、むしろそなたのほうがましだ」

ドギムはその場に凍りついた。息ができなくなる。

「そなたは私側の人間ではないが、誰の側の人間でもない。脅威にもならぬ。昨日ははっきりとわかった。それで安心した」

王妃はドギムが担ごうとしている重い背負子をちらりと横目で見た。

「今は苦労するだろうが、耐えなさい。近いうちに報われるだろうから」

そう告げて、去ってしまった。

「一体なんの話ですか？」

ひれ伏していたナムギが顔を上げ、困惑しながら訊ねた。

「そうよね」

ドギムは心から同意した。

「立ち上がるのをちょっと手伝ってちょうだい。後ろに倒れたら大変なことになるわ」

いずれにせよ悪い予感がする。肩にひどく食い込む背負子の重さのせいか、それとも楽に生きようとすればするほど困難になっていく運命のせいか、足がふらふらした。


「ちょっと来なさい」

憂鬱さが消える前にドギムはまた別の試練に直面した。

和嬪は重い腹を抱えて庭に出ていた。そばには意気揚々とした表情のミユクとヤンスンがべったりとくっついている。

「昨日、大妃様が私のことをお訊きになったのか？」

和嬪はズバッと切り込んできた。

「ご様子をお訊ねになられました」

「ミユクには私的なことで大妃様にお会いしたと言ったんだって？」

昨日の脅しをさっそく実行に移したということか。

「たまに大妃様に本を筆写して差し上げることがあり、縁がございます」

「昨日もそのような用事でお会いしたと……？」

隣でク尚宮が警告交じりの咳払いをする。和嬪ははっとし、口をつぐんだ。おかげで大妃の裏を探るという不敬を犯さずに済んだ。

「もういい」

彼女はいったん退き、話を変えた。

「洗踏房内人のひとりが病気で出宮したことは知っているだろう？　人手が足りなくなったのでお前は暇だから代わりにやればいいわ。近いうちに着ることになる冬服から私の本房内人たちの月経帯まで全部洗っておくように」

「どうしてそんな例のない命令をなされるんですか？」

突然、ク尚宮が反旗をひるがえした。

「至密と洗踏房は厳然と地位が違うというのに、どうしても受け入れられないことをおっしゃられました。卑しい本房内人の月経帯を洗わせるなど大きな過ちです。見習い宮女たちと内訓《ネフン》からもう一度身につけたら道理に気づきますか？」

溜まりに溜まったものを吐き出したせいか、実に厳しい叱責だった。先王に長年仕えたという経歴は伊達ではないようだ。その勢いに驚き、和嬪は慌てた。

「あ、いえ、私は……」

「その言い方はなんですか！」とミユクが目を見開き、和嬪の盾となった。

「そ、そうだ！　そなたのほうこそ道理をわかっていないのでは」

心強い助けを得て、和嬪も意地を張った。

「申し訳ございません。今すぐ従います」

反撃しようとするク尚宮を止め、ドギムが前に出た。バチバチと散る火種さえも鎮めるほど彼女の声には切迫感があった。長年、ギョンヒとボギョンの争いを止めることで身につけた技だ。

和嬪は自ら勝ち取った勝利だと誤解し、鼻を高くした。

「今すぐは駄目よ。お守りをつけなければならないから、蔵を片づけろと言ったではないか。あ、王妃様が下さった薬材もしまわないといけないわね。洗濯は夜のうちにやっておいて」

寝ずに冷たい水に手を浸せとは、かなり過酷な命令だ。さらにこき使う口実がないか悩んだ末に和嬪が去ると、ク尚宮はドギムへと怒りをぶつけた。

「なぜ止めたのだ！　思い知らせるいい機会だったのに！」

「余計なことをしないでください。私が大変になるだけですから」

「至密内人の私たちをないがしろにしているのに、ずっと黙っているつもりなのか？」

「もういいですよ。いくら尚宮様でも側室と口喧嘩をして勝つわけにはいかないじゃないですか。長生きするためにも負け戦はしないでください」

「じゃあ、お前はどうするんだ？　ずっとやられっぱなしでいいのかい？」

ク尚宮は痰まじりの唾を吐いた。

「全部ミユクのせいよ。彼女がお前の裏を探ったとこれみよがしな嘘を吹き込み、和嬪様を惑わしたんだわ」

「私の裏を探る？」

「部屋を一緒に使いながら知らなかったのかい？」

あることないこと言われるのがわずらわしくて、耳をふさいで暮らしたせいだった。

「お前が元嬪様に格別に可愛がられていたとか、ホン・ドンノ側の人間で、彼が追い出されるときに一緒に追い出されたとか……調子に乗って騒いでたよ。本当に悪質なのは、お前がホン氏兄妹の復讐をしようと虎視眈々と機会を狙っているに違いないと信じ込んでいるということよ。どうやら、あの子はちょっといかれているようね」

ドギムはあきれ、笑ってしまった。ドンノの魔の手から救ってくれてありがとうというナムギの感謝を聞いたのがついさっきのことなのに、いつの間にか彼の腹心にされていたのだ。

「笑いごとではないわよ。和嬪様がそのまま信じてお前を毛嫌いしているじゃないか。それだけではないよ。この前など、王様が親密にしている宮女はいるのか、いるとしたらドギムがその宮女ではないかと訊いてきたわよ。お前を見る王様の目つきを和嬪様が嫌がっていると言うんだけど……。ミユクには用心したほうがいいわよ。今度は一体どんな話を作り出そうとしているのか！」

王が自分を見る目つきというのはなんだろうか。王妃も和嬪もなぜか同じことを言う。

「とにかく、事態は深刻なんだってば！　和嬪様がすべて信じて、お前を邪悪な女だと思い込んだら大変なことになるよ。本気で攻撃してきたら、どうやって耐えるの？」

ソン姉さんがどんな人なのかすべて知っていると口走ったミユクのことがふと思い浮かんだ。無知なうえに影響も受けやすいとは実に器の小さな人間だ。このように自分で何も考えず、ただただ他人の考えに飛びつく人は初めてだ。それでいてやっていることが中途半端で曖昧だった。やり返したいと恨むよりも気の毒さが先に立った。

「私はもともとやられてばかりの性格ではないんですよ」

ドギムはため息まじりの苦笑を浮かべた。

「知らないうちにいろいろと我慢するようになってしまったようです」

「まあ、偉いこと。それで、どうするの？」

「まだわかりません」

細く長く宮殿で暮らし、老いて出宮したときにぽかぽかと温かい床に背を伸ばせればいいと願ってきたが、王との関わりからそれは本当に難しくなった。一文無しで追い出され、ようやく戻ってきたと思ったら、今度は邪魔者扱いだ。次にどうなるかなどまるでわからない。

悲しい気持ちに沈んでいると、なぜかサンのことが思い浮かんだ。怒りに震えた瞳。誰なのか全く知らないと自分を無視して通り過ぎていった後ろ姿。二度と現れるなと言い放った冷たい声。

ふと昔のことが懐かしくなった。たとえ一日中彼の文句を浴びていたとしても、それはゆがんだ優しさでもあった。ドギムにとっては穏やかで幸せな日常でもあった。

なんとなく涙が出そうだった。不幸だけが山積みになった一日の残りの日課は、絶対にこの気分を晴らしてくれることができないとわかっていた。


一日が容易ではないのはサンも同じだった。

気分が落ち込んでいた。三十四か所もの村が経験した風害と水害の惨状が原因だった。そろそろ収穫を準備する時期に難に見舞われた民をどうにか守らなければならなかった。国庫の実情に合わせ、いかに救済すべきか悩みに悩んだが、うまい考えは浮かばなかった。

政務を終え、沈んだ気持ちを抱えたまま大殿に戻った。食事を抜いて本を開いたが、文字が頭に入ってこなかった。体面を気にすることなく、ばたっと机に覆いかぶさった。幼い頃からよくこうしていた。酒でも煙草でもなだめられない悩みが心の中にあふれるときは、じっと伏せて静けさに耳を傾けた。常に正しい姿勢を強要される彼の秘密の癖であり、唯一の逸脱だ。

知っているのは彼の祖母だけだった。

祖母の義烈宮は、春紫苑《はるじおん》の花のようなひとだった。どこにでも見られる白い野花のように親しみやすくたくましく、それでいてとても美しかった。庶民の出として王室に入ってきただけに常に厳しい姿を見せたが、いっぽうでは寛大で、何隔たりなく接することができた。

「ひとりで怒りを鎮める習慣があるのは心配です」

書筵に行く前に、しばらくの間、祖母のそばで横になったことがあった。いつもだったら黙って小さな背中を撫でてくれた義烈宮が、その日は思いがけない話を切り出した。

「よくありませんよ。心配ごとを打ち明ける相手はいないといけません」

「男が心のうちを話すというんですか」

同年代の友人どころか、宮女と内官に囲まれたまま孤立して暮らしていた幼い頃のサンは、寂しさを隠そうとこらえた。いや、自分が感じている感情が寂しさだと認識すらしていなかった。

「王様もそう言っておられます」

彼の祖父は有能な王だった。根がどこまで深く張っているのかわからない党派も自由に操り、気に入ればどんな者でも登用したが、駄目だと思ったら切り捨てることにも躊躇がなかった。怒りと涙を巧みに交ぜて使う手腕にも秀でていた。そのため寵臣が変わることも一度や二度ではなかったが、そのような王を、間近で常に守った人がひとりだけいた。祖母の義烈宮だ。

「女人でも置けというのですか？」

彼は当惑した。髷を結う年になっただけで、まだ女色には興味もない幼い少年だったのだ。

「とにかく本で学んだだけで、女人をあまりにも薄っぺらに見ておられます」

義烈宮はいたずらっぽくサンをそう評した。

「臣下は党派と信念に従って王に立ち向かうことができます。しかし、女人は違います。一度夫に仕えると、無条件に一途です」

「すべての女人が同じでしょうか。笑みと涙で君子の心を曇らせる妖物ばかりではないですか」

「笑顔も涙も見せない女人が、本当に夫を慕うでしょうか？」

若年寄りの孫の頑なな心を解きほぐすように、義烈宮は優しく続ける。

「べつに十人の女人を置けというわけではありませんよ。心を打ち明けられるひとりの女人さえいればいいのです」

「王様にとってお祖母様はそんな存在ですよね。それで今までお幸せでしたか？」

祖母に胸を張る機会を与えようとする孝行心から出た言葉だった。王の女はこの上なく光栄で喜ばしいものだと思っていた。その重さを全くわからなかったのだ。

「王様の心を受けとめる女人に幸せは贅沢です。幼い女人が私と同じ運命を生きることを考えると、やめたほうがいいと引き止めたいくらいですよ」

義烈宮は寂しげにそう返した。

「そう思いながらも世孫様に女人を勧めてしまうのだから、私もずる賢くなったものですね」

完全に理解していない幼い孫に、祖母はにっこりと笑った。

「どうしようもないですね。それだけ世孫様のことを愛しているのですから」

そして半月後、義烈宮は忽然と目を閉じ、二度と開くことはなかった。

サンは涙が机を濡らす前にさっとぬぐった。心配ごとを打ち明けられる人間。たったひとりでもいるだろうか？　彼は自嘲的な笑みを浮かべた。

一時はいたのだ。「世の中の荒波よ、かかってこい」と、少し寂しそうに笑っていたドンノがいた。肩の荷を分けられる寵臣だった。しかし、彼はもういない。我が心から取り除いた。追い払った。自ら放った炎に焼かれ、寂しく死んだ。いや、考えてみれば彼にもすべてを見せたことはなかった。半分ほどを見せただけだった。見せなかった半分では、彼に刃物を突きつけていた。

そして彼女がいた。ドンノと同じく、損得を計算したうえでそばに置いておいた女人。自分の隠していた面をさらけ出すという失態を、うっかり王にさせてしまう女人。

「大変そうに見えます」

彼女は何も知らぬかのようにそう言った。

「早朝から深夜までずっと仕事ばかりなさって、暇なときも読書をなさっておられます。普通の人だったら倒れてしまうでしょうに、どうやって堪えておられるのですか?」

誰もそのように訊ねてなどこなかった。王というだけの理由で皆が当然だと考え、彼自身さえも当然だと受け入れた。ところが彼女は目を丸くして疑問を表したのだ。ためらわずに自分に言い返すほど生意気なくせに。

サンは頭を抱え込んだ。心の中から彼女を押しのけようとした。

「ユンムク、そこにおるか?」

しかし、恥ずべきことに彼はまた自分に負けてしまった。

「寝る前にちょっと慶寿宮殿に寄ろう」

宮殿を出た足どりは焦っていた。なぜだか行くたびに会えないので、はなから彼女を呼び入れる口実まで考えた。

しかし、いざ慶寿宮殿に到着したとき、予期せぬことが起きた。

突然の王の訪問に屋敷中が混惑するなか、どこかでばんばんと何かを叩く音が聞こえたのだ。じっと耳を傾けてみると、ばしゃばしゃと水の音も交じっていた。

「これはなんの音だ？」

いくつもの騒動を経験した王として、サンは警戒した。

「洗濯棒で服を叩いているようですね。お気になさらないでください」

ソ尚宮はまるで気にかけなかったが、サンは疑念を抑えられなかった。宮殿の宮人まで共謀して、逆徒が屋根に這い上がった過去を彼は忘れなかった。自分の目で大丈夫だと確認したかった。

止める間もなくサンは音の出どころを探し始めた。慶寿宮殿の屋根が影を落とした裏庭。井戸があり、井戸水を汲み上げるつるべがあり、果てしなく積もった洗濯物があった。そして彼女がいた。

夜の肌寒さに細い腕を震わせながら、冷たい水に手を浸していた。体をほぐしましょうと言いながら、彼の肩をまともに揉むこともできなかったか弱いその手は痛々しいほどに赤かった。風にさらされた耳と頬も赤かった。

洗濯物を水で揉み洗い、洗濯棒をつかもうと彼女は振り向いた。そして、サンの存在に気づいた。絶句し、呼吸すらまともにできないまま、すぐに立ち上がった。

サンは何も考えられなかった。彼女の目頭が、その手のように、耳のように、頬のように赤いことに気づいた瞬間から。

なぜ泣いていたのだろう。答えが見つからなかったその疑問が雪だるま式にふくらんでいく。なぜ、また泣いているのだ。どうして自分の目の届かないところで痛みに耐えているのだろうか。

そして、疑問はすぐに怒りへと変わった。

サンはさっと踵《きびす》を返した。和嬪が彼を迎えるために庭に出ていた。

「ソン家のドギムがどうしてあんなつまらないことをしておるのか！」

顔を見るなり、非難が口をついて出た。

「大殿で私に仕え、大妃様と恵慶宮様の格別の推挙として入ってきた宮人にもかかわらず、なにゆえあのような身分の低い仕事をさせているのかと訊いておるのだ」

和嬪の顔が青くなった。

「和嬪はなぜ有能な宮人をあのようにいじめ、卑しい侍婢ばかりをそばに置いておるのか?」

困惑する彼女の視線がサンを通り過ぎた。その目は、冷たい手を握り、慌ててあとをついてきたドギムへと向かった。それを見て、サンは切れた。

「和嬪が私をないがしろにするとは!」

彼のものだった。

困難な仕事を命じてもどうにかやり遂げるしっかりとした手であり、何を聞いても知らないふりをする奇特な耳であり、思いもよらないところで恥ずかしがる頬であり、ただ彼の前だけでか弱く濡らす瞳だった。ところが、しばらく離れている間にすべてが彼のものではなくなってしまった。

彼女は人のいないところで涙をのみ込むほど哀れな姿になっていた。どんなときでも幸せを感じ、元気いっぱいだった風来坊が、なぜかひどくぼろぼろになっていた。

「訊いているではないか!」

ふたたび声を張り上げると、和嬪はぶるぶる震えた。

「お、お許しください。愚かな私が不敬を犯しました」

「王様!　落ち着いてくださいませ!」とソ尚宮が慌ててサンを制した。「お腹のお子が驚きます」

全く出てくる気配がなく、自分を笑いものにした王の子のことだ。サンは冷笑を浮かべたが、すぐに罪悪感が押し寄せてきた。王室に懐妊をもたらしたのは自分だ。責任を女人に転嫁させてはならない。家長の道理ではない。男らしくないことだ。

これは間違っている。母と同じ士大夫の娘に対してすべき仕打ちではない。サンは冷静さを取り戻した。怒りで目がくらみ、誤った行いをしてしまった。

「ああ、悪く思わないでくれ。閨房の些細な法度であっても、乱れると王室の綱紀が緩むものだ。これからは注意するように」

「はい、王様。肝に銘じます」

青白い顔で和嬪がうなずいた。

「驚かせてしまったか？　ひょっとして体がきついのか？」

「いいえ」

「尚宮は和嬪を中にお連れしなさい」

もっとなぐさめてあげなければならないが、そんな気にはならなかった。

「少し様子を見に来ただけだ。これで帰るぞ。体には気をつけなさい」

サンは和嬪を支える本房内人たちを厳しくにらんだ。ク尚宮が顔色をうかがって前に出ると、ようやく彼は一歩を踏み出した。

去り際、サンは横目でドギムを見た。彼女は昨日のように真っ青になっていた。

何があっても例外はないとあんなに誓ったのに、恥知らずにも彼女の味方になるところだった。彼女を大殿に連れ戻し、何事もなかったかのように振る舞いたいという衝動さえ沸き起こった。

捕らえられたようになぜか視線を戻すことができず、サンはぎゅっと目を閉じた。例外はない。特恵もない。愚かな情欲にすぎないのだ。抑えなければならない。

しかし頭の中はすべて、今見た彼女の表情で占められてしまった。

結局、帰り道はさらに落ち込まざるを得なかった。

偉そうな良家の側室が叱られたという噂は波のように広がった。宮女に冷や水を浴びせながら、日常的に行っていた悪事がばれたのだという噂に変質したりもした。ただ、なぜ王が懐妊している側室に反して一介の宮女の肩を持ったのかという疑問には、すぐに答えられる者はいなかった。憶測だけが飛び交った。もちろん、宮女を気にする方ではないと皆が口をそろえて断言したため、色恋に目がくらみ理性を失ったという主張は出てこなかった。

「とにかくうまく収まったわね。和嬪様もしっぽを巻いたんじゃないの？」

ギョンヒも裏で痛快な思いをした宮人のひとりだった。

「知らないわ。でも雰囲気はよくないわ」

ドギムは陰気につぶやいた。

理由はともかく自分が原因で王からの叱責を受けたので、当然とばっちりはくるだろうと覚悟していた。ひどければ鞭で打たれるかもしれないと。ところが、和嬪は何も言わなかった。ミユクもたまに目をむくだけでずいぶんとおとなしい。最近は意地悪もすっかりなくなった。

「あなたを完全にいない者扱いしているんだって？　だったら、気楽に過ごしたら？」

「静かすぎて不安だわ」

「気分が悪いからこれは言わないつもりだったけど」とギョンヒは唇を突き出した。「あなたはますます私に似てくるわね。見た目どおりにのほほんと過ごしていればよかったのに」

疑って警戒するのは自分の役目だというようにケチをつけた。

「じっとしてやられるくらいなら、こっちから先に攻撃しようって？」

「何を言ってるのよ！」

ギョンヒが腕をぴしゃりとたたいた。

「王様の気持ちに逆らうようなことをまたするつもり？　こうして静かになったんだから角が立たないように振る舞いなさいよ！　あなたはそういうのがうまいじゃない」

いつも傍若無人な子が顔色をうかがえと忠告するなんて信じられなかった。驚くドギムを見て、ギョンヒはつけ加えた。

「あなたがまた追い出されるのは嫌よ」

らしくないほど弱気なことを言う。

「こんなふうに話せる相手はあなたしかいなかったし、ヨンヒやボギョンとも変にぎこちなくなったわ……何よ、にやりとして！」

自分のことが恋しかったという告白に、ドギムの頬は思わずゆるむ。

「とにかく、自分から災難に巻き込まれて、また追い出されたりしないように」

ギョンヒはしきりに警告した。

「ひれ伏して過ごしなさいよ。私が思うに、それが最善だわ」


忌まわしい平和のなかでは寒さも例年より早く訪れた。とりわけ冷たい風が厳しかった。雑用に忙しかった以前とは違って、今は全くすることがなくなったのでドギムは外を出回った。まず、朝は慶寿宮殿の裏庭で飼っている鶏の世話をした。寒さ対策で兄にもらった腕ぬきをつけようと思ったが、どこにしまったのか見つからなかった。仕方なく震えながら餌を与え、鶏小屋の掃除を終えた。

日が中天に昇る頃、久しぶりに兄と会い、一緒に食事をした。兄は粟飯に醤油を混ぜて作った握り飯をがつがつ食べた。

「しっぽに火でもついたのか？　どうしてそんなに焦ってるんだ？」

頬に飯粒をつけたシクは、あちこちを見回す妹を怪しく思った。

「前に兄さんに会ったとき、帰る途中で王様にお会いしたんです。また出くわすかもしれないから」

「本当か？　あ、この辺に奎章閣があるんだ」

シクはふとつぶやいた。

「だからかな……」

「何がですか？」

「ここに休みにくるたびに誰かに見られている気がするんだ。十日前なんて、なぜか内官が追いかけてくるから用事があるのかと訊いたら、さっと逃げていってしまったよ。一昨日は昼寝をしていたら険しい顔つきの宮女がこっそり盗み見していた。王様が来られるので警戒でもしてるのかな？」

そんなはずがない。ここで休んでいる軍校はシクひとりだけではないのに内官や宮女が見張っているというのか。なんだが嫌な予感がする。

考え込むドギムを見て、シクは不安になった。

「なんだ？　どうした？　何か問題があるのか？」

数年前、ドンノのせいで軽率なことをしでかし怒られたシクは、すでに怖がっていた。

「わからないわ。ただ……」

ドギムは言葉をにごし、「もう行かないと」と立ち上がった。

「まぁ、兄のこの美しい顔に惚れたんだろうから余計な心配はするな」

「それは絶対に違うと思いますよ」

シクと別れて帰る道は気分が落ち込んだ。理由はわからないが、自分のせいで兄になんらかの害が及ぶかもしれない。ギョンヒの忠告を聞いてここ数週間はおとなしく過ごしていたが、このままではいけない。自分の知らないところで明らかに何かが起こっている。指をくわえてみすみすやられるわけにはいかない。また医女にでも会って情報を……。

「どこに行ってきたんだ?」

しかし、時すでに遅し。とぼとぼと帰ってきた足どりのその先、和嬪が庭に出て待っていた。それだけでもよくない兆候だが、隣には厳粛なる表情で立つ人がいた。監察尚宮だ。

「越冬のために木に着せる藁をもらってきました」

ドギムはあらかじめ用意しておいた言い訳を和嬪に告げた。

監察尚宮が前に出た。小さいが頑丈そうな体から荒々しい気概がにじみ出ている。まだお転婆ぶりを遺憾なく発揮していた幼き時代には何度となく会っていた間柄だが、この年になってあらためて再会するにはうれしい人物ではなかった。

「監察府にお前に関する告発があったのだ」

「告発って?」

「宮人の身分に合わない物を所持した疑いを問いたい」

「わけがわからないのですが」

何を突きつけられてもやましいことはない。落ち着いて受け止めるだけだ。濡れ衣を着せられたら釈明すればいい。言いがかりをつけられたら虚をついて反撃すればいい。

「これはお前の物か?」

監察尚宮が差し出したのは一冊の本だった。表紙が色あせた古びた本。手垢がつかないように風呂敷にしっかりと包んで保管していたおかげで、中身はいただいたときと同じくらいきれいな本。宮殿の外や慶寿宮殿に移るたびに、箱と床の間の狭い隙間に隠していた本。信じられないような遠い夢のようなものだと存在そのものを忘れていた……まさにその本。

義烈宮の直筆で書かれた『女範《ヨボン》』だった。

「あ……は、はい。そうですが」

それがどうしてここにあるのだろうか……。ドギムは呆《ほう》けたように『女範』を見つめる。

「どうして、これがお前のものなのだ？」

監察尚宮は表紙の内側を広げ、赤く写った蔵書印を見せた。

「暎嬪《ヨンビン》という印章が押されている。これは王様の四親等の義烈宮様のことではないか！　王室の所有物を一介の宮女が持っているとはどういうことだ？」

先王からいただいた。明らかな真実をもちろん忘れてはいない。しかし、時に真実は嘘のように聞こえる瞬間がある。今がまさにそうだった。

どう言えばいいのだろう。幼い頃、亡くなった側室の殯宮に迷い込んだ。そこには先王がいて、なぜか自分を膝に座らせ、亡くなったばかりの最愛の側室の思い出話を語り始めた。あげくに彼女自身が書いた本をいただいた――正直にそう告白すればいいのだろうか。

なぜ、それほどまでに貴重な側室の遺品を初めて会った見習い宮女に渡したのかと訊かれたら、それは自分にもわからないと言えばいいのだろうか……？

「こっそり盗んだのか。そうなのか？」

ためらうドギムを見て、和嬪が横から責めるように割って入った。

「お前は宮殿の外の貸本屋と通じてたまに商売をしているそうだが、王室の貴重な遺品も売り払うために盗んだのだろう！」

「とんでもございません！」

頭から決めつけられ、ドギムは腹が立った。

「先王様がくださったので、いただいただけです」

「……私的にこの本をくださったって？　先王様が？」

和嬪は眉をひそめた。

「信じがたいでしょうが、本当でございます」

ドギムはありのまま打ち明けた。予想どおり不信の沈黙が崩れた。

「私はお前のことでかなり不愉快な話を聞いたが、信じようとはしなかった」

和嬪は深いため息をつく。

「それなのに、お前はとんでもない嘘をついて私を欺こうとしているのだな」

「嘘ではございません」

ドギムは必死に記憶をたどった。

「義烈宮様の出棺を行った甲申年《きのえさる》で、正確な日付も覚えています。大殿尚宮のソ・オクグム様に訊ねてみてください。当時、先王様の内官からその本を代わりに渡された証人です」

もういいから黙っていろと和嬪は手を振り、監察尚宮へと顔を向ける。

「ほかの疑いもあるのではないか」

「はい。密通の疑いでございます」

監察尚宮の言葉にドギムは愕然となる。

「いや、なんの……なんですって？」

「お前が親戚以外の男と私的に会っているという告発があったのだ。それで部屋を捜索していたところ、義烈宮様の所有物が発見され、容疑が拡大したのだ」

釈然としなかった。告発があったとしても当人に問い詰める前に居所を探すのは度が過ぎる。ましてや大殿で頻繁な所持品検査を受けながらも決して発見されなかった義烈宮の遺品が、今になって大げさに姿を現すとは、なんだが作為を感じる。

「告発者に会わせてください」

「どのみち審問のときに会うだろう。急ぐことはない」

監察尚宮が控えていたミユクをちらりと見たのをドギムは逃さなかった。

「まずはお前を監察府に護送する」

監察官たちがやって来てドギムの両腕をつかんだ。すぐにク尚宮が割って入った。

「罪の有無がはっきりしないのに、迂闊な行動でございます！」

和嬪は負けずに言い返した。

「だから確かめようとしているんじゃないか」

忙しい時期だったので人目が少なかったのは幸いだった。しかし、閉じ込められたのは納屋のような獄舎だったから、幸いというのは楽観がすぎるかもしれない。


「義烈宮様の筆跡ではありませんか？」

大妃が差し出した本の表紙を見ただけでサンは言い当てた。

「昔、義烈宮様が入宮したばかりの母のために自らこの女訓書を作って、教育してくれたと聞いたことがあります。どこへ行ったのかわからず残念がっていたのですが……先王様が持っていらっしゃったのですか？」

大妃は重い口を開いた。

「……今日、慶寿宮殿であきれたことがありました」

話を聞いている間、サンの心はめまぐるしく揺れ動いた。

「密通に窃盗とは……生き残れない重罪ですね」

ドクドクと鼓動が激しく打ち始める。

「私が処罰します。内命婦で静かに終わらせようと思いますが、お許しいただけますか？」

「……どうなさるつもりですか？」

「罪には罰を与えなければなりません」

密通の容疑についてては彼も気にかかっていた。内官を使って彼女とよく会っている男を調べようとしたが、体面を気にしてあまりにも慎重に接近させたため、御営庁所属の軍校という点以外には特に収穫がなかった。

しかし、彼女の部屋から突然祖母の遺品が出てきたというのは、わけがわからない。確かに盗むことはできただろう。先王が崩御した直後、宮人たちに集慶堂《チプキョンダン》などの書庫を片づけさせた。彼女もそのひとりだった。それだけでなく、彼女は大殿書庫の整理も引き受けていた。盗む機会はなくはなかったということだ。

しかし、彼女が盗んだとは思えなかった。そんな人ではない。粗忽で不満なところは多いが、少なくとも良心を売るようなことはしない。

「先王様が下賜したと主張しているのですね？」

サンはぼそっとつぶやいた。

「そうです。嘘をつくなら、もう少しもっともらしい嘘をつけばいいのに……」と大妃は困惑したような表情を浮かべる。

「僭越ながら大妃様……」

彼女を擁護する言葉が出かかり、サンは危うく口を閉じた。名分がない。王だからといって一介の宮女をかばってはならない。

「なんでもございません」

それに純真なふりをして密かに男に会っていたのは事実だ。どうにか抑えていた嫉妬心すら意地悪く顔を覗かせた。

「であれば明日、大殿のソ尚宮をちょっと借りましょう。訊きたいことがあります」

「ソン内人は今、どこにいますか？」

「監察尚宮がどこか別の場所に閉じ込めたそうです。毛先一つ触るなと言っておきましたので、心配しないでください」

「……私がただの宮人を心配する理由は何もありません。罪状が明白であれば、重罪ですから死罪で処理すべきでしょう」

親戚でもない男との密通であれ、王室の宝物を盗んだことであれ、どちらも極刑を免れない大罪だ。自分の信頼を裏切った女だ。恥ずかしく思うのが正しい。かわいそうと思ってはいけない。助けようとしてはならない――サンは拳を強く握った。

「王様は幼い頃から駄々をこねることができませんでしたね」

大妃が妙なことを言い始めた。

「百回以上も読んですり減った本ばかり持って暮らしていました。そんな王様を見て、先王様はいつも王位を継ぐのに十分な孫だと口が酸っぱくなるほど褒めておりました」

「お恥ずかしいかぎりです」

恐縮しつつ、なぜそんな話をするのだとサンは眉をひそめる。

「王様、心が望むものをお間違いではありませんか?」

大妃の静かな声は、甘い誘惑のように彼の耳へと忍び込んだ。

「今は王です。欲張ってもいいのですよ。望みがあるのなら、それを表に出して、押しつけてもいいということです」

「私はそんな男ではありません。そんな王でもありません」

わずかに声がかすれた。大妃は小さく首を横に振った。

「明日、王様も来てください。巳《み》の刻(午前十時)、中宮殿に」

到底断れない誘いだった。


目を見開いたまま夜を明かした。既視感がした。以前もこんなふうに閉じ込められ、ひどい結末を迎えた。今回はさらにひどくなる可能性が高い。朝早くに獄舎から出され、騒々しい監察官が顔を洗う水と真新しい服をくれた。何かよからぬことが起きるかもしれないとドギムは思った。

連れていかれたのは幸いにも義禁府《ウィグンブ》ではなかった。中宮殿の前庭だ。ドギムはそこでひれ伏すことになった。周囲を取り囲む宮人のなかに知り合いの顔は一つもなかった。審問であれ面通しであれ、早く始めてほしい。しびれを切らした頃、高貴な行幸があった。

内命婦の長であり、この荘厳な空間の主である王妃は上座につかなかった。大妃がいたのだ。大妃の下座に恵慶宮と王妃、そして和嬪が順に位置した。

「自らの容疑をわかっておるのか?」

最初に口を開いたのは大妃だった。

罪人のように振る舞う理由はない。ドギムは顔を上げ、真っすぐ身を起こした。

「王室の宝物に手を出すことがどれほど重罪か知っておるのか？」

「はい。しかし、私はそんなことはしておりません」

そこで言葉に詰まった。

王の赤い御輿が庭に入ってきたのだ。駕籠のまま貴婦人たちの前へ出ることはできないので、サンはかなり遠くで下り、歩いてきた。

袞龍袍の御衣の衣擦れの音が近づくにつれ、ドギムの胃がきゅっと縮まる。こんな姿は見せたくなかった。あんなにも偉そうに大殿を飛び出したくせに、宮人としても女人としても極めて屈辱的な立場へと転落したのだ。

サンは大妃と同様の上座についた。ふたたび伏した頭に彼の視線が刺さるのを感じた。空気でも肌でも知ることができた。

「生前の義烈宮様とは一面識もなかったそなたが、その遺品を受け取った経緯を告げなさい」

何事もなかったかのように大妃は続けた。

「義烈宮様が亡くなった甲申年のことです」

ドギムは顔を上げ、目の前にある危機を脱することに集中しようと努めた。

「私は入宮したばかりで宮殿の地理に慣れておらず、殯宮へと迷い込んでしまったのです。そこに先王様がひとりでいらっしゃったのですが、私を叱ることもなく、恐悦にも膝の上に座らせてくださいました。いろいろお話もいたしました。義烈宮様はとてもきれいなお方で、草書体の文字をとても美しくお書きになったと誉めておられました」

しまい込んでいた記憶が色鮮やかによみがえってくる。

「どうして文字の話が出たのか?」

「将来文字が上手な宮女になりたいと私が申し上げたからです」

「そのとき、先王様が本を下賜したのか?」

「そのときではなく、その日の夕方、私の師匠である尚宮のソ・オクグム様を通じていただきました。大殿内官が王命として本を渡してくださったそうです」

「なんの理由で?」

「それはわかりません」

もどかしい。当事者である私の耳でさえ、荒唐無稽な嘘のように聞こえる。

「大殿尚宮ソ・オクグムは出てこい」

呼び出され、ソ尚宮はドギムの隣にひれ伏した。

「お前は先王様の内官から渡された記憶があるのか?」

「恐れ多きことでございますが……」

なぜかおどおどしていた。彼女は困った様子でドギムをちらりと見た。

「甲申年というとずいぶん前のことですので……さっぱり記憶が……」

どきっとした。自分にとっては強く心に残る特別な日だったが、ソ尚宮にとっては慌ただしく過ぎ去った無数の一日の一つにすぎなかったのだ。

「側室の出棺があったと日付まで正確に指摘しておるが、本当に知らぬのか?」

そして、彼女はいくら弟子を愛していても、ない記憶を作ろうとするほど不正直な宮人でもない。

「その日、喪輿《サンヨ》が出るのはドギムと一緒に確かに見ましたが……」

ソ尚宮は死にそうな表情で訴えた。

「大妃様！　そんなことがなかったというのではなく、私が老いぼれて覚えていないだけなのだということをどうかご察しください！」

弟子のためにできる最善の言い訳はせいぜいそのようなものだった。

「頼みにきたという内官が誰なのかは知っておるか？」

大妃がふたたびドギムに訊ねた。

「わかりません」

「お前の言うことを証明するほかの証人はおるか？」

「ございません」

目の前が真っ暗になったが、ドギムはそんな素振りは見せなかった。

「先王様の書庫に入ったことがあるか？」

当然、質問の方向が変わった。

「崩御されて集慶堂の書庫を整理したときに入ったことがございます」

「先王様が保管していた本を近くで見たか？」

「はい、見ました」

「なかに義烈宮様の御本もあったのか？」

「目にしていないので覚えていません」

「もしあったら盗み出すこともできただろうか？」

「はい。しかし、盗み出すことはしておりません」

「お前は大殿の至密で過ごすときもよく書庫の整理をしていたと聞いた。そのときもやはり貴重な蔵書に接したのか？」

「はい、そうでございます」

「では、本を盗む機会はあったということだな」

明らかに無実の罪に問われようとしている。胃が縮まり、痛み始めた。

「お前は宮殿の外の貸本屋と取り引きをしておるではないか。そのために宮中の本を私的に盗んだこともあるのではないか？」

「断じてそんなことはございません」

矢継ぎ早の大妃の質問がやみ、沈黙が訪れた。

「あのう、大妃様。私が質問してもよろしいでしょうか？」

ためらいながら口をはさんできたのは恵慶宮だった。彼女は、冷たい床にひざまずいたドギムを見た瞬間から気の毒で仕方がなかった。

「私的な縁によってむやみに救命しようとするのではございません。ただ、聞いているうちにふと思い浮かぶことがあったのです」

「好きなようにしなさい」と大妃は快くうなずいた。

「……そなたは先王様の膝に座ったと言ったな」

心に何かが引っかかている様子で恵慶宮が切り出した。

「甲申年なら、そなたはまだ少女であるな」

彼女は自らの考えを整理するようにゆっくりと話した。

「その日以前に先王様を拝謁したことはなかったのか？」

「ございませんでした」

「確かに、当時のそなたを常に私の近くに置きながらも先王様には伝えなかったのだ。私は昔、勝手に宮人を選抜して怒られたことがあったからな。もしかすると、また目下の者を収める問題でにらまれるのではないかと怖かったのだ」

義父の機嫌ばかりうかがっていたのだと恵慶宮は苦笑いした。

「すると、ひょっとして……？」

一つ思いついたことがあったが、ドギムはすぐに口を閉じた。それを見て、恵慶宮が言った。

「何か話したいことがあるのか？」

直接訊ねるよりは、自らの記憶を引き出し、遠回しに近づくほうが安全だろう。

「近くで出棺を見たいのに朝廷から引き止められて残念だと言われ、王でもできないことが多いと愚痴をこぼされておられました」

藁にもすがる思いだった。言っていいことといけないことを慎重に吟味しながら、ドギムは懸命に記憶を探っていく。

「また、義烈宮様がお産みになった翁主様を懐かしがっておられました」

「どうしてそんなことをおっしゃったのか？」

「私を見ているとふと思い出したとおっしゃったと思います。懐に抱いていたのが昨日のことのようだが、すぐに大きくなって嫁いでいってしまったと。翁主様の婚家によく行かれるほど大事にしていたのに、早くこの世を去ってしまったと悲しんでおられました」

先王のしわの寄った頬をつたう涙が鮮明な記憶の欠片《かけら》としてよみがえった。ドギムはその欠片を握って頭の中を旅した。熱く流れ落ちる涙の流れに沿って記憶をたどった。

そう、あの目つきだ。罪悪感と後悔、怒り、悲しみ……不快な感情をすべて混ぜ合わせたように揺れる不思議な瞳だった。

「また、どうしてひとりでいらっしゃるのかお訊きしましたが、側室の諡号を考えているとおっしゃいました。王とその子供たちのために大きなことをしたから当然だと……」

「本当にそうおっしゃったのか？」

今まで黙っていたサンが突然言葉を発した。

彼はその意味を噛みしめるようにドギムをじっと見つめた。そして、大妃や恵慶宮と順に目を合わせた。同じ記憶を共有する人々の間の意味深な空気が流れた。

「それだけだったのか？」

もっと話したくても元手が底をついた。ドギムはサンにうなずいた。

「……そうか。そうなのか」

サンは乱れる思いをどうにかまとめようとしながら、言った。

「大妃様、義烈宮様が宗家の子孫を救ったというのは、その者の言うとおりです。実際、先王様は私や臣僚の前で何度もそうおっしゃっていました」

「王様はあの宮女が真実を告げていると思いますか？」

サンは答えられなかった。

「処決を大妃様に一任しましたので」と曖昧にごまかし、恵慶宮をうながす。

「私のことは気にせず続けてください。母上」

「いいえ。これ以上聞かなくてもいいです」

恵慶宮は大妃へと顔を向けた。

「大妃様、ドギムが……いえ、あの内人が嘘をついているようには思えません」

「どうしてだ？」

「私があの日を覚えているからです」

静かな波紋を呼ぶひと言だった。

「はい、確かに出棺を行いました。集英門《チビョンムン》で望哭礼《マンゴクレ》を終えたばかりで、日が日でしたから目に憂いが満ちていた先王様がとても意外なことをおっしゃいました。最後の挨拶をしに殯宮に寄って、ある宮女に会ったのだと。一見、和平翁主様に似ている幼子で、膝に座らせて話をしたと照れくさそうにしておられました。そして、私に義烈宮様の書を持っているかと聞かれました。『女範』を持っていたので、先王様が遺品を整理するのかと思い、暎嬪宮殿に返しておいたと申し上げました。すると先王様が久しぶりにお笑いになったんですよ。宮女が文字を学びたがっているので、お手本として見せるつもりだとおっしゃいました」

曲がりくねった古い歳月の山を登るように彼女の瞳がうねる。

「自分よりも先に旅立った子供がどれほど恋しく、通りすがりの宮女を膝にまで座らせたのだろうと気の毒に思い、心に留めておいた記憶でございます」

恵慶宮がこっそりと優しい視線をドギムに投げかけた。

「まさか、その宮女がドギムだったとは知りませんでしたが」

彼女はすぐに表情を整え、厳粛に付け加えた。

「あの子が先王の膝に座っただけでなく、将来字が上手な宮女になりたいと申し上げたので思い出しました。状況が一致しませんか？」

「そうですね……」

「私は老いていますが、記憶力だけは優れているんですよ。昔、貞聖王后《チョンソンワンフ》（英祖の正妃）も私に、のちのち日記でも書いてみろと感心しておられました」

大妃はしばらく悩んでいたが、ふたたびドギムに質問した。

「そなたは先王様を拝謁したことをほかの人に話したことがあるのか？」

「親しい友達に言ってみましたが、まるで信じてくれませんでした。それで、その後は誰にも言っておりません」

「そうか。実に信じがたい話だ。しかし、恵慶宮様があなたの証人になるとおっしゃるし、これ以上疑うのも先王様に不敬になるでしょう。容疑を取り下げざるを得ないですね」

大妃の言葉にドギムは心から安堵した。

助かった……。ご先祖様の恩恵だ。残りの人生のすべての幸運を使ってしまったような奇跡だが、この底なしの穴から抜けられるのならかまわない。ドギムは込み上げるものを隠すためにうつむいた。

「顔を上げなさい」

恵慶宮がドギムに声をかけた。

「今も和平翁主様を覚えている人は多くない。本当に優しい人だったのに……」と寂しそうに遠い目でつぶやく。

「私は和平翁主様と実の姉妹のように育った。和平翁主様とともに義烈宮様からこの本で学んだときのことは今なお鮮明に覚えている。懐かしい思い出をよみがえらせてもらって礼を言うぞ」

どう返していいのかわからず戸惑うドギムに、「私が思うに、そなたは昔も今もあまり和平翁主様に似てはいないが」と恵慶宮は優しく微笑む。「先王様は最も愛していた娘に匹敵するほどの何かを、そなたのなかに見たようだ」

大妃もひと言付け加える。

「確かに生まれついての天運は持っているようだな」

「恐縮ですが、大妃様、まだ疑いが残っております」

監察尚宮が用心深く口を出した。

「そうだな。同様に見過ごせない疑いだ」

大妃の顔つきがふたたび厳しくなった。

恵慶宮の話で形勢ががらりと変わり、困惑していた和嬪はようやく色を取り戻した。

「告発者たちは前に出なさい」

監察尚宮にうながされて登場したのは、やはりミユクとヤンスンだった。

「お前たちはどうしてこの者の道理を疑うのだ？」

「去年の夏から行動が怪しいので注視してきました」とミユクが口を開いた。

「おいしいものが出てきたら食べずにとっておいたり、早朝にこっそり料理を作ったりしていました。日課の最中に遠出をして、言い訳をして帰ってくることも頻繁になったのです。敬虔に和嬪様のお産を待たねばならない時期にどういうことだあとをつけたところ、男と会う光景を目にしました」

男という言葉が生んだ効果は劇的だった。緩まりかけた空気がふたたび張りつめる。

「若くて体格がよく、軍服を着た男でした」

「その後も会う姿を目撃したことがあるか？」

今度はヤンスンが答えた。

「八日に一度の割合でその男に会っていました。それだけではなく、手紙と贈り物の交換も」

「周期的に密かに、同じ相手に会っていたのか？」

「はい、そうでございます」

最近会った男といえば薪をくれて威張る老いた内官だけだ。なのに平然と濡れ衣を着せるその態度に、ドギムは唇を噛みしめる。

「どんな手紙と贈り物だ？　部屋を捜索するときに出てきたのか？」

監察尚宮に訊ねられ、ミユクが慌てて言った。

「手紙はどこに隠したのか見つかりませんでしたが、愛情の証しとして渡された贈り物はこちらにあります」

彼女が得意げに差し出したのは、兄のシクからもらった青い腕ぬきだった。

危うく吹き出すところだった。一体この人たちは何を言っているのか理解に苦しんでいたが、やっとわかった。兄に会いに行っていたのを情人と遊んでいると誤解して事を大きくしたのだ。

井戸端で新妻の悪口に盛り上がる女たち以上にお粗末だ。偏見にとらわれ、自分たちの都合のいいように解釈したのだから、無理もない。自分を貶めようという目的が先立ち、相手が親族であるとは思いもしなかったのだろう。淫らな恋文を探してみても、家族からもらった手紙があるだけで親戚以外の男の痕跡さえなかったのに、裏があるから隠したのだと固く信じ込んだのだ。

そう考えると、確かに兆候はあった。いつだったろう。シクに会って戻ってきたら、「どこに行ってきたんですか？」とミユクが目を見開いて訊ねてきたことがあった。

そのときは、「退屈でちょっと散歩をしてきたのよ」とごまかした。兄が科挙に合格したと自慢したい気持ちは山々だったが、もしかしたら家族を仕官させるために口添えをしたからだとミユクが曲解して和嬪に報告するのではないかと我慢したのだ。

「ひとりでですか？」とミユクはさらに訊ねてくる。

「ええ。いい日差しだったわ」

「私、気になることがあって」とミユクは思わせぶりに続ける。「一度宮殿に入ると雑仕女であれなんであれ、貞節を守らなければならないじゃないですか」

「医女以外はほとんどそうね」

「でも、度胸のある宮女たちは情人を作ったりするそうですけど……それって本当ですか?」

「ええ」とドギムはうなずいた。「お互いに知っていても知らないふりをするみたいね」

「じゃあ、もしかしてソン姉さんにも隠している殿方がいるんじゃないですか?」

ずけずけとそう訊いてきたのだ。かなり不快な気分になったが、そのときはチョゴリの洗濯をすべきかどうかが頭の大部分を占めていたため、ドギムは取り合わなかった。いや、質問がひどく露骨だったので、冗談だと思ったのかもしれない。

「殿方なんて考えるだけで疲れるわ」

「どうしてですか?」

「宮女が密かに誰かに会いに行くなんて、よほどの根性がないとできないからよ」

ドギムは肩をすくめた。

「愚か者たちがいたずらに才能を発揮して、その結果、子供ができるのよ」

ミユクは疑わしげに目を細めた。

「本当にいないんですか?」

「いないってば」

「じゃあ、付き合いたい気持ちもないんですか?」

「もう、いいでしょ! 私は細く長く生きるつもりなんだから」

遅ればせながら、ドギムはミユクの言動を怪しみ始めた。

「どうして？　気になる殿方でもいるの？」

「いいえ、違いますよ。私はお嬢様しか知りません」

かぶりを振るとミユクは意味深に付け加えた。

「知り合いが最近殿方と姦通しているようなんです。とても気になります」

この子はなんで私にこんなことを言うのだろう。ドギムは怪訝そうにミユクを見た。ほかの宮女の痴情など調べても得にならないのに……。

回想から戻ると、ドギムは意気揚々と腕ぬきをかかげるミユクをにらんだ。

兄と会った日は自然と幸せな気持ちになり頬もゆるむのだが、それが色恋に現《うつつ》を抜かしているように見えたのだろう。なんとまあ、浅はかな……。

「……惨憺たることに男女が互いに接していることに間違いはございません。やたらと笑顔を振りまくその行動には呆れました。かような理由でソン・ドギムが貞節を破ったと考えたのであります」

とにかく、この件ももうおしまいだ。ひと息吹きかければ、一気に崩れ落ちる紙の塔のような脆い疑いだった。ドギムは密かにほくそ笑んだ。

罪のない人をどこまで追い詰めるのか見てみようと、黙って聞くことにする。

「さらに着ていた軍服を調べてみると、その男は王様を護衛する御営庁の軍校でした。これは王様を騙すことにほかなりませんか」

「国の官吏に対して宮女との密通を疑うのは並大抵のことではない」

大妃の声が厳しくなる。

「御営庁に行き、その男を名指しできるほどお前たちは確信しているのか」

「まさしくそうでございます」

ミユクとヤンスンは同時に答える。

本房内人ふたりが涙ながらに訴えたため、中宮殿は穏やかならざる空気へと変わり始める。終始公平だった大妃の目にも怒りの色が帯びてくる。

「あの者たちの告げたことは本当か?」

「はい、そうでございます」

ドギムが淡々と答えた。誰かのはっと息を吸う音が聞こえた。

「軍校と私的に交わっていたことを認めるということか?」

「はい、大妃様」

「贈り物と手紙まで交わしたのか?」

「そうです」

困惑に満ちた沈黙が流れていく。

「宮人の身の程を忘れて貞節を失ったのは事実なのか?」

核心をつく問いにドギムが答えようとしたとき、誰かの声が邪魔をした。

「大妃様!」

席を蹴って立ち上がったのは、サンだ。

しかし、彼の口は動かない。怒っているようにも戸惑ったようにも見える。いや、その顔に浮かんでいる最も大きな感情は悲しみだ。

妙だった。今、窮地に立たされているのはドギムなのに、むしろ彼のほうが追い込まれているかのようだ。

いっぽう、ドギムはサンが自分を救ってくれないことを誰よりもよく知っていた。彼は王にならざるを得ない男だった。名分も道理もなく宮女を助けることはない。いや、密通の疑いがあることを知った途端、ひどい女人だと唾を吐いたはずだ。

それなのになぜ、まるで自分が救うとでもいうように立ち上がったのだろう。私を信じたいと願うような切迫した目つきで見るのだろう。殺してほしいと思ったときは接吻し、汚い容疑に追い込まれた今はかばいたがっている。

本当にこの人はわからない。

「どうしたのですか、王様？」

大妃の声にサンの瞳が揺れ動く。衝動にかられ、思わず立ち上がってしまったが、道理にそむくこともできず、葛藤しているその生真面目さが気の毒にさえ思える。

でも、弱くなってはいけない。私は彼の愛を望まない。優しさは刹那にすぎず、いつの間にか王としての生き方のなかで忘れ去られていく。そんな王の愛に惑わされたくない。年老いれば放り出されてしまうであろう薄っぺらな愛なんかに振り回されるものか。

ドギムはきっぱりと言った。

「大妃様、今の話はすべて事実です」

王の奇妙な態度に注がれていた皆の視線が、ふたたびドギムに集中した。

「しかし、私が貞節を失うわけはございません」

「それはどういう意味だ？」

今までのすべてがとんでもない茶番であるのだと知らしめるように、彼女は声を張った。

「その殿方は私の兄だからです！」

大きな衝撃のあと、困惑した空気が満ちていく。

「兄だと?」

突っ立ったままのサンが呆然とした顔をドギムへと向けた。

「つまり……あれはお前の兄……実の兄だと?」

「はい」とドギムはサンにうなずく。「去年の初めの別試に合格しました」

「いや! 別試でも合格者であれば私は直接会っている。お前の兄など……」

「欠員を埋める目的で急遽行われた試験なので、王様はお越しにならなかったと兄も非常に残念がっておりました」

「そうか。去年の初めなら……領政たちが代わりに行ったことが一度あったな」

腑に落ちたようにサンがつぶやく。

「慣れていない官職で苦労する兄を見舞うため、よく会っていました。また、兄は妹を心配して実家の家族が書いた手紙を渡し、衣類をくれました。友愛が罪になるなら、私は確かに罪人です」

ドギムは立て板に水がごとく話していく。

「しかし、男女間の不正を問われるとなれば、私は決して罪人ではございません」

楔《くさび》を打ち込むように最後に言った。

「庚子《かのえね》年に御営庁に配属された軍校のソン氏ユンウの息子、ソン・シクをご確認ください」

次の瞬間、大きな笑い声が中宮殿に響きわたった。

「お前の兄だったのか! そんなこととも知らずに……」

サンは顔をくしゃくしゃにして、馬鹿みたいに笑っていた。まるでここには彼とドギムだけしかいないかのように、人目も気にせず大口を開けて。

「なぜ、今まで言わなかったのだ。しからば、こんなにふうにひどく責められることなどなかったのに！」と笑いを収めたサンが不思議そうに訊ねる。

「誰も訊く者がおりませんでしたから」

熱くなった頬に手を当て、皮肉めいた口調でドギムが返す。

「ただひと言、先に訊ねられていたら、このような奇妙なことにならなかったはずです」

「そう、そのとおりだ」

強くうなずき、サンは怒りを爆発させた。

「監察尚宮はどうしてこんなにも愚かな過ちを犯したのだ！」

監察尚宮は真っ青になり、慌てた。

「ちょっとした誤解を事前調査もなしに大罪に追い込んだのだ。しかも、大妃と恵慶宮まで呼んでおいて、なんという醜態だ！」

「し、調べは前もってしておりました」

「お前がやったのか？」

「私ではございません。和嬪様がいたしました。罪状は確実で、ドギムを呼び出して証人まで突きつけたのに、言い逃れをするので監察府を使うほかはないと……。それで手続き上は問題がございませんでした。そんななか、ドギムが猥褻な手紙を漢文に偽装して所持しているというミユクの供述があり、隅々まで捜索したところ、義烈宮様の遺品まで発見したのです」

「いや、それなのに兄だとはわからなかったのか？」

サンの問いに周囲がざわつき始める。

「そなたの兄について、和嬪から先に訊かれたか？」

大妃がドギムに訊ねた。今回だけは真実を語るのが怖くなかった。

「恐縮ではございますが、訊かれておりません」

鋭い視線は和嬪に移った。

「本当に監察府に告発する前にドギムを問い詰めたのか？」

「そ、それが……」

口ごもる和嬪にあきれ、大妃はさらに視線を移す。

「では、和嬪の至密内人が答えなさい。本当か？」

ク尚宮は待っていたかのように立ち上がった。

「そんなことはございませんでした」

「和嬪、あなたはなぜ監察尚宮を欺き、急いで事を処理しようとしたのですか？　まるで必ずや濡れ衣を着せてやろうとするように！」

「とんでもございません！」と和嬪は必死に言い訳をする。「本房内人たちが目にし、断言するので……親族だとは夢にも思わず、ただ不適切な出会いだと思って急いで収拾しようと……」

「それでいきなり密通の疑いで部屋を探したのか？」

大妃は眉をしかめた。

「いくら目下の者でもそのような振る舞いは無礼極まりない！」

ふたたび厳しく叱責しようとしたが、周囲の視線に気づき、大妃は咳払いでごまかした。

「まぁ、これは未熟な失策だ。思慮の浅い本房内人たちが、ありもしない疑いで上の人々を惑わせたのだ。これからよく教えなければならぬ」

いくら大妃であっても、単なる宮人のために良家の出の側室に恥をかかせることはできない。本房内人にすべてを押しつけ、うやむやにしようとするつもりだ。和嬪の顔に安堵の笑みが浮かんだ。

しかし、ドギムはそれを許さなかった。

「私を罰してください」

すでに我慢できるだけ我慢した。報復の機会を無駄にするほど善良でもない。

「最近、宮人の間に他人を誹謗する風潮があるとはいえ、ミユクとヤンスンの私への恨みは度を越してひどかったのです。私がホン・ドンノ様にけしかけられ、和嬪様を傷つけようとしているなどとあらぬことを言い立てられました。ただ、王室の慶事を待っているときに混乱を起こしたくなかったので放っておいたのですが、そのためにこのような状況に至ったのですから、私は罪がなくても罪人でございます」

ドンノの名前が出た途端、空気が凍った。ここまでするつもりはなかったが、潔白な人間に罪をかぶせた者たちをむざむざ無傷で帰す気はなかった。

「違います！　嘘です！」

ミユクが真っ青になって抗弁した。

「どうしてそんな恨みを抱くのか？」と大妃は慎重にドギムに訊ねた。

「よく過ちを犯すので間違いを叱ると、直そうともせず、むしろ腹を立てました」

「たかがその程度で……。なるほど、それで不適切な言いがかりでそなたを追い落とそうと？」

ドンノが失脚する過程があまりにも複雑で微妙だったため、王の耳に届くところで謀反だとは言えず、大妃は遠まわしに訊ねた。

「実家の占い師に接して惑わされたようです」

「占い師？」

「和嬪様のお産が遅れたせいで戦々恐々とし、ついには国が禁ずる巫俗にまで手を出したのです」

「世の中を乱す巫女に会ったと!」

サンの怒りがふたたび燃え上がった。

「和嬪様の体面を考え、本房内人たちのあきれた行いにも目をつぶっておりましたが、恥ずべき戯言がこのように明らかになったので、これ以上隠すことはできません」

ドギムは越えてはならない一線がよくわかった。責め立てるのは本房内人だけだ。そうしてこそ勝算がある。また、和嬪が内医院を避けて私的に飲む薬には触れてはならない。国の一大事にまで騒動を広げては逆風にさらされる。

「寵愛を盲信し、法度を乱した本房内人たちの行いは事実です」

ク尚宮もすぐに同調した。

「ドギムはこれまで身分に合わない雑用をさせられ、陰口に苦しめられてきました。占い師がこっそり出入りしたのも事実です。慶寿宮殿の宮人たちの大半が証言できます」

「和嬪も知っておったのか?」

「わ、私は全く知りませんでした」

その言葉が真実だと信じる人は誰もいなかった。

「はい。和嬪様はご存じありませんでした。私たちが密かに犯したことです」

和嬪に向けられる皆の冷たい視線に耐えられず、すぐにミユクが口をはさんだ。もともと小間使いとはそういうものなのだ。目上の人の風よけだ。

「不適切な朝廷の人事と結びつけ、ドギムを罵倒した理由はなんだ?」

「ソン内人は宮殿の外から来たうえ、もともと王様に仕えていたからといって傲慢に振る舞うので信用できませんでした。そんななか、生前、元嬪様をよく拝謁したという話を聞くようになり……宮殿の内外でホン・ドンノ様とまつわるさまざまな噂も多く……」

ミユクはしどろもどろだった。

「当時、この者は私の命を受けただけです」

王が急にドギムの肩を持った。すると、借りてきた猫のように皆の顔色ばかりうかがっていた王妃も、すばやく力添えした。

「そ、そうです。ドギムは王命で、淑昌宮殿だけでなく中宮殿にも……」

大妃は舌打ちし、ミユクをにらみつける。

「傲慢とはどんなふうだったのだ?」

鼻をすすりながらどうにか答えようとするミユクに先んじ、ク尚宮が口を開いた。

「本房内人を除いた宮人の間でのドギムの評判は、傲慢さとはほど遠いです」

「つまり、まともな事実は一つもなく、単なる悪口と罵倒だと……?」

さて、どうするべきか……しばし沈黙する大妃を見て、ここぞとばかりにドギムが言った。

「大妃様がまだ少しでも私に疑いを持たれているのなら罰してください。推薦していただいた恩を汚したのですから、私の取るに足らない命を差し出して無礼をお詫びします」

大妃まで巻き込んだのは、自分で考えても非常に巧妙な作戦だった。好意で推薦した宮女が卑しい小間使いたちに迫害されたとなると、まさしく和嬪が犯した不敬になる。そのまま見過ごすとなれば、大妃のなかにも忸怩《じくじ》たる思いが残るだろう。

「……本当にあきれたものだ」

大きく一つ息を吐き、大妃は言った。

「ドギムには罪がないのですぐに解放し、あらぬ疑いをかけた詫びとして布地を二反あげなさい」

続いて、冷たい視線が和嬪とその本房内人へと向けられる。

「ミユクとヤンスンには先任の宮人を誣告《ぶこく》した罪を問い、五十回叩き。実家の巫女に接する習癖も厳しく監視しなさい。また、反感からの根拠なき告げ口を信じて情けない騒動を起こした監察尚宮は、三か月分の俸禄を減したのち、謹慎させなさい」

連れていかれるミユクとヤンスンを見て、ドギムは心の中で快哉《かいさい》を叫んだ。

「今回のことは王室の恥です。皆、私に従うようにしてください」

心のうちがわからない王から真っ青になった和嬪まで、威厳のこもった目で王室の家族全員を見回すと、大妃はその場を立ち去った。


その夜はギョンヒとヨンヒ、ボギョンの三人がドギムの部屋に泊まることになった。棒で五十叩きの懲罰を受けたミユクが、内医院でひと晩過ごすはめになったからだ。

「あいつら、本当に馬鹿よね。誰かにひと泡吹かせようと思ったら、きちんと計画を練らなきゃ。私だったら、絶対あんな間抜けなことはしないわ」

なぜか得意げに言うギョンヒに、ドギムは苦笑する。

「もし誰かに濡れ衣を着せようと思ったら、あなたに任せるわ」

「どうしてそんなに平気なの?」

ヨンヒはあきれ、「あいつらがもう少し利口だったら大変なことになるところだったじゃない!」と肩を震わせた。「本当に私にその本の話をしたの? いつ? 私、全然記憶にないわ」

「幼い頃よ。まあ信じられないわよね」

「私はなんて言ったの？」

「う～ん、冷たい水でも飲んで頭を冷やしたらって言ってたかな？」

かつての自分の無神経さにヨンヒは驚く。

「まるでギョンヒのような言い草ね」とボギョンがくすくす笑った。

すぐさまギョンヒが反論する。「私なら信じてあげたわ」

「もういいわよ」とドギムが割って入った。「うまくいったんだから。でもさっきは本当に死ぬかと思った。一番親しい子でも信じない話で言い訳しようとしたんだから。絶体絶命だったわ」

「なんでヨンヒが一番親しいの？」

ギョンヒが変なところに突っかかる。

「とにかく運がよくてよかった！」

鈍感なボギョンにあっさり断ち切られ、ギョンヒは話を変えた。

「果たして純粋に幸運だったのかな？　世の習いはそんなに単純かしら？　この子が窮地に追い込まれた途端、ちょうどその場にいた恵慶宮様が昔のことを思い出して、味方になってくれたって？　いやいや、あり得ないわよ」

「じゃあ、なんなの？」

「大妃様はすべてを知っていて、あの場を開いたとしたら……」

意味深長な話し方からすると、自分でも整理がうまくついていないようだ。

「大妃様は世の中のことを全部知っているとでもいうの」

「全く不可能というわけでもないわよね。当時、先王様が宮女に会ったとか、死んだ翁主様を思い出したとか、先王様が恵慶宮様に話したことを大妃様にも話していたとしてもおかしくないじゃない」

「そうね。そういうこともあるかもね」とドギムは軽くいなした。「まあ、私はただご先祖様のおかげで生き返ったと思うことにするわ」

「その偉そうなご先祖様は今までどこにいらっしゃったの？」

ギョンヒはすねたようにドギムをにらむ。

「でも、棒で五十叩きなんてほとんど瀕死状態なんじゃない？」

ボギョンがさっと話を変えた。「そうよ」とヨンヒも加わった。

「二十打たれても血便が出るらしいわ」

「和嬪様もひどく怒られたんでしょうね」

「さっき見たら帰ってこられてたけど」とドギムが返す。

「とにかく両班ったら！　下の者に全部なすりつけて手を引くから、見てなさいよ」

ギョンヒは冷ややかに警告した。

「ドギム、あなたはこれから大丈夫なの？」

「でも、さすがに和嬪様も懲りたんじゃないかしら」

楽観的なボギョンにギョンヒは口をとがらせた。

「同じ穴のむじなよ。しかも、大妃様と恵慶宮様がいくらこの子を気に入っていても、良家の嫁と同等の扱いはできないでしょうからね」

「それも懐妊中の嫁よ」

ヨンヒが心配そうに付け加えたから、ギョンヒは時期をかなり超えたお産をまた笑いたくなった。

むずむずする口をどうにかこらえる。

「まあ、いいわ。……王様は何も言わなかった？」

それとなく、ギョンヒが訊ねた。

「そうだ！　王様がすごく変だったって言ってたわよ？」

大殿で宮人たちのひそひそ話を聞いてきたヨンヒも重ねて訊ねる。

「何か変なことがあるの？」

ちらっとギョンヒの顔色をうかがいながら、ドギムは肩をすくめた。

ドギムとギョンヒの間の妙な雰囲気に、「なんなの？」とボギョンは不満を示した。

「あなたたちふたり、何か隠しごとしてるでしょ？」

「知らなくてもいいことよ」とギョンヒが冷たく話を切った。

「隠しごと？」

そのひと言に妙な胸騒ぎがして、ドギムは首をかしげた。

「昨日から気分が変なのよ。男女の密通だとかなんだとかとても不愉快なの。ただ怖いからだと思ってたんだけど、大事なことを忘れてる感じだわ」

人生に突然、続けざまに吹き荒れた嵐に翻弄されている間に、大切な何かを見失ってしまったようだ。無意識のなかでぺしゃんこに崩れてしまったものが確かにある。

「疲れているからよ」

ヨンヒは鼻にしわ寄せながら、畳んでいた布団を敷いた。

「早く寝よう。ゆっくり休めばまた頑張れるよ」

「そうね」とドギムはうなずいた。「これからもまだまだ耐えなければならないんだから」

身を置く群れのなかで苦しめられるのがどんなにつらいことかを知っているギョンヒは、ドギムに同情を禁じ得ない。

「でも私、嘘をついたわ」

横になるやドギムがつぶやいた。

「本を盗んだことあるじゃない」

「それってどういうこと？」とヨンヒが訊ねる。

「覚えてないの？　集慶堂で『郭張両門録』を盗んだじゃない」

「そうだ！　私のせいで……。しかも、ホン・ドンノ様の助けで……」

思い出し、ヨンヒは布団の中で身を震わせた。

「貴重な本でもないし、私たちのものを返してもらっただけよ」とボギョンがなぐさめる。

「何も考えずに過ごした時間、しでかした些細なことが、今になって自分の肝を冷やすなんて……」

そうつぶやき、ドギムはゆっくりと目を閉じる。睡魔に襲われる前に、彼女は心から言った。

「あなたたちがいてよかった……」

＊

サンは奉安された御真影を見に宙合楼《チュハムヌ》へと赴いた。

絵の中の顔は、下描きで見たものとは違っていた。彩色するときに手を入れろと言ったのだが、かなり手直ししてある。荒れた肌はどこへ行ったのか血色がとてもよかった。顔の輪郭は男らしく凛とし、口もとに優しい笑みまで加わっている。似ているかといえばよく似ているのだが気に食わなかった。とはいえ、痛々しくぎこちない実物よりはこの顔のほうが王にはふさわしいかもしれない。

「まだお気に召しませんか？」

不機嫌な様子を鋭く察し、ユンムクが訊ねた。

「だからといって、取り外すわけにもいかないがな」とサンは口を曲げた。

「奉安されてもう二か月も経っているんですよ」

「見るたびに気に食わん」

「どこが不満なのですか？」

「全部が気に入らないのだ！」

「御用画師が聞いたら悲しむでしょうね」

懸命になだめてもサンの苛立ちは収まらなかった。

「ユンムク、お前は本当に似ていると思うか？」

十歳年上であり、品階も内侍府最高位だが、幼い頃から一緒に暮らした内官だ。サンは彼に気兼ねなく接した。

「もちろんです」

すでに数十回も答えたが、ユンムクは飽きもせず同じ言葉を繰り返した。

「よく見ると、お顔にとても福がございますよ」

サンは舌打ちした。「幸せじゃないのに幸せそうに描いてあるんだから、これはまやかしだ」

「どうして幸せではないとおっしゃるんですか？」

「裸の民が巷にあふれているのに、幸せにひたる王など暴君以外のなんだというのか」

「それだけですか？」

意中を探るつもりはなかったが、ユンムクは不本意ながら虚を突くことになった。

「どういう意味だ？」

王が鋭く問い返すと、ユンムクは貝のように固く口を閉じてしまった。

一瞬、問い詰めようと思ったが、やめた。どんな答えも聞きたくなかった。ただの内官とはいえ、一日中自分を見守る目だ。くだらないことでも言われては不愉快になるだろう。

サンは璿源殿《ソンウォンジョン》へと足を伸ばした。先王の御真影はそこに祀られている。

「お前はお祖父様のことをよく覚えておるか？」

ひざまずいてしばらく絵を見上げていたサンが、ふたたび口を開いた。

「仁慈と情が深いお方でした」

穏健なユンムクの答えにサンは微笑んだ。

「そうだな。東宮殿にいきなりお越しになって、袖から茶菓子を取り出してお召しになったり、夜遅くまで本を読んでいて偉いと褒めてくださった」

「はい、宮人たちにもいつも王様を自慢しておられました」

「しかし、ひと口食べる前に出ていかれることも多かったな。父上のように食い意地が張って、ぶくぶくと肉がつくのは見たくないと小言も言われた。そのときから偏食の習癖がついた気がする。子供の頃は甘いものもよく食べていたものだが……」

サンの目にかすかに陰が差す。ユンムクは話の流れを変えようと試みた。

「先王様の食膳から湯薬まで王様がよく見ておられましたね」

「そうだな。そうしたかったたし、またそうしなければならなかったのだ」

病を治すためなら自分の血も捧げられるほど愛する祖父だった。しかし、恐ろしい君主でもあった。

「ただ……」とサンは言葉を切った。「お祖父様についてよく知っているとは言えない」

接するのが楽なときより難しいときのほうが多かった。

「お前のお祖母様を恨んではいけない」

父が死んで六日が過ぎた日。先王はそう言った。

妙な言葉だった。彼は一度も義烈宮を恨んだことなどなかった。祖母は腰を慎み深い側室だった。嫌なことをぐっとこらえ、わずかに悲しい表情をするくらいの気の毒な人にすぎなかった。

「お前のお祖母様は、私の安寧と子孫のためにすべきことをしただけだ」

それでも先王はあえてそう言った。まるで孫が当然祖母を恨むだろうと思っているかのように。

「その深い考えがわかっているから、お前の母親もお祖母様を恨めないのだ」

なおも言い聞かせるように先王は繰り返した。

「絶対にお前のお祖母様を恨むな」

国の世継ぎたる者、分別のつかない子供ではいられない。悲嘆に暮れ、心に余裕のなかったあの時でも、どういう意味なのか一瞬にしてわかった。祖母を恨まず、その後ろに隠れた祖父も恨まず、ただ善良な孫になれという警告だった。そうすれば、大目に見ようという懐柔だった。

サンが知っている祖父の愛はそんなものだった。

手を汚すことなく人を操る巧妙さ。最も大切にしている女人でさえ好きなように利用できる冷酷さ。最高位の宰相であれ、ただひとりの息子であれ、迷うことなく斬りつける決断力。まさに党争が沸き起こる朝廷で君主が持ち得る最善の愛だった。そして、それが正しいことだと思った。

「先王様の御真影は本当によく描かれている」

サンはぼんやりとつぶやいた。

「ええ、実物と酷似しております」

「お祖父様の顔こそ真に幸せそうだ」

そう、そういう方だった。望むものを手に入れ、思いどおりになし遂げた。非常に厳しいその手から多くの悲劇がもたらされたが、少なくとも自分のものを他人の手の中で遊ばせるようなことはしなかった。ひとり息子の命も自ら収められ、従える女人の運命にも直接目を配った。だからこそこんなにも幸せな顔の王として存在し得たのだ。

君王の愛が本来そうだとすれば、なぜうんざりするような遺産を一つ残したのだろうか。深く愛した側室とその娘の交わるところにいたという理由だけで、ただの宮女に身分に余る好意を与えた。まるで自分への言い訳のように。心の痛みを少しでも減らそうとするように。自分がなしたことの正当性を「宗嗣のための大事」と主張しながらも、胸の片隅にぬぐえない罪悪感を抱いている人のように。

恨んではいけない。

それは呪いの言葉のようだった。恨みたい気持ちが満ちあふれているのに恨む対象がなかった。虚空に向かって吐いた唾は自分の顔に落ちてくるものだから。

正直、サンも父が怖かった。病がひどいときの父は、息子である自分さえ脅した。私は嫌われているのに、お前は愛されていると怒った。しかし、その恐怖を相殺するほど父を愛していた。底なしの泥沼にはまり、まるで抜け出す方法がわからない姿を気の毒に思った。

そんな父が死んだ。何もできず、指をくわえているしかなかった。母も同じだった。何かできた人たちは惨憺たることをした。祖父は父に死を命じた。母方の祖父はそれに同調した。義父も違いはなかった。そして祖母は……。

サンは目を閉じた。耳を閉じた。

「もう一度、宙合楼に行こう」

彼は背を向けたばかりの自分の顔にふたたび向き合った。

そうだ、やはり嘘だ。幸せでもなく、幸せであってもならないのに憂《うれ》いもなく笑う顔なんて！　恨んではならないと知りながらも、心の奥底では祖父と父親を責める親不孝者には過分な威容だ。

御用画師がうまく隠すことができなかった絵の中の自分の目に、サンは真実を見た。何も望んではいけないと知りながらも望むものができてしまった強欲な目だった。不実を疑った瞬間さえ、その対象を信じたがっていた情けない目だった。恥ずべきこととわかりながらも救いたくて、衝動的に立ち上がった愚か者の目だった。

些細な亀裂の間で罪悪感が沸き立ち、平静さは根こそぎ揺れた。もうこれ以上は抑えきれず、理性と自制心はもろくも崩れてしまった。そして、代償のように反抗心が沸き起こった。

今は想いを心にとどめて我慢していた幼い東宮ではない。誰かを恨みたければ恨めるし、誰かを手に入れたければ手に入れられる。私は王である。あらゆる計略と言い訳を前面に出したが、結局なんでもやりたいようにした先王と同じように。そうだ、我慢する必要はない。他人を意識する必要もない。私は王だ。常人には決して理解できぬ苦難の歳月を耐えて得た唯一無二の称号だ。

急にあらわになった幼稚な感情は、やがて明白な答えへとたどり着いた。


「ソ尚宮、そこにおるか」

夕方、サンは薄紫に染まった窓外の景色に目をやりながら、命を下した。

「慶寿宮殿に行きなさい」

「今夜、慶寿宮殿でお休みになりますか？」とソ尚宮が訊ね返す。

「そうではない。寝殿は大殿に設けろ」

サンは絵の中の自分の顔を正面から見つめた。

「それから、ソン家ドギムを大殿に連れてこい」

「あの、王様！　昨日のことでまたお叱りになりたいのでしたら、まずは夜が明けてから……」

サンは首を横に振った。明日、日が昇るやいなや後悔することになることはわかっていた。全くもって正しくない行動だという自覚もあった。

しかし、生まれて初めて、彼は自らを律していた掟を破った。しかも今回は酔いの勢いさえ必要なかった。幼い日の月夜とは違った。すべて変わってしまった。

「ソン家ドギムを今夜侍寝《シチム》するから連れてこいという意味だ」

それで、最も望んでいながらも、最も使ってはいけない切り札を出してしまったのだ。


騒ぎの余波で慶寿宮殿は重苦しい雰囲気に包まれていた。細く長く生きようとすればするほどかえって目立ってしまう自分がほとほと嫌になり、ドギムは息を殺しながら一日を過ごした。

「和嬪様がお前に部屋に来るようにとおっしゃっています」

夕方、いまだ内医院で難儀しているミユクとヤンスンに代わって和嬪のそばに仕えていたク尚宮が声をかけてきた。

「どうせお前を責め立てようとしてるんだわ」

ク尚宮は冗談のように言ったが、ドギムはびくびくしながら和嬪の部屋に入った。

「すまなかった」

しかし、ぎこちない静寂を破って和嬪の口から出たのは、謝罪の言葉だった。

「昨日のことで気づかされた。ミユクや懐妊のせいにしたいが、あれは私が足りない人間だから起こった騒動だった……」

ギョンヒがそばにいたら、他人の言うことを鵜呑みにするなと叱咤しただろうが、ドギムはその言葉を素直に信じたかった。たとえ体面を繕うためだとしても、目下の者に謝罪するには勇気がいる。

「お前はあんな苦難を味わいながらも、決して私のせいにはしなかったな」

和嬪は恥じ入るようにそう付け加えた。ただ、それに関しては、信義を守るためというよりは自らの立場を心配しただけだった。

「和嬪様が叱られたのではないかと恐縮するばかりです」

ドギムは視線を避けて、うつむいた。

「宮殿の中には法度があると大妃様に厳しく言い聞かせられたわ。でも大丈夫よ。王様はあまり不機嫌そうではなかったし」

和嬪は頬を上気させ、続けた。

「むしろ私をかばってくれた。宮女はもともと疑いをよく買うものだと。王様も親族だとは全く思わなかったと。なんだか気分がよさそうに見えたわ」

なぜだかドギムは胸がざわざわした。

あのとき一瞬、サンは王としての本性を退けてまで自分のために立ち上がったのだと思った。しかし、騒動を思いどおりに処理するためのそれなりの策だったようだ。それはそうだ。虚しく失望するほどのことでもない。ドギムは努めて無関心でいようとした。

「それにうちの家柄を褒めてくださったのよ」

和嬪は誇らしげに付け加えた。

「無事に騒動が収まって、本当によかったわ」

安堵する彼女の心の中には、傷が膿んで目も開けられずに苦しむミユクの存在などなかった。これでいいのだ。ドギムは心を空にした。世の中の道理というのはそういうものだ。卑しいものは卑しく、貴いものは貴い。それに異を唱えるのは危険だ。

「私たち、最初はそんなに悪い仲ではなかったと思うんだけど」

和嬪が照れくさそうに笑った。

「やっぱり訊きたいことがあるわ。信頼を築くためには迷いがないほうがいいのだから」

ドギムは彼女の問いを待った。

「あの、やはり王様はお前を……」

しかし、外からの声がその問いをさえぎった。

「大殿から尚宮様がいらっしゃいました」

思いがけぬ来訪者に和嬪の顔が明るくなった。こんな遅い時間の伝言なら、その意図は明らかだ。あんな大騒ぎをしたのに、もう何事もなかったかのように振る舞うとは……。宮人にはかぎりなく厳しい方だが、側室にはとても優しいようだ。嫉妬めいた不快な気持ちがドギムの腹の底をゆっくりと這い上がってくる。

「王様がお越しになるというのか?」

ソ尚宮が戸口に立つや、和嬪が喜んで訊ねた。

「あのう、それが……」

予想とはまるで違う反応だった。おどおどしながら、ソ尚宮は和嬪に言った。

「ソン家ドギムを連れてこいという王命です」

不機嫌さを隠しながら聞いていたドギムは驚き、和嬪も戸惑った。

「えっ……どうして?」

「恐れながらよくわかりません。ただ連れてこいと……」

「昨日のことでまだ機嫌がお悪いのか?」

「ただご用命だけを受けたまわりました」

「はっきりとした理由もなく私の宮女を呼ぶなんて……」

和嬪は困惑した様子のソ尚宮からドギムへと視線を移した。

「まさか……」

彼女は何かを察したかのように、その表情を変えた。

「……わかったわ。遅れないように急ぎなさい」

それでも和嬪はすぐに動揺から立ち直った。よく学んだ良家の子女らしい対処だった。

「結局、こんなふうに返事を聞くのね」

穏やかな催促のあとにぽろっとこぼれたひとり言だけは、いかにも寂しげだった。

いっぽう、ドギムはわけがわからなかった。サンの性格上、あれほどの騒ぎとなればそのまま見過ごすわけはないが、昨日の態度からすると許されたと思っていたのだ。

「どうしたんですか、尚宮様?」

何も言わずに前を歩くソ尚宮に従いながら、ドギムはおずおずと訊ねた。

「私、また追い出されるんですか?」

師匠の硬直した背中を見ると、ただごとではなさそうだった。

「知っておいてこそ、心の準備ができるわよね」

そう言ったきり、ソ尚宮はふたたび黙り込んだ。いつの間にか慶寿宮殿の明かりが見えなくなるほど遠くまで来ていたが、沈黙を守るソ尚宮のせいで、ドギムの胸は不安で押しつぶされそうだ。

「もう、本当になんなんですか！」

ぼろぼろになるまで殴られたというミユクを思い浮かべ、ドギムは叫んだ。

「王様が変なのよ」

ソ尚宮が足を止めた。

「不機嫌なのに……いつものような不機嫌さではないのよ。何か違うわ」

「何が違うんですか？」

「私がぼけてしまって聞き間違えたと思って、何度も訊き直したんだけど……」

「なんとおっしゃったんですか？」とドギムは前のめりになる。

「お前を寝殿に連れてこいとおっしゃったのよ」

冷たい風が骨の芯まで染みる季節に言うような冗談ではなかった。

「もう」とドギムはぎこちなく笑った。「まさか違いますよね？　寝殿の御厠を拭けとか、何か罰を下すんですよね？」

「私のこの顔を見ても、とぼけたことを言うのかい？」とソ尚宮は振り返った。

雷に打たれでもしたような青白い顔色をしていた。

「で、でも……そんな方じゃないじゃないですか！」

よくも悪くもいろいろあったこれまでの関わりのなかでも彼をひどく恐れなかった理由は、どのみちふたりの間には狭められない距離があるということを知っていたからだ。何かがあるようでないような……そんな曖昧な関係がこのまま続くと思っていた。

しかし彼は今、自分を呼んでいるのだ。

「お前はとっくに気配を感じていたはずだ」

混乱するドギムを見ながら、ソ尚宮は確信した。

「もしかして、王様はお前に気があるとおっしゃったの？」

「いいえ！」

ドギムは習慣のように大きく首を横に振った。

「もういいわ。大事なのは今夜のお前の振る舞いよ」

すでに結論を下したソ尚宮は厳粛に話し始める。

「お前、幼い頃に習ったことは覚えているか？」

「習ったことは一つや二つではありません」

「男女の交合を知っているのかということだ」

「そ、そんなことを誰が真剣に学ぶんですか？　知りません！　知りませんってば！」

「だとしても、もう一度話す時間はないわ」

ソ尚宮の眉間のしわが深くなっていく。

「王様が勝手になさると思うけど、それでも……」

「全くもう！　恐ろしいことを。なんですか？　冗談ですよね？　ひどい目に遭わせようとしているんですよね？」

彼が自分を呼んだ。王が宮女を呼んだ……。

泰山のように巨大な恐怖に襲われた。

「しっかりして！」とソ尚宮は動揺するドギムの肩をつかみ、揺すった。「うまくやらなきゃいけないのよ。あれこれと習ったじゃないか。合宮中は王様を真っすぐに見てはいけないし、横になるときは必ず左側。楽に思えるようにじっとして……まあそんなことよ」

ドギムはうなずくも、心ここにあらずという顔だ。それを見て、ソ尚宮は言った。

「全部忘れなさい」

「……え？」

「宮女を娶るときは見守る目がないから面倒な様式はいいわ。喜ばせなければならないのよ。王様が望むことならいくら恥ずかしくても必ずしなければならないわ。でも、お体にのるのは駄目よ。もしさせようとしても、それだけは絶対に受け入れては駄目よ」

「あのう、ちょっと待ってください！」

「お前は正室でも側室でもない。ましてや良家の娘でもない。照れくさいからといって控え目にせず、宮女らしく振る舞わなければならないのよ」

「妓生のふりでもしろっていうんですか？」

ドギムは泣きそうになった。

「私はそんな宮女ではありません！」

幼い頃から宮女だった。寵愛など望んでもいなかった。だからといって、遊女のように扱われるのは心外だ。そんなのは、主の好きなときにさっと寝床を温める卑しい従婢と変わりはない。

「仕方ないのよ。お前は笄礼をしたんだから。事実上、王との婚礼はすでに挙げているのよ」

新郎のいない空席にお辞儀をした過去の記憶が、突然息詰まるほど生々しくまぶたの裏によみがえった。娘を宮中に嫁がせたという意味で故郷で行った宴会も、実家で用意し捧げた料理を受け取った彼の姿も波のように押し寄せてきた。

「そんな宮女に違いないわ」

ソ尚宮が諭すようにドギムに言い聞かせる。

「お前に妖婦になれというのではない。ただ……やるべきことをしろということだけよ」

傷ついた自尊心さえ凍りついた。冷笑で切り返すこともできたが、ドギムはそうしなかった。自ら宮女になることを選んだのだ。当然、それに伴う義務も果たさなければならない。漠然と思い描いていたことと現実が違っても、その責任は負わなければならない。

ドギムはただ気が抜けてしまった。


大殿は静かだった。すぐに服をすべて脱がされた。身体に欠点があるかを調べる執拗な視線にさらされ、困惑した。そして、蘭の花びらを浮かべた湯殿に浸かり、頭からつま先まで洗い流された。雑仕女に肌を強くこすられ皮がむけるかと思ったが、生まれ変わったかのようにきれいになった。赤子のように柔らかな肌に両班の奥方たちが使うという絹のような美顔水まで塗られた。

雑仕女が細かい櫛で彼女の髪をとかし始める頃、扉の外から宮女たちのささやきが聞こえてきた。

「ちゃんとしているのかわからないわね」

「宮女が承恩を受けるのは三十年ぶりではないか」

「飾りつけはいいですが、服の色はどうしましょうか？」

「そうね、王室の初夜のときはもともと礼服を身につけるけど」

「老宮女ならわかるはずなのに……。私が訊きに行ってくるわ」

そして、足早に出ていく音。

「顔を上げてください」

いつの間にか髪がきれいに編まれていた。今度はおしろいだった。ギョンヒが使うものよりもはるかにきめ細やかだった。自分がたまに使う安物とは比べ物にならない高級品だ。烏《からす》が白い灰をかぶったようにしか見えないだろう。

「とても美しいですよ」

唇に紫がかった紅を塗り、雑仕女が感嘆したように言った。差し出された鏡を見たら思ったよりは悪くなかった。とはいえ、気分は落ち込んだままだ。

「はあ、はあ……！　訊いてきたわ」

駆け戻ってきた足音が止まり、途切れていた尚宮たちの会話が扉の向こうでふたたび始まった。

「まあ、全部脱がして入れないといけないんですって！」

気絶するほど驚いたのはドギムだけではなかった。

「この子を裸で入れるんですか？」

問い返しているのはソ尚宮の声だ。

「ぼけた年寄りが間違ったことを言ってるんじゃないですか？」

「まさかそんなわけないでしょう！　法度がそうなっているらしいの。もし王様に害を与えようとしているなら大変だからね。一理ある話じゃないかしら？」

「はあ。でも、それはあまりにも気恥ずかしくないですか？」

「上品ぶっていて、かえってお怒りになったらどうするんですか！」

「でも、酒の用意もしろと言ってるから、すぐに事を始めるとは思わないんだけど」

法度よりも何よりも王の怒りが恐ろしく、尚宮たちは悩み、言い争った末に結論を出した。薄い内着（チマチョゴリを着るときに中に着る白いチマ）だけを着せようということだった。

とはいえ、ドギムにとっては裸も同然だった。肩を丸出しにするなんて正気じゃない。

「こんな姿では絶対に行きません！」

「お高く振る舞おうなんて！　廊下には年配の宮女しかいないんだから！」

「こんな格好でどの顔で御前に出ろって！」

「身なりも何もどのみち王様が……。年寄りがこんなことまで言わないといけないのかい！」

一夜にして数年は老けてしまったと提調尚宮が愚痴るも、ドギムは抵抗を続ける。

「できませんってば！」

寝殿門まで引きずられながら、ドギムはなおも踏んばる。

「しなければならないんだよ」

宮女たちは皆、口をそろえた。

「すべてはお前の身分が尊くなるためなのに、何を嫌だと言ってるのだ！」

怒りにかられた提調尚宮がわき腹をつついた。

「身分が尊くなるのは嫌です！」

「もう！　あとでこんないいことをなぜしなかったのかって泣かないでよ！　私たちを煮るなり焼くなり好きなようにしていいから、とりあえず入りなさい。待たせるとお怒りになるわ」

「王様の言うとおりにしなさい」

そう言ったあと、ソ尚宮は慌てて言い直した。

「違うわね。空気を読んで頑張りなさい！」

どさくさにまぎれてお酒の膳まで渡された。

「王様が……まぁ、事を終えて、出て行けと言われたらすぐ出てきて。そうじゃなければ寝るまで待ってから出てきなさいね」

ドギムは無理やり押し入れられ、二度と戻れないように扉は固く閉ざされた。


寝殿の空気は冷んやりとしていた。人の気配も全くなかった。

まずは落ち着こう。冷静に考えるんだ。王はそんな人ではない。何かまた殺伐とした計略を企てているのかもしれない。

白い寝間着を着た王は寝殿の奥にいた。ソ尚宮の言葉どおり、ちょっと変だった。揺れるろうそくの炎をぼんやりと見ていた。いつもの威容はどこかへ行ってしまい、気が抜けた目つきだった。

お酒の膳を下ろしてひれ伏したが、声すらかけられなかった。

「あの、王様……?」

ドギムはおずおずと口を開いた。深い眠りから覚めるように、彼の目に特有の色が戻ってきた。彼は初めて会ったかのように彼女を見つめた。その視線に彼女は囚われてしまった。恥ずかしい我が身を隠すこともできず、中途半端な姿勢がより妖しさを増していく。

「近くに寄れ」

低い声はよく聞きとれたが、ドギムはためらった。

「早く」

向かい合うように座ると、王は酒瓶を取った。玉色の杯が酒であふれた。

「飲め」

王が杯を差し出した。

「飲んでおいたほうがいいだろう。最初は大変だから」

大胆な言動に比べて奇妙なほど沈んだ彼の表情を見ているうちに、ドギムは冷静さを取り戻していく。こうなると、恐怖よりは疑いが先に立った。

「この前おっしゃったとおりに罰せられるのですか？」

おかげで問い詰める度胸も湧いてきた。

「服のひもを解いて罰を下すと言ったことがおありです。一度承恩を受けると奥の部屋に退いて蔑視され、みすぼらしい米食い虫として腐ることになると。私にはそれが死ぬよりも怖いことだということをよくご存じだと」

無慈悲な脅迫を振り返ると、あらためて泣きそうになった。

「真夜中に一度呼んで追い返すだけで終わるとも。私は王様の手のひらの上なんです」

サンの表情は微動だにしなかった。

「昨日のことは釈明いたしました。そんな耐え難い処分を願わなければならないほどの罪を……」

「昔、私はまた別のことも言っただろう」

サンはドギムの問いには答えず、話し始める。

「今夜、私がお前に承恩を下したら、それは互いにあり得ないと断言した私たちの仲の次になるだろうか……」

それは過去の言葉であり、同時に現在の問いだった。

互いによく知らないうちにふいに投げられた承恩という言葉は、少し怖いだけで実感が湧かない蜃気楼のようだった。しかし、互いによく知る仲になればなるほど、承恩は罰であり、狭められない距離によって決して起きない未来を指す言葉になった。

ところがさまざまな出来事を経て歳月が流れた今、彼はふたたび同じ問いを投げかけた。互いにそれはないといくら誓っても、つくられ続けた多くの「次」と、到底想像すらできないまた違う「次」について、あらためて問うものだ。

「私はそのときこう言いました」

しばらくしてドギムが言った。

「いいえ、それはなりません」

これもまた過去の反芻であり、すなわち現在の答えとなった。

「外に誰かおるか」

王が高らかに声を発した。慌てたような足音が近づいてきた。

「ソン家ドギムに仕える侍婢を引きずり出し、合閤《ハンムン》の外にひざまずかせろ」

「えぇ？」

わけがわからず戸惑うソ尚宮の声が聞こえてきた。

「主人があえて王命を奉らない罪を、代わりに問い、罰を下すのだ」

ドギムはぎょっとした。侍婢といっても宮女でさえしない汚い仕事を引き受け、あちこち使いをしてくれる哀れな召使いにすぎない。

「王様！」

彼女を主人の過ちを被って棒で打たれたミユクと同じ姿にするわけにはいかない。ドギムはそんな人になりたくなかった。選択も責任もすべて自分で負いたかった。

「飲め」

サンはふたたび杯を差し出した。

「二度も言わせるでない」

ドギムは杯に口をつけた。焼厨房からたびたび盗んだ、水を混ぜて量を増やした酒とは舌に触れる刺激からして違っていた。空けた杯をサンがふたたび満たした。今度はサンが飲んだ。

「宮殿の外で私の弟に会っただろう?」

これはまた突拍子もないところへと話が飛んだ。

「恩彦君様のことですか?」

「そうだ。どうだったか?」

「あの……気品のある美しいお方でした」

「父上は生前、あやつが大好きだったんだ。これといって目を引くところはないが、男としての度胸はあるとお褒めになった。心がちゃんと……いや、体調がいい日にはあやつを連れて羽根蹴りや投壷遊びもしていたな」

ドギムが知っているのは、客が来る気配にすらぶるぶると震えるか弱きお人だったから、少し怪訝な顔になる。

「昔は違ったんだ。若い頃は女人を好み、かなり羽目を外した。大人になってから命がもったいないと知ったのだ」

ひと口酒を飲み、サンは続ける。

「……うらやましかった。私は父上と気兼ねなく付き合えなかった。法度が厳しいうえに、私の性格もさして度量が広かったわけではないからな。それでもそれなりの方法を見つけた。お祖母様の目に入ることだ。私を可愛がっているうちに、私の父にまで愛情を注いでくれるだろうと。そうすれば父上も喜んで、私を褒めてくれると思ったのだ」

酒気を含んだ息とともに苦笑いが漏れた。

「まるで見当違いだった。お祖母様は孫を愛するほど息子を憎み、憎しみが深まるほど父上は私を恨んだ。孫が可愛いから息子を放り出すのだと腹を立てられたんだ。父上が私を見る目つきは、お祖母様が父上を見る目つきと同じだったな。私を息子ではなく、また別の東宮と見ていたということだ。王室の父子関係というのは本来そういうものなのか……。滑稽ではないか」

サンはさらに一杯飲んだ。

「私は嫡流であり立派な王であるが、時には私が持てなかったものを享受した弟を妬んだりした。それなのにどうしてあやつを大事にするのかわかるか？」

ドギムは黙って、話の先を待つ。

「父上があやつをとても大事にしていたからだ。それから、あやつが生きてこそ父上の血筋が宗室で悠久と続くではないか。ほかの弟たちは皆死んで、あやつだけが残った。それさえも守れなかったら私は本当に親不孝者になる」

空いた杯にまた酒を満たし、サンは一気に干そうとする。

「王様！」

ドギムがその手をつかんだ。心苦しさで注ぐ酒は毒になるものだ。

「お体を痛めます。ゆっくり……」

「お前は私より弟のほうがよかったのか？」

サンはつかまれた手をじっと見た。

「そうだ。戻ってきたくなかったのに無理やり戻されたという顔だったな」

首を横に振ると、サンは杯を差し出した。

「飲め。私のことを心配するふりをするなら、代わりに飲む誠意を見せよ」

仕方なく、ドギムは差し出されるまま三度杯を空けた。

「お前を送り出したくはなかった。私よりもあやつに従うのではないかと怖かったのだ」

「あらゆる面ではるかに優れた王様が何をおっしゃいますか」

用心深いなぐさめに、サンは苦笑した。

「そうだな。私はすべての面で優れているだろう。どうしてお前は私に恋慕しないのだ？」

「王様、私は……」

「私はもうお前を信じない」

サンはドギムの言い訳をすっかり断ち切った。

「昨日も見たぞ。三寸の舌で大妃様を丸めこみ、本房内人たちを打ち負かしたな。普通の賭けじゃない。何も知らず、何も望まないという純真な顔の下に狡猾な計略が隠れているのかもしれない」

「信じないと言いながら、どうして本音を打ち明けるんですか？」

あらぬ疑いにドギムは腹が立ってきた。

「あまりにもたくさんのことを、知らないふりをして生きてきた。これからもそんなことができるかどうかわからない。それが正しいのかもわからない」

ふたたび彼の目が空っぽになった。

「先王様がお前にお祖母様の遺品を任せた。自分の意志で祖母の目から血の涙を流させたのに。私には恨んではいけないと釘を刺したくせに。祖母に対する申し訳なさを償うように……。だったら私は何を思うだろうか。私が恨まなければならない人は父親でも母親でも祖母でもなく、まさに……」

これ以上は言えないとサンは唇を噛んだ。

彼の人生に帝王らしからぬ悲劇があったことは知っている。そして、彼がそれを心の中で消化し、どうにか隠し続けていた痛みを自分がふたたび覚醒させてしまったということも……。

それで本心から告げた。

「私を追い出してください。どんな理由であれ、私のために御心を乱さないでください。二度と戻ってはきません。永遠に消えます。ですから……」

自分の立場は関係なく、彼を気の毒に思った。それでも、ただの同情心のために便利に使い捨てられる愛の対象にはなりたくなかった。

だからもう、彼の前から去るしかない。

「私はお前を心に留めおいた」

しかし、サンはその決意を認めなかった。

「これ以上は知らないふりはできない。そして、そうしたくもない」

彼は彼女の肩をさっとつかんで腕の中に引き寄せた。触れる素肌は焼けたように熱かった。はっきりと胸の高鳴りを感じた。

「私を恋慕しなくても、お前は私のものだ」

酔いが回って乱れた心は、その胸に優しさを感じた。

「去ると言うな。私のいないところで泣くな。私以外の人から傷つけられてもいけない。お前は私のものだ。だから私のそばにいろ」

このままでは本当に大変なことになる。流されてはいけない。

「放してください、送り出してください……！」

すべてが変わってしまうだろう。二度と元に戻すことはできないだろう。

「……ドギム」

ただ名前を呼ばれただけなのに。ありふれた名前にすぎないのに。その優しい声にドギムの心は溶けていく。初めてだった。彼に名前を呼ばれたのは。もはや壁も隔たりも跡形もない。過ぎ去った長い歳月などなかったかのように、驚くほど一瞬で近づいてしまった。

これ以上もう抵抗できなかった。

「ドギム」

口づけをしながら、その名前がまたこぼれ出た。近くで交わす呼吸は、最後と始まりを分けることができないほど深くて濃い。押されるままに倒れた。金の糸と銀の糸で縫った寝具の上で体が絡み合う。遠くて近かった手が無防備な肌を撫でた。衝撃で甘い鼻声が漏れた。こんな感覚は初めてだった。そして不慣れな感覚より驚くべきことは、自分がそれを望んでいるという事実だった。不自由さを感じた。認めたくなかった。それで慣れない重みの下でもがいた。

「逃げるな」

些細な動きも許さないかのように華奢な体を抱く腕の力がさらに強くなった。杯から注がれた疼きは、首筋と頬にせわしく降り注ぐ接吻になった。初めて接する苦痛は、酒の酔いと美麗な快感が吹き飛ぶほど強烈だった。しかし、なだめるように大切に体を撫でる手にまた気がゆるんだ。

激情の末、絶頂と呼べる瞬間がきた。彼がまた名前を呼んだようだが、夢と現の狭間に揺れるドギムには、もうよくわからなかった。

〈下巻につづく〉

【特別寄稿】宮女の世界／彼女たちは王宮でどのように生きたのか

文＝康 熙奉（カン・ヒボン）

●宮女の品階

ソウルに残る王宮の中で昌徳宮《チャンドックン》の秘苑《ピウォン》は、きわめて特別な場所だ。別名で後苑《フウォン》とも呼ばれるとおり、王宮の昔の佇まいをここほど色濃く残しているところは他にない。

特に、秘苑で最も有名な宙合楼《チュハムヌ》は朝鮮王朝22代王のイ・サンが人材登用の拠点とした奎章閣《キュジャンガク》があった建物だ。それゆえ、『赤い袖先』という傑作時代劇のロケ地に選ばれたのもふさわしかった。ドラマの中でも宮女たちが秘苑の中を行き来しているシーンを見ると、心が優雅にタイムスリップする気分になってくる。

同時に、宮女の存在そのものにも限りなく興味が湧いてくる。彼女たちは果たして政治権力が渦巻いた魔物のような特殊社会で、どのように生きていったのか。調べれば調べるほど朝鮮王朝時代の宮女の人生が哀しみを伴ったものになってくる。それは、「犠牲」の上に成り立つ存在であったからだ。

それでも、後世の人間が少しでも宮女のそれぞれの人生に思いを馳せれば、彼女たちの人生にも深い意味があったという歴史を刻むことができる。そんな気持ちで朝鮮王朝時代の宮女の生き方を記してみよう。

基本的なことなのだが、王宮で奉職する宮女の世界を広義に「内命婦《ネミョンブ》」といった。品階を持つ人は、「一品」から「九品」までの9段階に分けられていて、それぞれに「正」と「従」の区別があり、「正」は序列が上になった。つまり、一番上の「正一品」から下の「従九品」まで、品階には18ランクの違いがあったのだ。

　このなかで、「正一品」から「従四品」までの8つは側室に与えられる品階だ。このように、品階の上位は側室が独占していた。

　一方、側室以外の宮女の品階は「正五品」から「従9品」まで分けられた。その最高位となる「正五品」を持つ人が尚宮《サングン》である。この尚宮は実際に働く宮女たちのトップであり、そこに至るまでには長期にわたる忍耐と忠誠が不可欠だった。

●見習いから尚宮まで

　そもそも宮女は、5歳から10歳くらいまでの間に見習いとして王宮に入ってくることが多かった。とはいえ、誰でも見習いになれるというわけではなかった。先祖に罪人がいたり、病弱であったり、身分が低すぎたり、という子は見習いになることができなかった。

　それでも、条件さえ合えば娘を王宮に入れようとする親は多かった。宮女になれば経済的に恵まれる可能性が高いからだ。実際、身分は高くても生活に困窮している家はいくらでもあった。たとえ貴族階級の両班《ヤンバン》といえども、みんながいい生活をしていたわけではなかったのだ。両班でも官職に就けない例や家庭の経済状況が著しく悪かったケースもあり、そういう家にとっては王宮に娘を送ることが、わずかに生き残る道だった。そして、娘からの仕送りを当てにするのであった。

　それとは反対に、権勢ある家柄では娘を宮女にして国王の側室になることを狙うところもあった。しかし、これが成功する可能性は、それこそ千に一つ。そんな可能性の低いことに娘を利用するのだから、人間の欲はかぎりない。

　いずれにしても、様々な事情で王宮に入ってきた宮女の見習いは、所属部署に配置されて、徹底的な徒弟制度で躾と教育を受けた。その間に、からだが弱すぎると王宮から出されてしまうので、うっかり病気もできない有様だった。

普通の見習いは、尚宮の下で仲間と共同生活を行う。イジメもたくさんあるので、必死に耐えなければならない。それだけ、強い精神力がないと、見習いの生活を続けることはできなかった。

無事に過ごして厳しい生活にも慣れると、18歳以降に認められて内人《ナイン》となる。これで見習いを終えて、一応は一人前となる。こうなると、尚宮から独立して数人で一部屋を使った。

こうした生活を続けてさらに経験を積むと、尚宮まで昇格することが可能だった。それまでは、見習いから始めて30年近い歳月が流れている。その間、健康を維持して一生懸命に働き、トラブルを絶対に起こしてはならなかった。結局は、宮女の幸せとは何かということを考えざるをえない。王族に仕えることを天職だと思わないと、宮女を続けることはできなかっただろう。

●宮女の部署

王宮で奉職する宮女は、16世紀には1000人くらいいるのが普通だった。しかし、イ・サンが王であった18世紀後半は700人ほどであり、19世紀後半は500人くらいに減っていたと推定される。

彼女たちは様々な部署に分かれて働いていた。主な部署と担当する業務は以下の通りである。


〈宮女の部署と担当業務〉

至密（チミル）国王と王妃が住む寝殿に勤務して世話係を担う
針房（チムバン）国王や王妃の衣服や布団を作る
繍房（スバン）身分が高い人の衣服に使われる刺繍や装飾品を作る
生果房（セングァバン）宮中の飲料水を管理してお菓子も作る
焼厨房（ソジュバン）王族の食事や宴会料理を担当する。内焼厨房と外焼厨房に分けられ、内焼

厨房は水刺間《スラッカン》ともいわれた
洗水間（セスガン）王族が使用する洗面水や浴槽水を管理する
洗踏房（セダッパン）洗濯と衣服の手入れを担当する

前述のような部署には、それぞれ格の違いがあった。王族の寝殿でそばに仕える至密が一番格上であり、その次が針房と繍房だった。逆に、洗踏房などは格が高くなかった。

そうした格の違いは、チマ（スカート）の着付け方で一目瞭然だった。至密と針房と繍房の宮女はチマを左巻きに着付け、それ以外の部署の宮女は右巻きにした。それだけに、左巻きのチマの宮女は優越感にひたったかもしれない。

また、宮女たちは最初に王宮に入ってきたときに手を細かく調べられた。それは繊細な仕事ができるかどうかを見極めるためであった。たとえば、「きれいに針の仕事ができるかどうか」を把握されてしまったのだ。

仮に不器用そうに見える人は洗濯が専門の洗踏房に配属されたりもした。いわば、宮中入りしたときから手の状態で将来の運命を決められるようなところがあった。能力や性格でなく、あくまでも手だけで仕事が変わる……というのは理不尽に思えるが、王宮では仕方がないことだった。

なお、宮中では宮女の下に雑役につく女性も多かった。主に、身分の低い家からの出身者であり、多くはムスリと呼ばれ、水くみという重労働などを担った。彼女たちはほとんどが既婚者だった。

●宮女の恋愛は厳禁

宮女は、立場上はすべて国王と結婚しているとみなされていた。これが大前提である。それゆえ、その生活は厳格に制限された。

特に問題となったのが宮中での男性との恋愛である。これは最大のタブー。国王に対する完全な裏切りになるからだ。ゆえに、宮女は「恋愛は厳禁」と肝に銘じられていたが、「禁じられれば禁じられるほど陥ってしまうのが男女の仲」とも言える。処罰の対象になってしまう宮女も少なくなかった。

　仮に、宮女が国王以外の男性と肉体関係を持てば、地位の高低に関係なく男女はすぐに斬首された。国王に対して最大の不義を働いたという罪である。

　もし女性が妊娠していれば出産後100日を経てから処刑された。この「100日」という日数は、産まれた子供に乳を与えるための猶予期間だった。

　その間、どれほどつらい思いで母は乳児に接していたのか。「100日」が過ぎて極刑で死んでいく宮女の運命は女性として一番つらかったことだろう。そして、残された子供は奴婢《ぬひ》にされてしまうのであった。

　なお、恋愛問題で宮女たちを厳しく処罰したのは、彼女たちが王宮内の秘密と国家事情を熟知していたという背景もあった。国王ではない他の男と寝床をともにすれば、それだけで大事な情報が外部にもれる恐れがあり、宮女は秘密の漏洩がないように神経をすり減らした。その反動なのか、同性愛に喜びを見つける宮女もすくなからずいた。

　さらに、他の罰で王宮から追い出された女性は、生涯結婚できないようにさせられた。それだけに、王宮にいる宮女は、いかなる罰も受けないように細心の注意を払った。そういう意味でも、宮女の職場では常に緊張を強いられていたのである。

●宮女の晩年

　宮女たちは王宮の中で立派に奉職していても、あまりお金の使い道がなかった。なぜなら、王宮から一歩も外に出ることができなかったからだ。結局、俸禄の多くを家族や親族に送っていた。

このようにして彼女たちは一生を王宮で過ごし、結婚もしなかった。そこまで一生懸命に働いても病気や老齢になると、王宮から出されてしまった。保障がない老後はどれほど不安だっただろうか。この点でも同情を禁じ得ない。

康 熙奉（カン・ヒボン）

1954年東京生まれ。在日韓国人二世。韓国の歴史・文化や日韓関係を描いた著作が多い。主な著書は『悪女たちの朝鮮王朝』『韓流スターと兵役』『いまの韓国時代劇を楽しむための朝鮮王朝の人物と歴史』『新版 知れば知るほど面白い 朝鮮王朝の歴史と人物』『新版 知れば知るほど面白い 朝鮮王宮 王妃たちの運命』『新版 知れば知るほど面白い 古代韓国の歴史と英雄』。共著に『韓国ドラマで楽しくおぼえる! 役立つ韓国語読本』、最新刊『韓国ひとめぼれ感動旅 韓流ロケ地&ご当地グルメ紀行』など。

【巻末付録】用語解説

～朝鮮王朝時代劇キーワード～

宮女（クンニョ） 宮中に仕える女性の総称。見習い宮女は「センガクシ」と呼ばれた

尚宮（サングン） 宮中に仕える宮女たちの最高位。女官の管理職で15年以上働くことが条件

内人（ナイン） 尚宮より下位の宮女

本房内人（ポンバンナイン） 側室が実家から連れてきた侍女

――特別な職務を受け持った尚宮――

提調（チェジョ）尚宮　尚宮のトップ。女官長

監察（カムチャル）尚宮　宮中で働く宮女たちの言行・風紀などを取り締まる

――宮女たちが属した部署（房）――

至密（チミル） 王と王妃の側近くで仕え、寝・食・衣に関わる一切の世話を担当する部署。有能な人材が揃っており、尚宮への道も近いといわれていた

針房（チムバン） 王室用の衣服の縫製を担当する部署

繍房（スバン） 王室で使われる礼服や寝具、屏風などの刺繍全般を担当する部署

焼厨房（ソジュバン） 王の食事と宮中のご馳走を準備する部署。王宮の台所。内焼厨房と外焼厨房に分かれる

洗踏房（セダッパン） 洗濯や掃除を担当する部署

洗手間（セスガン） 王と王妃の洗面や入浴を準備する部署

聖恩（ソンウン） 王の恩恵を授かること

承恩（スンウン） 王から特別な愛を受けること。一夜をともにした宮女は承恩尚宮と呼ばれる

出宮（チュルグン） 王宮を去ること。宮女は、自身が病になったとき、仕える人が亡くなったときなど、仕事を辞して王宮を出ることに。王族以外の人々が、王宮で生涯を終えることは許されなかった

内命婦（ネミョンブ） 宮中に仕える女性のなかで品階のある者の総称。王妃を頂点とした側室や彼女らに仕える女官たちの組織制度でもある

外命婦（ウェミョンブ） 王女や王族の妻、朝廷高官の妻など。自身が品階を持つ内命婦に対し、外命婦は夫が品階を持つ

世孫（セソン） 王世孫の略称。王の孫で、世子のあとを継ぎ、次々期王位を継ぐ者

世子（セジャ） 王世子の略称。王の嫡子で、次期王位を継ぐ者

元子（ウォンジャ） 国王の長男。正式に世継ぎ（世子）と冊封されるまでは元子と呼ばれる

翁主（オンジュ） 王の庶女（側室から生まれた娘）

郡主（クンジュ） 世子の嫡女

宗親 国王の父系の親族。王の嫡子は4代孫まで、庶子は3代孫まで宗親として君《グン》の名が与えられた。宗親に定員はない

駙馬（プマ） 正式名称は駙馬都尉《プマドウウィ》。王の婿。王女の配偶者

戚里（チョンリ） 外戚が集まる場所の意味。王妃の一族

戚臣（チョクシン） 外戚。王とは姓が異なるが王と姻戚関係にある臣下のこと

内侍府（ネシブ） 王の膳や器の管理など国王の身の回りの世話、王命の伝達、各門の守備、掃除などを担当する官庁。原則的に内官によって形成される

内官（ネグァン） 去勢された男性の役人、内侍《ネシ》、宦官

尚膳（サンソン） 内侍府のなかで最高位の官職。内官を取り仕切る最高責任者、従二品

尚薬（サンヤク） 内侍府従三品の地位

都承旨（トスンジ） 王の秘書室にあたる承政院《スンジョンウォン》の最高責任者。吏曹《イジョ》との連絡を担当

揀択（カンテク） 朝鮮王朝時代に行われた王妃や世子嬪を選ぶための行事。「初揀択」「再揀択」「三揀択」と三次にわたって行われる。まず、四柱や居処などが書かれた「処女単子《チョニョタンジャ》」を提出させて30人程度の娘を選び、揀択（面接）を行う。初揀択で6人前後に絞り込まれ、2週間後に再揀択に進み、3人ほどに絞り込まれる。再揀択に合格し、三揀択に進む3人の娘たちは「王の女」とみなされ護衛が付く。王妃に選ばれなかった残りの2人は生涯結婚できず、独り身で過ごすか、側室となるしかない

無品嬪（ムプンビン） 本来、王妃、世子嬪、世孫嬪など正室のみが無位つまり階級がなく、嬪の階級は正一品。だが、元嬪は王妃と正一品の側室の間に位置する後宮として「無品嬪」の地位が授けられた。側室のなかの最高位であるため、必ず揀択によって選ばれる由緒正しい家の娘。朝鮮王朝においてこの無品嬪は4名しか存在しない

産室庁（サンシルチョン） 臨時官庁。妃や嬪の分娩に関わることを担当する。なお、貴人や宮人の分娩は護産庁《ホサンチョン》という別の官庁が担当する

解産房（ヘサンバン） お産する部屋

喪輿（サンヨ） 葬儀の際に遺体を自宅から埋葬地に運搬するときの道具

望哭礼（マンゴクレ） 哭礼の儀式、国葬の際に泣き叫ぶことで哀悼の意を示す儀式

殯宮（ひんきゅう） 主に貴人を対象に、死後もすぐには埋葬せず、遺体を棺に納めて長期間仮安置する場所

望燎礼（マンリョレ） 王が執り行う行事が終わったあとに、食べ物以外の、行事で使った物を焼く儀式のこと

賜薬（サヤク） 王が毒薬を下賜するという意味。自ら毒薬を飲み死ぬことを求められる

諡号（しごう） 王や大臣など、貴人の死後に奉る称号。生前の行いへの評価に基づく名のこと

君号（グノ） 王族や外戚、功臣などに授ける称号。恩彦《ウノン》君《グン》、完豊君《ワンプングン》など

宮号（グンホ） 王族の別名。また、その人物が住む宮殿などもそう呼ばれた。恵慶宮《ヘギョングン》、淑昌宮《スクチャングン》など

問候（ムンフ） 目上の人の安否を気遣う訪問、ご機嫌うかがい

朝見礼（チョギョンレ） 新たに揀択された妃や嬪が、嘉礼《カレ》を過ごしたあと、初めて父王や義母に挨拶にうかがう儀式。朝見の儀

親蚕礼（チンジャムネ） 先蚕（養蚕を始めた祖）に祭祀を捧げ、養蚕の成功を祈願する儀式。高麗時代以降女性が衣服を作ったことに由来する。女性である王妃が主体で行う宮中行事

笄礼（ケレ） 女性の成人の儀式

禁軍（クムグン） 王の親衛隊

宿衛所（スギィソ） 大殿にいる王の護衛を担当。禁軍の身辺能力を疑い、１７７７年にホン・グギョンが創設

御営庁（オヨンチョン） 首都防衛を担う軍営の一つ

義禁府（ウィグムブ） 謀反や反逆など重罪事件を裁く王直属の官庁

捕盗庁（ポドチョン） 漢城府や京畿道の警備にあたる警察機構。別名、捕庁《ポチョン》

内需司（ネスサ） 宮中で使う米穀・布・雑品及び奴婢、王室の財産や私有地などを管理する部署

内医院（ネイウォン） 王や王室の医療・薬を担当する官庁。別名、内局《ネグク》、薬院《ヤグォン》、薬房《ヤクパン》

観象監（クァンサンガム） 天文や風水、暦、気象観測、時間設定などに関する部署

司憲府（サホンブ） 官吏の違法行為、悪行を糾弾するほか、現行政治への論評、風俗を正すことも

司諫院（サガンウォン） 絶対君主である王を諫めることを担う部署。王への諫言が主な仕事

弘文館（ホンムングァン） 宮殿内の経書や史書を管理。王の諮問に応じる任務があり、全員、経筵の官職を兼務

図画署（トファソ） 宮中の画事全般を司る。宮殿を飾る壁画から肖像画、宮中行事の記録画などを担当する

議政府（ウィジョンブ） 行政府最高機関

領議政（ヨンイジョン） 議政府のトップ。領相《ヨンサン》ともいう

左議政（チャイジョン）／右議政（ウイジョン） 議政府最高位の領議政とともに官吏の統制と財務を担当。左がナンバー2、右がナンバー3に相当。左相《チャサン》、右相《ウサン》ともいう

六曹（ユクチョ） 議政府の下部組織。国政を担当した6つの官庁の総称

吏曹（イジョ） 文官の人事を統括

戸曹（ホジョ） 財政、貢納、租税、戸籍、経済全般を担当

礼曹（イェジョ） 礼法や国の祭祀、外交や教育全般を担当

兵曹（ピョンジョ） 武官の人事、兵器の管理など軍事担当

刑曹（ヒョンジョ） 法律、訴訟、刑罰を担当

工曹（コンジョ） 土木、建設、国土管理や商工業の統括

漢城府（ハンソンブ） 首都を管轄する官庁。長官を右尹《ウユン》ともいう

奉朝賀（ポンジョハ） 貢献度の高い朝廷幹部が高齢で引退したのちに与えられる名誉職。儀式のみに出席し、現役時代の品階に応じて禄が支給される恩給制度。三字銜《サムジャハム》とも呼ばれる

別監（ピョルガム） 王室の雑用や警護を担当。容姿や服装のかっこよさが都で評判となった

佐郎（チャラン） 文官。六曹の正六品

ソンビ 高い学識と人格を持つ人物をさす儒教用語。転じて、高潔な知識人、両班

士大夫（サデブ） 士は学者、大夫は官僚を表し、「学者出身の官僚」という意味だが、朝鮮王朝後期においては、高級官吏を排出した両班と同義

両班（ヤンバン） 貴族階級・知識層

武班（ムバン）／文班（ムンバン） 武官を武班、文官を文班とよび、この両者をあわせ、官職につく支配者階級を両班と呼ぶ

中人（チュンイン） 両班と常民の間の身分。技術職官吏

妓生（キーセン） 宴の場での歌舞音曲を担当した女性。芸奴。妓女。宮中に属した者は官妓と呼ばれ、公式行事や外交の場の接待係に。学問や詩歌、鍼灸などの知識も

奴婢（ノビ） 奴隷。最下層の階級、賤民《チョンミン》に属する。国に属する官奴婢と個人（両班・中人）に属する私奴婢がいる

外居奴婢（ウェゴノビ） 主の家に住み込むのではなく、自分の住居や財産を持てる奴婢

官婢（クァンビ） 官庁に属している女性の奴婢

大殿（テジョン） 王が暮らす寝所、宮殿

東宮殿（トングンジョン） 世子の宮殿。世子宮。王宮の東側にあることに由来する

中宮殿（チュングンジョン） 王妃が住む宮殿

便殿（ピョンジョン） 王が日常の政務を執り行う空間

宮房（クンバン） 国王と世継ぎを除く王室直系家族や側室

などが住む居所

集慶堂（チプキョンダン） 英祖が使った西の離宮、慶熙宮（1760年までの名称は慶徳宮）にあった勉学用の堂。英祖が永眠した場所でもある

惜陰閣（ソグムガク） 慶熙宮にあった世子や世孫のための書斎。政務を行う興政堂のそばに作られた

奎章閣（キュジャンガク） 歴代宣王の直筆・著述、遺品、国内外の書籍を収集、保管、管理する王立図書館。1776年、正祖が昌徳宮の宙合楼《チュハムヌ》一帯に創設した。内《ネ》閣《ガク》とも呼ばれる

誠正閣（ソンジョンガク） 世子の教育のために書筵が開かれた建物

璿源殿（ソンノンジョン） 歴代の国王の御真影を奉安して祭祀を行う建物。昌徳宮の正殿・仁政殿《インジョンジョン》の西側に位置する

集英門（チビョンムン） 昌徳宮にある門

宙合楼（チュハムヌ） 昌徳宮にある楼閣。下の階は書庫、図書館、上の階は読書や議論の場に

内帑庫（ネタンゴ） 王室の財産保管庫

成均館（ソンギュングァン） 最高教育機関。科挙の小科《ソグァ》試験に合格すると入学できる

閨房（キュバン） 女性の居間や寝室、転じて後宮を指す。外出などもままならなかった両班女性たちが、女訓書などから儒学精神を学び、刺繍などに勤しんだ女性たちの生活空間

チマ チマチョゴリとも呼ばれる韓国の伝統的な衣装、韓服のスカート部分

チョゴリ 韓服の上着部分

翼善冠（イクソングァン） 王の被り物。政務を行う際に被る

袞龍袍（コンリョンポ） 王が政務を行う際に着用する。龍の刺繍が施されていた

燕居服（ヨンギボク） 士人が高潔で崇高な気品の象徴として平素着用した装い。色は白で、黒い縁飾りを付ける

戎服（ユンボク） 武官が着る軍服

緑円衫（ノグウォンサム） 王族や高級官僚の婦人、上流階級の女性たちの礼服の円衫は、色や胸と肩、背中の装飾で階級を表す。緑は通常姫たちが着るが、民も婚礼のときは着用した。王妃は黄円衫を着用する

科挙（クァゴ） 官吏の登用試験。小科《ソグァ》と大科《テグァ》の2種類の試験があり、小科は成均館入学のための試験。大科は基本的に3年毎に実施され、文官を選抜する「文科《ムングァ》」と武官を選抜する「武科《ムグァ》」、さらに医官、訳官を選抜する「雑科《チャプグァ》」があった。最も難関なのが文科で、文科出身官僚はエリート中のエリート

朋党（プンダン） 政治的な思想や利害が共通する官僚同士が結んだ党派集団、政治的党派。14代・宣祖の時代、士《サ》林《リム》派が分裂して起きた西人《ソイン》派と東人《トンイン》派が誕生。その後、

老論《ノロン》派、少論《ソロン》派、南人《ナミン》派、北人《プギン》派などが生まれた。朋党が政権を握ることを朋党政治という

僻派（ピョクパ） 朝鮮王朝時代の朋党の一つ。英祖期に多数派であった老論派のなかでも、思悼世子の死を正当化している。貞純王后キム氏、シム・ファンジン、ホン・イナンらがその中心人物。ちなみに思悼世子の立場に同情したのが「時派《シパ》」

書筵（ソヨン） 世子や世孫のための儒教教育制度。書物の内容を講義すること。この講義を担当する役人を総じて、書筵官《ソヨングァン》と呼ぶ

経筵（キョンヨン） 王の御前で儒学の経書と史書を講義し、論議すること

代理聴政（テリチョンジョン） 王の裁可を受けて代理で政治を行うこと。世子や世孫が担う

坊刻本（ぼうこくぼん） 民間で刊行した書籍。庶民の間では小説が人気だった

内訓（ネフン） 王室女性の規範となる婦女子の礼儀作法が書かれた本。女性が守るべき礼節や法度を、中国の『列女伝』『小学』『女教』『明鑑』から要約した3冊に及ぶ書物。第9代・成宗《ソンジョン》の母、仁粋大妃《インステビ》が1475年に書いた

女範（ヨボン） 義烈宮こと暎嬪イ氏が、中国の『列女伝』を引用して書いた女訓書。諺文《おんもん》（ハングル）で記されている

法度（はっと） 法令。とくに禁止のおきて

火病（ファビョン） 怒りの感情のせいで体や心に苦痛をもたらす病。精神疾患

三神（サムシン）婆さん 民間信仰で出産と子の運命を管理する女神

宋子（ソンジャ） 第16代・仁祖《インジョ》〜第19代・粛宗《スクチョン》まで4代の王に仕えた儒学者、宋時烈《ソンシヨル》のこと。朝鮮で唯一、孔子や孟子のように「子」をつけて呼ばれる朱子学の大家

『赤い袖先　上巻・中巻・下巻』（全３巻）は、韓国で刊行された『옷소매 붉은 끝동 1，2』（改訂版／全２巻）を、全３巻に構成したものです。登場人物紹介、年表、用語解説などのコラムは、日本語翻訳版編集スタッフが執筆・構成しています。歴史上の出来事などで諸説あるものについては、『정조실록（正祖実録）』、『イ・サンの夢見た世界 正祖の政治と哲学』『朝鮮王朝実録』（ともにキネマ旬報社）を参考にしました。特別寄稿は書き下ろしです。

日本語翻訳版スタッフ

翻訳　本間裕美／丸谷幸子／金美廷

翻訳監修　鷹野文子

翻訳協力　蒔田陽平

編集　高橋尚子［KWC］／杉本真理／竹原晶子［双葉社］

翻訳版デザイン　藤原薫［landfish］

コーディネート　金美廷

校正　姜明姫

写真協力　NBCユニバーサル・エンターテイメント

カン・ミガン
ソウル生まれ。幼い頃より引っ越しを繰り返し韓国各地の文化に触れて育つ。特に水原で過ごしたときに得たインスピレーションをもとに、高校１年のとき、『赤い袖先』の草案を執筆。８年の時間をかけて完成したこのデビュー小説は、2017年に初出版され、多くの愛を受けた。2021年にウェブトゥーンとドラマが制作されると、書店ベストセラーランキングに再浮上するなど話題を呼んだ。現在はソウル在住。最新作に『無関心の逆方向（무관심의 역방향)』がある。

赤《あか》い袖先《そでさき》 中巻《ちゅうかん》

2023年９月24日　第1刷発行
2023年12月５日　第2刷発行

著　　者　カン・ミガン
発 行 者　島野浩二
発 行 所　株式会社双葉社
〒162-8540 東京都新宿区東五軒町3番28号
［電話］03-5261-4818(営業)　03-5261-4869(編集)
http://www.futabasha.co.jp/
(双葉社の書籍・コミック・ムックが買えます)

印刷所・製本所　中央精版印刷株式会社

ISBN978-4-575-24673-5 C0097